Diogenes Taschenbuch 24250

MARTIN WALKER, geboren 1947 in Schottland, ist Schriftsteller, Historiker und politischer Journalist. Er war 25 Jahre lang Journalist bei der britischen Tageszeitung *The Guardian*. Heute ist er im Vorstand eines Think Tanks für Topmanager in Washington und ist außerdem Senior Scholar am Woodrow Wilson Center in Washington DC. Seine *Bruno*-Romane erscheinen in 18 Sprachen. Martin Walker lebt in Washington und im Périgord.

Martin Walker

Delikatessen

*Der vierte Fall für Bruno,
Chef de police*

ROMAN

Aus dem Englischen von
Michael Windgassen

Diogenes

Veröffentlicht als Diogenes Taschenbuch, 2013
Alle deutschen Rechte vorbehalten
Copyright © 2012
Diogenes Verlag AG Zürich
www.diogenes.ch
30 / 21 / 44 / 10
ISBN 978 3 257 24250 8

Für Hannes und Tine

Prolog

An diesem Morgen trug der Polizeichef der kleinen französischen Stadt Saint-Denis ausnahmsweise eine Waffe. Benoît Courrèges, von allen Bruno genannt, hatte seine Dienstpistole aus dem Tresor im Bürgermeisteramt genommen, wo sie bis zur obligatorischen jährlichen Schießübung auf dem Schießstand des Polizeihauptquartiers in Périgueux unter Verschluss war. Bruno hatte die alte 9-mm-MAB im Morgengrauen sorgfältig geputzt und geölt und in das blankpolierte Lederholster gesteckt, das er nun an der Schulter trug. Seine Galauniform, die er auf dem Weg zur Mairie von der Wäscherei abgeholt hatte, roch nach chemischer Reinigung. Er war erst tags zuvor beim Friseur gewesen, hatte sich am Morgen gründlicher als sonst rasiert und seine Stiefel so auf Hochglanz poliert, wie es nur ein ehemaliger Soldat kann.

Neben ihm standen Sergeant Jules und die kleine Mannschaft der Gendarmerie von Saint-Denis in Reih und Glied vor ihrem bescheidenen, mit Stuckelementen verzierten Gebäude. Auch die Gendarmen trugen Galauniform, und man musste schon genau hinsehen, um einen Unterschied zwischen den französischen Beamten und Bruno als Angestelltem der Stadt ausmachen zu können. Auf dem Flachdach der Gendarmerie hing neben der Funkantenne die

Trikolore auf Halbmast, und über der Eingangstür hing ein Schild mit der flammenden Granate – das Symbol der Gendarmen seit ihrer Gründung im Jahre 1791. Capitaine Duroc, der nominelle Leiter des Postens, glänzte durch Abwesenheit. Er hatte sich krankgemeldet, weil er einen Konflikt mit seinen Vorgesetzten in Paris scheute, die den Polizisten und Gendarmen Frankreichs ein offizielles Gedenken an den toten Brigadier Nerin untersagt hatten. Doch hier in Saint-Denis wie auch in den anderen Polizeistationen und Gendarmerien des Landes war man entschlossen, den Getöteten mit einer Parade zu ehren.

Bei einem Glas Wein hatte Bruno am Vorabend mit Jules vereinbart, dass er eine kurze Ansprache halten und die Parade abnehmen würde. Als Angestellter des Bürgermeisteramtes riskierte Bruno nichts, während Jules, dem Sergeanten, ein Verweis drohte, wenn nicht Schlimmeres, und das so kurz vor seiner Pensionierung.

Nach einem letzten Blick auf seine Uhr nahm Bruno Haltung an, trat vor und wandte sich den zur Parade Erschienenen zu, die, wie er, alle, Männer wie Frauen, einen Trauerflor am rechten Oberarm trugen. Im Hintergrund hatte sich eine kleine Gruppe von Bürgern des Städtchens versammelt. Sie beobachteten ihn schweigend. Bruno nickte einem Jungen zu, der ein wenig abseitsstand; er trug ein graues Hemd und eine schwarze Krawatte und hielt ein Signalhorn in der Hand.

»Geschätzte Kollegen«, hob Bruno an. »Wir sind hier, um Brigadier Jean-Serge Nerin zu ehren, der in Ausübung seines Amtes zu Tode kam. Er wurde in Dammarie-lès-Lys im Département Seine-et-Marne von Terroristen gezielt niedergeschossen. Dies ist der erste Mord an einem französischen Polizisten durch die baskische Terrororganisation ETA, der in Spanien schon mehr als achthundert Menschen zum Opfer gefallen sind. Im aktiven Dienst getötet zu werden ist ein Risiko, dem wir in unserem Beruf immer ausgesetzt sind, aber dieser Anschlag ist etwas Besonderes. Unsere Kollegen in ganz Frankreich sind trotz offizieller Einwände einhellig der Auffassung, dass es sich gebietet, unseres gefallenen Kameraden Brigadier Nerin in einer Schweigeminute zu gedenken.«

Er legte eine Pause ein und rief dann aus voller Brust: »*À mon commandement!*«

Die Gendarmen nahmen Haltung an, bereit für den nächsten Befehl.

»*Escadron, garde à vous!*«

Bruno hob salutierend die rechte Hand an den Schirm seiner Mütze und gab damit dem jungen Jean-Michel das verabredete Zeichen. Der setzte das Horn an die Lippen und blies den Anfang von *Sonnerie aux morts*, jenem Trauermarsch, mit dem die Garde Républicaine ihre Toten ehrte. Als die letzten Klänge verhallt waren, zählte Bruno im Stillen die Sekunden einer Minute ab. Sein salutierender Arm wurde dabei immer schwerer, und er musste sich in Acht nehmen, dass die Hand nicht zu zittern anfing. Dann war die Minute vorüber. Er ließ den Arm sinken und beendete die kurze Feier.

Sergeant Jules kam als Erster auf ihn zu und schüttelte ihm die Hand. Die anderen taten es ihm gleich, als sie der Reihe nach in die Gendarmerie zurückkehrten. Bruno bedankte sich bei Jean-Michel und ging dann über die Rue de Paris zum Bürgermeisteramt, um seine Pistole wieder für ein Jahr im Tresor zu verschließen. Er überquerte den Platz und steuerte auf die kleine, mit Eisennieten beschlagene Seitentür zu, weil er, statt den modernen Fahrstuhl zu benutzen, lieber über die alten Steinstufen hinauf in sein Büro stieg. Dort wartete der Bürgermeister auf ihn, der gerade eine Pfeife stopfte.

»Danke, dass Sie gekommen sind«, sagte Bruno. »Ich habe Sie unter den Zuschauern gesehen.«

»Danke für Ihren Einsatz, Bruno. Das mit der Musik war übrigens ein hübscher Einfall. Tja, es stünde schlimm um Frankreich, wenn diejenigen, die für unsere Republik ihr Leben lassen, nicht mehr geehrt würden«, erklärte der Bürgermeister. »Wie mir übrigens aufgefallen ist, hat sich Capitaine Duroc wieder einmal aus der Affäre gezogen.«

»Capitaine Duroc gehorcht der Regierung, die anscheinend ihre Gründe hat, auf eine öffentliche Parade zu verzichten. Im Unterschied zu ihm bin ich nur Ihnen verpflichtet und den Bürgern von Saint-Denis«, erwiderte Bruno.

Der Bürgermeister lächelte. »Ah, Bruno, schön zu hören, was Sie da sagen. Wenn es bloß auch wahr wäre!«

I

Es war der erste Frühlingsmorgen, und die soeben auf-
gegangene Sonne vertrieb die Nebelschleier aus den
Waldsenken, durch die kleine Wasserläufe auf die Vézère
zuströmten. Tautropfen funkelten an den Knospen, die
sich scheinbar über Nacht an den kahlen Bäumen gebildet
hatten. Die Luft duftete irgendwie anders, frisch und hoff-
nungsvoll. Dutzende verschiedener Vogelarten belebten sie
mit ihrem Gesang. Gigi, der Basset-Rüde, hatte zwar schon
seine allmorgendliche Runde gedreht, war aber immer
noch ganz angetan von den Düften der neuen Jahreszeit
und streckte schnuppernd seine Nase durchs offene Fenster
des Polizeitransporters, den Bruno über den steilen, kur-
venreichen Weg steuerte, der von seinem Haus hinunter
zur Stadt führte. Bruno summte ein fast vergessenes Lied,
das vom Frühling in Paris handelte, und dachte an sein Ta-
gesprogramm, als er plötzlich auf die Bremse treten musste.

Es war das erste Mal, dass er auf dieser stillen Landstraße
von einem Verkehrsstau aufgehalten wurde. In endloser
Schlange standen vor ihm Autos und Traktoren mit laufenden Motoren. Ihre Fahrer schauten in Richtung Saint-Denis oder waren ausgestiegen, manche mit Handy am Ohr
und aufgeregt gestikulierend. Ein Hupkonzert setzte ein.
Bruno staunte noch über die ungewöhnliche Szene, als sein

eigenes Handy zu läuten anfing. Auf dem Display erschien der Name von Pierre, einem Nachbarn, der weiter unten an der Straße wohnte. Wahrscheinlich wollte er ihm vorjammern, dass er im Stau stand. Bruno ließ das Handy läuten. Es hatte anscheinend einen Unfall gegeben.

Ihm ging durch den Kopf, dass er jetzt hier nicht feststecken würde, hätte er, wie geplant, die Nacht bei Pamela verbracht. Doch diesen Gedanken verdrängte er sofort wieder. Seit vergangenem Herbst hatten die beiden ein lockeres Verhältnis miteinander, das sie auch nicht vertiefen wollte. Sie hatte ihre Einladung zum Abendessen und zu einer gemeinsamen Nacht kurzfristig abgesagt und erklärt, der Hufschmied käme am frühen Morgen vorbei, um ihre Pferde zu beschlagen. Nach Brunos Geschmack ließ Pamela allzu häufig Verabredungen platzen, und er war sich nicht sicher, ob sie auf Distanz ging oder einfach nur eine engere Bindung scheute. Jedenfalls würden sie sich am Abend sehen, was ihn aber nicht besonders zuversichtlich stimmte.

Den Blick nach vorn auf die stehenden Fahrzeuge gerichtet, ohne wirklich darauf zu achten, was er sah, spürte er, dass ihn sein Hund fragend anschaute. Gigi hatte recht; die Pflicht rief. Bruno stellte den Wagen am Straßenrand ab und stieg aus, um nach dem Rechten zu sehen. Alain, der Milchbauer, dessen Hof an der Straße nach Les Eyzies lag, hatte offenbar einen guten Überblick über die Lage.

»Gänse – Enten und Gänse«, rief er Bruno von seinem hohen Traktor aus zu. »Sie sind überall.«

Bruno hörte die Schreie der Tiere, die auf das Gehupe zu antworten schienen, und kletterte zu Alain hoch, wo er nun selbst die Ursache für den Stau erkannte. Flügelschlagend kreuzten Hunderte von Enten und Gänsen die Straße, um an eine weite Wasserfläche zu gelangen, die der Frühlingsregen auf der benachbarten Weide hatte anschwellen lassen.

»Die sind von Louis Villatte«, sagte Alain. »Ich schätze mal, ein Baum ist umgefallen und hat den Zaun des Geheges eingerissen. Der wird stinksauer sein. Hat an die dreitausend Vögel. Hatte er jedenfalls. Einige scheinen unter die Räder gekommen zu sein.«

»Hast du seine Telefonnummer?«, fragte Bruno. Alain nickte. »Dann ruf ihn an. Frag Louis, ob er weiß, dass sein Federvieh entkommen ist. Vielleicht kannst du ihm auch helfen, die Lücke im Zaum zu flicken. Ich komme dann auch, sobald der Verkehr hier wieder fließt.«

Bruno warf einen letzten Blick auf die riesige Vogelschar, die, wie von einem unwiderstehlichen Ruf gelockt, auf das Wasser zusteuerte. Dann kehrte er zu seinem Transporter zurück, öffnete Gigi die Tür und schritt die Reihe der stehenden Autos ab, aus denen ärgerliche Fragen auf ihn einprasselten. Mehr als einmal musste er über tote Vögel am Boden hinwegsteigen. Ein Fahrer, den er kannte, inspizierte missmutig einen zerschlagenen Scheinwerfer, während eine verwundete Gans unter dem Wagen kläglich schrie.

»Du bist doch auf einem Bauernhof groß geworden, Pierre«, sagte Bruno im Vorbeigehen. »Willst du das arme Tier nicht endlich erlösen?« Über die Schulter sah er, wie Pierre die Gans unter dem Wagen hervorzog und ihr den Hals umdrehte. Sie flatterte wild mit den Flügeln und erschlaffte dann. Wer auf einem Bauernhof aufgewachsen war, verstand sich auf diesen Handgriff, selbst Pierre, der mit Landwirtschaft längst nichts mehr zu tun hatte und als Buchhalter arbeitete.

Als Bruno die Stelle erreichte, an der die Vögel in heillosem Durcheinander, aus dem Wald kommend, die Straße passierten, sah er, dass sich im weiteren Straßenverlauf auch auf der Gegenspur die Autos stauten. Die Tiere mit Gigis Hilfe zurückzutreiben empfahl sich nicht, denn sie würden wahrscheinlich nur an anderer Stelle versuchen, die Straße zu überqueren. Diesem Exodus war kein Einhalt zu gebieten, er ließ sich allenfalls beschleunigen. Also überredete Bruno die Autofahrer an der Spitze beider Schlangen, ihre Fahrzeuge ein Stück zurückzusetzen, um die Gasse zu verbreitern und den Vögeln ein Durchkommen zu erleichtern. Als auch die Streitlustigen unter ihnen seiner Aufforderung murrend nachkamen, machte er sich mit Gigi auf den Weg durch den Wald zum Hof der Villattes, im weiten Bogen vorbei an der Prozession der Vögel, die nicht enden zu wollen schien. Bruno schmunzelte und fragte sich, ob die Tiere wohl zu fliehen versuchten oder von Neugier getrieben waren, vielleicht von einer Abenteuerlust, die der Frühling in ihnen geweckt hatte.

Er traf Louis, dessen Frau und Alain, den ältesten Sohn, vor einer großen Lücke im stabilen Maschendrahtzaun des weitläufigen Geheges. Die hatte weder ein umgestürzter Baum noch ein außer Kontrolle geratener Traktor geschlagen. Vielmehr deutete alles auf Vorsatz hin. Mehrere Pfosten waren aus der Verankerung gerissen, der Maschendraht aufgeschnitten. Louis war gerade dabei, die Lücke notdürftig mit Brettern, alten Türen und Pappkartons zu flicken. Mit fuchtelnden Armen und unterstützt von ihrem kläffenden Hund, scheuchten seine Frau und Alain die noch verbliebenen Vögel zurück, die den anderen in den Wald und zum Tümpel jenseits der Straße folgen wollten.

Ohne dazu aufgefordert zu sein, nahm auch Gigi an der Treibjagd teil, während Bruno dabei half, die letzten Schlupflöcher mit Reisig zu schließen. Erst als der Zaun wieder dicht war, streckte Louis die Hand aus, um Bruno zu begrüßen. Gigi und der Hund der Villattes beschnupperten einander höflich und nahmen dann Seite an Seite Platz, um denjenigen Vögeln zu drohen, die es wagten, ihnen zu nahe zu kommen.

»Danke, Bruno«, sagte Louis. »Wir sind schon seit Tagesanbruch hier zugange. Das Gezeter der Vögel hat uns aus dem Bett geholt. Sehen Sie sich das Loch an! Irgendein Mistkerl hat den Zaun mutwillig eingerissen und ganze Arbeit geleistet.«

»Und wir wissen auch, wer«, ergänzte Sandrine, seine Frau. »Hier, schauen Sie mal, was an dem Pfosten da vorn gehangen hat.« Sie reichte ihm einen fotokopierten Handzettel, der in einer durchsichtigen Plastikhülle steckte.

»SCHLUSS mit der Tierquälerei! Boykottiert *foie gras*« stand darauf zu lesen, darunter ein verschmiertes Foto von einer Ente in viel zu engem Käfig, der von einem Mann ein Schlauch in den Schlund gestopft wurde. Unterschrieben war die Aufforderung mit »*Contactez* PETA*France.com.*«

»Wofür steht PETA?«, fragte Louis, der Bruno über die Schulter schaute.

»People for the Ethical Treatment of Animals«, antwortete er. »Eine amerikanische Bewegung, vielleicht auch britisch. Jedenfalls findet sie auch in Frankreich Zulauf. In

Paris haben sie mächtig Krach geschlagen. Wegen Legebatterien und der Boxenhaltung von Kälbern. Es scheint, dass sie jetzt gegen Gänseleberpastete vorgehen wollen.«

»Aber das ist unsere Lebensgrundlage«, sagte Sandrine. »Außerdem stellen wir keine Pasteten her, sondern ziehen nur die Vögel auf, und das ist doch wohl nicht verwerflich.«

»Sehen Sie nur.« Louis zeigte auf den Zaun. »Die sind mit Bolzenschneidern zu Werke gegangen. Das heißt, die Sache war geplant. Sie haben ein verdammt großes Stück aus dem Maschendraht geschnitten und weggeschafft, wahrscheinlich irgendwo in der Nähe versteckt. Der andere Junge sucht gerade danach.«

»Stadtärsche!«, fluchte Alain. »Haben keinen blassen Schimmer vom Landleben und fallen wie Terroristen über uns her, um uns zu ruinieren.« Er wandte sich ab und spuckte aus. »Finden Sie heraus, wer dahintersteckt, Bruno. Für alles Weitere sorgen wir.«

Bruno ging auf Alains Wutausbruch nicht ein und wechselte das Thema. »Die Vögel sind alle zum Tümpel rüber, der sich auf dem Feld hinter der Straße gebildet hat«, berichtete er. »Da scheinen sie erst einmal bleiben zu wollen. Gibt es irgendeine Möglichkeit, sie zurückzulocken?«

»Ich werde mit der Futterglocke läuten. Dann kommen die meisten bestimmt angeflattert. Alle anderen fangen wir dann mit dem Netz ein«, erklärte Louis. »So machen wir's meistens. Wir schaffen sie in den Hänger und bringen sie zurück, sobald der Zaun repariert ist.«

»Je eher, desto besser«, sagte Bruno. »Sie legen nämlich den Verkehr lahm. Deshalb bin ich hier.«

»Dumme Gänse«, murmelte Louis missmutig. »Sie haben ihren eigenen Tümpel da drüben, an dem nichts auszusetzen ist. Aber kaum wittern sie was Neues, sind sie weg.« Er zeigte auf einen Teich im hinteren Teil des Geheges, in dem einige der Vögel, die vergeblich versucht hatten, durch den neu verbarrikadierten Zaun zu entkommen, schon wieder gelassen in ihrem vertrauten Teich herumdümpelten.

Ein Junge von ungefähr zehn Jahren kam aus dem Wald auf sie zugelaufen und schleppte stolz ein Stück Maschendrahtzaun.

»Ich hab's, Papa«, rief er. »Und es ist noch mehr davon da. Ich kann dir zeigen, wo.« Als er den Polizisten sah, bei dem er im Winter Rugby und im Sommer Tennis spielen lernte, strahlte er übers ganze Gesicht. »Bonjour, Monsieur Bruno.« Er ließ das Drahtgeflecht fallen und schüttelte Bruno die Hand.

»Bonjour, Daniel. Hast du irgendwas gesehen oder gehört, als das hier passiert ist?«

»Nichts. Ich habe noch geschlafen, als Papa uns nach draußen gerufen hat, um die Tiere einzufangen.«

»Aber ich habe etwas gehört. Entengeschnatter, kurz bevor der Hahn zu krähen anfing«, sagte Louis. »Es muss also noch vor Tagesanbruch gewesen sein. Ich dachte nur, seltsam, denn die Enten rühren sich erst nach den Hühnern.«

»Könnte es ein Lockruf gewesen sein, aus einer Pfeife?«, fragte Bruno. »Wer den Zaun aufgeschnitten hat, wird darauf aus gewesen sein, die Tiere zu vertreiben, solange im Haus noch alles schlief.«

»Ja, so muss es sich abgespielt haben«, pflichtete ihm Sandrine bei. »Die Vögel warten morgens immer vor der Scheune, um gefüttert zu werden. Von allein ziehen sie nicht los. Nicht einmal als der Sturm einen Teil des Zauns flachgelegt hat.«

»Ich muss jetzt wieder zur Straße zurück und dafür sorgen, dass sich der Stau auflöst«, sagte Bruno.

»Was wissen Sie über diese PETA-Organisation?«, fragte Sandrine.

»Nicht viel, aber ich werde mich schlaumachen«, entgegnete Bruno. »Ich fürchte, Sie haben ein paar Tiere verloren. Einige sind unter die Räder gekommen, aber der Schaden hält sich in Grenzen.«

»Jeder Vogel bringt uns sechs Euro. Wir dürfen uns keine Verluste leisten, denn zuerst muss dieser Bankkredit bedient werden, ehe wir hier auf eigene Rechnung verkaufen können. Und was, wenn diese PETA-Leute uns noch einmal überfallen?«, fragte sie.

»Dann knalle ich sie ab«, knurrte Louis. »Wir werden rund um die Uhr Wache halten.«

»Sie haben das Recht, Ihr Eigentum zu schützen, allerdings nur mit zulässigen Mitteln«, erklärte Bruno. »Lassen Sie sich nicht dazu hinreißen, selbst zu entscheiden, welche Mittel zulässig sind. Wenn wieder etwas passiert, sollten Sie mich anrufen, und was immer Sie tun, wehren Sie sich auf keinen Fall mit Waffen. Sonst geraten Sie womöglich noch in größere Schwierigkeiten als diese PETA-Typen. Das Beste wäre, Sie machten Fotos von ihnen, über die wir sie identifizieren können. Vielleicht sollten Sie Scheinwerfer aufstellen oder Bewegungsmelder installieren ...«

»Fotos bringen nichts«, widersprach Alain. »Die Gerichte stehen doch auf deren Seite, das wissen Sie, Bruno. Sind selber alle Ökos, unsere Richter. Und dann gibt's da noch diese Lebensmittelinspektoren und jede Menge Verordnungen und Richtlinien, mit denen wir uns rumzuschlagen haben.«

»Ich glaube, ich weiß, wer dahintersteckt«, unterbrach Sandrine. »Diese Archäologiestudenten nämlich, die vergangene Woche gekommen sind und für einen deutschen Professor irgendwo da drüben, Richtung Campagne, im Dreck buddeln. Sie wohnen auf dem Gemeinde-Campingplatz. Zurzeit sind sie die einzigen Fremden in unserer Gegend, und Sie wissen ja, wie diese Studenten drauf sind. Alles Ökos.«

Bruno nickte. »Ich werde der Sache nachgehen. Wir sehen uns später.« Beim Blick auf den Zaun sah er einen weiteren Handzettel an einem der Pfosten flattern. In einer jener Zellophantüten, die sonst zum Einfrieren von Lebensmitteln verwendet werden. Er holte ein Taschentuch hervor und löste die Tüte vorsichtig vom Pfosten. Möglich, dass die Kriminaltechnik damit etwas anfangen konnte. Entlang des Zauns waren noch weitere Exemplare zu finden. Er nickte Alain zu. »Hast du Lust mitzukommen? Vielleicht brauchen wir euren Trecker.«

Als er die Straße erreichte, wo sich die Autos allmählich wieder in Bewegung setzten, klingelte sein Handy erneut. Auf dem Display erschien der Name »Horst«. So ein Zufall, dachte er und nahm den Anruf entgegen. Horst Vogelstern war der deutsche Archäologieprofessor, der die Ausgrabungen leitete und mit den Studenten zusammenarbeitete. Seit mehr als zwanzig Jahren verbrachte Horst seinen Urlaub in seinem kleinen Haus am Stadtrand von Saint-Denis und erforschte das Tal der Vézère, das vom hiesigen Fremdenverkehrsbüro als Wiege der Menschheit beworben wurde. Vor über hundert Jahren waren ganz in der Nähe Überreste einer Siedlung von Cro-Magnon-Menschen entdeckt worden, und weiter oben am Fluss gab es die berühmten Höhlenmalereien von Lascaux zu bestaunen. Bruno war stolz darauf, in diesem Tal zu wohnen, das sich rühmen konnte, seit der frühen Steinzeit ununterbrochen von Menschen bewohnt zu sein.

Bruno hatte schon einige Vorträge von Horst gehört, der perfekt Französisch sprach, wenngleich mit Akzent. Er besuchte ihn manchmal auf einer seiner Ausgrabungsstätten, wo sie dann einen Imbiss zu sich nahmen, und interessierte sich für die Artikel, die Horst in der bekannten Monatszeitschrift *Dossiers d'Archaeologie* veröffentlichte. Normalerweise ein stiller Mann, wurde Horst immer sehr leidenschaftlich, wenn sein Thema zur Sprache kam, nämlich das große Rätsel der Verdrängung des Neandertalers durch den Cro-Magnon-Menschen vor rund dreißigtausend Jahren. War es zu gewaltsamen Auseinandersetzungen gekommen? Hatten sich die Arten gemischt? Oder waren Krankheiten und Seuchen für das Aussterben der Neandertaler verantwortlich gewesen? Für Horst waren dies entscheidende Fragen zur Entstehung der Menschheit, und wenn er davon sprach, spürte Bruno etwas von dem Feuer, das diesen Wissenschaftler antrieb.

»Horst«, sagte er. »Wie geht es Ihnen? Ich wollte grad zu Ihnen.«

»Gut. Wir brauchen Sie sofort. Und bringen Sie einen Arzt mit. Wir haben eine Leiche gefunden.«

»Gratuliere – danach suchen Sie doch, oder?«

»Ja, nach Knochen aus ferner Vergangenheit. Aber hier geht's um was anderes. Die Leiche, die wir ausgegraben haben, trägt eine Kette um den Hals und einen Anhänger, auf dem der heilige Christophorus abgebildet ist. Und eine Swatch, wenn ich mich nicht irre. Das fällt in Ihr Gebiet, Bruno, und nicht in meins.«

2

Als Horst ihn über das Ausgrabungsfeld führte, über das ein Raster aus weißen Schnüren gespannt war, staunte Bruno wieder einmal über die Sorgfalt und Mühe, die das Team an den Tag legte. Jede Handvoll ausgegrabener Erde wurde gesiebt, jedes mögliche Fundstück mit feinen Pinseln abgestaubt, und alle waren so konzentriert bei der Arbeit, dass kaum jemand auf ihn achtete, als er vorbeiging. Manche standen in den parallel verlaufenden Gräben, die so tief waren, dass sie darin verschwanden, und auch sie blickten nur auf, wenn er sich über den Rand beugte und ihnen das wenige Sonnenlicht nahm, das sie hatten.

Er hörte jemanden »Bruno« rufen, drehte sich um und sah ein hübsches schlankes Mädchen mit hellen Haaren herbeilaufen. Sie sprang über einen Haufen ausgehobener Erde und warf sich ihm in die Arme.

»Dominique«, begrüßte er sie freudig. Er kannte sie seit ihrer Kindheit. Ihr Vater, Stéphane, war ein Jagdgefährte. Er führte eine kleine Milchwirtschaft in den Hügeln und stellte den *tomme d'Audrix* her, Brunos Lieblingskäse. Seit Brunos Ankunft in Saint-Denis durfte er jeden Winter an der Schlachtung des Hausschweins teilnehmen, wobei ihm und Dominique die Aufgabe zufiel, dessen Innereien im kalten Wasser des nahen Flusses zu waschen. Jetzt studierte

Dominique an der Universität in Grenoble und war aktives Mitglied der Grünen Partei. »Ich wollte sowieso zu euch auf den Hof kommen. Dein Vater hat mich Sonntag zum Mittagessen eingeladen.«

»Bist du wegen des Toten hier?«, fragte sie und hakte sich bei ihm unter.

»Genau, ich schaue ihn mir jetzt einmal an. Wir sehen uns dann am Sonntag.«

»Nein, schon heute Abend im Museum. Du musst dir den Professor anhören. Er wird etwas Großes ankündigen; mehr darf ich nicht verraten. So, und jetzt muss ich wieder Dreck sieben.«

Sie lief davon, und Bruno ließ den Blick wieder über das Ausgrabungsgelände schweifen. Die Gräben liefen auf einen Felsüberhang zu, vor dem ein quadratisches Loch ausgehoben worden war, rund vier mal vier Meter groß und drei Meter tief. Am Rand lehnten Aluleitern. Auf dem Grund lag ein großer flacher Stein mit sonderbaren Vertiefungen an der Oberfläche. Davor hockten drei Archäologen. Sie beschäftigten sich mit Bruchstücken von glatter Beschaffenheit und bräunlicher Farbe und gingen mit Pinseln zu Werke, die so fein waren wie die eines Miniaturenmalers. Bruno glaubte, erkennen zu können, dass sie Knochenreste in den Händen hielten, und schaute sich fragend nach Horst um, weil er annahm, dass der ihn wegen dieser Skelettteile gerufen hatte. Die Männer im Loch schenkten ihm keine Beachtung. Die Intensität, mit der sie arbeiteten, verblüffte ihn noch mehr angesichts der gespenstischen Natur ihrer Entdeckung. Er hatte damit gerechnet, ein Team anzutreffen, das zu schockiert war, um weiterarbeiten zu können. Aber für Archäologen schienen Knochen und der Tod etwas Alltägliches zu sein.

»Entschuldigung, dieses Grab ist überfüllt«, sagte Horst. »Die Fundstelle Ihres Toten liegt ein bisschen abseits.« Sein Bart war seit ihrer letzten Begegnung noch etwas weißer geworden, das Kopfhaar lichter. Er trug dieselbe englische Tweedjacke mit Lederflicken an den Ellbogen wie im Vorjahr und all die Jahre zuvor. »Die Knochen da unten sind über dreißigtausend Jahre alt. Was ich Ihnen zeigen will, ist jüngeren Datums.«

Er führte Bruno an einem Flaschenzug vorbei, der an einem Dreifuß hing und mit einer Winde bedient wurde, und steuerte auf einen längeren, schmalen Graben zu, der gut einen Meter tief war. Davor standen zwei Frauen, eine junge hübsche und eine ältere mit roten Haaren, die ein grün-weiß gestreiftes Herrenhemd trug, und sahen ihnen entgegen.

Die junge Frau, die ihr dunkles glänzendes Haar zu einem losen Knoten am Hinterkopf gewunden und mit zwei Stäbchen so festgesteckt hatte, dass sie wie eine alte Fernsehantenne aussahen, legte einem stämmigen jungen Mann mit langen Haaren tröstend eine Hand auf die Schulter. Er kniete mit gebeugtem Kopf am Graben. Neben ihm lag eine kleine Kelle. Die rothaarige Frau lächelte Bruno freundlich zu, der sich nun vor jene heikle Frage gestellt sah, die eine Begrüßung auf französische Art häufig aufwarf. Er war unschlüssig, ob er sie schon gut genug für eine *bise* kannte, ein Küsschen auf beide Wangen. Sie war Leiterin einer der wissenschaftlichen Abteilungen im *Musée national de Préhistoire* von Les Eyzies.

»Bonjour, Clothilde«, sagte er und schüttelte kurz entschlossen der rothaarigen Französin die Hand. Sie jedoch zog ihn an der ausgestreckten Hand zu sich hin und küsste ihn entschieden auf die Wangen, als wollte sie ein für alle Mal klarstellen, dass sie sich durch nichts von einer herzlichen Begrüßung abhalten ließ, schon gar nicht von einer gerade entdeckten Leiche. Clothilde Daunier zählte zu den prominentesten Archäologen Frankreichs. Sie und Horst waren einmal ein Liebespaar gewesen und auch jetzt immer noch eng befreundet. Bei einer Flasche Wein, aus Deutschland für Bruno mitgebracht, hatte Horst ihm einmal anvertraut, dass Clothilde die Liebe seines Lebens sei, obwohl ihre Affäre zu diesem Zeitpunkt angeblich schon vorüber war. Bruno zweifelte jedoch daran, denn er war sich sicher, Horst in jenem grün-weiß gestreiften Hemd gesehen zu haben, das Clothilde nun trug.

»Bruno, darf ich vorstellen, diese junge Dame ist Kajte aus Holland. Ich hoffe, ihren Namen richtig ausgesprochen zu haben«, sagte Clothilde. Das Mädchen lächelte kühl und reichte Bruno die Hand. Sie machte einen sehr selbstbewussten Eindruck und taxierte ihn mit ihren grauen Augen schnell und gründlich. Sie trug wie alle anderen Studenten auf dem Gelände eine kurze Khakihose und ein Jeanshemd; ihre Sachen aber sahen teuer aus. Vielleicht lag es an der Art, wie sie sie trug, dachte Bruno. »Und dies ist der junge Mann, der die Leiche gefunden hat. Er kommt aus England, heißt Teddy und ist aus verständlichen Gründen ziemlich mitgenommen.«

»Wann haben Sie den Fund gemacht?«, fragte Bruno mit Blick in den Graben, wo er einen Schädel entdeckte, zwei Schulterblätter und das, was er für Armknochen hielt.

Hüften und Beine steckten noch halb verschüttet unter der Erde. Das ausgestreckte Skelett lag mit dem Gesicht nach unten. Verrottete Teile dessen, was eine Lederjacke gewesen sein mochte, mischten sich unter die losen Erdkrumen und Steinchen auf dem Rücken des Toten. Am Schädel klebten noch ein paar Strähnen, und da, wo der Hals gewesen war, schimmerte golden das von Horst erwähnte Medaillon mit dem heiligen Christophorus. Am deutlichsten zu erkennen waren die mit einem rötlichen Stromkabel im Rücken gefesselten Hände. Am linken Handgelenk hing eine Swatch.

»Um Himmels willen!«, sagte Bruno. »Wenn man sich die gefesselten Hände ansieht, könnte man meinen, er wäre lebendig begraben worden.«

»Den Gedanken hatte ich auch«, entgegnete Clothilde. »Ich fürchte, dieses Grab wird mich in meinen Träumen verfolgen. Da deutet doch alles auf einen Mord hin, oder?«

»Jedenfalls wird sich die *Police Nationale* darum kümmern müssen. Und die Gerichtsmedizin. Ich muss Meldung machen, und dann wird dieser Ort hier abgesichert. Man wird genau wissen wollen, wann und wo das Skelett gefunden wurde.«

»Teddy hat es gefunden, kurz nach Arbeitsbeginn. Wir fangen immer um halb acht an, und ich habe Sie schon vor acht Uhr angerufen«, sagte Horst. »Zuerst waren nur die Handknochen zu sehen. Als wir dann ein bisschen mehr Erde abgetragen haben, kam der Rest zum Vorschein.«

»Bonjour, Teddy«, grüßte Bruno den jungen Mann. »Sprechen Sie Französisch?«

»Ein… bisschen«, antwortete er stockend. Bruno

blickte in zwei hellblaue Augen. Ebenso auffallend war das markante, vorspringende Kinn. »Habe den *professeur* sofort informiert. War allein, als ich das hier gefunden habe.« Er hatte eine sehr tiefe Stimme und war schwer zu verstehen wegen seiner Aussprache, die so melodisch klang, dass Bruno ihn weder für einen Engländer noch für einen Deutschen halten konnte.

Bruno wandte sich an Horst. »War er allein? Ich dachte, Sie arbeiten im Team«, fragte er in Erinnerung an frühere Ausgrabungen.

»Eigentlich ja, aber Teddy hatte eine interessante Idee, die er verfolgen wollte«, antwortete Horst. »Er suchte nach Abfällen und der Latrine, und zwar abseits des Frischwasserzulaufs. Das macht Sinn – vorausgesetzt, der Bach hatte vor dreißigtausend Jahren dasselbe Bett wie heute, was ich sehr bezweifle.«

»Solche sogenannten Muschelhaufen sind archäologische Fundgruben. Sie verraten uns eine Menge über das, was die Menschen damals gegessen haben, welche Werkzeuge sie hatten und so weiter«, erklärte Clothilde. »Ich weiß, dass Teddy sorgfältig arbeitet, also haben wir ihn machen lassen. Er gräbt hier schon seit drei Tagen.«

»Ich muss einen Arzt rufen. Auch wenn alles so offensichtlich ist, brauchen wir einen Totenschein.« Bruno wandte sich ab und nahm das Handy aus der Gürteltasche, um Fabiola in der Klinik anzurufen. Sie war nicht nur eine gute Freundin, sondern verstand sich auch auf forensische Untersuchungen.

Während er dem Summton lauschte, schaute er auf den Felsen, der hoch über der Ausgrabungsstätte aufragte und mit seinem Überhang ein schmales schützendes Dach bildete. Rund fünfzehn Meter entfernt stürzte ein Bach über den bewaldeten Abhang, dem sich ein zweiter Felsvorsprung ohne Überhang anschloss. Die Reifenspuren von Horsts Geländewagen folgten dem weiteren Bachverlauf über eine Strecke von gut hundert Metern bis zur Straße nach Les Eyzies. Trotz der hohen Klippen und des steil ansteigenden Waldes dazwischen schien die Sonne fast den ganzen Tag auf das Ausgrabungsgelände. Bruno fragte sich gedankenverloren, inwieweit sich die Landschaft in über dreißigtausend Jahren verändert haben mochte und ob das Gelände vom Bach mit seinen Schwemmstoffen aufgeschüttet worden war. Im Gegensatz zu Horst glaubte er nicht, dass sich der Bachlauf zwischen diesen markanten Felsen, die eine natürliche Schneise bildeten, allzu sehr verändert hatte.

Als sich Fabiola meldete, erläuterte Bruno den Grund seines Anrufes und beschrieb ihr den Weg zur Fundstelle. Dann wandte er sich wieder Horst und Clothilde zu.

»Sie graben nun schon seit Jahren. Haben Sie eine Ahnung, wie lange die Leiche schon hier liegt?«

Clothilde zuckte mit den Achseln. »Wir beschäftigen uns zwar mit alten Knochen, nicht aber mit Verwesungsprozessen. Ich zumindest nicht. Ich weiß nur, dass die Bodenbeschaffenheit ein entscheidender Faktor ist. Vermutlich wird die Leiche vor mindestens zehn Jahren verscharrt worden sein, aber ganz bestimmt nicht vor 1983.«

»Wie kommen Sie darauf?«

»Die Swatch.« Sie hob ein Smartphone in die Höhe und schmunzelte verschmitzt, was sie zehn Jahre jünger aussehen ließ und Horsts Zuneigung zu ihr noch verständlicher machte. »Ich habe vorhin im Internet recherchiert. Solche Uhren sind erst seit 1983 auf dem Markt.«

»Wie sah die Fundstelle vor der Grabung aus?«, fragte Bruno. »Irgendwelche Auffälligkeiten?«

Horst schüttelte den Kopf. »Wie das übrige Gelände. Unberührt. Wie zu Peyronys Zeiten.«

Bruno runzelte die Stirn. »Wurde hier schon einmal gegraben?«

»Ja, vor fast hundert Jahren. Durch Denis Peyrony. Er war ein Schullehrer aus der Gegend und gilt heute als Vater der französischen Archäologie«, erklärte Clothilde. »Noch vor dem Ersten Weltkrieg hat er so bedeutende Fundorte wie *Les Combarelles* und *Font-de-Gaume* entdeckt und auch das Museum gegründet, in dem ich jetzt arbeite. Auf ihn geht der Katalog aller bekannten Ausgrabungsstellen zurück wie auch der Orte, an denen sich aller Wahrscheinlichkeit nach archäologische Zeugnisse finden lassen. So etwa diese hier. Er hatte allerdings nicht die Zeit für ausführlichere Grabungen, und als er hier nichts fand, zog er weiter. Wir, Horst und ich, dachten, ein zweiter Blick könnte nicht schaden.«

»Gab es dafür einen besonderen Grund?«, fragte Bruno.

»Professioneller Instinkt«, antwortete Horst. Die bedeutende Fundstätte La Ferrassie lag ganz in der Nähe von Brunos Zuhause und war berühmt als Neandertalerfriedhof. Man hatte dort menschliche Überreste gefunden, deren Alter auf siebzigtausend Jahre geschätzt wurde. Die Schädel und Skelettteile – insgesamt von acht Personen, unter ihnen zwei Föten – galten als etwas ganz Besonderes.

Doch konnte sich Bruno nicht mehr genau erinnern, nur daran, dass die Fundstelle mit ihrem überragenden Felsdach und Bachlauf ganz ähnlich gelegen war wie diese hier. Bruno warf einen neidischen Blick auf Clothildes Smartphone und dachte, wie praktisch es wäre, wenn er sich unterwegs im Netz über La Ferrassie erkundigen könnte, statt jedes Mal an seinen Computer im Büro zurückkehren zu müssen. Aber in Anbetracht des bescheidenen Budgets der Stadt kam eine solche Anschaffung wohl nicht in Frage.

»Wann haben Sie mit den Ausgrabungen hier begonnen?«, fragte er.

»Erst vor zehn Tagen, als die Studenten gekommen sind«, antwortete Horst. »Allerdings haben wir schon letzten Herbst erste Grabungen vorgenommen, die so vielversprechend waren, dass wir zurückgekommen sind. Das scheint sich in Fachkreisen herumgesprochen zu haben, denn wir sind mit Anfragen geradezu überhäuft worden.«

»Solche Vorhaben lassen sich kaum geheim halten«, sagte Clothilde. »Jeder noch so kleine Hinweis geht um die ganze Welt.«

»Klingt interessant«, entgegnete Bruno, dem keine intelligente Frage einfallen mochte, weil er nicht wusste, was diese Experten für wichtig erachteten. »Ich nehme an, Sie haben mit den alten Knochen dort drüben schon einen guten Fund gemacht. Auf solche Gräber stößt man wohl nicht alle Tage. Sie sprachen von dreißigtausend Jahren. Handelt es sich nun um Neandertaler oder um Cro-Magnon-Menschen?«

Horst und Clothilde tauschten vorsichtige Blicke.

»Für eine endgültige Antwort ist es noch zu früh«, antwortete sie vorsichtig. »Horst wird heute Abend im Museum einen Vortrag halten und sich näher dazu äußern.«

»Ich hoffe, Sie kommen«, sagte Horst.

»Mir scheint, Sie haben in der Tat etwas Wichtiges entdeckt«, erwiderte Bruno. »Ich wäre allerdings ohnehin gekommen. Übrigens, wozu brauchen Sie diese Winde?«

Horst schaute hinüber zu einer Art Dreifuß, auf den Bruno mit der Hand zeigte. »Damit wollen wir den großen flachen Stein aus dem Graben ziehen«, antwortete Horst. »Er weist ähnliche Vertiefungen auf wie die in La Ferrassie gefundene Grabplatte, die allerdings an die vierzigtausend Jahre älter sein dürfte.«

Bruno schwirrte der Kopf von den vielen Daten, mit denen Horst scheinbar mühelos jonglierte. »Faszinierend«, sagte er höflich. »Im Moment interessiere ich mich allerdings mehr für die Knochen aus jüngerer Zeit.«

»Die, das können wir wohl mit Sicherheit annehmen, nichts mit unserem Fach zu tun haben«, ergänzte Horst lächelnd. »Außer natürlich, dass einer unserer Studenten sie gefunden hat.«

Teddy richtete sich auf. Er überragte alle anderen. Bruno schätzte ihn auf zwei Meter. Die junge Holländerin reichte ihm gerade mal bis zur Brust. Seine Schultern waren entsprechend breit. Die beeindruckende Gestalt machte Bruno neugierig, nicht zuletzt der Umstand, dass seine Nase gebrochen zu sein schien.

»Spielen Sie Rugby?«, fragte er.

Teddy lächelte zum ersten Mal. »Klar. Ich komme aus Wales, *Pays de Galles*, wie man hier sagt. Da spielen alle Rugby, ich schon seit der Schulzeit.«

»Gareth Edwards, Ieuan Evans«, zählte Bruno auf und nannte damit zwei der größten walisischen Rugbyspieler der letzten Zeit, die hier, im französischen Stammland des Rugbysports, ebenso verehrt wurden wie in Wales. Dass Teddy dort geboren war, erklärte auch seinen ungewöhnlichen Akzent. »Ich habe Evans spielen sehen, auch Edwards, ihn allerdings nur im Fernsehen. Wenn Sie Lust haben, könnten Sie bei Gelegenheit an unserem Training teilnehmen.«

Teddy nickte eifrig. In diesem Moment war eine Autohupe von der Straße her zu hören. Bruno beeilte sich, Fabiola herbeizulotsen. Doch sie ließ den Wagen lieber auf der Straße stehen, statt ihm die holprige Strecke bis zur Ausgrabungsstelle zuzumuten, und reichte Bruno ihren Arztkoffer, ehe sie ihn auf beide Wangen küsste.

»Haben Sie heute etwa dienstfrei?«, fragte er, weil sie nicht wie sonst einen schicken Hosenanzug, sondern Jeans und einen Pullover trug.

Sie schüttelte den Kopf und erzählte, dass sie bis eben in der Klinikapotheke aufgeräumt und Arzneimittel entsorgt habe, deren Verfallsdatum abgelaufen war.

»Ich bin froh, eine Pause einlegen zu können«, sagte sie, »auch wenn es wegen einer Leiche ist. Manche Sachen im Schrank der Apotheke haben schon Schimmel angesetzt. Die lagern da offenbar schon seit meiner Schulzeit, als ich noch Ballerina werden wollte und nicht Ärztin.«

Bruno runzelte erstaunt die Stirn. Diese Geschichte kannte er noch nicht. Er stellte Fabiola den Archäologen vor und bemerkte, wie diese auf die lange Narbe in Fabiolas Gesicht starrten und dann schnell wegschauten. Bruno achtete schon längst nicht mehr auf dieses Andenken an einen Kletterunfall im Gebirge, und Fabiola ignorierte die Narbe einfach. Ihre Haltung und ihre Art, sich zu kleiden, zeugten vielmehr vom Selbstbewusstsein einer sehr attraktiven Frau, die um ihre Qualitäten wusste.

Fabiola warf einen Blick auf das Skelett im Graben und machte gleich ein paar Fotos von allen Seiten mit einer kleinen Digitalkamera, die sie aus einer Jeanstasche gezogen hatte. Dann musterte sie skeptisch die schmalen Stufen, die auf beiden Seiten des Grabens in den bröckelnden Rand gegraben worden waren.

»Kann ich denen trauen? Ich möchte mir die Sache von nahem ansehen«, sagte sie.

»Durchaus«, antwortete Horst. »Wir müssen nur ein wenig Dreck beiseiteschieben. Halten Sie sich an mir fest.« Er gab ihr die Hand, als sie vorsichtig nach unten stieg. Bruno stellte ihren Koffer am Rand ab.

»Könnte mir einer von euch Archäologen helfen, den Schädel freizulegen?«, rief Fabiola nach oben. »Damit ich ihn mir genau ansehen kann.«

»Vielleicht finden Sie eine Brieftasche oder irgendetwas, womit sich der Tote identifizieren lässt«, sagte Bruno. Soweit er wusste, war seit seiner Ankunft in Saint-Denis vor rund zehn Jahren niemand spurlos verschwunden, und ungelöste Vermisstenfälle gab es auch keine.

Horst ließ sich von Teddy den Pinsel, die Kelle und einen Plastikbeutel reichen und stieg ebenfalls in den Graben. Während Fabiola weitere Fotos machte, trug er auf Höhe des Schädels noch mehr Erde ab und reichte Teddy den gefüllten Beutel im Austausch gegen einen leeren. Als Horst die Kelle wieder ansetzte, hielt Fabiola ihn zurück, um die

Schädelbasis in Augenschein zu nehmen, die sie dann behutsam mit dem Pinsel abwischte.

»Ich bin mir sicher, hier ist ein Einschussloch«, sagte sie und blickte zu Bruno auf. »Das Opfer wurde zwar nicht lebendig begraben, ein Mord war's aber trotzdem.«

Bruno drückte auf seinem Handy die Kurzwahltaste für seinen Freund Jean-Jacques Jalipeau, den Chefermittler der *Police Nationale* in Périgueux. Das Handy ans Ohr gepresst, überlegte Bruno, wie er Horst und Clothilde beibringen sollte, dass sie ihre Arbeit vorübergehend ruhen lassen mussten. Die polizeilichen Ermittlungen hatten Vorrang vor wissenschaftlichen Interessen, und bald würde das ganze wertvolle Grabungsgelände als Tatort abgesichert und nur noch für die Spezialisten der Kriminaltechnik zugänglich sein. Allenfalls ließe sich Jean-Jacques darauf ein, die Ausgrabungen nur kurzfristig zu unterbinden, da ja die Mordtat schon einige Zeit zurücklag.

Statt Jean-Jacques selber meldete sich dessen Anrufbeantworter. Bruno sprach ihm aufs Band und drückte dann die Null-Taste, über die er die Polizeizentrale erreichte. Er meldete den Fund und Fabiolas erste Einschätzung und wurde gebeten, erstens den Tatort zu sichern und zweitens mit allen Anwesenden vor Ort zu bleiben, bis das Ermittlerteam zur Stelle wäre. Auf seine Frage, wann denn damit zu rechnen sei, bekam er die Auskunft: in zwei bis drei Stunden, frühestens. Bruno meldete sich daraufhin bei Sergeant Jules in der Gendarmerie und forderte ihn auf, jemanden in Uniform zu schicken, denn er, Bruno, habe noch andere Termine.

»Ich brauche eine Liste der Namen aller Studenten, die

hier arbeiten, einschließlich der Nummern ihrer Pässe oder Personalausweise«, sagte Bruno, der nicht recht wusste, wen er ansprechen sollte, Horst oder Clothilde. Zwar leitete Horst die Ausgrabungen, aber Clothilde hatte wahrscheinlich das Sagen, da sie sich hier auf französischem Boden befanden.

»Wenn Sie mit mir ins Museum kommen, kann ich Ihnen die Liste sofort geben«, erwiderte Horst.

Bruno schüttelte den Kopf. »Tut mir leid, aber niemand darf von hier weg, ehe die Ermittler aus Périgueux eingetroffen sind. Das ist Vorschrift und gilt auch für mich, es sei denn, ich lasse mich von einem Gendarmen vertreten.«

»Geben Sie mir Ihre E-Mail-Adresse«, sagte Clothilde und tippte auf ihr Smartphone. Bruno nannte sie ihr, worauf sie mit verschmitztem Lächeln alle gewünschten Daten, die sie offenbar gespeichert hatte, an sein Büro schickte. »Kann ich jetzt gehen?«

»Leider nein. Aber da fällt mir ein, vielleicht könnten Sie mir verraten, ob einer Ihrer Studenten Tierschützer ist. Es gab vergangene Nacht einen unschönen Zwischenfall. Irgendjemand hat den Zaun eines Geheges niedergerissen, Hunderte von Enten und Gänsen freigelassen und überall Flugblätter verstreut. Da Ihre Studenten alle aus dem Ausland kommen, muss ich wissen, wo sie sich zur Tatzeit aufgehalten haben.«

»Wenn sich seit meiner Studienzeit nicht allzu viel verändert hat, werden sich unsere Leute bestimmt gegenseitig Alibis für die Nacht geben können«, erwiderte Clothilde und nickte schmunzelnd in Richtung von Teddy und Kajte.

3

Sergeant Jules hatte Wort gehalten und war innerhalb kürzester Zeit am Ausgrabungsort erschienen, um dort die Aufsicht zu übernehmen, damit Bruno noch rechtzeitig zu seinem Termin im Château de Campagne kam. Den Brigadier durfte man nicht warten lassen. Obwohl er dem Polizeichef von Saint-Denis gegenüber formell keine Weisungsbefugnis hatte, wussten Bruno und sein Bürgermeister, dass es sich dennoch empfahl, den Anordnungen des Geheimdienstchefs Folge zu leisten, der sich nie in die Karten blicken ließ. Er hatte Bruno zu dem verfallenen, aber immer noch schmucken Schlösschen zitiert, dessen niedere Türme und Zinnen schon seit langem auf Staatskosten restauriert werden sollten. Bruno war deshalb überrascht von dem regen Betrieb, als er durch die frischgestrichenen schwarzen Eisentore auf den Schlossplatz fuhr, wo sich die Fahrzeuge von Handwerkern, einer Umzugsspedition und einem Catering-Service drängten und er nur mit Mühe einen Parkplatz finden konnte. Von einem Lastwagen wurde frischgestochener Torf abgeladen, denn vor der breiten Terrasse legten Gärtner eine neue Rasenfläche an. In der Luft hing ein Geruch von Lackfarbe, und aus den geöffneten Fenstern tönten Maschinenlärm, Stimmen und der scheppernde Klang von Kofferradios. Aber von der schwarzen Limousine, nach der Bruno Ausschau hielt, war nichts zu sehen. Der Brigadier war offenbar noch nicht eingetroffen. Bruno schaute sich um und stellte fest, dass die Bauarbeiten fast abgeschlossen waren, als sein Handy klingelte. Auf dem Display erschien Jean-Jacques' Name.

»Ich habe Ihre Nachricht erhalten«, sagte er. »Bin auf dem Weg und in einer halben Stunde bei Ihnen.«

»Ich bin aber nicht mehr auf dem Ausgrabungsgelände. Ich bin mit dem Brigadier im Château de Campagne verabredet«, sagte Bruno. »Aber so viel vorweg: Es ist hier bei uns keine Person als vermisst gemeldet, die wir mit der Leiche in Verbindung bringen könnten, und die Spurenlage ist äußerst dürftig.«

»Verstehe, da müssen wohl Fachleute ran. Was will der Brigadier von Ihnen?«

»Das hat er mir noch nicht gesagt. Nur dass wir zur Feier seiner Ankunft ein Gläschen Monbazillac und einen Happen *foie gras* verkosten werden.«

»Bekommt er das nicht auch in Paris?«

»Isabelle hat ihm geraten, von meiner *pâté* zu probieren. Also habe ich ein gutes Stück in meiner Kühltasche, dazu eine Flasche Tirecul La Gravière und ein frisches Baguette von Fauquet.«

»Eine Flasche Tirecul? Welcher Jahrgang?«

»Null-fünf.«

»Nicht schlecht. Rufen Sie mich an, wenn Sie fertig sind. Wir könnten gemeinsam zu Mittag essen. Ich erzähle Ihnen dann, auf welchen Alptraum Sie sich gefasst machen müssen. Ihr Name ist Annette Meraillon; sie hat letztes Jahr ihren Abschluss an der Verwaltungshochschule in Bordeaux gemacht – als Jahrgangsbeste. Dürfte so ziemlich genau Ihre Kragenweite sein: Sie ist Vegetarierin, Feministin und hat sich während ihrer letzten Sommerferien in Paris für die Rechte muslimischer Frauen stark gemacht. Seit neuestem sitzt sie in der Unterpräfektur in Sarlat. Das heißt, sie wird als neue Amtsrichterin für Ihre Kommune zuständig sein.«

»Eine vegetarische Amtsrichterin für Saint-Denis?«, wunderte sich Bruno. »Das kann ja heiter werden. Was hält sie von der Jagd?«

»Gar nichts. Sie will den privaten Waffenbesitz verbieten. Ausgenommen sind, wie ich vermute, muslimische Frauen. Erinnern Sie sich noch an Jofflin, meinen jungen Inspektor in Bergerac? Er hat sie an der juristischen Fakultät kennengelernt und weiß, dass sie nicht einmal trinkt. Nie. Kein einziges Glas. Und auch für Gänseleberpastete hat sie nichts übrig, nicht einmal für Ihre. Sie werden viel Spaß mit ihr haben, Bruno.«

Als Polizist im Dienst des Bürgermeisteramtes war Bruno selbst nur selten mit der Strafverfolgung von Delikten befasst. Er würde also sehr viel weniger mit der neuen Amtsrichterin zu tun haben als die Gendarmerie und die *Police Nationale*. Allerdings stand zu erwarten, dass sie ihn in örtliche Ermittlungen einbeziehen, ihm die Zeit stehlen und sich in seine Angelegenheiten einmischen würde. Bisher hatte Bruno Glück gehabt, denn der ehemalige Ermittlungsrichter für Saint-Denis und die benachbarten Gemeinden war während der vergangenen zehn Jahre ein gleichgesinnter Kumpel gewesen, ein leidenschaftlicher Jäger und ehemaliger Vorsitzender der Rugby-Föderation der Dordogne. Außerdem machte er sich als *Prud'homme* der *Jurade de Saint-Émilion* verdient, die seit dem zwölften Jahrhundert über den Zeitpunkt der Weinernte entschied. Mit Argusaugen wachte er über das Brandeisen, mit dem jedes echte Fass der hoch gerühmten Weine von Saint-Émilion gekennzeichnet wurde. Es war ein Ehrenamt, verbunden mit spektakulären Tafelrunden und Weinverkostungen, die er stets nach alter Tradition und mit großem Ernst zelebrierte. Bruno konnte sich keinen besseren Amtsrichter für diese Region vorstellen, die sich als Herzland der französischen Küche verstand. Seine Nachfolgerin aber schien überhaupt nicht hierherzupassen.

»Da kommt ein Hubschrauber, wahrscheinlich mit dem Brigadier. Hoffentlich sind wir hier zeitig fertig, dann rufe ich zurück und wir treffen uns zum Mittagessen.«

Bruno klappte sein Handy zu und verließ den Hof in Richtung Schlosspark, wo die Gemeinde von Campagne jeden Sommer einen Antiquitätenmarkt veranstaltete. Zum ersten Mal sah er den vor kurzem aufgestellten Windsack und den großen Kreidekreis, der den Helikopterlandeplatz markierte. Er musste sein *képi* festhalten, als der Hubschrauber auf dem Rasen niederging und mächtig viel Wind machte. Zwei Männer in dunklen Anzügen sprangen als Erste aus der Maschine, der eine trug eine FAMAS-Maschinenpistole und inspizierte mit einem schnellen Blick das hügelige Gelände ringsum, während der andere mit der rechten Hand unter sein Jackett griff. Er nickte in Richtung Hubschrauber, worauf zwei weitere Gestalten in der Luke auftauchten. Bruno erkannte den Brigadier, der seinen Begleiter höflich aufforderte, vor ihm auszusteigen. Typisch, dachte Bruno, der alte Fuchs hielt sich immer den Rücken frei.

Offiziell war der Brigadier nach wie vor Chef der Gendarmerie nationale, arbeitete aber schon seit langem für den Geheimdienst der *Renseignements Généraux* und gehörte somit zum Stab des Innenministeriums. Wie Bruno von früheren Fällen wusste, bestand seine Aufgabe unter anderem darin, militante Naturschützer, die extreme Rechte, asiatische Syndikate und Schlepperbanden im Auge zu behalten. Er hatte weitreichende Vollmachten, jede Menge Freiheiten, was seinen Dienst anging, und jederzeit Zugriff auf einen Hubschrauber. Da Bruno Angestellter der Gemeinde von Saint-Denis war, hatte der Brigadier keine Weisungsbefugnis über ihn. Wenn er also dessen Unterstützung brauchte, legte er dem Bürgermeister ein formelles Ersuchen vor, entweder von der Präfektur des Départements oder vom Innenministerium. Falls er damit nicht durchkäme, würde er sich zweifellos Brunos Reservistenstatus zunutze machen und ihn kurzerhand einziehen lassen.

Bruno zollte dem Brigadier Respekt, stand ihm aber gleichzeitig durchaus kritisch gegenüber, seit dieser eine Operation geleitet hatte, bei der Isabelle Perrault, mit der Bruno eine für sein Empfinden zu kurze Liebesaffäre gehabt hatte, ernstlich verwundet worden war. Nicht zuletzt deshalb ging er jedes Mal auf Abstand, wenn ihm der Brigadier einen Job in Paris anbot. Bruno bemerkte, dass jener einen kleinen roten Anstecker der *Légion d'Honneur* am Revers trug. Das war neu. Bruno ahnte, womit sich der Brigadier diesen Orden verdient hatte: mit ebenjener Operation, bei der ein Schiff voll illegaler Einwanderer abgefangen und Isabelles Oberschenkel von einer Kugel aus einer AK-47 zertrümmert worden war.

Der Mann, der den Brigadier begleitete, war Mitte vierzig und so groß, dass er sich ducken musste, als er unter den austrudelnden Rotorblättern auf Bruno zuging. Er machte einen sportlichen Eindruck, hatte dichte, glänzend schwarze Haare, die recht lang waren, und blassblaue Augen. Der dunkle Bartschatten ließ vermuten, dass er sich täglich zweimal rasieren musste. Mit den dünnen Lippen und dem vorspringenden Kinn wirkte er fast arrogant, fast grausam, was jedoch dadurch gemildert wurde, dass er sich mit wachen Augen umschaute und freundlich lächelte, als er Bruno erblickte.

»Bonjour, Bruno«, grüßte der Brigadier. »Darf ich vorstellen: Carlos Gambara, stellvertretender Leiter der Antiterrorabteilung im spanischen Innenministerium. Er ist mein spanisches Pendant in dieser Operation und wird auch am Gipfel teilnehmen, vorher aber ein paar Tage hier verbringen. Carlos, das ist der Mann, von dem ich Ihnen erzählt habe, *Chef de Police* Courrèges, Träger des *Croix de Guerre*. Ich glaube, Sie können ihn trotzdem Bruno nennen.«

»Gipfel?«, fragte Bruno und deutete mit seiner rechten Hand einen soldatischen Gruß an, obwohl er sich wegen der Plastiktüte in der linken Hand dabei komisch vorkam; außerdem war ihm bewusst, dass der Leibwächter mit der Maschinenpistole hinter ihm stand. Wahrscheinlich würde er wissen wollen, was in dieser Tüte war. »In Saint-Denis?«

»Ein kleiner Gipfel«, antwortete der Brigadier, der nun leiser sprechen konnte, da die Rotoren zum Stillstand gekommen waren. »Die Innenminister von Spanien und Frankreich wollen sich über koordinierte Maßnahmen im

Kampf gegen den baskischen Terrorismus beraten und ein Abkommen unterzeichnen, das den Austausch geheimdienstlicher Informationen, Grenzkontrollen, den Besitz von Feuerwaffen und Zugriffskompetenzen regelt. Jetzt, wo einer unserer Polizisten hier in Frankreich getötet wurde, will man Nägel mit Köpfen machen.«

»Messieurs, dürfte ich Sie bitten hineinzugehen?«, unterbrach der Leibwächter, dessen Hand immer noch im Jackett steckte. Er schaute sich unablässig um. »Wir sind ein bisschen exponiert. Nicht, dass hier so bald wieder schlechte Gewohnheiten einreißen.«

Der Brigadier nickte und schenkte ihm ein dünnes Lächeln. Bruno wertete es als ein gutes Zeichen für das Team des Brigadiers, dass der Leibwächter dem Chef die Meinung sagen konnte.

»Willkommen in Saint-Denis«, sagte Bruno und reichte dem Brigadier die Tüte. »Ich weiß von Isabelle, dass Sie auf eine kleine Kostprobe meiner Gänseleberpastete hoffen, dazu ein Schlückchen Monbazillac.«

»Sehr freundlich, Bruno. Mein Frühstück liegt schon eine Weile zurück.« Er gab die Tüte an einen der Leibwächter weiter. »Wie wär's, wenn wir unserem spanischen Freund nach der ersten Besichtigung einen zünftigen französischen *casse-croûte* vorsetzen?«

»Der Brigadier hat mir viel von Ihren gemeinsamen Abenteuern erzählt«, sagte der Spanier und streckte eine sehr große Hand aus. Bruno schüttelte sie und nahm die Auskunft nicht so ernst; in einem Militärhubschrauber konnte man sich kaum verständlich machen. »Herzlichen Dank für Ihre Hilfe, auch im Namen meiner Regierung.«

»Willkommen in der Gemeinde von Saint-Denis beziehungsweise Campagne«, sagte Bruno und führte die Gäste auf das Schloss zu. »Wann soll das Treffen der Minister denn stattfinden?« Unwillkürlich hatte er jetzt selber auch zu den Hügeln hinübergeblickt und nach möglichen Verstecken für Heckenschützen Ausschau gehalten. In der nächsten Woche würden die Bäume noch kahl sein und nicht nur einen freien Blick auf den Park bieten, sondern mit ihren Stämmen auch Deckung für Attentäter. Der Weg vom Hubschrauber zum Château müsste mit Stoffblenden abgeschirmt werden. Aber welche Blende würde dem Abwind eines Hubschraubers standhalten können?

»Nächste Woche, vorausgesetzt, die Renovierungsarbeiten sind dann abgeschlossen«, antwortete der Brigadier. »Deshalb sind wir hier, um uns ein Bild zu machen. Außerdem wollte ich Sie Carlos vorstellen. Er wird ein paar Tage hierbleiben, die Lage sondieren und die Sicherheit der Kommunikationsverbindungen prüfen. Sie, Bruno, möchte ich bitten, einen Plan zur Bewachung des Anwesens und aller angrenzenden Straßen und Wege zu erstellen. Für Straßensperren und dergleichen kann ich eine Kompanie von der Gendarmerie und eine zweite von den CRS einsetzen, dazu Spezialkräfte der *treizième paras*, Ihrer alten Fallschirmspringereinheit. Sie wissen, wie's läuft, und kennen sich hier bestens aus. Deshalb setze ich auf Sie.«

Bruno spürte, wie der Spanier ihn schmunzelnd beobachtete, und sagte: »Wir haben offenbar den gleichen Gedanken, *Senõr*. Dort drüben können sich Heckenschützen verstecken. Wir haben hier solide Blenden, die nicht so leicht umfallen. Die ETA bevorzugt jedoch Bomben. Falls es immer noch Bedenken gibt, lassen wir die Minister in einer gepanzerten Limousine vom Hubschrauber in den Schlosshof fahren.« Er sprach fließend Französisch, wenngleich mit Akzent.

»Wer hat das Château als Treffpunkt vorgeschlagen?«, fragte Bruno. Er hatte das seltene Gefühl, die Antwort bereits zu kennen.

»Isabelle«, verriet der Brigadier mit einem Augenzwinkern. »Sie lässt natürlich herzlich grüßen. Es scheint, ihr gefällt diese Gegend, und als sie hörte, dass das Château fast fertig renoviert ist, meinte sie, der Gipfel biete eine gute Gelegenheit zur feierlichen Wiedereröffnung. Es kann auch sein, dass unser Minister dem Staatssekretär für Tourismus einen Gefallen schuldet.«

»Hätte der Gipfel nicht besser in unserer baskischen Region bei Biarritz stattgefunden?«, fragte Bruno. »Schließlich geht es um staatliche Zusammenarbeit…«

»Davon haben wir aus Sicherheitsgründen abgesehen«, antwortete Carlos. »Die Gegend hier liegt relativ nahe an der Grenze zum Baskenland, ist aber dennoch gewissermaßen baskenfrei.«

»Baskenfrei? Das würde ich nicht behaupten«, entgegnete Bruno. »Es gibt hier gar nicht so wenige – allerdings in zweiter oder dritter Generation…«

»Ich weiß«, sagte Carlos. »Diejenigen, die 1939 dem Bürgerkrieg in Spanien entflohen sind und Zuflucht in Frankreich gesucht haben.«

»Manche waren dann an vorderster Front in der Résistance aktiv«, erinnerte sich Bruno. »Erfahrene Kämpfer, die die Faschisten und Nazis zutiefst hassten. Die meisten sind nach Kriegsende ins baskische Gebiet nahe der Grenze zurückgekehrt, aber der eine oder andere hat ein Mädchen von hier geheiratet und ist geblieben.«

»Ja, es waren in erster Linie Kommunisten und Anarchisten«, sagte der Brigadier. »Wir behalten sie im Auge, ohne uns wirklich Sorgen zu machen. Die meisten sind ohnehin tot.« Er entnahm seiner Aktentasche einen Umschlag und reichte ihn Bruno. »Ein Brief vom Minister an Ihren Bürgermeister. Bis zum Abschluss der Konferenz gehören Sie zum Sicherheitsausschuss, dem Carlos und ich vorstehen. Seine Befehle sind für Sie so verbindlich wie meine.«

»Und was ist mit meinen anderen Pflichten?« Bruno berichtete vom Leichenfund am archäologischen Grabungsort.

»Eine Exekution? In Saint-Denis? Wann genau?«

»Aufgrund des Zustands der Leiche vor mindestens zwanzig Jahren«, antwortete Bruno und sah, dass sich der Brigadier sofort wieder entspannte. »Wir müssen die Leiche aber noch identifizieren. Jean-Jacques wird wahrscheinlich inzwischen am Fundort sein.«

»Verstehe, aber unsere Arbeit hat Priorität«, sagte der Brigadier energisch.

»Zu Ihren üblichen Pflichten gehört es doch bestimmt auch, ein Auge auf Fremde zu haben. Und ich wäre Ihnen dankbar für Ihre Hilfe«, sagte Carlos. »Ich bin froh, ein paar Tage hier in der Gegend verbringen zu dürfen«, fuhr er fort. »Ich kenne unsere eigenen prähistorischen Höhlenmalereien von Altamira und hoffe, einige Ihrer Felszeichnungen sehen zu können.«

Bruno musste über die durchsichtige Guter-Bulle-böser-Bulle-Rollenaufteilung zwischen den beiden innerlich lachen. Nur dass der Spanier eigentlich den bösen Part hätte übernehmen müssen, denn zwischen Bruno und dem Brigadier hatte sich längst eine kollegiale Beziehung entwickelt, die von Brunos Seite aus von vorbehaltlichem Respekt und jenem bedingten Vertrauen geprägt war, das Soldaten Vorgesetzten gegenüber an den Tag legen, die wissen, was sie tun. Weniger klar war ihm, was der Brigadier von *ihm* hielt, außer, dass er sich bestens als Mann vor Ort einsetzen ließ und seinen eigenen Kopf hatte. Carlos war ein neuer Faktor in dieser Gemengelage.

»Und was ist Ihr Hintergrund, Monsieur, wenn ich fragen darf?«, erkundigte sich Bruno in jener saloppen, aber höflichen Direktheit, die Offiziere erfahrungsgemäß mochten.

»Wir haben einiges miteinander gemein, Sie und ich«, antwortete Carlos und schaute Bruno in die Augen. »Ich bin wie Sie Waise, früh zum Militär gegangen. Ich war Pionier und habe ein Jahr lang im Eurokorps in Straßburg gedient und dort auch Französisch gelernt. Danach bin ich für den militärischen Abschirmdienst in den Kosovo gezogen und lernte dort auch Ihren ehemaligen Kommandanten Beauchamp kennen; das war 1999. Dann wurde ich der Antiterrorabteilung überstellt.«

»Mir scheint, der Brigadier hat Sie bereits bestens über mich informiert«, erwiderte Bruno und fragte: »Sie kehrten also zurück zu einer Einheit, die sich kurz zuvor in diesem *guerra sucia*, dem schmutzigen Krieg, hervorgetan hat?« Er erinnerte sich an eine Reihe von Skandalen um den spanischen Geheimdienst und um Regierungsvertreter, nachdem die *Grupos Antiterroristas de Liberación* aufgeflogen waren, paramilitärische Todesschwadronen, die auf höchste Weisung Jagd auf ETA-Mitglieder gemacht hatten. Bruno kannte nur wenige Details, wusste aber, dass Köpfe gerollt waren und ein ehemaliger Innenminister ins Gefängnis gehen musste. So etwas wollte er in Saint-Denis nicht haben. Dass man vor seiner Haustür ein Skelett mit Einschussloch im Schädel gefunden hatte, war schlimm genug; an geheimdienstliche Kommandos und rechtswidrige Exekutionen mochte er gar nicht erst denken.

»Sehr viel später«, antwortete Carlos gelassen. »Die GAL war in den achtziger Jahren aktiv, obwohl es erst danach zu dem Skandal kam. Wir haben mit solchen Leuten nichts zu tun.«

»Die Terroristen haben sich nicht geändert. Die ETA hat über achthundert Menschen auf dem Gewissen, zur Hälfte Zivilisten«, mischte sich der Brigadier ein. »Wenn diese baskischen Exekutionskommandos glauben, einen französischen und einen spanischen Minister mit einer Klappe schlagen zu können, werden sie's versuchen, auch wenn sie angeblich die Waffen ruhen lassen. Deshalb rangiert Sicherheit für uns an erster Stelle.«

Bruno sagte nichts und schaute seine beiden neuen Vorgesetzten nachdenklich an. Der Brigadier war, wie er wusste, ein knallharter Kämpe, der sich nicht scheute, zwei Minister in Gefahr zu bringen, wenn er damit Terroristen ins Offene locken konnte. Mit Carlos wusste er noch nichts anzufangen, doch er machte sich keine Illusionen über geheimdienstliche Machenschaften und war entschlossen, Saint-Denis davor zu schützen.

»Ich werde dem Bürgermeister erklären müssen, dass der Gipfel hier stattfindet. Haben Sie vor, das Treffen öffentlich anzukündigen?«

»O ja«, antwortete der Brigadier fast beiläufig. »Es wird eine Pressekonferenz geben, und das Fernsehen wird bei der Unterzeichnung der Vereinbarungen dabei sein. So etwas lässt sich nicht geheim halten. Aber natürlich hängt alles Weitere von unserer Inspektion ab und insbesondere davon, dass die Arbeiten am Konferenzraum und allen notwendigen Einrichtungen rechtzeitig fertig werden.«

Mit einer knappen Handbewegung forderte der Brigadier seine Leibwächter auf zurückzubleiben, ging die Stufen zur Terrasse hoch und blieb dann vor einer langen Reihe von Verandatüren stehen. Nachdem er eine Klinke nach der anderen umsonst gedrückt hatte, klopfte er schließlich an eine Scheibe, um einen Handwerker im Malerkittel auf sich aufmerksam zu machen, der zur hintersten Tür deutete und sich beeilte, sie zu öffnen. Der Brigadier bedankte sich mit einem Kopfnicken und betrat den langgestreckten Raum, dessen Boden mit Schmutztüchern abgedeckt war.

»Hier sollen das Treffen und die abschließende Pressekonferenz stattfinden«, sagte der Brigadier.

Vor der Stirnwand lehnten eine spanische und eine französische Fahne. Carlos steuerte darauf zu und entrollte die spanische, um sie auf Flecken hin zu untersuchen. Dann kam er zurück und ließ dabei seinen Blick hin und her wandern, als wollte er sich alle Einzelheiten genau einprägen.

»Die Möbel, die geliefert werden – woher kommen die?«, fragte er und öffnete die Tür zu einem Wandschrank.

»Aus Lagerbeständen im Besitz der öffentlichen Hand«,

antwortete der Brigadier. »Das Übliche halt: Tische und Stühle, schöne antike Stücke. Vielleicht auch eine oder zwei Statuen und Vitrinen für die Wände. Wahrscheinlich sind sie in dem Möbeltransporter, der im Hof steht.«

»Und im Obergeschoss? Wie sieht es da aus?«, wollte Carlos wissen.

»Da bleibt alles unmöbliert, mit Ausnahme einiger Schlafzimmer, für den Fall, dass sich die Herren Minister ausruhen möchten. Übernachten wird hier nur das Sicherheitspersonal. Und Isabelle«, fügte der Brigadier hinzu, immer noch an Carlos gerichtet, ohne Bruno dabei anzusehen. »Sie erinnern sich sicher noch an sie, diese junge Pariser Inspektorin aus meinem Stab, die angeschossen wurde und am Stock geht, weil sie noch ein wenig hinkt.«

»Wann kommt sie denn?«, wollte Bruno wissen, dem plötzlich flau wurde, wie immer, wenn Isabelles Name fiel. Er fragte sich, wie die selbstbewusste junge Frau wohl damit zurechtkam, dass sie auf einen Stock angewiesen war. Er war dabei gewesen, als sie auf einer Trage aus dem Militärkrankenhaus entlassen und von dort direkt in eine Rehaklinik außerhalb von Paris verlegt worden war.

»Ich glaube, morgen, wenn die Telefonleitungen angeschlossen werden. Vielleicht auch erst übermorgen. Die Ärzte haben ihr erlaubt, leichtere Aufgaben zu übernehmen. Jedenfalls wird sie die ganze Zeit über hier sein und den Laden schmeißen. Wir werden uns im Hotel hier in der Nähe einmieten.«

»Heißt das, ich berichte an sie?«, fragte Bruno.

»Natürlich. Wie gehabt, morgens um neun ist Dienstbesprechung und dann noch mal am Abend um sechs. Wenn ich nicht dabei bin, übernehmen Isabelle und Carlos das Kommando. Wie ich sehe, benutzen Sie immer noch das Handy, das ich Ihnen gegeben habe.«

»Haben Sie für eine Ausweichmöglichkeit gesorgt für den Fall, dass hier etwas schiefgeht?«, fragte Bruno.

»Wie kommen Sie darauf, dass wir einen Plan B brauchen könnten?«, schaltete sich Carlos ein.

»Ich habe schon früher mit dem Brigadier zusammengearbeitet.«

»Kommen Sie bitte mit nach draußen auf die Terrasse«, sagte der Brigadier. »Die Sonne scheint, und wir können unseren *casse-croûte* im Freien genießen.« Er wandte sich an einen der Leibwächter. »Besorgen Sie uns bitte Teller und Weingläser.«

»Daran haben wir schon gedacht, Monsieur. Philippe ist ins Hotel auf der anderen Straßenseite gegangen, um Geschirr zu holen.«

»Ist genug Stopfleber da, dass auch meine Männer davon probieren können, Bruno? Für sie gilt allerdings: kein Alkohol im Dienst!«

»Aber ja!« Bruno zog die Gummidichtung am Einmachglas auf und löste die Klammern, um den Deckel zu öffnen. Der Brigadier nahm ihm das Glas aus der Hand und schnupperte daran. »Machen Sie sich auf einen Hochgenuss gefasst, Carlos«, sagte er, als Bruno sein Laguiole-Messer vom Gürtel nahm, den Korkenzieher ausklappte und den golden schimmernden Monbazillac öffnete. Dann schnitt er das Baguette in fünf Teile und entnahm der Tüte ein kleines Glas Zwiebelmarmelade, die er im vergangenen Herbst eingemacht hatte und die besonders gut zum *pâté* schmeckte.

»*Bon appétit* und willkommen im kulinarischen Herzland Frankreichs«, sagte er zu Carlos. Er bestrich das Brot hauchdünn mit der gelben Fettschicht, die die Leberstücke versiegelte, und belegte es anschließend mit einem großzügigen Stück Pastete.

»Vielen Dank, schmeckt vorzüglich«, schwärmte der Spanier mit vollem Mund. Als er von dem süßen Weißwein kostete, gingen ihm vollends die Augen auf. »Hervorragend. Wie füreinander geschaffen.«

Bruno schmunzelte, als der Brigadier an seinem Monbazillac schnupperte und sagte: »Die Frühlingssonne wärmt die Mauern des alten Châteaus, und wir genießen *foie gras* mit einem perfekten Tropfen. Was sagen Sie, Carlos? So kann man sich Terroristenbekämpfung doch gefallen lassen, oder?«

4

Für ein Mittagessen mit Jean-Jacques war es schon ein wenig spät, aber Ivan servierte ihnen ein Omelett mit frischen zarten Löwenzahnknospen und dazu eine Karaffe seines neuen Hausweins von dem *domaine* weiter unten im Tal. Sein *plat du jour* war eine Reminiszenz an eine verhängnisvolle Liebesgeschichte mit einem belgischen Mädchen aus Charleroi: *endives au jambon*. Bruno konnte sich noch gut an Ivans Sommerglück erinnern, auf das ein Winter voller Liebesleid folgte, als sie ihn verließ und er aus Kummer so viel trank, dass ihm sein Café de la Résistance darüber fast verlorengegangen wäre.

»Die Béchamelsauce ist köstlich«, bemerkte Jean-Jacques und wischte die Reste mit einem Stück Brot vom Teller. Er kaute mit Genuss, nahm einen Schluck jungen Rotwein, lehnte sich schließlich zufrieden zurück und faltete seine großen, breiten Hände über dem stattlichen Bauch. »Sie ahnen nicht, wie gut Sie es hier in Saint-Denis haben. Leckeres Essen, zwei Bistros, die diesen Namen verdienen, und Wein aus dem eigenen Tal. Die Hälfte meiner Mitarbeiter in Périgueux lebt von Fastfood.«

»Apropos, könnte Ihr Büro das hier auf Fingerabdrücke untersuchen?«, fragte Bruno und reichte ihm einen Umschlag, in dem die Zellophantüte mit dem Flugblatt steckte, das die Tierschützer auf Villattes Hof hinterlassen hatten. »Vielleicht sind auch welche von mir drauf, obwohl ich ein Taschentuch benutzt habe.«

Jean-Jacques nahm den Umschlag leise knurrend entgegen. »Wichtiger ist jetzt die Identifizierung des Skeletts, die hoffentlich bald geklärt ist, sobald der Brigadier und die verflixten Minister das Feld geräumt haben. Die Bande zieht mir viel zu viel Personal ab.«

»Und was geschieht jetzt?«

»Wir müssen erst einmal den Bericht der Gerichtsmedizin abwarten. Vorläufig können wir nur sagen: jüngerer Mann, anscheinend hingerichtet per Kopfschuss und tot seit mindestens zwanzig Jahren. Damit lässt sich noch nicht viel anfangen. Es gilt jetzt, das genaue Alter und den Todeszeitpunkt zu bestimmen. Damit gehen wir die Vermisstenlisten durch. In Frankreich werden jedes Jahr rund zweihunderttausend Personen als vermisst gemeldet. Wir haben also einiges zu tun. Dabei wissen wir nicht einmal, woher dieser Mann stammte. Womöglich aus dem Ausland. Ein Kollege von der Kriminaltechnik meinte, die Zähne seien wahrscheinlich nicht in Frankreich behandelt worden.«

»Von hier ist er jedenfalls nicht. Ich kenne unsere Vermisstenakte«, sagte Bruno. »Aber vielleicht war der Mörder hier ansässig. Die Gegend da draußen ist nur hiesigen Leuten bekannt, allenfalls noch einigen wenigen Archäologen.«

»Das heißt nichts. Das Opfer ist vielleicht in einem Auto herumgefahren worden. Man hat ihn gefesselt, verhört und dann vielleicht spontan beschlossen, ihn zu töten, an einem stillen, geschützten Ort.«

»So geschützt ist er nun auch wieder nicht. Es wurde geschossen, dann musste das Grab ausgehoben und wieder zugeschüttet werden. Irgendwo weiter weg in den Wäldern hätten die Täter weniger riskiert. Vielleicht gab es einen Grund, genau diesen Ort auszuwählen. In dem Fall hätten wir eine Verbindung zu uns – über den Täter, nicht das Opfer.«

»Aber solange wir nicht wissen, wer er ist …« Ivan brachte den Kaffee und die Rechnung. Jean-Jacques warf einen Blick auf die Summe, stutzte und schob einen Zwanzigeuroschein unter den Teller. »Hierher zu kommen ist wie eine Reise mit der Zeitmaschine. Ein komplettes Mittagessen für zwei Personen und für weniger als zwanzig Euro. In Périgueux müsste ich das Doppelte hinblättern. Jetzt weiß ich, warum es Ihnen hier so gut gefällt.«

»Ich werde Joe mal fragen, ob er sich an irgendetwas erinnert. Sie kennen ihn: Er war mein Vorgänger.« Bruno holte seine Brieftasche hervor, doch Jean-Jacques winkte ab. »Spesen«, sagte er und steckte die Rechnung ein.

»Halten Sie mich auf dem Laufenden, und rufen Sie gleich an, wenn Joe etwas weiß. Ich schicke Ihnen den Bericht der Gerichtsmedizin zu, sobald ich ihn habe. Der wohl interessanteste Hinweis ist diese Swatch. Einer meiner Leute sagt, solche Uhren seien durchnummeriert. Damit könnten wir den Zeitrahmen genauer festlegen.« Er warf einen Blick auf seine Uhr und stand mühsam auf. »Ich muss gehen. Übrigens, die neue Amtsrichterin wird sich mit Ihnen in Verbindung setzen. Ich habe sie über den Fund informiert. Jetzt will sie sich selbst ein Bild machen. Denken Sie daran,

Bruno, sie ist Feministin, Vegetarierin und sehr, sehr grün –
im doppelten Sinne des Wortes.«

In der Stadt gab es drei Orte, wo man fotokopieren konnte.
Der nächstgelegene war in der *Maison de la Presse*, doch
Patrick schüttelte den Kopf, als Bruno fragte, ob in den
letzten Tagen jemand gekommen sei, der in größerer Stück-
zahl kopiert habe. Patricks Kunden brauchten meist nur
eine Kopie, vom Personalausweis oder Trauschein etwa. Er
erkannte auch das Flugblatt nicht wieder, als Bruno ihm
sein Exemplar zeigte. Bruno ging anschließend zur *Informatique*, einem Geschäft, das Computer reparierte und
Bürobedarf verkaufte. Dort wurde für eine Kopie doppelt
so viel verlangt wie bei Patrick, was die Einheimischen
wussten, nicht aber Fremde. Für alle Fälle schaute er noch
im Fremdenverkehrsbüro unten am Fluss vorbei, wo Gabrielle, eine Freundin vom Tennisclub, ein kleines Internet-
Café leitete, gleichzeitig Fahrscheine für die Bahn verkaufte
und den Fotokopierer beaufsichtigte.
   »Nein, dieses Flugblatt habe ich nie gesehen, aber so genau schaue ich auch nicht hin«, sagte sie. »Gestern – oder
war's vorgestern? – war jedoch eine von den Archäologie-
studentinnen hier und ist mit einem ganzen Packen Kopien
wieder gegangen. Dienstpläne, Vorlagen und dergleichen,
sagte sie. Ein nettes Mädchen, Holländerin. Insgesamt
waren es fünfzig oder sechzig Kopien.«
   »Hast du ihr über die Schulter geschaut, vielleicht Papier
nachlegen müssen?«
   »Nein, es kam jemand, der ein Ticket nach Bordeaux
haben wollte, und diese Holländerin wusste, wie man die

Maschine bedient. Ich habe hinterher nur aufs Zählwerk gesehen und kassiert.«

»Würdest du sie wiedererkennen?«

»Mit Sicherheit. Sie war lange genug hier und hat dann noch am Computer ihre E-Mails aufgerufen.«

»Der Browser hat doch eine Chronikeinstellung, oder? Wir könnten nachschauen, welche Websites sie besucht hat.«

»Ja, ich weiß allerdings nicht, wie weit die Chronik zurückreicht. Allzu viel war hier nicht los. Sind nur wenige Touristen da. Deshalb habe ich sie auch länger am Computer arbeiten lassen. Normalerweise ist die Nutzung auf eine Stunde begrenzt, wenn viel Betrieb ist, auf dreißig Minuten.«

Gabrielle startete den Computer. Der Internet Explorer öffnete sich automatisch, aber dort war die Chronik routinemäßig gelöscht worden. Verdammt, dachte Bruno. So einfach würde es also wohl doch nicht sein.«

»Da fällt mir ein, sie sagte, dass sie den Explorer nicht leiden kann«, erinnerte sich Gabrielle. »Sie habe einen Mac zu Hause und verabscheue Microsoft. Also hat sie vielleicht den anderen Browser ...«

Sie sprach den Satz nicht zu Ende, öffnete das Firefox-Programm und klickte auf das Chronikmenü. In der vierten Zeile stand »petafrance.com«, in der fünften »peta.nl«, die niederländische Ausgabe.

»Druckst du mir die Seite aus, Gabrielle? Und setz bitte das heutige Datum darauf und deine Unterschrift.« Er wartete, bis sie fertig war, und rief dann die Website von Petafrance auf. Wie erwartet, widmete sich die aktuelle Ausgabe dem Thema Gänseleber. »*Ecrivez au ministère de l'Agriculture pour protester contre cinq années supplémentaires de cruauté du foie gras.*« (Schreibt dem Landwirtschaftsminister und beschwert euch über fünf weitere Jahre grausamer Mästung.)

Bruno dachte, wie viel sinnvoller doch eine solche Petition war im Vergleich zum Niederreißen von Zäunen. Mit dem Schreiben an den Minister hatte er kein Problem. Sachbeschädigung zuungunsten eines kleinen landwirtschaftlichen Betriebes, der sich nichts zuschulden kommen ließ, war eine andere Sache, ganz zu schweigen von der Quälerei von Tieren, die unter die Räder gekommen waren wie an diesem Morgen.

»Sei so nett, und druck mir auch noch diese Seite aus.«

Er klickte sich zur niederländischen Website von PETA durch, konnte zwar kein Holländisch, las aber die Namen von Berühmtheiten und Filmstars, die der Kampagne ihren Namen gaben. Und dann war da etwas, was ein vegetarisches Rezept für Leberpastetenersatz zu sein und hauptsächlich aus Champignons zu bestehen schien. Vielleicht sollte er das einmal ausprobieren.

»Worum geht's überhaupt, Bruno?«

»Vergangene Nacht ist bei den Villattes ein Zaun niedergerissen worden. Die Gänse und Enten sind ausgebüxt und es scheint, dass diese nette Holländerin mit dahintersteckt.«

Gabrielle legte eine Hand vor den Mund und starrte ihn an. »Was passiert jetzt? Wirst du sie festnehmen?«

»Zuerst wird zu klären sein, ob mein Verdacht zutrifft und, wenn ja, wer sonst noch an dieser Aktion beteiligt war. War sie allein hier bei dir?«

Gabrielle nickte. »Anfangs, ja, aber dann kamen ein paar ihrer Kommilitonen, die sich für unsere Broschüren interessiert haben. Mit denen ist sie dann gegangen. Jetzt erinnere ich mich: Die anderen haben sie Katie genannt. Sie war sehr höflich und bedankte sich, als sie für die Kopien und die Computernutzung gezahlt hat. Ich hoffe, sie bekommt keine Schwierigkeiten.«

»Was würdest du tun, Gabrielle, wenn herauskommt, dass sie es war? Du kennst die Villattes, ehrliche Leute, die hart schuften. Du kennst auch Daniel, ihren Jungen, als guten Tennisspieler. Was soll aus ihm werden, wenn seine Eltern nicht mehr für ihn sorgen können?«

Gabrielle dachte nach. »Ich würde das Mädchen auffordern, sich bei den Villattes zu entschuldigen. Am besten schriftlich. Und dann müsste sie für den entstandenen Schaden geradestehen. Vielleicht wär's auch angebracht, ihr als Lektion eine kleine Geldstrafe aufzubrummen.«

Gabrielles besonnene Reaktion machte Bruno nachdenklich. Sie stand in auffälligem Gegensatz zu den wütenden Racheabsichten, die am Morgen von Alain zu hören gewesen waren. Vielleicht, so dachte er, erklärte sich der Unterschied damit, dass Alain einen anonymen, gesichtslosen Gegner vor Augen hatte. Gabrielle dagegen kannte die Holländerin und fand sie sympathisch.

»Sie ist noch sehr jung. Vielleicht hat sie sich einfach nur zu was hinreißen lassen. Du weißt doch, wie das ist, wir waren schließlich selbst mal jung. Und über Tierquälerei kann man sich auch wirklich aufregen. Mir dreht sich der Magen um, wenn ich im Fernsehen sehe, wie Wale gejagt und diese armen Robbenbabys gekeult werden.«

»Tja«, entgegnete Bruno, »wir essen zwar keine Robben-babys, dafür aber Leberpastete und Enten, und viele unse-rer Nachbarn verdienen mit deren Aufzucht ihren Lebens-unterhalt. Außerdem bezahlen sie mir mein Gehalt. Und genaugenommen auch deins. Sie haben ihre Rechte. Vielen Dank für deine Hilfe, Gabrielle. Ich lasse dich wissen, wie's weitergeht.«

Der kommunale Campingplatz von Saint-Denis lag neben dem Freibad am Fluss. Auf der Rückseite schlossen sich Sportfelder an, eine Laufstrecke und der Kinderspielplatz mit seinen Klettergerüsten, den Wippen, Schaukeln und Rutschbahnen aus buntem Kunststoff. Zur anderen Seite hin, in Richtung Stadt, befanden sich die Touristenattrak-tionen von Saint-Denis: ein kleines Aquarium, das wegen Malerarbeiten vorübergehend geschlossen war, ein natur-kundliches Museum und ein Strand mit Anlegestelle für Kanus, die im Sommer gemietet werden konnten. Dahinter erstreckten sich die Gärten der Stadt mit ihrem, zugegeben, etwas bescheidenen Versuch, die geometrisch angelegten Rasenflächen, Kieswege und Formschnitthecken von Ver-sailles nachzugestalten, was nicht so recht nach Brunos Ge-schmack war.

Mit schnellen Schritten ging er über die Grünfläche auf ein eisenbeschlagenes Holztor zu, das von einer Buchs-baumhecke halb verdeckt war, und öffnete es mit einem der vielen Schlüssel, die an seinem Gürtel hingen. Der Teil der Parkanlage, den er nun betrat, gefiel ihm sehr viel besser. Die Zeit schien hier langsamer abzulaufen, und in ungewöhnli-cher Vielzahl schwirrten Schmetterlinge durch die Luft. Er schloss das Tor hinter sich ab und ließ seinen Blick durch den Garten schweifen, dessen ringsum verlaufende Ziegelmauern, einst rötlich, zu einem staubigen Orange verblasst waren und eine schöne Kulisse bildeten für die Spalierobstbäume, die unmittelbar davor standen und frisches Grün trieben. Dazwischen breiteten sich Beete aus, auf denen Kräuter und seltene Pflanzen wuchsen wie schon im Mittelalter, als sich hier ein Kloster befunden und der aus dieser Gegend stammende Naturphilosoph Jean Rey ein Buch über die Heilwirkung von Pflanzen geschrieben hatte. Saint-Denis war, soweit Bruno wusste, die einzige Gemeinde weit und breit, die einen eigenen Kräuterkundler anstellte, der im Auftrag der Stadt Saatgut und Pflanzen an Hersteller homöopathischer Medizin verkaufte. Um den Garten selbst kümmerte sich Morillon, ein freundlicher alter Herr, der aber gerade nirgends zu sehen war. Bruno durchquerte die Anlage jetzt auch nur als Abkürzung und verschaffte sich auf der anderen Seite Zugang zum Campingplatz.

Der Campingplatz war ein weites, von Kieswegen durchzogenes und in Parzellen aufgeteiltes Rasenfeld, das dominiert wurde vom Sanitärkomplex auf der einen und dem Bürogebäude auf der anderen Seite, in dem auch der Kiosk und die Bar untergebracht waren. Die meisten Standplätze waren leer; nur in einer Ecke am Rand des Flusses drängten sich an die zwei Dutzend kleine bunte Zelte mit einem größeren in ihrer Mitte. Nichts regte sich, und man hörte nur leise Radiomusik aus dem Büro, wo Bruno Monique vorfand. Sie rauchte, versuchte sich am Kreuzworträtsel der aktuellen *Sud-Ouest*-Ausgabe und summte den Popsong mit, den der Lokalsender *Périgord-Bleu* gerade übertrug. Sie war mit Bernard, dem Manager des Campingplatzes, verheiratet und kümmerte sich um den Kiosk und das Freibad. Die beiden wohnten mietfrei in einem kleinen Appartement über dem Büro, teilten sich zwei bescheidene Gehälter und schufteten ohne Unterlass während der Feriensaison von Anfang Mai bis Ende September; der Winter verlief dagegen gemächlicher mit Wartungs- und Reparaturarbeiten.

»*Salut*, Bruno. Wie wär's mit einer Tasse Kaffee?«, begrüßte ihn Monique und stand auf, um sich von ihm auf beide Wangen küssen zu lassen. Ihre wasserstoffblonden Haare waren an den Wurzeln schwarz. Er nickte, worauf sie sich an einer kleinen Kaffeemaschine zu schaffen machte, die brandneu zu sein schien.

»Die haben wir zur Probe hier«, erklärte sie. »Ich mag, was da rauskommt, aber Bernard will seinen Kaffee lieber aufgebrüht haben. – Was führt Sie zu uns?«

»Ihre Gäste, die Studenten. Gehören die alle zum Team der Archäologen?«

»Das will ich doch hoffen. Sie zahlen nämlich einen Sondertarif. Konnten sich aber auch alle ausweisen als Mitarbeiter des Museums. Was ist, gibt's Schwierigkeiten?«

»Das weiß ich noch nicht. Vergangene Nacht wurde auf dem Hof der Villattes ein Anschlag verübt, der Zaun aufgeschnitten und die Enten und Gänse freigelassen. Weil eure Studenten zurzeit die einzigen Fremden in der Stadt sind, wollte ich hier mal vorbeischauen. Haben Sie etwas aufgeschnappt?«

»Nein, sie bleiben unter sich und halten sich hauptsächlich in dem großen Zelt dort drüben auf, wo sie auch kochen. Sie kaufen nicht einmal bei mir ein, sondern im Supermarkt, weil es dort billiger ist. Bisher hat's keine Probleme mit ihnen gegeben. Nachts ist es manchmal ziemlich laut, aber das war zu erwarten.«

»Ziemlich viele Zelte für eine so kleine Gruppe. Hat jeder Student sein eigenes?«

»Theoretisch ja, aber viele bleiben nachts leer; dafür sind dann andere doppelt belegt.« Die Maschine gab gurgelnde Geräusche von sich und presste Kaffee in zwei Tassen, die Monique unter die Tülle gestellt hatte. Sie reichte ihm seine auf einer Untertasse, auf der Würfelzucker, ein Löffel und ein in Plastik eingepackter Keks lagen. »Um Ostern geht es bei uns immer zu wie bei den Vereinten Nationen. Da sind Holländer und Polen, Belgier und Engländer. Weiß der Himmel, aus welchen Ecken Horst sie zusammentreibt. Manche sind schon das zweite oder dritte Mal hier.«

»Zurzeit auch eine Holländerin namens Katie oder so ähnlich. Wissen Sie, welche ich meine?«

»Das ist doch die, die immer mit dem großen Briten rumhängt. Kajte heißt sie, glaube ich. Ihr eigenes Zelt ist leer.«

»Dürfte ich mal einen Blick hineinwerfen?« Bruno leerte seine Tasse.

»Dienstlich?«

»Ohne Durchsuchungsbeschluss, wenn Sie das meinen. Noch nicht. Begleiten Sie mich, und schauen Sie mir auf die Finger, damit ich keine Unterwäsche klaue.« Er zwinkerte ihr zu.

»Zuzutrauen wär's Ihnen ja. Ich soll wohl Schmiere stehen«, entgegnete sie und grinste. »Na los, machen wir einen Kontrollgang.«

Kajtes Zelt war leer. Darin befanden sich nur ein paar Plastiktüten voller Kleider und einige Bücher, die sich auf einem flachen Stein stapelten. Teddys Zelt enthielt zwei Schlafsäcke, die zu einem Doppelschlafsack umfunktioniert worden waren, und zwei Rucksäcke, ordentlich ausgerichtet nebeneinander. An einer dünnen, zwischen die Zeltstangen gespannten Schnur hingen zwei Handtücher, und auf einem Holzbrett, das auf zwei Steinen ruhte, lagen zwei Blechteller, Becher, zwei Kulturbeutel und verschiedene Handbücher. Bruno öffnete eine kleine Aktentasche und fand darin einen Stapel Papiere auf Englisch, anscheinend aus archäologischen Zeitschriften zusammenkopiert. In den Rucksäcken steckten nur Anziehsachen, und auch in den Taschen war nichts zu finden, jedenfalls nichts, was mit Tierschutz zu tun hatte.

Er verließ das Zelt und kehrte kopfschüttelnd zu Monique zurück, als sein Handy läutete.

»Monsieur Courrèges?«, meldete sich die forsche Stimme einer jungen Frau. »Hier Amtsrichterin Annette Meraillon. Wie ich höre, wurde eine Leiche gefunden, die ich mir anschauen sollte. Ich könnte in einer halben Stunde in Saint-Denis sein. Wo treffen wir uns?«

»Bonjour, Mademoiselle, und willkommen im Périgord«, grüßte er höflich. »Sie wissen, dass die Leiche von der Police Nationale abgeholt wurde und jetzt in der Gerichtsmedizin liegt?«

»Was? Bevor ich mir den Fundort ansehen konnte?« Ihre Stimme klang eine Spur schriller.

»Vielleicht sollten Sie sich gleich an Commissaire Jalipeau wenden, den Chefermittler. Ich nehme an, er hält sich an die Vorschriften, zumal es in diesem Fall ein Problem mit der Identifizierung geben dürfte.«

»Wie dem auch sei, ich möchte mir trotzdem den Fundort ansehen. Wo können wir uns treffen?«

»Vor dem Bürgermeisteramt, in dreißig Minuten. Dort können Sie auch parken. Ich trage Uniform, daran werden Sie mich leicht erkennen. Bringen Sie festes Schuhwerk mit. Der Fundort liegt ein bisschen abseits von der Straße.«

»In Ordnung. Bis gleich«, sagte sie und legte auf.

Bruno schaute auf seine Uhr. Ihm blieb nicht mehr viel Zeit. Er wandte sich an Monique. »Könnte ich jetzt auch noch einen Blick in das große Zelt werfen?«

Es maß ungefähr fünf Meter im Quadrat, lief oben spitz zusammen und hatte ein großes Vorzelt. Darunter standen neben einem Grill zwei Biertische mit Bänken, die vom Campingplatz stammten. Auf einem der Tische befanden sich ein kleines Kofferradio mit einem Stoß CDs daneben, ein Fünfliterkanister mit billigem Rotwein und mehrere leere Pizzaschachteln. Auf dem anderen standen Kochtöpfe, darunter auf dem Boden Kisten voller Gemüse und Müslipakete sowie ein zerrupfter Weidenkorb mit allerlei Werkzeug: ein Hammer, eine kleine Säge, mehrere Schraubendreher – und eine große Drahtschere.

5

Ein kleiner blauer Peugeot bog mit überhöhter Geschwindigkeit vom Verkehrskreisel ab und hupte, als eine Mutter mit zwei Kindern im Buggy den Zebrastreifen überqueren wollte, nahm dann einem Kleintransporter, der von rechts kam, die Vorfahrt und bremste schließlich mit quietschenden Reifen vor dem Bürgermeisteramt ab, wo der Wagen gleich zwei Parkplätze belegte. Die vordere Stoßstange kam eine Handbreit vor Brunos Beinen zu stehen. Die junge Frau am Steuer trug ein graues Wollkostüm. Ohne auf den Chef de police zu achten, kramte sie in einer Aktenmappe, die auf dem Beifahrersitz lag. Im Hintergrund war eine Sirene zu hören. Der Peugeot war nicht neu, aber frisch gewaschen, hatte Beulen in der Fahrertür und an der Stoßstange, Kratzer an den hinteren Kotflügeln und Reifen, die Bruno bislang nur an Rallyeautos gesehen hatte.

Bruno klopfte an die Scheibe. »Ihre Papiere, bitte, Mademoiselle.«

Sie blickte auf und musterte ihn kühl. Der Sirenenlärm schwoll an. Wenig später tauchte ein blauer Transporter der Gendarmerie auf. Am Steuer saß Sergeant Jules.

»Sie sind Courrèges, der Dorfpolizist, stimmt's?«

»Ja, und Sie sind eine junge Frau, gegen die gleich ein Bußgeldverfahren eingeleitet wird, erstens für ordnungswidriges Parken und zweitens, weil Sie vor dem Zebrastreifen nicht gehalten haben«, antwortete er höflich, obwohl ihm durchaus bewusst war, dass er es mit der neuen Amtsrichterin zu tun hatte. Aber er war verantwortlich für den Straßenverkehr in Saint-Denis und holte sein Notizbuch hervor. In diesem Moment stellte Jules den Polizeitransporter hinter den blauen Peugeot.

»Ah, du hast sie dir schon gekrallt«, rief er durchs Fenster. »Wir haben sie bei der Einfahrt in die Stadt geblitzt, mit achtundsiebzig kmh.« Er machte sich daran, einen Strafzettel auszufüllen.

»Darf ich vorstellen?«, sagte Bruno. »Unsere neue Amtsrichterin, Annette Meraillon. Und das, Mademoiselle, ist Sergeant Jules von der Gendarmerie.«

»Verdammt«, platzte es aus Jules heraus. »Jetzt habe ich das Ding schon halbwegs ausgefüllt. Herausreißen kann ich's nicht, die Zettel sind durchnummeriert.«

»Ich bin mir sicher, Mademoiselle Meraillon legt Wert darauf, dass unsere Gesetze für alle gelten«, gab Bruno zurück. »Wo ist sie achtundsiebzig gefahren?«

»Gleich hinter der Stadteinfahrt beim Tierarzt, wo die Verkehrsberuhigung von fünfzig auf dreißig anfängt. Das wird sie drei Punkte kosten.«

»Mit dem Zebrastreifen macht das insgesamt vier Punkte«, fügte Bruno hinzu. »Und dazu käme dann noch das Bußgeld, plus zwanzig Euro für falsches Parken.«

»Haben Sie sich jetzt genug amüsiert?«, fragte die junge Frau mit Blick auf Jules. »Ich bin in dringlichen Amtsgeschäften unterwegs und verabredet – mit dem da.«

Jules und Bruno schauten einander an.

»Dringliche Amtsgeschäfte, Mademoiselle?«, hakte Jules nach.

»Allerdings«, erwiderte sie.

»Wohl kaum«, korrigierte Bruno. »Sie will von mir zu einem Leichenfundort geführt werden, von dem die Leiche, wie sie weiß, längst weggeschafft wurde. Von dringlich kann keine Rede sein. Außerdem ist mir nicht bekannt, dass für Staatsanwälte im Straßenverkehr Ausnahmeregelungen gelten, wenn sie nicht gerade dabei sind, Verbrecher zu jagen.«

»Das ist lächerlich –«, protestierte sie, wurde aber unterbrochen.

»Gut, dass Sie die Verrückte erwischt haben«, sagte Florence und ließ mit der Fußspitze die Bremse am Buggy einrasten. Darin saßen angeschnallt ihre beiden Kinder; sie winkten und riefen »Bonjour, Bruno«. Er winkte zurück, während Florence, die Naturkundelehrerin am *collège*, ihm einen Kuss auf beide Wangen gab. Dann legte sie ihre Hand auf das Dach des blauen Peugeots und schaute durchs Fenster.

»Was fällt Ihnen ein, so zu rasen?«, zischte sie. »Unverantwortlich ist das. Sie hätten meine Kinder und mich fast über den Haufen gefahren.« Sie wandte sich an Bruno und Jules. »Sie können mich als Zeugin benennen.«

Die Frau im Auto betrachtete die Kinder, als sähe sie die beiden erst jetzt. Sie schluckte, warf einen Blick zurück auf die Mutter und senkte dann den Kopf, die Hände um das Lenkrad geklammert und die Schultern in die Lehne zurückgestemmt.

»Tut mir leid«, sagte die Amtsrichterin und hob den

Kopf wieder. »Tut mir leid, wenn ich Ihren Kindern einen Schrecken eingejagt habe. Sie haben recht, das war unverantwortlich. Ich war leider sehr in Eile.« Sie griff nach ihrer Handtasche, die auf dem Beifahrersitz lag, holte ihren Führerschein daraus hervor und reichte ihn durchs Fenster. Dann öffnete sie das Handschuhfach und entnahm ihm eine kleine Kunststoffmappe, in der die Versicherungsdokumente und die *carte grise*, der Kfz-Schein, steckten. Schließlich rückte sie auch mit dem Personalausweis heraus, einer laminierten Karte mit den rot-weiß-blauen Streifen der *République Française* auf ihrem Passfoto.

Sie schaute Bruno an. »Sie haben recht. Unsere Gesetze gelten für alle und sind anzuwenden. Nehmen Sie die Aussage der Zeugin zu Protokoll. Ich gebe zu, zu schnell gefahren zu sein und vor dem Zebrastreifen nicht angehalten zu haben, als Fußgänger die Straße überqueren wollten.«

Florence sah sie an. »Wann haben Sie Ihre neue Stelle angetreten?«

»Am Montag. Mein erster Job überhaupt.«

»Na dann…« Florence stockte. »Seien Sie in Zukunft einfach vorsichtiger.« Sie löste die Bremse am Buggy und schob ihre Kinder auf Fauquets Café zu, um ihnen ein Eis zu spendieren.

»Ich fürchte, uns ist unsere Zeugin durch die Lappen gegangen«, sagte Bruno. »Aber das Protokoll fürs Falschparken muss ich Ihnen ausstellen.«

»Und dass Sie zu schnell gefahren sind, können wir auch nicht unterschlagen. Aber ich werde schreiben, dass es noch in der Fünfzigerzone war«, fügte Jules hinzu. Er füllte einen Zettel aus, den er ihr dann in die Hand drückte. »Wir sehen uns, Bruno.« Er bestieg seinen Transporter, setzte zurück und fuhr davon.

»Vielleicht sollten wir noch mal von vorn anfangen«, sagte Bruno. »Ich bin Bruno, nicht Monsieur Courrèges. Und da wir Kollegen sind – darf ich Sie Annette nennen?«

»Ja, bitte. Mein Auftritt ist mir wirklich sehr peinlich.« Sie lächelte schief, wodurch sie noch jünger aussah, fast wie ein Teenager. Jetzt, da sie nicht mehr so finster dreinblickte, sah sie sogar hübsch aus mit ihren hellen Haaren und dem schmalen Gesicht. Das Kostüm passte nicht zu ihr, weder zu ihrem Typ noch zu ihrem Amt noch zu ihrem Alter. Es war wie eine Verkleidung.

»Machen Sie sich nichts draus«, erwiderte Bruno. »Als ich meine Anstellung hier angetreten habe, war ich auch sehr nervös und wollte gleich für Furore sorgen, allerdings nicht mit meinem Auto.«

»Diese Frau mit den Kindern, sind Sie mit ihr befreundet?«

»Ja, aber das bin ich mit fast allen hier in der Stadt. Die meisten kennen mich seit Jahren, und ich versuche, zu allen freundlich zu sein.«

»Na ja, Ihnen eilt ein gewisser Ruf voraus, Monsieur… ehm, Bruno.«

Er runzelte die Stirn und glaubte zu wissen, was man sich in ihren Kreisen über ihn erzählte: Veteran, passionierter Jäger und Feinschmecker, jemand, der häufig ein Auge zudrückte, Schwierigkeiten gern unter den Teppich kehrte und sich nicht groß um die Feinheiten der modernen Strafverfolgung beziehungsweise um politische Korrektheit scherte.

»Trinken wir einen Kaffee, und vielleicht sollten Sie bei der Gelegenheit den Kindern das Eis ausgeben, das ihnen Florence versprochen hat«, schlug er vor. »Sie ist ein guter Mensch, Lehrerin und alleinerziehende Mutter. Sie könnten in ihr eine erste Freundin hier bei uns finden.«

Sie schwang ihre Beine aus dem Wagen, wohlgeformte Beine, die durch den engen, recht kurzen Rock noch mehr zur Geltung kamen. Er gab ihr die Schlüssel zurück, und sie verriegelte die Tür. Bruno hüstelte.

»Vielleicht ist es besser, Sie stellen den Wagen so, dass noch ein zweites Auto danebenpasst«, sagte er.

Schmunzelnd stieg sie wieder ein und versetzte den Wagen. »Sonst noch was, bevor es Eiscreme gibt?«, fragte sie forsch.

»Ich hoffe, Sie haben etwas zum Umziehen dabei. Das Kostüm würde unsere Exkursion zum Fundort wahrscheinlich nicht heil überstehen.«

»Ich habe Ihren Rat befolgt und Wanderschuhe mitgebracht. Außerdem liegt im Kofferraum ein Schneemann griffbereit«, antwortete sie, womit sie einen jener weißen Overalls aus Kunststoff meinte, den Kriminaltechniker bei ihren Einsätzen tragen. »Was will eine junge Frau mehr?«

»Das hier«, sagte er und reichte ihr das Knöllchen.

Nachdem das Skelett fortgeschafft worden war, schien das Grab wieder Teil der archäologischen Grabungsstätte zu sein. Bruno bemerkte, dass die Winde über das Loch gerückt worden war. Er riet Annette, vorsichtig seinen Schritten zu folgen, und führte sie über das Gelände hin zum Fundort, der noch mit gelbem Absperrband gesichert war.

Wenige Meter entfernt kniete Teddy mit zwei weiteren Studenten und suchte erneut nach prähistorischen Abfallstellen. Bruno beugte sich über das Band und blickte in das leere Grab.

»Nichts zu sehen«, bemerkte Annette irritiert.

»Kein Wunder«, entgegnete Bruno. »Die Kriminaltechniker haben mitgenommen, was es zu sehen gab.«

»Sogar Bodenproben«, meldete sich Teddy. »Wollen wohl feststellen, ob noch Blutspuren nachzuweisen sind. Sie haben eine Schicht Erde abgetragen und durchgesiebt, aber nichts gefunden.«

»Auch keine Kugel?«

»Ich habe sie miteinander reden hören«, sagte ein anderer Student in stark akzentuiertem Französisch. »Es heißt, die Kugel steckt noch im Schädel.«

»Wer sind Sie, Monsieur?«

»Kasimir, aus Polen, Universität Krakau.« Er hatte dunkle Haare und hellblaue Augen, trug Jeans und ein T-Shirt, auf dem ein polnischer Künstler abgebildet war. Kasimir lehnte sich an den Grubenrand, zog einen Tabaksbeutel aus der Tasche und fing an, eine Zigarette zu drehen. »Sie haben ein schwarzes Tuch über die Stelle gelegt, es mit einer Spraydose besprüht und dann ein Licht daraufgehalten. Sie sagten, der Typ sei mit Sicherheit hier getötet worden.«

»Haben Sie sonst noch was gehört, was der Amtsrichterin weiterhelfen könnte?«, fragte Bruno, der Kasimirs Beschreibung entnehmen konnte, dass nach Blutspuren gesucht worden war.

»Sie sagten, dass sie mit Hilfe der Schuhe womöglich den

ungefähren Todeszeitpunkt ermitteln könnten. Ich glaube, es sind Turnschuhe.« Er zuckte mit den Achseln. »Das Skelett schien vollständig zu sein. Wir haben allerdings nicht genau hinsehen können, weil sie Schirme aufgestellt hatten.«

»Die jungen Leute sind bestimmt schockiert«, sagte Annette. »Es wäre vielleicht angebracht, dass sich ein Therapeut um sie kümmert.«

»Ach was!«, schnaubte Kasimir. »Wir sind doch hier, um alte Knochen zu finden. Man nennt uns nicht zu Unrecht zertifizierte Leichenfledderer.«

»Ich hätte da noch eine Frage«, sagte Bruno an Teddys Adresse. »Wo waren Sie in den frühen Morgenstunden?«

Teddy reagierte sichtlich überrascht. »In meinem Zelt auf dem Campingplatz. Ich habe fest geschlafen.«

»Und Kajte? Das Mädchen, mit dem ich Sie gesehen habe?«

»Sie war bei mir«, antwortete er ein wenig pampig. »Sind zusammen aufgestanden und haben dann gefrühstückt.« Er wandte sich an Kasimir. »Du warst doch dabei. Erinnerst du dich?«

»Morgens bin ich noch nicht ganz bei mir, aber ich weiß, dass wir alle am Tisch gesessen und den schlechtesten Kaffee der Welt getrunken haben«, sagte Kasimir und steckte sich eine Zigarette an. »Warum fragen Sie eigentlich?«

»Irgendwelche militanten Tierschützer haben in der vergangenen Nacht Hunderte von Enten und Gänsen zu befreien versucht und dabei in Kauf genommen, dass einige der Tiere auf der Straße von Autos überrollt wurden. Seltsame Art von Tierschutz.«

»Auch nicht schlimmer, als vollgestopft zu werden«, erwiderte Teddy. »Aber hier bei Ihnen stehen ja alle auf *foie gras*.«

»Nicht alle«, schränkte Annette ein, die sich plötzlich sehr interessiert zeigte. »Was ist passiert?«, fragte sie Bruno.

»Auf einem Hof in der Nähe wurde der Zaun eingerissen. An den Pfosten, die noch standen, steckten Flugblätter von PETA. Steht für People for the Ethical Treatment of Animals. Ich habe eine Kopie davon im Wagen«, antwortete Bruno. »Der Geflügelbauer hat eine Familie zu versorgen und kommt gerade mal so über die Runden, aber auch nur dann, wenn er keine Enten und Gänse verliert – von den Reparaturkosten für den Zaun ganz zu schweigen. Wir in Saint-Denis legen Wert auf den ethischen Umgang mit unseren Landwirten.«

Teddy sagte nichts. Kasimir musterte ihn mit kritischem Blick.

»Haben Sie schon mal *foie gras* probiert?«, fragte Bruno wie beiläufig und ohne herausfordernd zu klingen.

»Klar«, antwortete Kasimir, während Teddy heftig den Kopf schüttelte. »Gibt's auch in Polen, immer zu Weihnachten. Dazu trinken wir süßen Tokajer aus Ungarn.«

»Die PETA spricht von Tierquälerei. Haben Sie keine solchen Bedenken?«

Kasimir grinste. »Mutter Natur ist auch nicht zartfühlender. Enten und Gänse stopfen sich selbst voll. Bevor sie im Herbst in den Süden fliegen, müssen sie eine fette Leber haben. So speichern sie Energie. Das weiß doch jeder.«

Teddys Miene verriet, dass *er* davon nichts wusste. Auch Annette schien überrascht zu sein.

»Nun, wenn Sie mitbekommen, dass Kommilitonen einen weiteren Hof überfallen wollen, reden Sie es ihnen aus. Sonst werde ich sie festnehmen müssen, und die Amtsrichterin erhebt Anklage. Das ist ihr Job.« Bruno richtete seinen Blick zurück auf Teddy. »Noch etwas. Morgen Abend um sechs ist Rugbytraining, falls es Sie interessiert. Dann wieder um neun am Samstagmorgen. Wir hätten da auch ein Trikot für Sie. Wissen Sie, wo das Stadion ist? Hinter dem Bricomarché die erste Straße links. Von dort sehen Sie schon die Torstangen.«

»Danke«, sagte Teddy überrascht. »Ich komme gern.«

»Vielleicht bringen Sie auch Kajte mit«, fügte Bruno hinzu. »Und sagen Sie ihr, wenn sie wieder einmal fotokopiert, sollte sie vorsichtiger sein.«

Teddys Miene verfinsterte sich schlagartig. Er schaute weg.

»Wie war Ihre letzte Bemerkung zu verstehen?«, fragte Annette, als sie zum Wagen zurückkehrten.

»Ich habe ein paar Erkundigungen eingeholt. Kajte hat Pläne und dergleichen für das Ausgrabungsprojekt kopiert und, wenn ich mich nicht irre, bei der Gelegenheit auch für die Vervielfältigung der Flugblätter gesorgt, die am Gehegezaun der Villattes hingen. Dann habe ich mir noch die von ihr besuchten Websites angesehen. Sie interessiert sich offenbar für PETA-Kampagnen und -Parolen.«

Annette blieb plötzlich stehen und zeigte sich empört. »Sie haben ihren persönlichen Computer durchsucht?«

»Nein, es war der Computer im Fremdenverkehrsbüro«, antwortete Bruno gelassen. »Sie hat den Cache nicht gelöscht, und da der Computer Stadteigentum ist und jedermann zur Verfügung steht, kann von Datenschutzverletzung nicht die Rede sein, wenn ich darauf zugreife.«

Annette nickte, wirkte aber immer noch besorgt. Dann schaute sie ihn herausfordernd an. »Aber warum warnen Sie diejenigen, die Sie in Verdacht haben? Zumal Sie mit deren Anliegen nicht zu sympathisieren scheinen. Im Unterschied zu mir, um das gleich mal klarzustellen. Tierquälerei ist ein Straftatbestand, den ich nicht durchgehen lasse.«

Sie gingen Seite an Seite, durchaus in Harmonie miteinander, obwohl sich Annettes Ton ein wenig verschärft hatte. Immerhin schien sie aufnahmebereit zu sein. Bruno fühlte sich an seine Armeezeit erinnert. Wenn ein neuer Offizier das Kommando übernommen hatte, war es immer Brunos Aufgabe als Sergeant gewesen, ihn auf die Truppe einzustimmen und dafür zu sorgen, dass vierzig junge Soldaten seinen Befehlen bereitwillig nachkamen. Er hoffte, nun auch Annette nach ihrem verunglückten ersten Auftritt in Saint-Denis ein paar gute Ratschläge geben zu können. Er musste es versuchen. Von permanenten Spannungen zwischen der Stadt und dem Magistrat würde niemand profitieren.

»Ich möchte verhindern, dass Schlimmeres passiert«, sagte er. »Sie kennen sicher auch die Fernsehbilder wütender Bauern, die Wagenladungen Mist vor Rathäuser kippen, mit ihren Traktoren Straßen blockieren oder sture Verwaltungsbeamte in den Fluss werfen. Das könnte auch hier passieren, wenn wir die Situation nicht entschärfen. Es würde dem Museum schaden und viel Ärger für meinen Freund Horst bedeuten, dem deutschen Professor, der die Ausgrabungen leitet.«

»War er heute auch auf dem Gelände?«

»Nein, er hält heute Abend einen öffentlichen Vortrag. Wahrscheinlich muss er daran noch arbeiten. Ich freue mich schon darauf, denn er ist ein guter Redner und voller Begeisterung für sein Fach. Mir wurde hinter vorgehaltener Hand verraten, dass er eine kleine Sensation zu bieten hat. Wenn Sie nichts Besseres vorhaben, könnten Sie doch mitkommen und zuhören und bei der Gelegenheit einige meiner Freunde kennenlernen. Vielleicht verstehen Sie dann, was dieses Tal hier so besonders macht.«

6

Auf einer riesigen Leinwand war ein Foto von der großen Grube zu sehen, die Horst hatte ausheben lassen. Bruno erkannte den flachen Stein mit seinen seltsamen Aushöhlungen in der glatten Oberfläche wieder. Ein kleiner Zollstock, der alle zehn Zentimeter rot und weiß abgesetzt war, lag neben einem blanken Knochenrest, von dem Bruno inzwischen wusste, dass es sich um einen Teil eines menschlichen Oberschenkelknochens handelte. Während seines Vortrags zeigte Horst mit dem roten Laserpointer auf Details.

»Eine neue prähistorische Grabstätte in dieser Region zu finden ist immer wieder spannend, und dieser Fund der Überreste zweier Erwachsener und eines Kindes könnte wahrhaftig etwas ganz Besonderes sein«, sagte Horst.

Das Auditorium des neuen Museums in Les Eyzies war bis auf den letzten Platz gefüllt. Manche von Horsts Studenten standen in der Tür und folgten dem Vortrag über Lautsprecher, die im Vorraum an der Wand hingen. Bruno zählte über hundert Sitzplätze. Vor den Wänden standen zusätzlich etwa noch einmal so viele Stühle, so dass insgesamt an die zweihundert Zuhörer gekommen sein mussten. Bruno konnte sich nicht erinnern, jemals an einer größeren Veranstaltung teilgenommen zu haben. Ungewöhnlich waren auch die im hinteren Teil der Halle aufgebauten Fernsehkameras sowie die Tatsache, dass außer Philippe Delaron von der regionalen Ausgabe der *Sud-Ouest* noch mehr Medienvertreter da waren. Bruno saß zwischen Pamela und Fabiola. In der Reihe hinter ihnen hatte sein Tennispartner, der Baron, neben der neuen Amtsrichterin Platz genommen. Sie trug jetzt Jeans und eine weiße Seidenbluse, die ziemlich teuer aussah. Pamela hatte sich für einen lindgrünen Pullover entschieden – wahrscheinlich aus Kaschmir, wie Bruno glaubte –, der die Rottönung ihres bronzenen Haares hübsch zur Geltung brachte.

»Die gefundenen Knochen scheinen ungefähr dreiunddreißigtausend Jahre alt zu sein«, trug Horst vor. »Sie datieren also auf jene Umbruchperiode, in der die Gruppe von Hominiden, die wir lange Zeit Neandertaler genannt haben, von den Cro-Magnon-Menschen verdrängt wurde.«

Er legte eine Pause ein, kam dann hinter seinem Pult hervor und trat in den Lichtstrahl des Projektors, so dass sein Schatten vergrößert auf die Leinwand fiel, womit er offenbar einen theatralischen Effekt zu erzielen versuchte. Vom Licht geblendet, schaute er sich blinzelnd im Zuschauerraum um, bevor er weitersprach.

»Der moderne Mensch rätselt: Wie haben unsere Vorfahren gelebt, und warum überlebten sie, während der Neandertaler verschwand? Waren es Kriege oder Krankheiten, die Letzteren untergehen ließen?« Horst pausierte abermals, hob die Schultern an und ließ sie langsam, scheinbar ratlos wieder sinken. »Oder ist der Neandertaler einer evolutionären Selektion zum Opfer gefallen, weil er sich mit seinem begrenzten Genpool den veränderten klimatischen Bedingungen nicht schnell genug anpassen konnte? Vielleicht war er im Wettstreit um Nahrungsmittel unterlegen? Es sind noch eine Reihe weiterer möglicher Gründe angeführt worden, aber tatsächlich wissen wir es nicht.«

Horst zuckte wieder mit den Schultern und schwieg für eine Weile. Im Projektorlicht leuchteten sein weißer Bart und der kahle Kopf; die Wangenknochen warfen dunkle Schatten, die ihm das Aussehen eines alttestamentarischen Propheten verliehen. Nachdenklich fuhr er sich mit der Hand über den Bart, bevor er mit leiser Stimme weiterredete, nun fast im Plauderton.

»Wir kennen viele Entstehungsmythen, die fast alle in einem übereinstimmen, nämlich darin, dass sich unsere Vorfahren mit Gewalt durchgesetzt und ihre Wettbewerber vernichtet haben. Es spricht vieles für die Möglichkeit, dass die moderne Menschheit einem Akt des Genozids entsprungen ist. Manche Wissenschaftler sprechen in diesem Zusammenhang von der wahren Erbsünde.«

Fasziniert von Horsts Vortrag, rutschte Bruno unwillkürlich auf seinem Stuhl nach vorn. Er hatte den Professor schon über Höhlenmalereien und die Ernährungsgewohnheiten von Menschen der frühen Steinzeit reden hören, interessante Themen, die allerdings eher wissenschaftlich trocken vorgetragen worden waren. Im Unterschied dazu schien Horst jetzt mit sehr viel größerem Engagement bei der Sache zu sein.

Auf dem Bildschirm waren nun zwei Darstellungen früher Menschen zu sehen, der eine gedrungen und voller

Haare, mit fliehender Stirn, fassförmiger Brust und langen Armen, offenbar das Bild eines Neandertalers, des primitiven Höhlenbewohners, wie ihn Bruno aus seinen Schulbüchern kannte. Der andere war größer, schlanker, hatte ein schmales Gesicht und sah aus wie ein moderner Mensch, nur, dass er Fellkleidung trug. Bruno schauderte es in Gedanken an andere bildliche Gegenüberstellungen, die ihm aus dem Geschichtsunterricht in der Schule bekannt waren, die Karikaturen der Nazipropaganda etwa, die Juden im Vergleich zum vermeintlichen Ideal des arischen Menschen als hässliche, aggressive Scheusale darstellten. Erschreckend, wie leicht sich über Bilder indoktrinieren ließ, dachte er. Versuchte Horst gerade, darauf aufmerksam zu machen, nämlich dass menschliche Archetypen seit Jahrtausenden am Werk waren?

»Fast überall in der Geschichte der Menschheit stoßen wir auf jene beiden großen Ursprungsmythen, den der Sintflut und den des Brudermords beziehungsweise des Krieges allgemein«, fuhr Horst fort. »Aus dem großen Rätsel unserer Anfänge stechen diese beiden Grundmuster hervor, die immer wieder variiert und von Stamm zu Stamm, von Kultur zu Kultur weitergereicht wurden. Jetzt aber erleben wir eine wissenschaftliche Revolution. Die Gentechnik versetzt uns in die Lage, aus alten Knochen die DNA zu lesen.«

Horst fuhr fort, dass man seit ungefähr zehn Jahren aufgrund genetischer Befunde wisse, dass der Neandertaler nicht gänzlich verschwunden sei, sondern gewissermaßen im modernen Menschen weiterlebe. Einige Neandertaler hätten das gleiche Blut wie heutige Menschen, genauer: das der Gruppe null.«Darüber hinaus teilen wir das Protein FOXP2, dem zu verdanken ist, dass wir sprechen und Sprache entwickeln können. Die beiden Urtypen des Menschen werden sich miteinander vermischt haben.

Die Neandertaler-DNA wurde aus fossilen Überresten aus der El-Sidron-Höhle im Norden Spaniens ermittelt, welche übrigens selbst ein Rätsel birgt, eine Tragödie, wenn man so will. Die elf Neandertaler, deren Überreste dort gefunden wurden, scheinen vor 49 000 Jahren getötet worden zu sein. Dafür sprechen Spuren an den Knochen, die, wie es aussieht, von Steinwerkzeugen herrühren.«

Horst legte wieder eine Pause ein, klickte auf die Fernbedienung und zeigte ein Foto der aktuellen Ausgrabungsstätte, die Bruno am Vormittag besichtigt hatte.

»Nun kommen wir zum jüngsten Fund, der uns noch einen Schritt weiter bringen könnte: den Überresten dreier Individuen aus einer Grabstätte am Rand von Saint-Denis, von denen ich hier und jetzt zum ersten Mal öffentlich berichte«, fuhr Horst fort. »Zu diesem frühen Zeitpunkt können wir nur Spekulationen anstellen, die wahrscheinlich kontrovers kommentiert werden.«

Bruno schloss die Augen, um sich ganz auf den Vortrag konzentrieren zu können.

»Nach der derzeit vorherrschenden Theorie hatten der Neandertaler und der Homo sapiens einen gemeinsamen Vorfahren aus einer Zeit, die bis zur ersten großen Migration aus Afrika vor ungefähr vierhunderttausend Jahren zurückreicht. Eine Minderheit von Forschern vertritt die Auffassung, dass es vor circa hunderttausend Jahren in einzelnen Fällen zu Kreuzungen gekommen sei. Eine weitere konkurrierende Theorie vertritt den Ansatz der sogenannten Hybridisierung und geht davon aus, dass Neandertaler und ihre Nachfolger vor circa dreißigtausend Jahren über einen längeren Zeitraum zusammengelebt, sich vermischt, praktische Fähigkeiten ausgetauscht und Anfänge einer gemeinsamen Kultur ausgebildet haben.

Im Folgenden möchte ich näher darauf eingehen und drei Nachweisarten unterscheiden: Erstens wäre da der fossile Nachweis. An Ausgrabungsorten wie demjenigen von Arcy-sur-Cure wurden Knochen von Neandertalern gefunden zusammen mit Werkzeugen, Kultgegenständen und persönlichen Schmuckstücken, die für gewöhnlich ihren Nachfolgern zugeschrieben werden. Dies lässt darauf schließen, dass es zumindest eine Art Handel oder Austausch zwischen beiden Gruppen gegeben haben muss. Zweitens der genetische Nachweis, der sich aus dem FOXP2-Protein ergibt, dem bei allen Menschen anzutreffenden sogenannten Sprachgen, über das offenbar auch schon der Neandertaler verfügte. Hätten Neandertaler und Homo sapiens einen gemeinsamen Vorfahren aus einer Zeit vor vierhunderttausend Jahren, müssten zwischenzeitlich sehr viel mehr Mutationen stattgefunden haben.

Schließlich der archäologische Nachweis: In der portugiesischen Höhle Lagar Velho wurden 1998 Knochen eines vierjährigen Kindes gefunden, das erste vollständige paläolithische Skelett, das je auf der Iberischen Halbinsel ausgegraben wurde. Von hochangesehenen Wissenschaftlern wird behauptet, dass die Anatomie dieses Kindes das Resultat einer Vermischung von Neandertaler und frühen modernen Menschen gewesen sein muss. Andere bezweifeln dies, und es bedarf in der Tat weiterer Beweise, bevor diese Hypothese als gesichert gelten kann.

Wir hoffen, weitere wichtige Beweise hier in Saint-Denis ans Licht gebracht zu haben«, sagte er und zeigte ein neues Bild, auf dem Bruno den Ausgrabungsschacht wiedererkannte, nur dass nun die flache Steinplatte entfernt war. Darunter kamen drei Skelette zum Vorschein, zwei größere und ein kleines, die gekrümmt und wie Löffel aneinandergeschmiegt waren. Das größte Skelett, vermutlich von einem Mann, lag rechts, links daneben das der Frau und schließlich das des Kindes.

»Inzwischen wurde von führenden Wissenschaftlern in Frankreich, in Deutschland und den USA bestätigt, was wir nach ersten anatomischen Untersuchungen vermutet haben. Wir dürfen also mit großer Wahrscheinlichkeit davon ausgehen, hier, bei Saint-Denis, die Überreste der ersten modernen Familie ausgegraben zu haben: einen Neandertaler, seine Cro-Magnon-Frau und deren Kind ...«

Der Rest seiner Worte ging in großem Beifall unter, der aus dem hinteren Teil des Saals aufbrandete, wo Horsts Studenten standen. Bruno bemerkte, dass sich Clothilde, die rechts neben dem Podium saß, von ihrem Platz erhob und mitapplaudierte. Auch Bruno stand nun auf und klatschte, in Gedanken schon bei den Auswirkungen dieser wissenschaftlichen Sensation auf den hiesigen Tourismus.

»Bravo«, rief Jan, ein Däne, der sich in der Nähe niedergelassen hatte und als Hufschmied arbeitete; seine riesigen Hände klatschten einen so donnernden Applaus, dass sich alle anderen im Saal davon anstecken ließen. Auch Pamela und Fabiola hatten sich inzwischen erhoben und zollten dem Professor, auf den alle Augen gerichtet waren, Beifall. Allen hier im Saal schien bewusst zu sein, dass man einem historischen Moment beiwohnte.

»Was hätte ich mir für Vorwürfe gemacht, wenn ich heute Abend, wie geplant, zu Hause geblieben wäre!«, sagte Pamela, als der Beifall weniger wurde und das Publikum wieder Platz nahm.

»Man fragt sich, was bei uns noch so alles unter der Oberfläche liegt und entdeckt werden will«, entgegnete Bruno, der an das Skelett jüngeren Datums denken musste und das Bild eines überfüllten Grabes vor Augen hatte.

»So spricht ein wahrer Polizist«, amüsierte sich Pamela.

»Mag sein. Ich meinte allerdings etwas anderes, nämlich den Preis, den wir für unsere Ahnungslosigkeit zahlen müssten, wenn es nicht ständig neue Entdeckungen und Forschungsarbeiten gäbe. Ich habe mich an das zu erinnern versucht, was mir in der Schule über die Neandertaler erzählt wurde: primitive Wilde, die sich wie Affen mit Grunzlauten verständigten. Hattet ihr auch solchen Unterricht?«

»Klar. Ich erinnere mich aber auch an ein Foto aus unserem Lehrbuch, das einen Feuerstein darstellte, der wie ein Blatt geformt war und mich tief beeindruckt hat. Ich habe ihn auf einem Zettel nachgezeichnet, den ich dann jahrelang in meinem Portemonnaie bei mir trug, und er ist, glaube ich, immer noch irgendwo zwischen meinen Sachen. Tatsächlich wollte ich selbst einmal Archäologin werden, und jetzt kann ich mal wieder gut verstehen, warum.«

Sie schaute ihn an, ihre Blicke begegneten sich. Voller Zuneigung zu ihr sah Bruno plötzlich das begeisterte Mädchen vor sich, das an einem vor vielen tausend Jahren als Werkzeug benutzten Flintstein Gefallen fand. Er ergriff ihre Hand, als Horst weitersprach.

»Zum Schluss möchte ich zur Vorsicht mahnen. Die Untersuchungen sind längst noch nicht abgeschlossen, und wir können aus den vorläufigen Ergebnissen, eigentlich Vermutungen, noch keine gesicherten Erkenntnisse ableiten«, sagte er. »Wir werden weiterforschen müssen, und obwohl wir überzeugt sind, die gefundenen Skelette eindeutig zuordnen zu können, lassen sich Fehler nicht ausschließen. Und wie alle Wissenschaftler bin ich auch nur ein Mensch, der sich gelegentlich von seinen Gefühlen hinreißen lässt und sehnlichst wahrhaben möchte, was einer genaueren Prüfung nicht standhält. Ich entlasse Sie mit diesem Bild einer Familie, eines vor langer Zeit gestorbenen Mannes, seiner Frau und des gemeinsamen Kindes. Wir wissen nicht, wie sie ums Leben gekommen sind, wer sie begraben hat oder ob es sich bei den Muscheln, die wir auf Höhe des Halses der Frau gefunden haben, um eine Schmuckbeigabe handelt. Wir wissen nur, dass sie einmal gelebt und einander vielleicht geliebt haben und dass andere sich um sie gekümmert und sie respektvoll beigesetzt haben. Das, wenn nichts anderes, verbindet uns mit ihnen über Jahrtausende hinweg. Ich weiß, dass ich auch im Namen meiner Kollegen und Mitarbeiter an dieser Ausgrabung spreche, wenn ich sage, dass sie voller Respekt für diese Menschen und ihnen sehr dankbar sind für das, was sie uns aus ihrem Grab heraus mitteilen können.«

Er verbeugte sich und ging an den Bühnenrand, wo er von Clothilde umarmt und dann von Reportern, Studenten und von Blitzlichtgewitter belagert wurde. Bruno erkannte Teddy, der die anderen Bewunderer um Kopfeslänge überragte. Jan, der zu Horsts engsten Freunden zählte, setzte seinen massigen Körper ein, um dem Professor Platz zu schaffen. Bruno war froh, den Dänen auf Abstand zu wissen; er wusste um dessen Qualitäten beim Armdrücken, die er alljährlich auf der Kirmes von Saint-Denis auf beeindruckende Weise demonstrierte, wenn Geld für den Kindergarten gesammelt wurde, in dem seine Frau gearbeitet hatte. Als im Saal die Lichter wieder angingen, verließen die Zuhörer ihre Plätze; manche unterhielten sich angeregt über das Gehörte, andere hingen schweigend ihren Gedanken nach. Auf der anderen Seite des Raumes entdeckte Bruno seinen Jagdgefährten Stéphane, der den Kopf gesenkt hielt, ganz Ohr für seine Tochter Dominique, die ihm offenbar etwas Wichtiges mitzuteilen hatte. Er winkte Bruno zu, und der winkte zurück, überrascht, den Freund hier anzutreffen. Wahrscheinlich war er Dominique zuliebe gekommen, die ihm die Früchte auch ihrer Arbeit bei den Ausgrabungen zeigen wollte.

Sichtlich vergnügt unterhielt sich Brunos Vorgesetzter, Bürgermeister Gérard Mangin, mit seinem Amtskollegen aus Les Eyzies. Bruno konnte sich vorstellen, was ihm durch den Kopf ging: dass der Fund der Archäologen viele Touristen anlocken würde, ein Besucherzentrum samt Parkplatz gebaut werden müsste, was neue Arbeitsplätze und zusätzliche Einnahmen für die Stadtkasse versprach. Bruno hatte bereits im Grundstücksregister nachgesehen und festgestellt, dass das Ausgrabungsgelände zu einem verlassenen Bauernhof gehörte und inzwischen in den Besitz der Kommune übergegangen war, weil der ehemalige Besitzer schon seit Jahren keine Grundsteuer mehr gezahlt hatte.

»Bruno hat mir die Stelle heute gezeigt«, hörte er Annette zu Pamela und dem Baron sagen. »Die Stelle, an der das jüngere Skelett gefunden wurde.« Sie wandte sich an Bruno. »Warum haben Sie mir nichts von den viel älteren Knochen gesagt? Wir hätten einen Blick drauf werfen können.«

»Auch mir hat Bruno nichts verraten, als ich vor Ort war«, sagte Fabiola.

»Ich wusste doch selbst von nichts«, wehrte sich Bruno. »Horst und Clothilde haben sich bedeckt gehalten und nur ein paar Andeutungen gemacht. Wahrscheinlich wollten sie sich den Scoop für heute Abend vorbehalten.«

»Der ist ihnen geglückt«, sagte der Baron. »Vor laufender Fernsehkamera.« Er warf einen Blick auf seine Uhr. »Zeit zum Essen. Hast du einen Tisch reservieren lassen?«

»Ja, im *Moulin*«, antwortete Bruno. »Wir müssen in Les Eyzies bleiben, weil Horst und Clothilde nach der Feier mit den Studenten in der Pizzeria noch einen Kaffee mit uns trinken wollen. Und Horst bat mich, auch einen Platz für seinen Freund Jan freizuhalten, den dänischen Schmied von Saint-Chamassy.«

»Ein netter Kerl«, sagte Pamela und wandte sich Fabiola zu, als sie auf den Ausgang zusteuerten. »Von ihm sind die Kerzenständer im Esszimmer, die dir so gut gefallen haben.«

»Ich bin so froh, gekommen zu sein«, hörte er Annette sagen, als sie die Vorhalle betraten, deren Längswand ein Zeitdiagramm schmückte, das die Entwicklung der Menschheit über sechshunderttausend Jahre abbildete.

»Ob Horst auch Freiwillige an den Grabungen teilnehmen lässt?«, wollte Pamela wissen. »Ich würde zu gern mitmachen. Aber wahrscheinlich kommen dafür nur Archäologiestudenten in Frage.«

»Du kannst ihn ja mal fragen, wenn er nach dem Pizzaessen zu uns stößt. Die Gelegenheit wäre günstig, er ist bestimmt guter Laune.«

»Das bin ich auch«, erwiderte sie, drückte Bruno einen Kuss auf die Wange und schmiegte sich im Gleichschritt an ihn. »Ich hoffe, wir bleiben nicht allzu lange und können zeitig bei mir zu Hause sein.«

»Muss wohl am Frühling liegen«, meinte Bruno lächelnd.

»Streng dich an, und du wirst glauben, es wäre Weihnachten«, flüsterte sie, worauf er ihre Zähne an seinem Ohrläppchen spürte.

7

Der Kastanienwald wurde lichter, und hinter den fernen Hügeln ging die Sonne auf. Pamela trieb ihr Pferd an und stieß einen Freudenruf aus, als Bess, ihre Stute, in einen leichten Galopp überwechselte. Von den Hufen aufgewirbelt, flog Schmutz in das breit grinsendes Gesicht Brunos, der spürte, wie sich das eigene Pferd streckte, um mitzuhalten. Sie preschten auf ein offenes Feld hinaus, wo ein Hase Reißaus vor ihnen nahm und im Wald Deckung suchte. Kaninchen verschwanden in ihren Höhlen, und kreischend flatterte ein Vogelschwarm von der Weide auf.

Doch davon unbeeindruckt stoben die beiden Pferde mit ihren Reitern bergan, auf eine sonnenbeschienene Hügelkuppe zu. Dort oben breitete sich vor ihnen ein weites Plateau in satten Grüntönen aus. Bruno sah, wie sich Pamela über den Hals ihres Pferdes beugte und das Tempo noch verschärfte. Victoria, die Stute, auf der Bruno saß, setzte entschieden nach, reckte den Hals und blähte die Nüstern, ohne die Grasfetzen zu scheuen, die von den Hufen des vor ihr galoppierenden Pferdes emporgeschleudert wurden. Bruno ließ die Zügel schießen, duckte sich tief; er hörte den trommelnden Hufschlag, spürte den Wind in den Haaren und die unvergleichliche Schnellkraft des Tieres, gegen die sich motorisierte Fortbewegung geradezu behäbig ausmachte.

Als der Rand des Plateaus erreicht war, wo der Berg in das Tal der Vézère abfiel, zügelte Pamela ihre Stute und ließ sie locker austraben. Tief unten, umringt von der großen Biegung des Flusses, waren die roten Ziegeldächer und der Kirchturm von Saint-Denis zu sehen. Victoria bremste aus freien Stücken ab, wieherte sanft und rückte neben Bess bis an den Abhang vor. Bruno richtete den Blick auf die kleine Stadt, wo, von den ersten Sonnenstrahlen beschienen, der gallische Hahn auf dem Kriegerdenkmal und die Wetterfahne auf der Kirchturmspitze golden funkelnd hervorstachen. Die honigfarbenen Gemäuer schimmerten warm, und unter der alten Steinbrücke aus der Zeit Napoleons glitzerten tanzende Wellen.

Er würde diese Gegend nie verlassen können. Saint-Denis gehörte jetzt zu ihm, es war der einzige Ort, der ihm nach all den Jahren unsteten Lebens in der Armee das Gefühl gab, zu Hause zu sein. Die Sicht auf die Stadt von einem Pferderücken aus erweiterte nicht nur seinen Blickwinkel, sondern vertiefte auch sein Gefühl für diesen Landstrich, mehr als vom Auto aus oder bei der Jagd. Ihn überkam ein Gefühl von Dankbarkeit für Pamela, die ihm das Reiten beigebracht hatte, wohl weil ihr bewusst gewesen war, dass er Freude an dieser merkwürdig verführerischen Vertrautheit zwischen Pferd und Reiter haben würde. Sie war eine wunderbare Frau, sinnierte er, gutaussehend, temperamentvoll, selbstsicher und sich im Klaren darüber, wie sie ihr Leben führen wollte.

Sie hatte keinen Zweifel daran aufkommen lassen, dass

sie weder einen Ehemann noch Kinder haben, ja, nicht einmal mit einem Partner zusammenleben wollte. Er sei ihr lebenslanger Freund, hatte sie eines Nachts zu Beginn ihrer Beziehung gesagt, aber er müsse wissen, dass er in ihrem Heim und Bett nur Gast sei. Und sie sei diejenige, die die Einladung ausspreche. Obwohl Bruno sein Privatleben und seine häusliche Umgebung ähnlich eifersüchtig bewachte, verwirrte ihn Pamelas Verhalten. Seine früheren Liebesbeziehungen waren so einschneidend und überwältigend gewesen wie der Sprung in einen reißenden Fluss, ohne Sinn für Richtung und Ziel. Pamela hingegen vermittelte ihm das Gefühl, ein weiterer Einrichtungsgegenstand in ihrem Leben zu sein, nicht weniger verzichtbar als ihre Pferde und *gîtes*, ihr allmorgendlicher BBC World Service und die englischen Zeitschriften. Es war alles sehr angenehm, manchmal auch wunderbar, aber nicht das, was er sich unter Liebe vorstellte.

»Du reitest gut«, sagte Pamela, die nach dem forschen Ritt wieder zu Atem gekommen war. »Ich kann dir wohl nicht mehr viel beibringen, es sei denn, du willst auch noch über Hecken springen lernen.«

»Du bist eine tüchtige Lehrerin. Vor sechs Monaten konnte ich überhaupt noch nicht reiten«, entgegnete er.

»Es war ein herrlicher Ausritt. Einen besseren Start in den Tag kann's kaum geben.«

»Nicht zu vergessen die wunderschöne Nacht«, entgegnete sie und schmunzelte auf ihre Art, die ihn früher verunsichert hatte, weil bei ihr nicht zu unterscheiden war, ob sie in sich hineinschmunzelte oder ihm zulächelte. Jetzt ließ sie keinen Zweifel aufkommen und legte ihre Hand auf seinen Schenkel. »Mir ist, als würde ich vor Energie glühen.«

Er griff nach ihrer Hand. »Ich werde viel Kraft brauchen, um den Tag heute zu überstehen. Ich muss mich mit diesem *foie-gras*-Problem befassen, an einer Sitzung teilnehmen, in der es um die Sicherheit beim Gipfeltreffen geht, und dann wollen der Bürgermeister und ein paar Ratsmitglieder Horsts Ausgrabungen besichtigen. Wahrscheinlich werden auch jede Menge Journalisten zur Stelle sein, die den Vortrag gestern nicht mitbekommen haben. Sie alle werden zum Ausgrabungsgelände kommen. Das heißt, es muss für Parkplätze und Absperrungen gesorgt werden, damit niemand in die Gräben fällt.«

»Können das nicht die Gendarmen übernehmen?«

»Ja, aber wie man Capitaine Duroc kennt, wird er wahrscheinlich Radarfallen aufstellen, um rasende Reporter zu überführen.«

Pamela drückte seine Hand und fragte mit ernster Miene: »Was willst du mir mit all diesen Informationen eigentlich sagen? Oder versuchst du vielmehr, mir etwas zu verheimlichen?«

»Ich verheimliche nichts«, antwortete Bruno. »Ab morgen werden zweimal täglich solche Sicherheitsbesprechungen stattfinden, und es sieht so aus, als würde Isabelle daran teilnehmen.«

Pamelas Miene verfinsterte sich. Sie zog ihre Hand zurück und tätschelte ihr Pferd. »Ich dachte, Isabelle wäre noch krankgeschrieben«, sagte sie leise.

Ihre Stute setzte sich wieder in Bewegung, und er konnte ihr Gesicht nicht länger sehen. Er musste an ihren Wutanfall auf dem Weihnachtsfest denken, als irgendein Wichtigtuer glaubte, mitteilen zu müssen, Bruno und Isabelle zusammen in einem Hotel in Bordeaux gesehen zu haben. Es war ein völlig harmloses Treffen gewesen, und ihre Eifersuchtsszene löste bei Bruno Zweifel aus, ob sich wenigstens Pamela im Regelwerk ihrer Beziehung zueinander wohl fühlte.

»Eigentlich sind ihr sechs Monate Rekonvaleszenz verordnet worden, aber das Nichtstun wurde ihr zu langweilig«, berichtete Bruno und blickte auf Pamelas Rücken. »Es heißt, sie geht noch am Stock. Aber weil ihr Minister an dem Treffen teilnimmt, muss sie dabei sein und sich um seine Sicherheit kümmern.«

»Was führt den Innenminister eigentlich ausgerechnet nach Saint-Denis?«

Bruno zuckte mit den Achseln, was Pamela natürlich nicht sehen konnte. »Er will sich mit einem ausländischen Amtskollegen austauschen und braucht dazu offenbar eine medienwirksame Kulisse«, antwortete er laut genug, dass Pamela ihn verstehen konnte.

»Ein ausländischer Amtskollege?« Ihr Tonfall war spöttisch. »Mausert sich Saint-Denis jetzt zum Austragungsort für internationale Konferenzen?« Sie saß sehr aufrecht im Sattel, ein wenig steif. »Zwei Besprechungen pro Tag. Vermutlich wird sie dich wieder nach Paris zu locken versuchen. Isabelle scheint mir dieser Typ Frau zu sein, die bekommt, was sie will.«

Carlos, der Spanier, saß auf dem unbequemen Stuhl vor Brunos Büro und rätselte an einem Sudoku in der *Sud-Ouest*, als Bruno kam. Er blickte auf und sah, wie Bruno einen Blick auf seine Uhr warf. Es war zwei Minuten vor acht.

»Momentchen«, sagte Carlos. »Bin gleich fertig.« Er füllte schnell die letzten Leerstellen aus. Bruno betrat sein kleines Büro, legte die Schirmmütze auf den Tisch, schaltete den Computer ein und setzte sich auf den Drehsessel, der fast wie zum Willkommensgruß seine üblichen Quietschlaute von sich gab. Bruno rief Claire an, die Sekretärin des Bürgermeisters, und bat sie um zwei Tassen Kaffee. Dann tippte er Benutzernamen und Passwort in die Tastatur und beschäftigte sich mit der eingegangenen Post. Zwei E-Mails fielen ihm sofort ins Auge.

Beide stammten von Isabelle. Die erste war eine von ihrem Büro im Ministerium abgeschickte Notiz mit einer beigefügten Liste von »Personen, die im Auge behalten werden müssen«. Er warf einen Blick darauf, fand nichts, was ihn überrascht hätte, und ließ die Liste ausdrucken. Die zweite kam von ihrer privaten Mailadresse.

»Gut zu wissen, dass wir wieder zusammenarbeiten werden. Bin noch nicht ganz auf der Höhe, aber die Ärzte sind zufrieden. Wichtiger noch, mein Karatelehrer meint, ich könnte im Sommer wieder die alte sein. Küsschen, Isabelle.«

Bruno dachte über eine Antwort nach und versuchte, einen Ton zu treffen, den man Freunden und Kollegen gegenüber anschlagen würde. Mit dem, was er schließlich in die Tasten gab, war er nicht zufrieden, doch weil Carlos zur Tür hereinkam, drückte er dennoch auf »Senden«. »Schön zu hören, dass es dir bessergeht und du wieder arbeiten kannst. Die Republik darf aufatmen. St-D heißt dich immer willkommen. Bis bald, xx Bruno.«

Carlos hielt die Titelseite der *Sud-Ouest* in die Höhe, auf der ein Foto von Horsts erster moderner Kleinfamilie abgedruckt war. Ein kleineres Foto daneben zeigte Horst und die dazugehörige Schlagzeile: »Urfamilie aus Saint-Denis«.

Bruno schmunzelte.

»Wie fanden Sie den Vortrag?«, fragte Carlos.

»Ich muss ständig daran denken, was Horst über den Totschlag gesagt hat, nämlich dass er die erste Tat des modernen Menschen gewesen sei, die Erbsünde. Für mich folgt daraus die Frage nach dem ersten Polizisten.«

Carlos zog zwei Papierblätter aus der Innentasche seines Jacketts und legte sie auf Brunos Schreibtisch.

»Das sind Familien spanischen Ursprungs, die hier in der Gegend wohnen und für uns von Interesse sein könnten. Ihre Informationen sind wahrscheinlich präziser als unsere.«

Bruno reichte ihm den Ausdruck von Isabelles Mail. »Die meisten sind uns bekannt. Wir können noch ein paar Namen hinzufügen, aber verdächtig klingt keiner.«

»Was ist mit dem Toten, der gefunden wurde? Könnte er irgendwie mit unserer Angelegenheit in Beziehung stehen?«

Bruno zuckte mit den Achseln. »Eher unwahrscheinlich. Wenn Sie wollen, lasse ich Ihnen den Bericht der Gerichtsmedizin zukommen. Er müsste irgendwann im Laufe des Tages eintreffen.«

»Und diese andere Geschichte, mit den Tierschützern? Sollten wir denen auf die Finger schauen? Radikalen ist alles zuzutrauen.«

»Wir haben eine vollständige Liste der Studenten mit Namen, Adressen und Passnummern. Ich wollte den Brigadier bitten, sie zu überprüfen, aber das können Sie bestimmt auch.« Er rief in seinem Computer die E-Mail auf, die ihm am Vortag von Clothilde zugesandt worden war, und machte zwei Ausdrucke davon.

»Schicken Sie mir die Liste bitte als E-Mail«, sagte Carlos und reichte ihm seine Visitenkarte, auf der nur das Wappen Spaniens, sein Name, eine E-Mail-Adresse und Telefonnummer zu sehen waren. »Dann brauche ich sie einfach nur weiterzuleiten. Geht schneller. Aber ich würde mir gern den Ausgrabungsort ansehen, wenn das möglich ist. Interessiert mich persönlich. Außerdem möchte ich berichten können, dass ich mir die Stelle selbst angesehen habe, an der das Skelett gefunden wurde, falls sich herausstellt, dass der Tote doch von Interesse für uns sein könnte. Danach würde ich Sie gern zum Mittagessen einladen, vorausgesetzt, Sie haben keine anderen Pläne.«

»Am Abend ist eine Besprechung im Château«, sagte Bruno. »Daran würde ich gern teilnehmen, und anschließend möchte ich noch ein paar Worte mit meinem Amtsvorgänger wechseln. Er war dreißig Jahre im Dienst und kennt alle hier im Tal. Vielleicht weiß er Interessantes über zugezogene Basken oder über den rätselhaften Toten zu berichten. Sie sind herzlich eingeladen, mich zu begleiten, sollten sich aber vor den Weinen in Acht nehmen, die er anbietet. Sein roter *pinard* schmeckt scheußlich, dafür ist sein *vin de noix* umso leckerer.«

Carlos schmunzelte. »Danke für den Hinweis. Ich glaube, wir alle haben solche Freunde.«

»Eine Frage«, sagte Bruno und lehnte sich zurück. Sein Sessel quietschte wieder. »Wie ernst ist die Bedrohung der Sicherheit wirklich? Mir ist natürlich klar, dass sich dieses Gipfeltreffen als Anschlagsziel anbietet, aber die ETA ist doch seit Jahren in der Defensive. Sie wissen doch sicher sehr genau, über welche Möglichkeiten und Mittel sie zurzeit verfügt.«

»Wir wissen, dass sie den Waffenstillstand dazu nutzt, ihr Netzwerk auszubauen«, antwortete Carlos. »Außerdem wissen wir, dass sie Frankreich als Feindesland und legitimes Anschlagsziel erachtet. Es scheint, dass sie zwei, vielleicht sogar drei aktive Zellen unterhält, davon mindestens eine in Südfrankreich. Wir haben Ihrem Innenministerium schon alle wichtigen Daten zukommen lassen, einschließlich der Fotos und Berichte, die wir von einschlägigen Mitgliedern zusammengetragen haben. Diese Berichte werden täglich aktualisiert.«

Bruno nickte und stand auf. »Ich muss jetzt raus zum Ausgrabungsgelände. Sie können gerne mitkommen.«

Der Spanier zeigte auf den Computer und sagte, er wolle noch ein paar E-Mails schreiben. Also machte sich Bruno allein auf den Weg. Als er in seinen Transporter einsteigen wollte, klingelte das Handy. Auf dem Display stand der Name eines Freundes vom Jagdclub. Bruno nahm den Anruf an.

»Ich bin's, Maurice. Komm schnell. Es ist dringend. Ich glaube, ich habe jemanden erschossen.«

8

D as Gehöft von Maurice Soulier lag unterhalb von Coumont an einem Wasserlauf, der unweit von Saint-Denis in die Vézère mündete. Maurice mästete Enten auf traditionelle Art und überließ die getöteten Tiere, weil er selbst keine Schlachterlaubnis hatte, seinem Cousin, einem Metzger. Der zahlte ihm einen angemessenen Preis für die Leber und behielt den Erlös vom Verkauf des Fleisches für sich. Alle Mitglieder des Jagdclubs kauften natürlich Maurice' *foie gras, magrets* und *confits*, die seine Frau Sophie herstellte, und so tötete Maurice wöchentlich an die zwei Dutzend Enten mit der Axt seines Großvaters auf einem alten Holzstumpf vor der Scheune. Bruno war nicht der einzige Bürger von Saint-Denis, der unter einer warmen Daunendecke schlief, die Sophie aus den Federn der Enten gemacht hatte. Als Bruno nun, von Maurice alarmiert, den Hof erreichte, fand er beide in der Küche vor: Sophie weinte, und Maurice versuchte, sie zu trösten.

Bruno kannte sich in ihrem Haushalt aus und wusste, was zu tun war. Er steuerte auf den Schrank in der Ecke zu, holte die Cognacflasche daraus hervor, aus der Maurice vor jeder Jagdpartie seinen Flachmann neu auffüllte, und schenkte beiden ein Glas ein. Als sie einen Schluck getrunken hatten, fingen Maurice und Sophie gleichzeitig zu reden an.

»Einer nach dem anderen«, sagte Bruno und hob die Hand. »Maurice, du zuerst. Was ist passiert?«

Maurice berichtete, gegen fünf in der Früh vom Bellen seines Hundes im Hof geweckt worden und nach unten gelaufen zu sein. Er hatte zunächst nichts gesehen, wohl aber Geräusche gehört, die aus der Scheune kamen, wo sein Auto stand. Und plötzlich war unter den Enten ein Geschrei ausgebrochen. Er hatte gedacht, ein Fuchs sei auf den Hof geschlichen, und nach seiner Flinte gegriffen. Als er auf den Entenstall zugegangen war, hatte er Glas über einem der Frühbeete zerspringen hören, in denen er Saatgut zog. Er hatte laut gerufen, worauf es abermals klirrte, und als er um die Ecke gebogen war, sah er eine Bewegung am Zaun, einen tief unten am Boden vorbeiziehenden Schatten, einen Fuchs, wie er glaubte, und da habe er kurzentschlossen die Flinte abgefeuert. Dann war ein Schrei zu hören gewesen, gleich darauf ein Ruf in einer fremden Sprache und das Geräusch von schnellen Schritten. Das war alles gewesen.

»Erzähl von dem Blut«, sagte Sophie, die nun nicht mehr schluchzte, dafür aber einen Schluckauf zu haben schien.

»Das habe ich erst später gesehen«, entgegnete Maurice. »Wie auch immer, ich bin zum Zaun hin und habe gesehen, dass er an einer Stelle aufgeschnitten war. Ich habe die Lücke sofort mit einer Kordel geflickt und bin dann zurück ins Haus. Sophie war inzwischen auch auf den Beinen; der Schuss hatte sie geweckt. Wenig später musste ich wieder nach draußen, weil der Hund bellte, genau da, wo der Zaun aufgeschnitten war. Aber das Blut haben wir erst gesehen, als es hell wurde.«

»Ich habe sofort gesagt, er soll dich anrufen«, unterbrach Sophie. »Aber er ist ein sturer alter Bock und meinte, du wärst erst gegen acht im Büro, und es würde sich nicht gehören, dich schon vorher zu stören.«

Bruno rieb sich nachdenklich das Kinn. Ein Schuss so früh am Morgen hätte jemandem auffallen müssen. Vielleicht hatte ein Nachbar Meldung gemacht, oder ein Verletzter war mit einer Schusswunde im Krankenhaus aufgekreuzt, und ein Arzt hatte bereits die Gendarmerie verständigt.

»Ich nehme eure Aussage jetzt gleich zu Protokoll. Es ist wichtig, zu betonen, dass du, Maurice, fest davon überzeugt gewesen bist, auf einen Fuchs zu schießen, und dir erst später Zweifel gekommen sind. Gebt mir bitte was zum Schreiben!«

»Letzten Dezember hatten wir schon einmal einen Fuchs im Gehege, du erinnerst dich«, sagte Sophie und holte einen Notizblock. Sobald sie etwas zu tun hatte, schien sie ruhiger zu sein. »Kein Wunder, dass er daran gedacht hat. Aber dann war ja da auch das, was den Villattes passiert ist, mit diesen Tierschützern. Was glaubst du, Bruno? Ob Maurice auf einen von denen geschossen hat?«

»Wer weiß? Mit Bestimmtheit lässt sich noch gar nichts sagen. Könntest du uns einen Kaffee machen, Sophie? Ich nehme derweil Maurice' Aussage zu Protokoll.«

Bruno half seinem Freund beim Formulieren und drängte darauf, den Fuchs zu erwähnen, der im Dezember ins Gehege eingedrungen war, weshalb er geglaubt habe, der Räuber bedrohe sein Geflügel nun wieder. Dann aber hätte er etwas gehört, was menschliche Stimmen gewesen sein könnten, Stimmen in einer fremden, ihm unbekannten Sprache. Erst als es hell genug gewesen sei, habe er Blut entdeckt und gleich darauf den Chef de police angerufen, der die Aussage zu Protokoll genommen habe.

Bruno trank seinen Kaffee und notierte sich auch Sophies Aussage – die mit der ihres Mannes weitgehend übereinstimmte –, bevor er nach draußen ging, um sich die Lücke im Zaun und die Blutspuren anzusehen.

»Ein paar Ratschläge noch«, sagte er vor der Tür. »Egal wer kommt, ob Gendarm, Amtsrichter oder der Präsident der Republik – sagt niemandem ein Wort. Ihr habt mir eine eidesstattliche Erklärung abgegeben, und das reicht fürs Erste. Selbst wenn man euch zur Gendarmerie bringt und dort zu befragen versucht, solltet ihr euch ausschließlich auf diese Erklärung berufen. Und falls man euch in die Mangel zu nehmen versucht, verlangt sofort nach einem Anwalt und nach mir. Das ist wichtig. Verstanden?«

Sophie reagierte sichtlich verängstigt, doch Maurice nickte nur und führte Bruno hinter die alte Scheune, an die der Gemüsegarten angrenzte. Direkt am Maschendrahtzaun reihten sich die von Glasscheiben abgedeckten Frühbeete. Zwei Scheiben waren zerbrochen, und in dem noch am Vorabend von Maurice ausgiebig gewässerten Boden entdeckte Bruno einen deutlich umrissenen Abdruck – von einem kleinen Turnschuh, wie er vermutete. Er ging zu seinem Transporter, kramte eine Rolle gelbes Absperrband daraus hervor und sicherte damit die beschädigten Beete. Anschließend deckte er mit einer der Plastiktüten, die Sophie ihm brachte, den Schuhabdruck ab. Dann nahm er die Blutspuren neben der Glasabdeckung in Augenschein. Als er sich wieder aufrichtete, sah er zwei offenbar frisch ins Holz der Scheunenwand geschlagene Löcher, die von den Kugeln aus Maurice' Flinte zu stammen schienen und die er erst für Holzwurmlöcher gehalten hatte. Sie befanden sich auf Kniehöhe und bestätigten Maurice' Behauptung, im Glauben gewesen zu sein, auf einen Fuchs zu zielen.

»Welche Munition war in der Flinte?«, fragte Bruno.

»Vogeldunst. Lag gerade griffbereit in der Schublade, als ich die Büchse geholt habe.«

»Kannst du mir zeigen, wo du gestanden hast? Möglichst genau?«

»Ungefähr dort. Ich kam gerade um die Ecke«, antwortete Maurice und deutete auf den Rand der alten Scheune, die er als Garage nutzte. Bruno vermaß den Abstand mit sechsunddreißig langen Schritten und atmete erleichtert auf. Über diese Distanz streute Vogeldunst beträchtlich.

Er kehrte zum beschädigten Frühbeet zurück und musterte noch einmal die kleine Blutlache. Sie maß acht bis zehn Zentimeter im Durchmesser und war gut zehn Schritte von den Einschusslöchern entfernt. Nahe dem sichergestellten Fußabdruck fand er weitere Blutflecken auf zertretenem Laub. Bruno folgte der Spur durch den Wald bis zum Fuhrweg, der hinauf nach Coumont führte. An den Dornen eines Brombeerstrauchs steckte eins jener Flugblätter, die er auf dem Hof der Villattes gesehen hatte. Mit seinem Taschentuch löste er den Zettel vom Strauch, bemerkte, dass getrocknetes Blut darauf klebte, und steckte ihn vorsichtig in eine Plastiktüte. Auf einem kleinen, vom Wind zusammengefegten Laubhaufen entdeckte er zwei weitere Blutspuren. Er band sein Taschentuch um einen

Zweig, um die Stelle zu markieren, und rief dann Maurice zu sich.

»Angenommen, du hast auf ein Tier geschossen. Was sagen dir diese Blutstropfen?«, fragte er den Freund.

»Dass es nicht ernstlich verwundet sein kann. Höchstens ein Streifschuss.«

»Der Meinung bin ich auch«, entgegnete Bruno. »Du kannst also beruhigt sein. Du hast niemanden getötet. Es war ein Unfall, und wir wissen immer noch nicht, ob tatsächlich ein Mensch zu Schaden gekommen ist.«

Maurice nickte, ließ sich aber anmerken, dass ihn Brunos freundliche Worte nicht wirklich trösten konnten.

»Du weißt, ich werde deine Flinte mitnehmen müssen. Es könnte sein, dass ballistische Tests notwendig werden«, sagte Bruno, dem durch den Kopf ging, dass Vogeldunst auch auf dreißig Meter Entfernung erheblichen Schaden anrichten kann. »Du hast ja einen Waffenschein. Ich mache nachher eine Kopie davon und gebe ihn dir dann zurück. Keine Sorge, Maurice, ich glaube dir, dass du davon überzeugt warst, auf einen Fuchs zu zielen, um deinen Besitz zu schützen.«

»Was ist mit dem durchschnittenen Maschendrahtzaun?«, fragte Maurice mit zitternder Stimme. Er wirkte plötzlich um einiges älter.

»Davon steht nichts in deiner Aussage. Ich füge ihr eine Notiz bei mit der Erklärung, dass wir die Lücke soeben entdeckt und geflickt haben.«

»Das gefällt mir nicht, Bruno. Klingt irgendwie nach Täuschung.«

»Vertrau mir, Maurice. Halte dich an unsere Verabredung,

und sage nichts, was nicht auch in deiner Aussage steht, sonst könnte die Geschichte noch übel ausgehen. Und sorg dafür, dass sich auch Sophie daran hält.«

Zurück im Haus, bat Bruno Sophie um einen Kochtopf und forderte sie auf, beide Aussagen noch einmal abzuschreiben. Dann ging er mit Maurice wieder nach draußen und stellte den Topf umgekehrt über den Blutfleck, um ihn für etwaige Untersuchungen zu sichern, kehrte in die Küche zurück, signierte beide Kopien und trug das Datum ein. Anschließend rief er im *centre médical* an und ließ sich mit Fabiola verbinden.

»War jemand mit einer Schussverletzung bei Ihnen?«, fragte er.

»Nein, ich hatte die Nacht Bereitschaftsdienst, hätte also was davon gehört«, antwortete sie. »Warum fragen Sie?«

»Sieht so aus, als hätten diese Tierschützer letzte Nacht wieder zugeschlagen, und der betroffene Landwirt meinte, einen Fuchs vor der Büchse zu haben. Es gibt hier einen Blutfleck, nicht größer als eine Untertasse.«

»Das hört sich nicht allzu schlimm an. Aber ich halte die Ohren offen. Vielleicht erkundigen Sie sich auch bei der Apotheke. Könnte sein, dass Verbandsmaterial gekauft wurde.«

»Verbände und eine Pinzette. Vielleicht ist gerade jemand dabei, Vogelschrot aus dem Fleisch zu ziehen.«

»Manche Mädchen haben Pinzetten bei sich, mit denen sie sich die Augenbrauen zupfen. Fragen Sie, ob Verbände und Mull verlangt wurden, vielleicht auch irgendein Bleichmittel, mit dem Blutflecken aus der Kleidung entfernt werden können.«

Bruno schrieb den Hinweis *Apotheke* in sein Notizbuch und darunter die Namen derer, die er anzurufen gedachte: den Baron, Jean-Jacques, Jules, den Bürgermeister und Hervé, den Versicherungsmakler. Letzterer war der diesjährige Präsident des Jagdclubs und verantwortlich für den Versicherungsfonds des Vereins, der Mitgliedern zugutekam, die in Schwierigkeiten geraten waren und rechtlichen Beistand brauchten. Jean-Jacques würde Maurice bei Bedarf einen guten Anwalt empfehlen können.

Den Baron rief Bruno als Ersten an. Er bat ihn, auf den Hof der Freunde zu kommen, um ihnen den Rücken zu stärken für den Fall, dass die Gendarmerie und Annette, die Amtsrichterin, anrückten. Dann meldete er sich bei Jean-Jacques, berichtete, dass die Sache nicht allzu ernst schien, zumal niemand mit einer Schussverletzung eingeliefert worden sei. Jean-Jacques nannte ihm einen verlässlichen Anwalt in Périgueux und sagte, der Vorfall müsse angezeigt werden und liege im Zuständigkeitsbereich der *Police Nationale*; die Gendarmerie habe also damit nichts zu schaffen. Trotzdem rief Bruno gleich darauf Sergeant Jules unter dessen privater Nummer an. Jules empfahl ihm, Maurice' Flinte in der Gendarmerie abzuliefern, und versprach, Capitaine Duroc darauf hinzuweisen, dass sich die *Police Nationale* um die Sache kümmerte. Nachdem Bruno auch seinen Bürgermeister informiert hatte, meldete er sich schließlich bei Hervé. Dieser bestätigte, dass der Versicherungsfonds des Vereins für Rechtshilfe in Anspruch genommen werden konnte und gut gefüllt war.

Der Baron traf in seinem alten Citroën DS ein, begrüßte

alle und sorgte für eine zweite Runde Cognac mit der sinn-fälligen Begründung, dass, falls Maurice ein falsches Wort sagen würde, er zu Recht darauf würde verweisen können, dass er aus verständlichen Gründen ein wenig zu tief ins Glas geschaut habe und Unsinn rede.

Bruno brachte die Flinte zu Sergeant Jules in die Gen-darmerie und fuhr dann ins Bürgermeisteramt, um Mau-rices Aussage zu kopieren. Daraufhin faxte er sie an Jean-Jacques, Hervé und an die Magistratur in Sarlat mit der Bitte, das Schreiben an Annette weiterzuleiten. Was ihn auf eine Idee brachte. Anstatt den Anwalt in Périgueux anzuru-fen, ging er in sein Büro und rief Louis Pouillon an, Annettes Amtsvorgänger im Ruhestand.

Der leidenschaftliche Jäger und regelmäßige Abnehmer von Sophies *foie gras* war erfreut, helfen zu können, und versprach, in einer Stunde bei Maurice zu sein. Bruno las ihm Maurice' Aussage vor, die dieser mit den Worten »aus-gesprochen hilfreich« kommentierte. Problematisch, so der ehemalige Amtsrichter, würde die Sache nur, wenn jemand den Schuss gemeldet habe. Bruno sagte, er werde sich er-kundigen.

Anschließend rief er beide Apotheken von Saint-Denis an, aber keine hatte in den vergangenen Stunden Ver-bandsmaterial verkauft. An welche Stelle mochten sich Studenten, die in dieser Gegend fremd waren, sonst noch gewendet haben? Die einzige andere Stadt, die sie kann-ten, war Les Eyzies, der Standort des Museums. Bruno rief in der dortigen Apotheke an und bekam zur Aus-kunft, dass schon vor Geschäftsöffnung ein großgewach-sener junger Mann vor der Tür gewartet, Verbandsmaterial und ein Mittel zum Desinfizieren von Wunden verlangt und mit Kreditkarte bezahlt habe. Bruno ließ sich den Namen und die Nummer der Karte nennen, die von Barclays, einer britischen Bank, auf den Namen Edward G. Lloyd ausgestellt war.

9

Als Bruno an der Grabungsstätte eintraf, hatte Clothilde Mitarbeiter des Museums als Ordner auf dem Gelände postiert, einen Parkplatz mit einem langen Seil abgegrenzt und mit der Presse einen halbstündigen Fototermin vereinbart, dem sich eine kurze Pressekonferenz im Museum anschließen sollte. Bruno war beeindruckt. Im Moment telefonierte sie in scharfem Ton und stand etwas abseits, wo sie anscheinend einen besseren Empfang hatte. Sie trug wieder ein Hemd, das Bruno als eines von Horst wiedererkannte, und statt des Kleides vom Vorabend hatte sie eine khakifarbene Hose an und Gummistiefel an den Füßen. Bruno ertappte sich bei dem hoffnungsvollen Gedanken, dass sie die Nacht mit Horst verbracht hatte, was er nach seinem triumphalen Vortrag durchaus verdient gehabt hätte und sie nicht weniger.

»Glückwunsch«, sagte er, als sie das Handy mit wütender Gebärde zugeklappt hatte und hörbar vor sich hin fluchte. Sie schaute sich verärgert um, doch es dauerte eine Weile, bis ihr Blick auf ihn fiel.

»Ah, Bruno. Ich musste mich mit diesen Idioten vom Ministerium herumärgern«, sagte sie und gab ihm einen schmatzenden Kuss auf beide Wangen. »Sie wollten wissen, wer uns autorisiert hat, unsere – wörtlich – ›sensationsheischende Hypothese‹ im Namen des Nationalmuseums vorzutragen. Ich habe ihnen gesagt, es seien dieselben gewesen, denen ich meinen Lehrstuhl verdanke, und wenn sie mir weiter auf die Nerven gingen, würde ich das Angebot von Yale annehmen, wo man mir das dreifache Gehalt verspricht. Das hat sie zum Schweigen gebracht.«

»Sie haben sich ja schon um alles gekümmert: Parkplätze, Ordnungsdienst, Fototermin, Pressekonferenz«, lobte Bruno. »Sie landen den größten archäologischen Coup seit Jahren und nehmen mir dann auch noch Arbeit ab. Bemerkenswert.«

»Danke, *mon cher*. Ich bin einfach nur Ihren Anweisungen gefolgt. Allerdings musste ich mich gleichzeitig noch mit den Idioten aus Paris und mit Fachkollegen aus ganz Europa herumstreiten. – Wer ist denn das?«, fragte sie mit Blick auf Carlos, der seinen gemieteten Range Rover hinter Brunos Transporter geparkt hatte und den Weg heraufkam.

Bruno machte die beiden kurz miteinander bekannt und stellte Carlos als spanischen Kollegen und Kontaktmann vor. Dann zeigte er auf das leere Grab, das immer noch mit gelbem Absperrband gesichert war.

»Ich war sehr beeindruckt von dem gestrigen Vortrag«, sagte Carlos. »Mir scheint, Sie haben hier eine historische Entdeckung gemacht.«

»Das hoffen wir. Danke sehr«, entgegnete sie. Wieder klingelte ihr Handy. Sie warf einen Blick auf das Display und ignorierte den Anruf. »Schon wieder diese Idioten vom Kulturministerium«, sagte sie und fischte in ihrer Handtasche nach den Autoschlüsseln. »Ich muss zurück ins Museum.« Sie winkte zum Abschied.

Bruno führte Carlos auf die flatternden Bänder zu, doch der wollte zuerst die Grube mit den drei prähistorischen Skeletten sehen. In einem angrenzenden kleineren Graben arbeitete Kasimir, der polnische Student. Bruno nickte grüßend, während Carlos in das große Loch schaute, wo die Knochen mit einer dicken Plastikplane abgedeckt waren. Am Rand waren zwei Studenten mit Pinseln am Werk. Carlos blickte zu den überhängenden Felsen auf und schaute sich dann um, als versuchte er, sich ein Bild davon zu machen, wie es an diesem Ort vor dreißigtausend Jahren ausgesehen haben mochte.

»Es wäre vielleicht keine schlechte Idee, unsere beiden Minister nach der Unterzeichnung des Vertrages hierherzubringen«, sagte er. »Frankreich und Spanien, Lascaux und Altamira, die beiden großen Zentren prähistorischer Kultur – hier, an der Wiege des modernen Menschen, überschneiden sie sich gewissermaßen. Dieser Ort könnte eine symbolträchtige Begegnungsstätte unserer beiden Länder sein.«

»Sie klingen jetzt wie ein Werbestratege«, sagte Bruno schmunzelnd. »Ihnen als Sicherheitsexperte sollten sogleich Bedenken kommen.«

»Aber genau darauf fahren doch diese Herrschaften ab«, entgegnete Carlos. »Sie können den weitsichtigen Politiker herauskehren, sich geschichtsbewusst und kunstsinnig geben. Außerdem kann ich mir vorstellen, dass es ihnen durchaus recht wäre, wenn die Medien, die sich auf den Fund stürzen, auch ihnen ihre Aufmerksamkeit widmen würden.«

Bruno nickte zustimmend und schaute in die Runde. Ein paar Wachposten oben auf der Felsspitze und ein Kordon entlang der Straße würden als Sicherheitsmaßnahme wahrscheinlich ausreichen. Die Felsen auf der einen und der Fluss auf der anderen Seite boten an sich schon genügend Schutz. Es bedürfte schon besonderer Fähigkeiten, einen Anschlag aus solcher Entfernung zu verüben.

Carlos trat nun an den Rand der Grube, in der Teddy die Leiche gefunden hatte. Es war nicht viel zu sehen. Teddy unterbrach seine einsame Suche nach dem prähistorischen Abfallhaufen und reckte sich. Seine Bewegungen verrieten keinerlei Beeinträchtigung, und er schien auch nirgends einen Verband zu tragen. Offenbar war er für jemand anderen zur Apotheke gefahren.

»Ich freue mich auf das Rugbytraining. Es wird mich wieder in Schwung bringen«, sagte Teddy mit Blick auf Bruno und stutzte, als er Carlos sah.

»Hallo, wir sind uns noch nicht begegnet«, sagte der Spanier und beugte sich über den Rand, um Teddys Hand zu schütteln. »Mein Name ist Carlos. Verbindungsmann aus Spanien in grenzüberschreitendem Einsatz. Bruno war so freundlich, mich herzubringen.«

Teddy wirkte irritiert. »Aus Spanien?«, fragte er.

»Wo ist Kajte?«, wollte Bruno wissen.

»Auf dem Campingplatz. Sie ist heute mit Kochen dran.« Die Stimme klang normal, doch sein Blick verriet Argwohn.

»Warum graben Sie hier, so weit weg vom Fundort der prähistorischen Skelette?«, fragte Carlos.

»Ich suche nach dem Muschelhaufen, der Stelle, wo sie ihre Abfälle deponiert haben – Essensreste, zerbrochene Feuersteine und dergleichen. Die gibt's überall da, wo

Menschen längere Zeit gelebt haben.« Er zuckte mit den Achseln. »Tja, allmählich glaube ich, ich verplempere hier meine Zeit.«

»Ich habe nicht den Eindruck, dass hier irgendjemand von Ihnen seine Zeit verplempert«, erwiderte Carlos. »Haben Sie noch gar nichts gefunden?«

»Von dieser Leiche abgesehen nur ein paar Porzellanscherben aus unserer Zeit, Reste einer Tonpfeife, jüngere Knochensplitter – das, was man auf einem Feld wie diesem immer wieder mal findet.«

»Was hat es mit diesem schwarzen Streifen in der Erde auf sich, da unten, neben Ihrem Knie?«, fragte Carlos.

»Vielleicht ist er von einem Waldbrand übriggeblieben. Oder von einem Kohlenmeiler. Ich habe tatsächlich Reste von Holzkohle gefunden.«

»Verzeihung«, schaltete sich Bruno ungeduldig ein. »Ich bin aus einem anderen Grund gekommen und muss Sie fragen, wo Sie heute in den frühen Morgenstunden gewesen sind, so gegen fünf.«

»Im Zelt. Ich habe geschlafen«, antwortete Teddy.

»Und Kajte?«

»Sie lag neben mir.«

»Ich frage Sie jetzt offiziell, Teddy. Denken Sie über Ihre Antwort noch einmal nach. Wenn Sie mich belügen, kann's unangenehm für Sie werden. Wo waren Sie heute Morgen um acht?«

»Spazieren. Wir haben alle zusammen gefrühstückt, danach habe ich mich auf den Weg hierher gemacht.«

»Haben Sie Ihre Kreditkarte bei sich?«, hakte Bruno nach. »Oder könnte es sein, dass sie Ihnen gestohlen wurde?«

Der junge Mann holte ein Portemonnaie aus der Tasche, zog eine Kreditkarte daraus hervor und hielt sie in die Höhe. Es war eine Karte von Barclays.

»Heute Morgen, als Sie angeblich spazieren gegangen sind, wurde mit dieser Karte in einer Apotheke in Les Eyzies eingekauft«, sagte Bruno. »Das war drei Stunden nach einem Überfall auf eine Geflügelfarm hier in der Nähe. Der Bauer hat auf die Eindringlinge geschossen. Es wurden Blutspuren sichergestellt, und ich bin sicher, dass sie von Ihrer Freundin Kajte stammen. Das lässt sich nachweisen. Ebenso sicher bin ich mir, dass wir das gekaufte Verbandsmaterial bei ihr finden werden, um ihre Beine gewickelt. Wollen Sie mich immer noch anlügen?«

Teddy starrte Bruno mit offenem Mund an. Er schluckte, krallte die Hand um den Spatengriff und schaute sich schnell nach beiden Seiten um, als suchte er nach einem Fluchtweg. Dann richtete er den Blick auf Carlos, der neben Bruno stand.

»Ich glaube, der junge Mann braucht einen Anwalt«, bemerkte der Spanier.

»Er sollte jetzt erst einmal auf meine Fragen antworten und die Wahrheit sagen«, erwiderte Bruno barsch, ohne den jungen Waliser aus den Augen zu lassen. »Kommen Sie, Teddy. Kajte ist womöglich schlimmer verletzt, als Sie glauben. Sie muss zum Arzt.«

Teddy blickte verzweifelt drein und wieder zu Carlos auf, fast so, als hoffte er auf dessen Beistand. Doch der Spanier schwieg. Teddy ließ den Kopf hängen und nickte. Er schluckte und schien etwas sagen zu wollen, als in der Ferne eine Polizeisirene aufheulte.

»Entweder Sie reden mit mir oder aber mit den Gendarmen, die Sie allerdings vorher einsperren werden«, sagte Bruno. Der Heulton schwoll an. »Machen Sie endlich den Mund auf, Mann; sagen Sie mir, wo ich Ihre Freundin finde.«

»Werden Sie ihn festnehmen?«, fragte Carlos. Bruno bemerkte ein sonderbares Zögern in dessen Stimme und schaute ihn neugierig an. »Sie hätten allen Grund dazu, und vielleicht sollten Sie's auch. Ich weiß jedoch aus Erfahrung, dass man es sich genau überlegen sollte, ehe man jemanden festnimmt, wegen der möglichen Folgen – für die Ausgrabungen hier, für das Museum und die Pläne Ihres Bürgermeisters.«

Bruno hatte sich tatsächlich schon Gedanken darüber gemacht. Er blickte zur Straße, in die Richtung, aus der die Sirene ertönte, doch die Zufahrt zum Ausgrabungsgelände war außerhalb seines Blickfelds. Er hörte eine Tür zuschlagen und fasste einen Entschluss.

»Bleiben Sie hier bei ihm«, sagte Bruno. Der Spanier nickte, worauf Bruno ein paar Schritte zurückging, bis er die Einfahrt überblicken konnte. Dort sah er Clothilde und ihren Sicherheitsbeauftragten heftig auf einen großen, sehr dünnen Mann in Uniform einreden. Auf einem blauen Transporter, der die Einfahrt versperrte, blinkte Blaulicht; dahinter stand ein vertrauter kleiner blauer Peugeot. Ein kümmerlich wirkender Trupp von vier Gendarmen stand vor dem Transporter. Sie scharrten mit den Füßen und machten einen niedergeschlagenen Eindruck. Dass Sergeant Jules nicht bei ihnen war, stimmte auch Bruno missmutig.

»*Merde*«, platzte es aus ihm heraus. Er eilte zurück und sagte zu Carlos: »Da kommen Capitaine Duroc und unsere neue Amtsrichterin. Würden Sie mir einen Gefallen tun? Gehen Sie ihnen bitte entgegen, stellen Sie sich vor, und halten Sie die beiden möglichst lange hin. Ich erkläre Ihnen alles später.«

Carlos runzelte die Stirn und lächelte. »Eine kleine Verschwörung gegen die Gendarmen? Na schön. Ich bin gespannt auf Ihre Erklärung.«

Bruno redete nun auf Teddy ein, der immer noch den Spatengriff umklammert hielt und völlig verwirrt zu sein schien.

»Ist Kajte auf die Schnelle zu erreichen?«

Teddy zeigte auf das Handy, das an seinem Gürtel hing, und nickte. »Aber warum –?«

»Fragen Sie nicht lange, rufen Sie sie an, und sagen Sie ihr, sie müsse vom Campingplatz verschwinden, denn da wird man zuerst nach ihr suchen. Sie soll über die Brücke ins Rugbystadion gehen und dort auf uns warten. Vorher muss ich noch was einrenken.«

»Was meinen Sie mit ›einrenken‹?«

»Wir beide wissen, dass Kajte diese Flugblätter kopiert und auf der Geflügelfarm zurückgelassen hat und dass sie heute früh angeschossen wurde. Bei der Beweislage müsste ich sie sofort festnehmen, Sie beide, denn ich weiß, dass Sie ihr geholfen haben. Ich könnte jedoch mit den betroffenen Bauern reden und ein privates Arrangement mit ihnen ausmachen, so dass sie von einer Strafanzeige Abstand nehmen.«

Teddy biss sich auf die Unterlippe und warf den Spaten auf den Boden.

»Ich sage nicht, dass sie es war, nur dass sie eine Frau mit festen Überzeugungen ist«, sagte er. »Vielleicht würde es ihr sogar gefallen, wenn die Öffentlichkeit von ihrem Engagement erführe und davon, dass sie dafür angeschossen und festgenommen wurde. Sie stünde als Märtyrerin da.«

»Sie riskiert mehr als nur ihre eigenen Interessen. Nämlich auch Ihre. Es geht nicht zuletzt um das ganze Projekt hier, den Ruf der Professoren Horst und Clothilde und um das Museum. Die Festnahme eines Mitarbeiters hier würde einen Schatten auf die Ausgrabungen werfen. Bringen Sie sie rüber ins Rugbystadion. Ich komme in etwa einer Stunde nach. Hier…«

Bruno reichte Teddy seine Visitenkarte, auf der auch seine Handynummer stand. »Rufen Sie mich an. Ich will wissen, ob Sie Kajte überreden konnten. Dahinten am Bach stoßen Sie auf einen markierten Pfad, der über die Felsen führt und weiter nach Saint-Denis. Eine Abkürzung. Es wäre gut, wenn Sie niemand sieht.«

»Ich soll mich sofort auf den Weg machen?«

»Ja, und zwar schnell.«

Als Teddy im Wald verschwunden war, steuerte Bruno auf den Eingang des Ausgrabungsgeländes zu. Von Carlos angeführt, kamen ihm die Gendarmen und Capitaine Duroc entgegen, der sich mit dem Spanier angeregt unterhielt. Bruno blieb stehen und winkte ihnen munter zu. Ihm fiel auf, dass sich Annette ein wenig hatte zurückfallen lassen und mit hängenden Schultern folgte. Sie wirkte zerknirscht. Als sie ihn erblickte, rang sie sich wie zur Entschuldigung ein Lächeln ab, das ihr allerdings ein wenig missglückte. Bruno fragte sich, was sie bewogen hatte, Duroc und die

Gendarmen mitzubringen. Am Vortag war sie noch einverstanden gewesen, dass Bruno die Sache allein managte.

»Sie haben meinen spanischen Kollegen also schon kennengelernt«, sagte er. »Wenn Sie der Studenten wegen gekommen sind, die auch ich suche, muss ich Ihnen leider mitteilen, dass von denen keiner mehr hier ist.«

»Eine Holländerin namens Kajte?«, fragte Duroc, dessen Aussprache deutlich anzuhören war, dass er aus der Normandie stammte. Wenn er schluckte, hüpfte sein Adamsapfel über den engen Kragen seines blauen Hemdes. »Haben Sie noch eine zweite Person im Visier?«

»Ich glaube kaum, dass eine junge Frau allein in der Lage wäre, Zaunpfosten auszureißen«, entgegnete Bruno. »Jemand wird ihr dabei geholfen haben.«

»Weiß jemand, wo sie ist?«

»Mir wurde gesagt, dass sie heute Küchendienst hat«, sagte Bruno. »Sie ist also entweder einkaufen oder auf dem Campingplatz. Dort wollte ich jetzt hin.«

»Sollen wir Sie begleiten?«, fragte Duroc und ließ erkennen, dass er lieber an Ort und Stelle bleiben würde.

»Mir wäre lieber, Sie kümmerten sich um die Formalitäten«, antwortete Bruno. »Sie ist ausländische Staatsbürgerin, was die Sache ein wenig kompliziert. Außerdem könnten Sie, wo Sie schon einmal hier sind, ein paar Worte mit Frau Doktor Clothilde Daunier vom Nationalmuseum wechseln. Sie leitet die Ausgrabungen und ist für die Studenten verantwortlich. Sie sollte über den Vorgang informiert werden. Was meinen Sie, Annette?«

»Ja, das wäre wohl angebracht«, antwortete sie und wich Brunos Blicken aus.

»Und das überlassen Sie mir?«, fragte Duroc mit skeptischer Miene.

»Ich habe noch eine Besprechung mit Monsieur Gambara, der sich Ihnen ja schon vorgestellt hat«, entgegnete Bruno und deutete auf Carlos. »Sie haben Madame Daunier also ganz für sich allein.«

»Ich wollte Monsieur Gambara gerade fragen, was ihn nach Saint-Denis geführt hat.«

»Wir bereiten ein Treffen auf Ministerebene vor, und ich habe *Chef de police* Courrèges gebeten, mich ein wenig mit der Umgebung vertraut zu machen«, antwortete Carlos. »Nach dem Vortrag von gestern Abend interessiert mich der Treffpunkt umso mehr.«

»Von welchem Vortrag ist die Rede?«, wollte Duroc wissen. »Mir hat niemand was davon gesagt.«

»Die Amtsrichterin könnte Sie vielleicht aufklären«, sagte Carlos. »Wir, der *Chef de police* und ich, müssen jetzt einen Termin wahrnehmen. *Capitaine, Mademoiselle*, ich hoffe, wir sehen uns wieder.«

Ohne Bruno anzusehen, ging er voraus auf die parkenden Autos zu. Schulterzuckend entschuldigte sich Bruno bei den anderen und eilte ihm nach.

»Ich weiß nicht, wo es hingehen soll, und fahre Ihnen hinterher«, sagte Carlos, als sie die Straße erreicht hatten. Mit gedämpfter Stimme merkte er an: »Dass geschossen wurde, scheinen sie noch nicht zu wissen.«

Bruno wähnte Durocs Blicke im Rücken, als er in Richtung Les Eyzies losfuhr, dann am Bahnübergang wendete und in einen Feldweg einbog, um durch den Wald über eine kleine Landstraße bis zum Rugbystadion zu gelangen, ohne durch das Stadtzentrum von Saint-Denis fahren zu müssen. Als er an Saint-Chamassy vorbeikam, beepte sein Handy. Er hielt am Straßenrand an, um die neue SMS zu lesen. Im Rückspiegel sah er Carlos in seinem Range Rover hinter sich aufschließen und gab ihm mit einem Handzeichen zu verstehen, dass er telefonieren müsse. Carlos winkte zurück und zeigte mit dem Daumen nach oben.

»Wir sind im Rugbystadion«, hieß es in der Meldung. Bruno seufzte erleichtert auf und wählte die Nummer von Dominique. Er hatte sie auf dem Ausgrabungsgelände nicht gesehen, und als sie sich meldete, erklärte sie, mit Arbeiten am Katalog im Museum beschäftigt zu sein.

»Kannst du dich für eine Stunde freimachen? Es ist wichtig«, sagte er. »Es geht um zwei Kommilitonen von dir, Teddy und Kajte. Ich glaube, ich brauche deine Hilfe.« Er erklärte ihr kurz, was geschehen war.

»Um die beiden ranken sich bei uns seltsame Gerüchte«, erwiderte sie, versprach aber zu kommen.

Bruno fuhr weiter und parkte hinterm Tennisclub, wo sein Transporter von den Gendarmen nicht gesehen werden konnte. Wenig später war auch Carlos zur Stelle.

»Danke«, sagte er, als Carlos aus dem Wagen stieg. »Ich werde mich bei Gelegenheit revanchieren.«

»Ist mir immer ein Vergnügen, der Gendarmerie eine lange Nase zu drehen«, entgegnete Carlos mit breitem Grinsen. »Aber wollen Sie mir jetzt nicht mal verraten, wen oder was Sie zu schützen versuchen? Und warum?«

»Zwei junge Esel, die sich für den Tierschutz einsetzen, haben sich vergaloppiert und einen Anschlag auf eine Geflügelfarm verübt. Die beiden halten sich zurzeit auf mein Anraten hin im Rugbystadion versteckt. Sie, Monsieur, hätten gleich die Möglichkeit, mit ihnen zu reden und so ihre These zu überprüfen, wonach militante Aktivisten zu allem in der Lage sind.«

»Warum haben Sie sie nicht festgenommen?«

»Weil ihnen durch eine Vorstrafe die Zukunft verbaut werden könnte. Außerdem möchte ich verhindern, dass die Landwirte Front gegen die Archäologen und das Museum machen. Horst ist ein Freund von mir.«

»Hat er gestern Abend den Vortrag gehalten? In dem Fall helfe ich gern. Was haben Sie vor?«

»Sie werden's gleich sehen«, sagte Bruno, als sein Handy wieder klingelte. Auf dem Display stand Annettes Name. Er ignorierte den Anruf und führte Carlos über den Tennisplatz und durch ein kleines Tor auf das Rugbyfeld. Auf der Tribüne hockten zwei Gestalten eng beieinander.

10

Auf das kleine überdachte Stadion war man in Saint-Denis besonders stolz. Es hatte im Herbst zum Auftakt der neuen Spielzeit einen neuen Anstrich bekommen und strahlte noch in frischen Farben. Der Flachbau mit den Umkleidekabinen, von Freiwilligen aus Schlackenstein gemauert und weiß gestrichen, stand auf der einen Seite, auf der anderen der Kiosk, wo an Spieltagen Bier und Bratwürste verkauft wurden. Die beiden jungen Leute kauerten auf den Stufen der Tribüne. Das Gesicht des Mädchens war bleich und schmerzverzerrt. Bruno schaute auf seine Uhr. Um diese Zeit würde sich niemand hier blicken lassen.

»Ich weiß, dass Sie angeschossen wurden«, sagte er zu Kajte. »Schaffen Sie es bis in die Umkleidekabinen, oder sollen wir Sie tragen? Man soll uns hier nicht sehen.«

»Ich bin auf meinen eigenen Beinen hergekommen«, antwortete sie in fehlerfreiem Französisch. »Teddy kann mich stützen.« Sie verzog das Gesicht vor Schmerzen und hinkte die Treppe hinunter. Bruno, der einen Schlüssel für das Gebäude hatte, ging voraus und führte sie durch einen engen Gang zwischen den Umkleideräumen für die Heimmannschaft und denen der Gäste in einen kleinen Raum, der für Massagen und Erste Hilfe genutzt wurde.

»Ziehen Sie bitte Ihre Hose aus. Ich möchte mir die Verletzung ansehen«, sagte Bruno. »Keine Sorge, ich habe schon schlimmere Schusswunden verarzten müssen.«

»Ich habe ihr schon erklärt, warum Sie sich für uns einsetzen«, sagte Teddy und half Kajte auf die Massageliege. Als sie die Cargohose abstreifte, entdeckte Bruno Verbände an beiden Unterschenkeln. An zwei Stellen war Blut durchgesickert, so wenig allerdings, dass es nicht auf die Hose abgefärbt hatte. Bruno holte eine Schere aus dem Arzneischrank, schnitt die Verbände auf und löste vorsichtig die Mulllagen von den Wunden. Kajte presste die Lippen aufeinander und gab keinen Ton von sich.

Es hätte schlimmer für sie kommen können. Bruno zählte drei kleine Einschusslöcher in der linken Wade, ungefähr ein Dutzend in der rechten und im Oberschenkel, manche so dicht beieinander, dass sie nur schwer voneinander zu unterscheiden waren. Kajte hatte sich anscheinend umgedreht und die Flucht ergriffen, als der Schuss gefallen war.

»Erstaunlich, dass Sie damit überhaupt noch laufen konnten«, bemerkte Bruno, während er vorsichtig ihr Knie bewegte, um die Funktionsfähigkeit der Bänder zu überprüfen.

»Adrenalin«, sagte Teddy, und fast gleichzeitig erklärte Kajte: »Er hat mich getragen.« Sie schauten einander an und lächelten. Bruno war gerührt.

»Sie haben Glück gehabt«, sagte er. »Die Knie sind heil geblieben, auch die Sehnen und Bänder, wie es scheint.« Er wandte sich an Teddy: »Sind Sie sicher, dass die Körner raus sind?«

»Absolut. Ich habe sie abgezählt. Pro Wunde ein Schrot-korn.«

»Aber so eng, wie manche beieinanderliegen...«, murmelte Bruno und schaute genauer hin. Tatsächlich schienen die Wunden nur oberflächlich zu sein, und keine blutete.

»Ich hatte eine Lupe zur Hilfe. Aus dem Werkzeugkoffer, den wir bei den Ausgrabungen immer dabeihaben«, erklärte Teddy.

»Und Sie haben die Wunden gründlich desinfiziert?«, erkundigte sich Bruno weiter und drehte sich um, weil plötzlich draußen auf dem Kiesweg Schritte zu hören waren, dann eine Frauenstimme: »Bruno?«

»Komm rein, Dominique«, rief er und sagte, als sie eingetreten war: »Die beiden kennst du ja. Und das ist Carlos, ein Kollege aus Spanien, der uns enorm geholfen hat.« Bruno erklärte ihr, was geschehen war, und bemerkte, wie Dominiques Erstaunen in einen Ausdruck der Entrüstung überwechselte. Er versuchte, Worte zu finden, die sie zur Mithilfe bewegen mochten. »Wenn wir das nicht irgendwie geradebiegen, könnte Maurice in Schwierigkeiten geraten. Die Bauern werden wahrscheinlich wütend sein, auch dein Vater. Erklär doch bitte deinen beiden Freunden, was das zu bedeuten hat, während ich die Wunden versorge.«

Bruno holte ein Fläschchen Jod und eine entzündungs-hemmende Salbe aus dem Schrank, die zur Anwendung kam, wenn sich ein Rugbyspieler auf dem Feld Platz- oder Schürfwunden zugezogen hatte.

»Papa hat gestern Abend davon gesprochen«, sagte Dominique. »Die Bauern sind wütend. Viele machen uns, die Beteiligten an den Ausgrabungen, für den Anschlag auf die

Villattes verantwortlich. Manche wollen zu uns aufs Gelände raus und die Gräben zuschütten. Darum habe ich meinen Vater auch mit zum Vortrag geschleppt – damit er versteht, wie wichtig unser Projekt ist. Trotzdem hat er auf dem Rückweg nur davon geredet, dass man Karren voller Mist vor dem Museum abkippen sollte, so wie damals vor der Präfektur, als gegen die Milchpreise protestiert wurde.«

Das Jodfläschchen hatte einen Kugelaufsatz zum dosierten Auftragen der Tinktur. Bruno warnte Kajte, dass es jetzt ein wenig brennen könnte, doch sie biss erneut die Zähne zusammen und blieb still, als er die fünfzehn Wunden nacheinander mit Jod bestrich. Ein paar Tropfen der rötlich braunen Flüssigkeit rannen über ihr Bein.

»Ich habe nichts davon gehört, dass geschossen wurde«, fuhr Dominique fort. Ihr Blick wanderte von Bruno zu Teddy. »Aber alle wissen, dass ihr und das andere Paar aus Holland hinter dem Anschlag steckten. Wir haben gestern auf der Rückfahrt vom Gelände den Streit zwischen euch und Kasimir mitbekommen.«

Bruno schmierte nun Salbe auf die Wunden und verpflasterte sie. Um die Stellen, an denen die Einschusslöcher dicht an dicht lagen, legte er einen Verband.

»So, das wird fürs Erste reichen«, sagte er. »Allerdings sollten Sie sich noch eine Weile schonen. Bleiben Sie hier, ruhen Sie sich aus. Und viel trinken.«

»Sie reden wie ein Arzt, nicht wie ein Polizist«, sagte Kajte und versuchte zu lächeln. Vorsichtig zog sie mit Teddys Hilfe die Hose wieder hoch.

»Ich bin Polizist, aber kein Gendarm. Mein Auftrag ist, die Stadt und ihre Bürger zu schützen. Deshalb sollten Sie mir jetzt einmal gut zuhören«, sagte Bruno. »Was passiert ist, lässt sich nicht unter den Teppich kehren. Ich musste die Aussage von Maurice, dem Bauern, der auf Sie geschossen hat, zu Protokoll nehmen. Es war ein Versehen. Er meinte, einen Fuchs vor der Flinte zu haben. Deshalb hat er so tief gezielt. Jetzt macht er sich große Vorwürfe. Er und seine Frau Sophie sind arme Leute; sie müssen schwer schuften, um über die Runden zu kommen – so wie die Villattes, denen Sie und Teddy vorgestern Nacht einen Besuch abgestattet haben.«

Er hob eine Hand, als sie zu protestieren versuchte, und sagte: »Leugnen ist zwecklos. Ich habe eine Zeugin, die bestätigt, dass Sie die Flugblätter kopiert und die Website von peta.com aufgerufen haben. Außerdem haben Sie auf Maurice' Hof auf einem der Flugblätter Blutspuren zurückgelassen. Sie haben die Wahl.«

»Was meinen Sie mit der Wahl, die ich habe?«, fragte sie und griff nach Teddys Hand.

»Ihnen beiden droht ein Strafverfahren und möglicherweise sogar Gefängnis, und in diesem Fall können Sie Ihr Studium vergessen. Schlimmer noch, das Museum, Horst und Clothilde werden von den hiesigen Bauern womöglich verantwortlich gemacht für Ihre Anschläge. Sie haben doch gehört, was Dominique gesagt hat.«

»Was die mit ihren Tieren anstellen, kann ich nicht billigen«, entgegnete Kajte.

»Ich respektiere Ihre Ansichten«, sagte Bruno. »Sie dürfen das so sehen, aber ich lebe hier, ich kenne die Bauern und weiß in Sachen *foie gras* Bescheid. Ihre Angriffe richten sich gegen die Falschen. Die Geflügelbauern, auf die Sie es abgesehen haben, füttern ihre Tiere nach alter Tradition von Hand, ganz im Gegensatz zu den großen Massentierhaltungen und Fabriken, wo die Enten in engen Käfigen stecken und mit Hilfe von Pumpen gemästet werden. Was wissen Sie eigentlich über die Herstellung von *foie gras*?«

»Ich habe einiges darüber gelesen«, antwortete sie trotzig.

»Dann werden Sie ja wissen, von welchen Enten die Stopfleber kommt. Von männlichen oder weiblichen?«

»Was soll das heißen? Da wird nicht nach Geschlecht unterschieden. Wenn die Tiere gemästet sind, werden sie geschlachtet, und basta.«

»In den Großbetrieben ja«, antwortete Bruno. »In den Großbetrieben werden die weiblichen Küken gleich nach dem Schlüpfen getötet, denn deren Leber hat zu viele Adern, und das mögen die Kunden nicht. Bei Maurice und Sophie, deren Hof Sie heute Morgen überfallen haben, verhält es sich jedoch anders. Obwohl sie an ihnen kein Geld verdienen, lassen sie auch die weiblichen Küken am Leben und ziehen sie auf, artgerecht, im Freilaufgehege und unter besten Bedingungen. Sie sind keine grausamen Leute.«

»Aber auch sie bringen ihre Tiere am Ende um.«

»Richtig, trotzdem sage ich Ihnen: Sie richten Ihre Wut ausgerechnet auf die anständigen Leute in der Branche. Und ich finde das feige, denn es sind weiche Ziele, diese kleinen Bauern, die sich keine Alarmanlagen leisten können – im Unterschied zu den wirklich schlimmen Betrieben, die ihre Tiere in engen Käfigen halten und zu Tausenden abschlachten.«

»Bruno hat recht«, sagte Dominique. »Ihr habt euch die falschen Ziele ausgesucht und ahnt nicht, was das für Folgen haben kann. Weil ihr euch in etwas einmischt, wovon ihr nichts versteht. Wisst ihr eigentlich, wie aufgebracht die Bauern sind? Und ich bin es auch, obwohl ich Mitglied der Grünen bin. Eigentlich müsstet ihr bestraft und von unserem Ausgrabungsprojekt ausgeschlossen werden.«

Kajte richtete ihren Blick von Dominique auf Teddy und sagte: »Tut mir leid, dass ich dich da mit hineingezogen habe.« Und an Bruno gewandt: »Sie haben gesagt, wir hätten die Wahl. Welche?«

»Ich kann's zwar nicht garantieren, aber vielleicht hilft es, wenn ich mit Ihnen zu den betroffenen Bauern gehe, zuerst zu den Villattes, dann zu Maurice und Sophie. Sie entschuldigen sich bei ihnen und kommen für den Schaden auf, der den Villattes durch den eingerissenen Zaun und die überfahrenen Vögel entstanden ist. Und bei Maurice und Sophie leisten Sie Abbitte für das, was Sie ihnen an Aufregung und Kummer zugemutet haben. Vielleicht wäre es angebracht, wenn Sie jeweils einen Tag auf deren Höfen zubringen und ihnen bei der Arbeit zusehen würden. Meinetwegen können Sie sich weiter für Ihre Tierschutzgruppe engagieren, aber ich finde, Sie sollten wissen, worüber Sie reden.«

»Und was ist mit dem Strafverfahren?«

»Dazu muss es nicht kommen. Wenn keine Anzeige erstattet wird und die Amtsrichterin einverstanden ist, bleibt es bei der gütlichen Einigung.«

Carlos, der neben dem Arzneischrank stand, meldete sich plötzlich zu Wort. Er sprach Teddy an, den er anscheinend für den Nachgiebigeren der beiden hielt. »Klingt vernünftig. An Ihrer Stelle wäre ich einverstanden.«

»Sie sprachen von einer Entschädigung«, sagte Teddy zu Bruno. »In welcher Höhe?«

»Die Villattes haben ungefähr ein Dutzend Enten verloren, das sind zwölf mal sechs Euro. Den Zaun zu reparieren kostet um die hundert Euro. Und bei Maurice sind die Abdeckungen von zwei Frühbeeten zu Bruch gegangen. Kaufen Sie ihm neue Glasscheiben, eine gute Flasche Wein und für Sophie einen Blumenstrauß. Können Sie sich das leisten?«

»Kajte kann's bestimmt«, sagte Dominique in frostigem Tonfall. »Ich weiß von ihr, dass sie den Grünen beigetreten ist, weil sie sich stellvertretend für ihren Vater schuldig fühlt, der ein hohes Tier bei Shell ist.«

Kajte warf ihr einen bösen Blick zu, aber es war Teddy, der sich äußerte.

»Ich finde, wir sollten Brunos Rat annehmen«, sagte er und ging vor der Liege in die Hocke, um seine Freundin auf Augenhöhe anzusprechen. »Hätte ich all die Schwierigkeiten überblicken können, wäre ich nicht mitgekommen.«

»Glaubst du, mir hat's gefallen, angeschossen zu werden?«, entgegnete Kajte. Sie schaute Bruno an. »Was passiert mit diesem schießwütigen Maurice, wenn wir tun, was Sie sagen?«

»Es wird eine Untersuchung geben, aber er hat einen guten Anwalt und bereits ausgesagt. Er muss ohnehin nichts befürchten. Sie sind nachts auf sein Grundstück eingedrungen, und nach französischem Gesetz hat jeder das Recht, sein Eigentum zu verteidigen. Außerdem spricht für ihn, dass er sofort die Polizei verständigt hat. Im Unterschied zu Ihnen.«

»Sei doch froh, du kommst glimpflich davon«, meinte Dominique schnippisch.

Bruno seufzte im Stillen. Es war wohl ein Fehler gewesen, sie kommen zu lassen. Dominique und Kajte schienen nicht gut aufeinander zu sprechen zu sein. Aber er hatte es einfach versuchen müssen, eine Hiesige, die außerdem eine Kommilitonin war, als Schlichterin ins Spiel zu bringen.

»Was jetzt?«, sagte Teddy.

»Ich werde ein paar Anrufe machen und Sie dann in meinem Transporter zu den Villattes bringen. Wenn es sich einrichten lässt, sind Maurice und Sophie auch zur Stelle.«

»Ich habe mich noch nicht einverstanden erklärt«, sagte Kajte. Teddy verzog das Gesicht.

»Während ich telefoniere, können Sie sich alles noch einmal durch den Kopf gehen lassen«, erwiderte Bruno. »Wenn ich zurück bin, sollten Sie eine Entscheidung getroffen haben. Entweder Sie tun, was ich sage, oder ich nehme Sie fest und überstelle Sie der Gendarmerie. In dem Fall hätten Sie ein Strafverfahren am Hals. Carlos, würden Sie bitte einen Moment auf die beiden aufpassen, solange ich draußen bin?«

Bruno ging hinaus aufs Rugbyfeld und tippte die Nummer von Annette in sein Handy.

»Ich habe Ihre Nachricht gerade erst empfangen«, sagte er. »Hatte vorher keinen Empfang.«

»Ich wollte mich nur entschuldigen«, erklärte sie. »Von mir aus hätte ich mich nicht in Ihre Schlichtungsversuche eingemischt, aber Capitaine Duroc bestand darauf.«

»Wie ist er dahintergekommen?«, fragte er.

Sie berichtete, dass Duroc am Vortag angerufen hatte, um zu sagen, dass er sich um ihre Verwarnung wegen zu schnellen Fahrens kümmern werde; außerdem habe er sie am Morgen in ihrem Büro in Sarlat aufgesucht, um bei einer Tasse Kaffee mit ihr zu plaudern. Es sei von den Problemen und Veränderungen in der Landwirtschaft die Rede gewesen, und sie habe erwähnt, dass er, Bruno, ein paar Studenten auf der Spur sei. Duroc habe daraufhin gesagt, eine Straftat sei eine Straftat, und verlangt, dass sie ihn nach Saint-Denis begleitete, um die Übeltäter festzunehmen.

»Duroc scheint Sie nicht besonders gut leiden zu können«, fügte sie hinzu. »Es täte mir leid, wenn ich Ihnen mit ihm in die Quere gekommen bin.«

»Ist nicht so schlimm«, erwiderte Bruno. Er wunderte sich, dass Annette einem Mann wie Duroc auf den Leim gegangen war, der kein Geheimnis daraus machte, dass er Kleinstadtpolizisten wie Bruno für einen Anachronismus hielt, und dafür plädierte, sie von Gendarmen ersetzen zu lassen. »Haben Sie mein Fax erhalten?«

»Nein, ich bin noch nicht im Büro gewesen. Worum geht's?«

»Diese Studenten haben in den frühen Morgenstunden einen weiteren Geflügelhof überfallen. Der Bauer glaubte, ein Fuchs wäre eingedrungen, hat mit seiner Flinte draufgehalten und mich anschließend alarmiert. Am Tatort sind kleinere Blutspuren zu finden. Es scheint also jemand verletzt zu sein.«

»Heißt das, jemand ist angeschossen worden?«, fragte Annette schockiert, und ihre Stimme wurde grell. »Wie schrecklich! Duroc hat wohl doch recht; ich hätte nicht auf Sie hören sollen. Wenn wir die Studenten gestern festgenommen hätten, wäre es dazu nicht gekommen. Warum rücken Sie erst jetzt damit heraus? Sie hatten doch Gelegenheit dazu, als wir uns vorhin auf dem Ausgrabungsgelände getroffen haben. Mir scheint, Sie versuchen, jemanden zu decken«, sagte sie vorwurfsvoll. »Wenn Sie –«

»Beruhigen Sie sich, Annette. Und halten wir uns an die Fakten. Das medizinische Zentrum hat keine Schussverletzung gemeldet, wird uns aber sofort verständigen, wenn ein verdächtiger Patient aufkreuzt. Ich habe die Aussage des Bauern zu Protokoll genommen und Ihnen eine Kopie per Fax zugeschickt. Dass Sie sie noch nicht gelesen haben, ist nicht meine Schuld.«

Kaum war der letzte Satz ausgesprochen, wusste Bruno, dass er einen Fehler gemacht hatte. Annette musste sich angegriffen fühlen, dabei hatte sie ihn nur angerufen, um sich zu entschuldigen.

»Capitaine Duroc hat mich schon vor Ihnen gewarnt«, entgegnete sie misstrauisch. »Er sagt, Sie nähmen das Gesetz gern selbst in die Hand und versuchten immer, das Beste für die Stadt und Ihren Bürgermeister herauszuschlagen. Damit kommen Sie bei mir nicht durch.«

»Die Stadt zahlt mein Gehalt«, erwiderte er, irritiert über den Gedanken, dass sie Duroc ernst nehmen konnte. Betont freundlich fragte er: »Wo sind Sie jetzt?«

»In Saint-Denis, auf dem Campingplatz. Ich warte auf die Holländerin und auf deren Festnahme durch Duroc. Sie wollen doch, dass Ihre hochgeschätzten *foie gras*-Produzenten geschützt werden, oder? Hat dieser gestern überfallene Geflügelbauer geschossen?«

»Nein, die Studenten waren auf einem anderen Hof, übrigens dem eines prominenten Mitglieds unseres Jagdvereins, Maurice, dem auch der Bürgermeister und der Unterpräfekt angehören. Das heißt, er hat einflussreiche Freunde«, sagte Bruno, um Annette vorsichtig zu warnen. Wenn sie bei Verstand war, würde sie einsehen, dass die Sache Fingerspitzengefühl erforderte. Eine Amtsrichterin, die aus dieser Gegend stammte, hätte man darauf nicht extra hinweisen müssen, aber Annette war fremd hier und, schlimmer noch, unerfahren. Sie wusste nicht um die Bedeutung persönlicher Beziehungen und Freundschaften auf dem Lande. Wie sollte er ihr das vermitteln?

»Der Jagdverein zahlt in eine Rechtsschutzversicherung ein, damit sich seine Mitglieder gute Anwälte leisten können«, erklärte Bruno. »Sie sollten aufpassen.«

»Keine Sorge, ich halte mich stets an meine Vorschriften«, entgegnete sie brüsk. »Aber wenn dieser Mann jemanden verwundet hat, wird er sich dafür verantworten müssen, und zwar unabhängig von seinen Freunden. Ich sollte wohl jetzt besser Duroc verständigen.«

»Wenn Sie mit ihm sprechen, teilen Sie ihm doch auch gleich mit, dass die *Police Nationale* den Fall bereits an sich gezogen hat. Sämtliche Einzelheiten können Sie in Maurice' Aussage nachlesen. Sergeant Jules hat ebenfalls eine Kopie vorliegen, und auch die Flinte, aus der geschossen wurde. Ich habe sie ihm heute Morgen gebracht, nachdem der Bauer freiwillig damit herausgerückt ist. Er hat übrigens einen Waffenschein dafür. An Ihrer Stelle würde ich seine Aussage erst einmal zur Kenntnis nehmen und abwarten, ob sich jemand mit einer Schussverletzung meldet. Sonst haben Sie am Ende ein Verfahren ohne Opfer laufen.«

»Ich brauche kein Opfer. Ich bin schließlich Amtsrichterin und kenne die Paragraphen. Lokalgrößen, die das Recht zu beugen versuchen, beeindrucken mich nicht.«

»Na schön.« Er machte noch einen letzten Versuch. »Denken Sie bitte daran, dass dies die erste Sache ist, mit der Sie sich hier bei uns befassen. Es wäre in Ihrem Interesse, wenn Sie keinen Fehlstart hinlegten. Ich melde mich bei Ihnen, falls mir zu Ohren kommt, dass irgendeiner unserer Ärzte eine Schusswunde behandelt.«

»Ich erwarte Ihren Anruf.«

Die Verbindung war abgebrochen. Bruno starrte auf sein Handy und ärgerte sich darüber, dass er dem Gespräch mit der Amtsrichterin keine bessere Wendung hatte geben können. Wie sollte er jetzt, da sie offenbar auf dem Kriegspfad war, zu einer gütlichen Einigung kommen? Es stand zu befürchten, dass sie sich jetzt auf Maurice' Schusswaffengebrauch kaprizierte. Tief in Gedanken rief Bruno den Baron auf dessen Handy an und erfuhr, dass er immer noch bei Maurice und Sophie war. Der Bürgermeister hatte sich ebenfalls kurz blicken lassen, und soeben war Louis Pouillon eingetroffen.

Bruno bat den Baron darum, sie alle ins Auto zu packen und zum Hof der Villattes zu bringen, wo er in Kürze zu ihnen stoßen würde. Sein Freund solle Maurice und Sophie darauf vorbereiten, dass sich zwei junge Studenten für den Ärger, den sie angerichtet hatten, bei ihnen entschuldigen wollten. Dann ließ er sich Pouillon geben.

»Bruno, ich habe Ihr Fax gelesen und mir den Tatort angesehen«, sagte der ehemalige Amtsrichter. »Ich glaube, der Streit kann friedlich beigelegt werden. Wenn ich noch im Amt wäre, gäbe es jedenfalls keine Anklage.«

»Ich bin mir nicht sicher, ob Ihre Nachfolgerin genauso denkt. Deshalb möchte ich, dass alle Beteiligten zusammenkommen und auf eine Anzeige verzichten. Ich bringe die beiden Schuldigen mit, zwei ausländische Studenten, die für den angerichteten Schaden geradestehen.«

»Vernünftig.«

»Der neuen Amtsrichterin wird das vielleicht nicht reichen, und Capitaine Duroc könnte auch noch querschießen. Sie erinnern sich an ihn?«

»Der Lange aus der Normandie, der mit dem spitzen Adamsapfel? Wie könnte ich den Mann vergessen, der mich mit seinen Haftanträgen zugemüllt hat, um mit seinen Verhaftungszahlen zu protzen?«

»Ich schätze, er wird in den nächsten Minuten mit der neuen Amtsrichterin auf Maurice' Hof aufkreuzen. Es wäre also besser, wenn Sie alle mit dem Baron so schnell wie möglich zu den Villattes kommen würden. Bei denen haben die beiden jungen Spinner gestern zugeschlagen. Ich werde auch gleich dort sein.«

II

Kajte hatte bei einem kurzen Zwischenstopp am Blumenladen zwei riesige Sträuße gekauft und mit ihrer
EC-Karte bezahlt, und als Bruno nun sah, wie sich Sophie
um die hinkende junge Holländerin kümmerte – eine Mutter hätte nicht fürsorglicher sein können –, war er zuversichtlich, dass sein Plan aufgehen würde. Mit ihrer Jugend
und ihrem hübschen Aussehen hatte Kajte die Männer
schnell für sich eingenommen, und es gefiel allen, als Teddy
seine Hoffnung zum Ausdruck brachte, trotz allem noch
auf dem Rugbyplatz willkommen zu sein. Von Sophies natürlicher Gutmütigkeit angesteckt, war Kajte in ihrer Reue
und Bescheidenheit so anmutig, dass sie auch die weniger
weichherzige Sandrine bald auf ihrer Seite hatte. Pouillon
und der Baron erklärten die Schlichtung für geglückt. Die
Blumen und der geleistete Schadenersatz besiegelten das
Abkommen, worauf der Baron eine Flasche seines selbst-
gemachten *vin de noix* aus dem Wagen holte, um den Erfolg zu begießen.

Bruno schaute auf die Uhr und lehnte dankend ab. Er
und Carlos hatten sich vorgenommen, eine Reihe von Familien spanischer Herkunft zu besuchen. Bruno versprach
sich zwar nicht viel davon, wollte aber bei der Sicherheitsbesprechung am Abend Vollzug melden können. Bei der

Gelegenheit würde er auch Jean-Jacques sehen und ihm mitteilen, dass das Problem mit den Studenten aus der Welt war. Pouillon, so hoffte er, würde sich seiner Amtsnachfolgerin annehmen. Wichtig war nur noch, Maurice und die Studenten vor Duroc zu schützen, der immer noch auf einem Strafverfahren bestand. Maurice und Sophie erklärten sich bereit, noch eine Weile bei den Villattes zu bleiben. Der Baron schlug vor, Kajte und Teddy in sein kleines Château mitzunehmen.

»Funktioniert das immer so bei Ihnen?«, fragte Carlos, als er seinen Mietwagen vor dem Hotel in Campagne abgestellt hatte und in Brunos Transporter umgestiegen war, wo er seine langen Beine kaum unterbringen konnte.

»Hängt davon ab, was Sie unter ›funktionieren‹ verstehen«, antwortete Bruno lächelnd. »Ich habe als Polizist im städtischen Dienst dafür zu sorgen, dass die *Police Nationale* und die Gendarmerie möglichst wenig zu tun haben. Probleme lösen wir lieber unter uns. Wie das geht, hat mir Joe beigebracht. Bei ihm machen wir zuerst halt, denn er kennt alle hier im Tal.«

Joe lebte auf einem kleinen Bauernhof am Rand von Saint-Denis. Über die Jahre hatte er mehrere Ställe und Außengebäude in Wohnungen für seine eigenen Kinder und die seines älteren Bruders umgebaut, der im Algerienkrieg gefallen war. Obwohl schon weit über siebzig, bestellte er immer noch seinen Gemüsegarten – den größten in der Gegend – sowie einen kleinen Weinberg, während seine Frau in der Stadt einen Stoffladen führte.

Bruno bog in den Hof ein, wo der lange Tisch stand, an dem die erweiterte Familie sonntags immer zu Mittag aß.

Meist nahmen an diesen Runden auch ein paar Freunde teil, die Joe tags zuvor auf dem Samstagsmarkt getroffen und eingeladen hatte. Coco, Joes in die Jahre gekommener Jagdhund, wachte aus seinen Träumen auf, in denen er Kaninchen jagte, schnupperte an Brunos Hose und leckte zur Begrüßung seine Hand. Bruno zog an der kleinen Glocke, die neben der Küchentür hing, und trat ein. Er roch den Holzrauch aus der offenen Feuerstelle, die immer bis zum ersten Mai benutzt wurde. Joe, weißhaarig, aber immer noch rüstig, legte seine Pfeife und den Katalog einer Sämerei aus der Hand, in dem er geblättert hatte, begrüßte seinen Amtsnachfolger und schüttelte Carlos die Hand.

»Es gab hier mal eine baskische Familie, aber die ist kurz nach dem Krieg nach Argentinien ausgewandert. Ansonsten fallen mir nur noch zwei Familien ein, die spanischer Herkunft sind und Wert darauf legen«, sagte Joe, als Bruno ihm den Grund seines Besuchs genannt hatte. »Übrigens ist der Jüngste der Familie Garza fast so alt wie ich.«

»Garza ist ein galicischer Name«, bemerkte Carlos. »Sie kommen aus der Gegend von Santiago de Compostela im Nordwesten Spaniens, und auch dem Alter nach werden sie mit den Basken nichts zu tun haben. Was ist mit der anderen Familie?«

»Die Longorias«, antwortete Joe und füllte von sich aus drei Gläschen mit *vin de noix*. Vom Buffet, das hinter ihm stand, holte er eine Schale mit Oliven und eine zweite mit Nüssen. »Keine Ahnung, woher die sind; ich weiß nur, dass sie stolz auf die Rolle ihrer Familie im Bürgerkrieg waren. Anarchisten, wenn ich mich richtig erinnere. Als Kind ist mir zu Ohren gekommen, dass sie als Bergleute gearbeitet und mit Dynamitstangen Sprengstoffanschläge begangen haben.«

»*Dinamiteros*, so wurden sie genannt, Anarchisten aus Asturien«, sagte Carlos. »Sie waren der Stoßtrupp der Republikaner. Also wird es auch in diesem Fall keine Beziehung zu den Basken geben.«

»Als sie hier ankamen, haben sie sich als Landarbeiter und Erntehelfer durchgeschlagen. Jetzt sind sie Geschäftsleute und installieren Heizungen«, führte Joe weiter aus. »Inzwischen heißen sie Lebrun. Das ist der Name des Familienunternehmens, in das sie eingeheiratet haben. Der Vater und seine Söhne führen aber immer noch den alten Familiennamen Longoria als Mittelnamen. Der Großvater und dessen Bruder sind schon Jahre tot. Die Kinder des Bruders haben nach dem Krieg Arbeit in den Bergwerken von Lothringen gefunden. Beide waren aktiv in der Résistance, zeit ihres Lebens Kommunisten, auch noch, als sie ihr eigenes Geschäft hatten. Für die jungen Leute geht's nur noch ums Geschäft. Du kennst Lebrun, Bruno. Er war für ein paar Jahre Ratsmitglied und bezeichnet sich selbst als Gaullisten. Seine kleine Schwester war ziemlich radikal; sie ist dann beim Fernsehen in Paris gelandet.«

»Haben die Lebruns noch Angehörige in Spanien, die sie besuchen?«, fragte Carlos.

»Nicht, dass ich wüsste. Die Portugiesen sind in der Hinsicht ganz anders. Sie fahren immer wieder zurück und sparen Geld, um irgendwann einmal in ihrer Heimat bauen zu können. Die Spanier dagegen, zumindest diejenigen aus unserer Gegend, hatten es immer eilig, als Franzosen eingebürgert zu werden.«

»Sagt Ihnen irgendeiner dieser Namen etwas?«, fragte Carlos und reichte dem Alten die Liste, die er und Bruno bereits durchgesehen hatten.

»Sehr lecker, Joe«, sagte Bruno und hob sein Glas, als Joe die Liste zur Hand nahm. »Aus welchem Jahr?«

»Neunundneunzig. April und Mai waren so warm, dass man die Walnüsse schon in der ersten Juniwoche ernten konnte. Und ich hatte noch jede Menge Gebrannten von den Pfirsichen aus dem Jahr davor; die waren so süß, dass ich kaum nachzuckern musste. Ja, ein wirklich guter Jahrgang. Ich habe noch ein paar Flaschen übrig.« Er überflog die Namen und gab Carlos die Liste zurück. »Die sagen mir nichts.«

»Ja, wirklich lecker«, bestätigte Carlos. »Denken Sie bitte noch einmal nach. Gibt es, wenn nicht in der Nähe, aber vielleicht weiter außerhalb Leute, die sich häufig über Spanien oder politische Fragen unterhalten?«

»In Périgueux haben sich früher jedes Jahr Ende März Veteranen des Bürgerkriegs getroffen. Ich glaube, sie feierten den Jahrestag des Falls von Madrid. Davon war dann jedes Mal in der Zeitung zu lesen. Die alten Lebrun-Brüder haben auch immer daran teilgenommen, aber seit gut zwanzig Jahren habe ich nichts mehr davon gehört.« Nach einer kurzen Pause fügte Joe hinzu: »Das Kapitel scheint endgültig abgeschlossen zu sein.«

»Nicht für alle«, entgegnete Carlos. »Manche halten zäh daran fest, insbesondere diejenigen, die der Meinung sind, dass der Krieg weniger mit Franco als mit der Vorherrschaft Spaniens zu tun hatte.«

Bruno rechnete im Kopf ein paar Zahlen zusammen.

Wer im Spanischen Bürgerkrieg gekämpft hatte und noch am Leben war, musste über neunzig Jahre alt sein, und das moderne Spanien war demokratisch, solange er denken konnte. Er nippte an seinem Glas und fragte sich, was heutzutage militanten Separatismus motivieren mochte. In Frankreich gab es noch ein paar Hitzköpfe auf Korsika und vielleicht den einen oder anderen in der Bretagne, aber ansonsten wurden dort allenfalls folkloristische Trachtentänze aufgeführt oder Gedichte in Sprachen veröffentlicht, die kaum jemand mehr verstehen konnte.

»Die einzige Person, die ich manchmal über Basken habe reden hören, war Anita, eine Lehrerin aus Perpignan. Du erinnerst dich bestimmt an sie, Bruno. Sie hat im Kindergarten gearbeitet und dann mit diesem Hufschmied aus Dänemark zusammengelebt. Jedenfalls sprach sie manchmal über die Basken, aber auch über die Bretonen, über Ruanda, den Kosovo. Sie engagierte sich für alles Mögliche.«

»War auch von Kontakten militanter Bretonen zur ETA die Rede?«, fragte Carlos, sichtlich neugierig geworden.

»Ist mir nicht zu Ohren gekommen«, antwortete Joe. »Sie stand auch nicht ausgesprochen links, sondern engagierte sich vor allem für die Umwelt, für Menschenrechte und politische Gefangene überall auf der Welt. Sie ist an Brustkrebs gestorben, muss vier oder fünf Jahre her sein. Nette Frau. Alle Kinder mochten sie.«

Er hob die Flasche zu einer weiteren Runde. Bruno schüttelte den Kopf. Carlos folgte seinem Wink, stand auf und bedankte sich bei Joe. Als sie gingen, schenkte sich der Alte noch ein Glas ein und griff wieder nach seinem

Samenkatalog. Im Hof öffnete der Hund ein wachsames Auge und setzte dann sein Schläfchen fort.

Nach drei ergebnislosen Besuchen bei Familien, die ihre spanischen Wurzeln fast vergessen hatten, setzte Bruno Carlos vor dessen Hotel ab und fuhr zum Rugbystadion. An die dreißig junge Männer aus der ersten und zweiten Mannschaft trabten über das Feld, um sich aufzuwärmen. Teddy hatte sich Laurent angeschlossen, dem Postbeamten und längsten Spieler im Team von Saint-Denis. Der Baron verließ seinen Platz auf der Tribüne, wo er neben anderen Fans gesessen hatte, und suchte Bruno in der Umkleide auf.

»Wo ist das Mädchen?«, fragte dieser, während er in seinen Trainingsanzug stieg.

»Sie schläft. Ist das Beste, was sie machen kann«, antwortete der Baron. »Dieser Waliser macht einen tüchtigen Eindruck. Er hat sich ein Paar Schuhe von Laurent ausgeliehen. Die beiden haben dieselbe Schuhgröße.«

»Hat sich Maurice noch mal gemeldet?«

»Nein, bevor wir gegangen sind, habe ich noch einmal anzurufen versucht, aber keiner nahm ab. Pouillon ist nach Hause gefahren. Er wird sich morgen mit der neuen Amtsrichterin in Sarlat treffen.«

Bruno winkte den Jungen aus seiner Trainingsgruppe zu, die hinter den Torstangen Place-Kicks einübten, und lief über das Spielfeld auf Teddy und Laurent zu. Er trainierte aus Vergnügen und ehrenamtlich für den Club. Bei Spielen war er meist Linienrichter oder manchmal auch Schiedsrichter. Da er fast zehn Jahre älter war als der Durchschnitt in der ersten Mannschaft, spielte er selbst nur in Ausnahmefällen mit.

»Schön, wieder auf dem Platz zu stehen«, keuchte Teddy. »Ich dachte schon, dass ich bis zur nächsten Saison warten müsste. Wir machen gleich ein Trainingsspiel.«

»Das ist bei Papi Vallon immer so, nach jedem Training gibt's ein Match«, verriet Laurent, und an Bruno gewandt: »Er hofft, dass du pfeifst.«

Papi Vallon war fünfzehn Jahre älter als Bruno, aber immer noch topfit. Er mischte beide Mannschaften, indem er die Stürmer die Seiten wechseln ließ. Weil ein Mann fehlte, übernahm Teddy die Position auf Nummer acht im zweiten Team. Papi Vallon reichte Bruno die Pfeife. »Bitte nur dann unterbrechen, wenn es unbedingt notwendig ist«, sagte er und lief zur Seitenlinie zurück, um von da aus das Spiel zu beobachten.

Für gewöhnlich waren in solchen Trainingsspielen die Stürmer der ersten Mannschaft häufig in Ballbesitz, mussten sich aber den eigenen Hinterleuten, die für das gegnerische Team spielten, meist geschlagen geben. Diesmal schienen beide Mannschaften ausgeglichener zu sein. Ein Mann konnte in einem Team von fünfzehn Spielern zwar nicht allzu viel bewirken, doch stellte Bruno mit Vergnügen fest, dass Teddy für das zweite Team eine echte Verstärkung war. Einer alten Rugbyweisheit zufolge war ein guter Stürmer selten zu sehen, weil er allzu oft im Gedränge verschwand. Aber seiner Größe wegen stach Teddy immer hervor, besonders dann, wenn er sich gegnerischer Angriffe erwehren musste und sich mit vollem Körpereinsatz immer wieder zu befreien verstand. Er spielte taktisch sehr klug.

Als nach einem Gedränge der gegnerische Scrum-Half den Ball nicht schnell genug an seine Nummer zehn weiterspielte, war Teddy plötzlich zur Stelle, fing den Pass ab und rannte los. Dann wartete er, bis der Schlussmann angegriffen wurde, und bediente seinen Außendreiviertel, dem der Try schließlich glückte.

»Wäre nicht schlecht, wenn er in der nächsten Saison für uns spielen würde«, sagte Laurent, als sie zum Erhöhungsversuch hinter den Stangen Aufstellung nahmen.

»Ja, aber er ist nur wegen der Ausgrabung hier. Er studiert noch und wird wieder in der Uni sein, wenn die neue Saison anfängt«, entgegnete Bruno.

»Bin gespannt, ob unsere Jungs den Waliser unter Kontrolle bringen können«, sagte Papi Vallon.

Um einen guten Stürmer zu neutralisieren, markierte man ihn mit zwei Spielern, einem kleiner gewachsenen fürs Tackling und einem mindestens ebenso großen, der vor ihm die Bälle aus der Luft fischen konnte. Manchmal ging es dabei ziemlich ruppig zu, nicht aber bei diesem Trainingsspiel. So hatte Bruno Gelegenheit, genau hinzusehen, sooft es zur Paketbildung kam. Der erste Abwehrversuch gelang. Einer der stämmigen Pfeiler erwischte Teddy an den Knien, während Laurent ihm auf die Schulter sprang, hart, aber fair. Teddy ging zu Boden, hielt den Ball aber fest umklammert und blieb so in seinem Besitz. Beim zweiten Mal hatte sich Teddy auf das Muster dieser Attacke eingestellt. Sein eingewinkeltes Knie prallte vor das Gesicht des Pfeilers, als er sich duckte und Laurent ins Leere fliegen ließ. Er war frei und rannte ungehindert ins gegnerische Malfeld.

Putain, ist der gut!, dachte Bruno. Vallon rannte mit einem nassen Schwamm aufs Spielfeld, um die blutige Nase des Pfeilers zu verarzten. Nach dem geglückten Try spurtete Teddy zurück, half dem Pfeiler auf die Beine und klopfte ihm auf die Schulter, als wollte er ihm sagen, jetzt sind wir quitt.

»Hoffentlich können wir ihn überreden, am Sonntag für uns zu spielen«, sagte Vallon, als das Training beendet war und er Bruno in die Umkleide folgte. »Mit ihm und Laurent machen wir die Jungs von Sarlat alle.«

»Ich glaube, er würde sich freuen«, erwiderte Bruno und drehte den Wasserhahn der Dusche auf. Sarlat, die sehr viel größere Stadt, hatte ein starkes Team, das die Liga anführte und mit dem Gegner aus Saint-Denis normalerweise keine Schwierigkeiten hatte. Bruno sah, wie Papi Vallon den jungen Waliser beiseitenahm und leise mit ihm sprach. Teddy nickte eifrig. Bruno schmunzelte. Sarlat sollte sein blaues Wunder erleben.

Bruno aber auch. Als er, wieder in Uniform, die Umkleidekabine verließ und sich auf den Weg zur Sitzung in Campagne machte, wurde er vor dem Stadiontor von Capitaine Duroc abgefangen, der wütender wirkte denn je.

»Haben Sie Commissaire Jalipeau eingeschaltet?«, wollte er von Bruno wissen.

»In was?«, fragte Bruno, ohne mit der Wimper zu zucken. Er hatte ein gespanntes Verhältnis zu Duroc, da dessen Ehrgeiz sehr viel ausgeprägter war als der Verstand. Der Chef der Gendarmerie achtete eifersüchtig auf seinen Status, war ungeduldig, unbeliebt bei seinen Untergebenen und neigte zu vorschnellen Schlüssen. Bruno hatte aber durchaus auch Sympathie für ihn. Im Unterschied zu den Eliteeinheiten der Gendarmerie, wegen ihrer gelben Schulterstreifen auch *les Jaunes* genannt, wurden die einfachen Gendarmen immer häufiger für die eher prestigelosen Dienste der Straßenverkehrsaufsicht eingeteilt. Duroc, der weiße Schulterstreifen hatte, zählte als Mitglied der gewöhnlichen *Gendarmerie Départementale* zu den *Blanches*.

»Sie wissen genau, wovon ich rede. Hier bei uns wurde eine Person angeschossen, und jetzt ermittelt die *Police Nationale*.«

»Der steht es frei, zu entscheiden, in welchen Fällen sie ermittelt. Darauf habe ich keinen Einfluss, und das wissen Sie.«

»Sie und Jalipeau stecken doch unter einer Decke. Aber diesmal kommen Sie damit nicht durch«, blaffte Duroc.

»Glauben Sie etwa, das eine hat mit dem anderen zu tun?«

Aus den Augenwinkeln sah Bruno den jungen Waliser aus der Umkleidekabine kommen. Dieser unterhielt sich angeregt mit Laurent und dem Pfeiler, dessen Nase angeschwollen war. Die drei steuerten auf das Vereinslokal zu, würden also an Duroc vorbeikommen. Ob der Teddy vom Sehen kannte, wusste Bruno nicht, aber er wollte auch kein Risiko eingehen. Er trat einen Schritt zur Seite und zwang dadurch Duroc, den drei Spielern den Rücken zuzukehren.

»Ich muss gleich an einer Sitzung im Zusammenhang mit dem bevorstehenden Ministergipfel teilnehmen«, sagte Bruno. »Was wollen Sie von mir? Dass ich die Holländerin festnehme, wenn ich sie sehe?«

»Sie sollen herausfinden, wer angeschossen wurde.«

»Haben Sie die Blutprobe schon untersucht? Stammt sie von einem Menschen oder von einem Fuchs?«

»Von einem Menschen. Blutgruppe null.«

»Ist Commissaire Jalipeau schon informiert? Wenn nicht, sollten Sie das schnell nachholen, denn ich werde ihn auf der Sitzung sehen und ihn ganz bestimmt darüber aufklären.«

»Annette, ich meine die Amtsrichterin«, sagte Duroc und errötete, »wird ihn zweifellos informiert haben, zumal sie jetzt ihre eigene Akte zu dem Fall angelegt hat.«

Bruno musterte ihn mit neugierigen Blicken. Konnte es sein, dass Duroc, der sich nicht zuletzt auch Frauen gegenüber immer zugeknöpft gab, dem Charme der neuen Amtsrichterin erlegen war? Bruno schmunzelte in sich hinein. Duroc verliebt zu sehen wäre ein unterhaltsames Schauspiel. Allerdings konnte sich Bruno nur schwer vorstellen, dass Annette auf seine Avancen eingehen würde. Trotzdem war er alarmiert. Die Amtsrichterin würde sich wohl kaum allein der Schießerei wegen ins Zeug legen, zumal sie wusste, dass Jean-Jacques dieser Sache nachging.

»Was hat die Amtsrichterin eigentlich vor?«, fragte Bruno betont beiläufig und noch zuversichtlich, dass sein Plan aufgehen würde.

»Wenn sie es für richtig hält, Sie darüber zu informieren, wird sie es wahrscheinlich tun«, entgegnete Duroc und grinste überheblich, womit er offenbar deutlich machen wollte, dass er im Unterschied zu Bruno über alles Bescheid wusste.

»Hat man Sie wegen dieser Treffen zur Vorbereitung auf den Ministergipfel gebrieft?«, fragte Bruno und hob die

Stimme, um den Lärm zu übertönen, der aus dem Vereinslokal nach draußen drang.

»Nein«, antwortete Duroc. Sein Adamsapfel hüpfte wieder über den Kragen, und es schien ihm überhaupt nicht zu gefallen, zugeben zu müssen, dass man ihn außen vor gelassen hatte. »Die Gendarmerie wird von unserem General aus Périgueux vertreten. Ich bin lediglich beauftragt, mich mit meinen Leuten in Bereitschaft zu halten.«

12

B runo erlebte Isabelle auf ganz neue Art. Er hatte sie voller Leidenschaft und in stiller Freude gesehen, auch unter Tränen, als sie zu dem Schluss gekommen war, dass es für ihre Affäre keine Zukunft gab. Er hatte sie mit einer Waffe so selbstverständlich umgehen sehen wie mit einem Computer und wusste, dass sie mit Vorgesetzten und Politikern knallhart verhandeln konnte. Er hatte beobachtet, mit welcher Eleganz sie sich auf jedem Parkett bewegte, so etwa bei großen Diners in Restaurants, die er sich selbst kaum leisten konnte. Und er hatte sie morgens aufwachen sehen, lachend und in gespielter Empörung über seinen Hund Gigi, wenn er ins Bett gesprungen war, um ihr zu zeigen, dass er ihr ebenso zugetan war wie sein Herrchen.

Und nun sah er Isabelle als souveräne Vorsitzende eines Komitees, das ausschließlich aus Männern bestand, die zu befehlen gewohnt waren. Sie leitete die Sitzung schwungvoll und effizient, ließ alle zu Wort kommen und hakte einen Tagesordnungspunkt nach dem anderen ab. Dabei sah sie bleich aus und wirkte müde, und manchmal, wenn sie sich auf ihrem Stuhl bewegte, verzog sie ihr Gesicht vor Schmerzen. Nach der Schussverletzung im Dezember am Strand von Arcachon war ihr ein Titanimplantat in den Oberschenkel eingesetzt worden. Es schien, dass sie, obwohl ohnehin immer schon schlank, weiter abgenommen hatte, sie hatte hohle Wangen, und um die Augen zeigten sich dunkle Schatten. An ihrem Stuhl lehnte ein Stock. Sie war sitzen geblieben, als Bruno den langen Saal betreten hatte, an dessen Stirnwand die französische und die spanische Fahne hingen. Der Raum war in einem blassen Grau gestrichen, und in der Mitte stand nun auf geschwungenen vergoldeten Beinen ein über vier Meter langer Tisch. Burgunderrote Samtvorhänge schmückten die Fenster, die auf die Terrasse und auf den Rasenplatz hinausgingen, auf dem der Helikopter des Brigadiers gelandet war.

»*Merci, mon Général*«, sagte sie an die Adresse des Chefs der Gendarmerie für das Département, als der erklärt hatte, wie viele Mannschaften er für die Sicherheit abstellen konnte. Vorher waren Jean-Jacques für die *Police Nationale* sowie Vertreter des Wachpersonals, des Fernmeldeteams und der Handwerker zu Wort gekommen, die das Château für den Gipfel vorbereitet hatten. Die Sitzung eröffnet hatte Carlos mit einem Bericht über jüngste Erkenntnisse des spanischen Geheimdienstes, über die Bruno bereits unterrichtet war. Als Isabelle plötzlich ihren Blick auf ihn richtete, verriet sie mit keiner Miene, was zwischen ihnen einmal gewesen war.

»Monsieur Courrèges, haben Sie aus Ihrer Sicht als hiesiger *Chef de Police* noch etwas beizusteuern?«, fragte sie in unverändert nüchterner Stimmlage. Ihre Augen schienen auf einen Punkt hinter Brunos Kopf gerichtet zu sein.

»Nur sehr wenig, Mademoiselle«, antwortete Bruno. »Vor kurzem wurde in der Nähe von Saint-Denis das Skelett einer noch nicht identifizierten Person gefunden, die, wie es aussieht, vor rund zwanzig Jahren getötet wurde. Außerdem gab es zwei kleinere Vorfälle mit ausländischen Studenten, die sich als Tierschützer hervortun wollten, mit Sicherheit aber keine Gefahr für den Gipfel darstellen. Auf Bitten von Señor Gambara wurden Erkundigungen über Anwohner mit spanischen Wurzeln eingeholt, die aber ohne relevante Ergebnisse blieben.«

Es gefiel ihm nicht, diesen förmlichen Ton anzuschlagen und gestelzte Phrasen zu dreschen wie in seiner Armeezeit. Die Worte klangen ihm selbst viel zu leblos und so hohl wie die der anderen Teilnehmer an dieser Runde.

»Hinsichtlich der erwähnten Fälle möchte ich weiter auf dem Laufenden gehalten werden«, sagte Isabelle. »Insbesondere sollten diese ausländischen Studenten im Auge behalten werden. Wenn Sie mir eine Liste der Namen und Nummern geben würden, könnte ich selber Nachforschungen anstellen. Sind auch Spanier dabei?«

»Nein«, antwortete Carlos. »Das habe ich natürlich als Erstes nachgeprüft.«

»Ich maile Ihnen die Liste«, sagte Bruno.

»Ich treffe mich morgen mit dem Präfekten von Périgueux, das heißt, die Sitzung am Vormittag fällt aus. Wir sehen uns wieder morgen Abend um sechs, Messieurs.« Isabelle klappte den Ordner zu, der vor ihr auf dem Tisch lag, und steckte den Kugelschreiber weg. Statt aufzustehen, lehnte sie sich im Sessel zurück und schloss die Augen, als alle anderen aufstanden und zu ihren Autos hinausgingen. Nur Bruno blieb sitzen in der Hoffnung, ein paar persönliche Worte mit Isabelle wechseln zu können. Doch plötzlich tauchte Jean-Jacques' mächtige Gestalt vor ihm auf.

»Warum belästigen Sie mich mit dieser Bagatelle einer irrtümlich abgefeuerten Flinte?«, fragte er mit grimmiger Miene. Am anderen Ende des Tisches flüsterte Carlos Isabelle etwas ins Ohr, worauf sie zu schmunzeln anfing. Bruno verspürte eine Regung, von der er hoffte, dass es nicht Eifersucht war, sondern einfach nur Freude, sie endlich wieder lächeln zu sehen.

»Weil mein Bürgermeister und Ihr Unterpräfekt demselben Jagdverein angehören wie der Mann, der geschossen hat«, antwortete Bruno. »Und es dürfte auch in Ihrem Interesse sein, dass sich Capitaine Duroc aus dieser Sache heraushält, denn wir wollen doch nicht, dass die neue Amtsrichterin, vor der Sie mich gewarnt haben, mit einem Fehlstart anfängt.«

Jean-Jacques schürzte die Lippen, als er sich die informelle Vereinbarung erklären ließ, die Bruno zwischen Kajte und den Geflügelbauern ausgehandelt hatte. Der Commissaire war normalerweise mit allem einverstanden, was ihm Arbeit ersparte.

»Ob sich die Holländerin überreden lässt, den nächsten Zug nach Hause zu nehmen? Das würde manches vereinfachen.«

»Wir können's ja mal versuchen«, sagte Bruno. »Aber wenn sie in der Archäologie weiterkommen will, ist sie hier am richtigen Ort.«

Jean-Jacques' Handy summte. Nach einem kurzen Blick auf das Display formte dieser mit den Lippen stumm den Namen »Duroc« und nahm den Anruf entgegen. Dann hörte er eine Weile einfach nur zu, den Blick auf Bruno gerichtet.

»Haben Sie etwa nicht von dem Ministertreffen gehört,

dessentwegen in der ganzen Region erhöhte Wachsamkeit geboten ist, Capitaine?«, fragte Jean-Jacques. »Aus diesem Grund muss ich mich persönlich um alles kümmern, was die allgemeine Sicherheitslage betrifft. Darüber habe ich mich soeben mit Ihrem General verständigt.« Er zwinkerte Bruno zu und fuhr fort: »Möchten Sie, dass er sich mit Ihnen in Verbindung setzt und Sie auf dem Laufenden hält? Sie könnten ihm bei dieser Gelegenheit erklären, warum Sie im Fall dieser ausländischen Studenten eine Ausnahme für sich geltend machen wollen. Nein? Sehr gut, und seien Sie versichert, dass ich Sie über alle weiteren Schritte in Kenntnis setze.«

»Ich hoffe, es ist nicht mein General, auf den Sie sich da lästerlich berufen haben«, sagte Isabelle. Sie war plötzlich neben Jean-Jacques aufgetaucht und bewegte sich sehr viel natürlicher, als Bruno erwartet hatte. Den Stock brauchte sie nicht wirklich. Als sie ihren alten Vorgesetzten mit *bisous* begrüßen wollte, nahm der sie stürmisch in den Arm und sagte, wie sehr er und alle Kollegen aus Périgueux sie vermissten. Auch Bruno bekam ein Küsschen auf beide Wangen, und mit der freien Hand drückte sie diskret die seine.

»Im Moment schwirren hier so viele Generäle herum, dass ich irgendeinem wohl oder übel auf die Füße treten muss«, sagte Jean-Jacques.

»Unser spanischer Kollege hat mir soeben erzählt, was er über die in Saint-Denis gepflegten Polizeimethoden erfahren musste«, sagte Isabelle grinsend mit Blick auf Bruno. »Keine unerhebliche Rolle spielen in dem Zusammenhang offenbar Rugby und die Jagd, *foie gras* und ein hübsches

Mädchen sowie Archäologie und Vogeldunst. Habe ich etwas ausgelassen?«

»Schuldig in allen Punkten der Anklage«, erwiderte Bruno lachend und hob beide Arme in die Höhe. »Aber der Vollständigkeit halber seien noch der Bürgermeister und mein Hund erwähnt.«

»Wie geht es Gigi?«, fragte Isabelle und wechselte zum vertrauten Du über. »Ich hoffe, du bringst ihn morgen mit. Er ist amüsanter als die Generäle.«

»Warum stehen wir hier rum und unterhalten uns über Hunde, wenn es auf der anderen Straßenseite ein nettes Hotel mit einer Bar gibt?«, fragte Jean-Jacques und setzte sich in Bewegung. »Solche Ausschusssitzungen machen immer einen schrecklich trockenen Hals.«

Sie hatten die ersten Gläser Ricard geleert, und ihre Gedanken kreisten allmählich ums Abendessen, als sich Maurice auf Brunos Handy meldete. Maurice und Sophie waren nach Hause zurückgekehrt, um die Enten zu füttern, und hatten dort eine Notiz von Capitaine Duroc vorgefunden mit der knapp formulierten Aufforderung, sich morgen in der Gendarmerie einzufinden. Bruno beruhigte sie mit dem Versprechen, sie zu begleiten, und legte ihnen nahe, Pouillon zu bitten, ebenfalls zur Stelle zu sein. Bruno wollte den Anruf gerade beenden, als Maurice, *en passant* und ehe Bruno Protest einlegen konnte, darauf hinwies, dass er ihm ein Einmachglas *foie gras* in den Kühlschrank in der Scheune gestellt hatte. Damit war die Menü-Frage geklärt, und Bruno führte seine drei Gäste auf einer Nebenstraße an Les Eyzies vorbei zu sich nach Hause.

»Ich liebe diesen Weg. Er ist einfach märchenhaft«, sagte Isabelle, als Bruno hinter dem alten Steinbruch in eine schmale Schotterpiste einbog, die zu beiden Seiten von hohen Bäumen mit weit ausladenden Ästen gesäumt war und wie ein dunkler, mysteriöser Tunnel anmutete. Im Scheinwerferlicht glühten die Augen wilder Tiere.

Zu Brunos stiller Freude hatte Isabelle ausdrücklich diese Strecke einzuschlagen gewünscht. Carlos und Jean-Jacques folgten.

»Herzlichen Glückwunsch im Voraus zum Geburtstag.« Sie gab ihm einen Kuss auf die Wange und schnallte sich an. »Ich habe nicht vergessen, dass du ein Fisch bist und ich Löwe.« Er lächelte versonnen in Erinnerung an ihren Geburtstag und das Champagnerfrühstück im Bett. Damals – es war der glücklichste Sommer seines Lebens – hatte er sie immer geneckt, weil sie täglich ihr Horoskop in irgendeiner Zeitung studierte und seines beim Morgenkaffee laut vorlas. Auch dieses kleine Ritual ihrer Beziehung vermisste er schmerzlich.

»Das Bein scheint gut verheilt zu sein«, sagte er. »Eine Gehhilfe brauchst du doch nicht mehr, oder?«

»Nicht wirklich«, antwortete sie und hob den Stock mit silbernem Knauf und einer Spitze aus Stahl in die Höhe. »Ein alter Stockdegen. Der Brigadier hat ihn mir geschenkt. Könnte ganz nützlich sein, nachts allein unterwegs in Paris.«

»Er scheint ein schlechtes Gewissen zu haben«, sagte Bruno. »Und das sollte er auch. Es war nicht nötig, dich in die Schusslinie zu bringen.«

»Ich wollte es so«, erwiderte sie knapp. »Und wie du

siehst, geht es mir wieder gut. Aber genug davon. Erzähl mir von dir. Bist du glücklich? Passt deine Engländerin gut auf dich auf? Deiner Miene ist ja wie immer nichts anzumerken.«

»Durch Pamela bin ich aufs Pferd gekommen. Sie hat mir beigebracht zu reiten. Gefällt mir sehr. Ich glaube, man schätzt ganz besonders, was man im fortgeschrittenen Alter lernt. Dass ich mich jetzt im Sattel halten kann, was anfangs nicht einfach war, macht mich richtig stolz.« Er warf ihr einen Blick zu. Sie lehnte in der Ecke zwischen Sitz und Tür und musterte ihn liebevoll schmunzelnd. »Kannst du reiten?«

»Nein, aber ich bin ja auch kein Landpolizist«, sagte sie neckend. »Nette Vorstellung: du zu Pferde auf Patrouille wie ein alter *garde-champêtre* oder der Sheriff aus einem Western. Bruno, der schnellste Schütze des Périgord, schneller als sein Schatten.«

Er lachte und spielte den Ball zurück. »Und du die Komiteekönigin, auf den Knien vor dir Generäle und Präfekten«, sagte er. »Eine Frau mit Zukunft.«

»Eine Frau, die in ihrem Beruf Erfolg hat«, sagte sie leise, als sie auf den Weg einbogen, der zu seinem Haus führte. »Darauf bin ich stolz, und ich werde nicht zulassen, dass dieses Bein mich behindert.«

Bruno nickte und hoffte, mit seinem Lächeln Zustimmung auszudrücken, obwohl er innerlich seufzte. Vielleicht, so dachte er, war ihre Beziehung nicht zuletzt an dieser Ambivalenz gescheitert. Alles, was er an Isabelle liebte – ihren Mut, ihre Entschlossenheit und ihr Selbstvertrauen –, kam ausschließlich ihrer beruflichen Karriere zugute. Das bedeutete für sie, in Paris zu sein und fürs Innenministerium zu arbeiten. Würde sie das alles aufgeben, um mit Bruno wieder zusammenzuleben, könnte sie vielleicht einmal Jean-Jacques' Nachfolgerin werden. Doch so gebremst durch den Verzicht ihrer ehrgeizigen Pläne, wäre sie nicht mehr die Isabelle, die er liebte. Andererseits wusste er, wenn er ihr Angebot, nach Paris zu ziehen, annähme, seine Jagd, den Garten, die Freunde und all das, was Saint-Denis ihm bedeutete, zurücklassen müsste, wäre auch er bald nicht mehr der, den sie liebte. Für ein Leben in der Großstadt war er nicht geeignet. Es würde ihn unglücklich und übellaunig machen, und ihre Gefühle füreinander würden langsam dahinschwinden.

Alles Nachdenken und Abwägen an vielen einsamen Abenden und während langer Spaziergänge mit Gigi führten zu den immer gleichen trostlosen Schlussfolgerungen. Und doch konnte er es einfach nicht lassen, sich wieder und wieder vorzustellen, was hätte sein können.

Hinter der letzten Biegung öffnete sie das Fenster, streckte den Kopf hinaus und rief: »Gigi, ich bin's.« Und noch ehe Bruno angehalten hatte, öffnete sie die Tür, um den Bassettrüden zu begrüßen, der auf seinen kurzen Beinen und mit fliegenden Ohren herbeigeeilt kam, auf Isabelles Schoß sprang und an ihrem Hals schleckte.

Bruno dachte, wie viel unkomplizierter Wiedersehensfreude doch für Hunde war, ließ die beiden im Wagen zurück und holte Maurice' Geschenk aus dem Kühlschrank in der Scheune. Dann ging er durch die Hintertür ins Haus und öffnete seinen Gästen den Vordereingang. Isabelle deckte den Tisch, während Jean-Jacques aus den Vorräten in Brunos Küche Drinks vorbereitete. Carlos, der zwei Flaschen Rioja aus seinem Range Rover mitgebracht hatte, lehnte an der Fensterbank und schaute zu.

Bruno setzte einen Topf Wasser auf den Herd und holte ein weiteres großes Einmachglas aus der Speisekammer, gefüllt mit *enchaud de porc*, einem Schweinsfilet, haltbar gemacht mit Entenfett und Knoblauch. Meist servierte er das Fleisch kalt, aber weil es an diesem Abend ziemlich kühl war, ließ er einen Löffel Entenfett in der Pfanne aus und briet ein paar Scheiben auf kleiner Flamme an, die er dann zusammen mit vier Tellern in den warmen Ofen schob. Dann schälte er Kartoffeln, schnitt sie in Scheiben und gab sie mit Salz ins kochende Wasser. Unter den Grill kamen ein paar dicke Scheiben seines *pain de campagne*. Isabelle holte von sich aus den Käse aus dem Kühlschrank, einen halben *tomme d'Audrix* von Stéphane und *cabécous*, kleine Ziegenkäse aus Alphonse' Produktion, und trug alles auf einem Holzbrett zum Esstisch.

»Gibt's deine spezielle *foie*?«, fragte sie, in die Küche zurückgekehrt. »Kann ich irgendwie helfen?«

»Du könntest Schalotten schälen und kleinschneiden«, antwortete er, und für einen Moment schien es ihm, als wäre sie nie gegangen. Sie arbeiteten Hand in Hand, ohne einander im Weg zu stehen.

»Wir machen die Leber also wie immer, in Rotwein und mit getrockneten *cèpes*, nicht wahr?«, fragte sie. Die Schalotten waren inzwischen geschnitten, die Kartoffeln fast durch und mit Haushaltspapier trockengetupft, so dass sie nun mit einem Löffel Fett kurz angebraten werden konnten. Bruno bejahte ihre Frage und machte sich daran, die rohe Gänseleber in Stücke zu schneiden, die genau die richtige Dicke haben mussten. Isabelle dünstete die Schalotten an, gab die getrockneten Steinpilze mit einem Glas Wein hinzu, und stellte sich dann zu Carlos, um Bruno beim Kochen zuzusehen.

»Die Leber wird ohne Fett gebraten?«, fragte Carlos, als Bruno ein Glas Honig neben die schwere gusseiserne Pfanne stellte, die schon auf dem Herd stand, und in der anderen Pfanne vorsichtig die Kartoffeln wendete.

»Sie enthält genug Fett«, erklärte Isabelle. »Passen Sie auf, was jetzt passiert.«

Bruno legte die Leberscheiben in die Pfanne, die so heiß war, dass sich die Poren sofort schlossen. Das Fett trat zwar aus, aber das Fleisch selbst blieb saftig.

Carlos blickte auf, als er Bruno vor sich hin summen hörte. »Das ist seine ganz eigene Stoppuhr beim Kochen«, erklärte Isabelle. »Bruno braucht fünfundvierzig Sekunden, um die Marseillaise zu singen, und genau dreißig, bis er zu ›*Aux armes, citoyens*‹ auffordert. Steaks brauchen die Vollversion, die Gänseleber gelingt mit dreißig Sekunden pro Seite am besten.«

Bruno wendete die Leberscheiben, fing mit seiner Melodie wieder von vorn an und bewegte dabei die Leber mit einem Pfannenwender. Sein Summen brach ab, als die ersten Rauchwölkchen aufstiegen. Sofort nahm er die Pfanne von der Kochstelle und schüttete das ausgelaufene Fett in ein bereitgestelltes Gefäß. Die Leber ließ er auf die vorgewärmte Servierplatte gleiten. Aus einer Flasche goss er nun mehrere Löffel Balsamico-Essig in die Pfanne und verrührte damit den Bratensatz. Unter Zugabe drei großer Esslöffel Honig entwickelte sich eine sämige Sauce, die Carlos in Staunen versetzte. »So einfach, aber es duftet wunderbar.«

Bruno holte nun das getoastete Brot unter dem Grill hervor, rieb schnell eine Knoblauchzehe über die Schnitten und verteilte sie auf die vorgewärmten Teller. Dazu kamen je zwei Scheiben gebratene Leber, beträufelt mit der Honig-Essig-Bratensauce. Isabelle brachte die Teller auf den Tisch, während Bruno den *enchaud* auf kleiner Hitze im Sud aus Rotwein und Schalotten neben den Kartoffeln köcheln ließ. Schließlich holte er eine schon geöffnete Flasche Monbazillac aus dem Kühlschrank, stellte vier Gläser aufs Tablett und ging zu seinen Gästen, die an dem großen Tisch im Wohnzimmer Platz genommen hatten.

»Den müsst ihr zur Leber trinken«, sagte er und schenkte den schweren, goldenen Bergerac-Wein ein. »*Bon appétit.*«

»Unter *foie gras* habe ich bislang immer eine Pastete verstanden, die man kalt isst«, sagte Carlos. »Erstaunlich, wie zart und schmackhaft sie ist.«

»*Putain*, wirklich ausgezeichnet, Bruno«, fand auch Jean-Jacques. »Die Zubereitung mit Essig und Honig ist mir neu. Und das Fett sorgt dafür, dass das Ganze nicht zu süß wird. Die Leber ist außen schön knusprig, und dann dieses Brot mit dem Bratensaft...«

»Früher habe ich *foie* immer in einem Stich Butter angebraten«, sagte Bruno. »Aber dann habe ich an einem Stand auf dem Nachtmarkt in Audrix diese Art der Zubereitung kennengelernt und war so begeistert, dass ich's seitdem nur noch so mache.«

Bruno verschwand kurz in der Küche, um den *enchaud* und Kartoffeln in der Pfanne zu wenden. Als er zurück-

kam, sah er Isabelle in dem Stuhl mit der runden Rücken-
lehne sitzen, den sie auf einem Antiquitätenmarkt gekauft
hatte, über den sie als frisch verliebtes Paar an einem glück-
lichen Sommernachmittag gebummelt waren. Bei ihrem
Anblick hatte er wieder den flüchtigen Eindruck, als habe
sich zwischen ihnen nichts geändert. Ihm fiel auch auf, dass
Carlos sie und ihn in ihrem vertrauten Zusammenspiel aufmerksam beobachtete.

Isabelle warf einen Blick auf Gigi, der geduldig zu ihren
Füßen hockte, und gab ihm ihr letztes Stück vom Toast,
das voller Saft war. Jean-Jacques wischte mit seinem Brot
den Teller ab. Seinem Beispiel folgten auch die anderen,
als Bruno die *enchauds* auftischte. Carlos' Rioja, ein Torre
Muga, wurde verköstigt und von allen für vorzüglich befunden, und Bruno betrachtete die Szene am Tisch mit
großem Vergnügen. Er genoss es, Freunde um sich zu haben und zu bewirten, zumal im eigenen Haus, das er selbst
renoviert hatte, und mit Gemüse aus eigenem Anbau, gekocht auf seinem Herd. Jean-Jacques war ein alter Freund,
mit Carlos schien sich eine Freundschaft anzubahnen, und
Isabelle – nun, sie war als seine ehemalige Liebe etwas ganz
Besonderes.

»Köstlich, die Sauce, Isabelle«, sagte Carlos, »und das
Schweinsfilet – ein Genuss.«

»Wie ich Bruno kenne, stammt das Fleisch wahrscheinlich von einem Schwein, das er vor wenigen Monaten mit
Stéphane geschlachtet hat. Seine Tiefkühltruhe wird voll
von *rillettes*, Rippchen, Wurst und Eisbein sein. Von einem
guten Schwein geht nichts verloren.«

»Vertiefen wir das Thema nicht, sonst muss ich ihn

verhaften«, sagte Jean-Jacques. »Sie wissen ja, diese Blöd-hammel aus Brüssel haben unseren Bauern verboten, ihre Schweine selbst zu schlachten.«

»Wenn dieses Verbot bei uns durchgesetzt würde, müsste man halb Spanien festnehmen«, sagte Carlos. »Unsere Polizisten sind nicht auf den Kopf gefallen. Die meisten wissen, wann ein Auge zugedrückt werden sollte. Letztlich kommt's darauf an, Vernunft walten zu lassen.«

»Auf die trifft man leider weniger häufig als auf neue Gesetze«, meinte Jean-Jacques. »Hoffen wir, dass der Gipfel nicht noch mehr Vorschriften mit sich bringt. Ich blicke nämlich bald nicht mehr durch.«

»Korrigieren Sie mich, wenn ich mich irre, aber mir scheint, das Ministertreffen hat allenfalls kosmetische Bedeutung«, sagte Carlos und öffnete eine zweite Flasche, während Isabelle die Käseplatte herumreichte. »Polizei und Geheimdienste unserer Länder arbeiten doch längst zusammen. Das sollte doch wohl reichen, oder?«

»Trotzdem scheinen diese Bombenleger immer einen Schritt voraus zu sein«, erwiderte Isabelle. »Vielleicht könnte das Treffen dafür sorgen, dass unsere Lauschposten besser besetzt werden. Wir haben viel zu wenige *écouteurs*, die Baskisch sprechen.«

»Das Thema steht leider nicht auf der Tagesordnung«, sagte Carlos und blickte nachdenklich drein.

»Nicht explizit«, stimmte Isabelle zu. »Aber dass mein Minister darauf abzielt, ist einigermaßen deutlich zwischen den Zeilen des Vertragsentwurfs zu lesen.«

»Apropos Kooperation, wie wär's mit Ihrer Mithilfe?«, wendete sich Jean-Jacques an Carlos. Und zu Bruno sagte er: »Ich habe den Bericht der Rechtsmedizin, die die von Bruno ausgebuddelten Leichenreste untersucht hat. Die Schuhe und die Swatch sind zwanzig bis fünfundzwanzig Jahre alt, und der Kopfschuss ist aus einer Beretta abgefeuert worden, neun Millimeter. Die Kugel wurde im Boden unter der Leiche gefunden. Das Opfer muss also am Fundort erschossen worden sein. Das Gebiss, beziehungsweise die Zahnbehandlung, lässt darauf schließen, dass es sich um einen Spanier oder Portugiesen gehandelt haben könnte, möglicherweise auch einen Marokkaner. Wir werden Interpol einschalten, aber vielleicht können Sie uns helfen, den Rechtsweg zu verkürzen.«

»Mailen Sie mir den Bericht zu. Ich kann es mal versuchen«, sagte Carlos. »Sonst noch etwas, womit ich dienen könnte?«

»Ja. Laut Bericht wurde das Opfer gefoltert. Einige Fingerknochen sind gebrochen und gesplittert, was auf die Verwendung einer Zange oder dergleichen schließen lässt. Und das wiederum sieht nach organisiertem Verbrechen aus, vielleicht Drogenkriminalität.«

Carlos verzog das Gesicht und holte tief Luft. »Armer Teufel, wer immer es war.« Er schaute auf seine Uhr. Jean-Jacques verstand den Wink.

»Ich muss morgen früh raus. Für einen Kaffee zum Nachtisch bleibt mir keine Zeit mehr«, sagte er, stand auf und wandte sich an Carlos und Isabelle. »Ich fahre Sie ins Hotel zurück. Bruno schafft den Abwasch bestimmt allein.«

Isabelle warf einen Blick auf den Gastgeber, runzelte ein wenig die Stirn und kraulte Gigi hinter den Ohren, an der

Stelle, wo er es besonders gern hatte, wie sie wusste. Bruno glaubte, ihrer Geste so etwas wie Bedauern anmerken zu können, aber vielleicht schmeichelte er sich auch damit nur selbst.

Sie blickte auf, sah, dass Jean-Jacques und Carlos ihr den Rücken gekehrt hatten, und sagte leise zu Bruno: »Danke für die Bücher. Wir haben hoffentlich noch Gelegenheit, uns darüber zu unterhalten.«

Bruno hatte lange darüber nachgedacht, welche Bücher er ihr ins Krankenhaus schicken sollte. Er wusste, dass ihr amerikanische Krimis gefielen, aber er kannte zu wenige, um eine gute Wahl treffen zu können. In der kurzen Zeit, die sie zusammen gewesen waren, hatte er sie manchmal in seinen Geschichtsbüchern schmökern sehen und sich deshalb dafür entschieden, ihr die drei Bände *Les Lieux de Mémoire* von Pierre Nora zukommen zu lassen. Er selbst war durch einen Artikel in einer populären Zeitschrift darauf aufmerksam gemacht worden, der Noras Betrachtungen geschichtsträchtiger Orte wie Verdun und Versailles nachzeichnete und dessen Unterscheidung zwischen Wirklichkeit, Erinnerung und Mythos referierte. Zwei Monate später hatte er von ihr ein kurzes Dankesschreiben und ein Buch mit Gedichten von Jacques Prévert erhalten, ein wirklich passendes Geschenk. Sie wusste, dass *Kinder des Olymp* einer von Brunos Lieblingsfilmen war, und für den hatte Prévert das Drehbuch geschrieben. Das Buch, so hatte sie geschrieben, sei nach der Entlassung aus dem Krankenhaus ihr erster Einkauf gewesen.

»Und vielen Dank für die Gedichte«, sagte er, obwohl er sich schon schriftlich dafür bedankt hatte. Sie gingen zur

Tür. Carlos und Jean-Jacques traten zur Seite, um Isabelle vorgehen zu lassen. Bruno erinnerte sich an ihren ersten Besuch in seinem Haus, wie sie sich seine kleine Bibliothek angeschaut und zielsicher die Gedichtsammlung von Baudelaire aus dem Regal gezogen hatte, das Geschenk einer Frau, die er während seines Kriegseinsatzes in Bosnien kennen- und liebengelernt hatte. Jetzt stand Isabelles Geschenk neben diesem Buch im Regal.

»Wir sehen uns morgen«, sagte er und schaltete die Außenbeleuchtung ein. Gigi schaute Isabelle traurig nach.

»Sie ist immer noch unsere Freundin, Gigi«, tröstete er seinen Hund. Dann schnappte er sich seinen Mantel und ging mit Gigi ums Haus, zum Gehege, wo er seine Enten und Hühner hielt. »Nicht mehr und nicht weniger.«

13

B runo hatte gelernt, achtsam zu sein, wann immer Capitaine Duroc guter Dinge war. Als er an diesem kühlen Morgen die Gendarmerie verließ und seine Handschuhe überstreifte, schien er bester Dinge zu sein und strotzte nur so vor Selbstgefälligkeit. Ihm folgte in einem offenen schwarzen Regenmantel über dunkelblauem Hosenanzug Annette, die gleichzeitig blasiert und unglaublich jung aussah, fast wie ein Schulmädchen in den Kleidern der älteren Schwester. In ihrer Begleitung war ein Fremder, ein kleiner dunkelhaariger Mann in blauem Overall und Gummistiefeln; er hatte irgendein Abzeichen auf der Brusttasche und hielt einen schwarzen Beutel in der Hand. Pouillon stieg aus seinem angenehm warmen Citroën und ließ den Motor laufen, um die Heizung in Gang zu halten. Nach seinem Morgenlauf mit Gigi durch den Wald und anschließendem kurzem Duschbad spürte Bruno die Kälte kaum. Aber Maurice an seiner Seite zitterte, obwohl er einen dicken Mantel trug.

»Glauben Sie nur ja nicht, dass ich meine Ermittlungen in den Vorfällen auf Ihrem Hof eingestellt habe!«, sagte Duroc, an Maurice gewandt. »Die Vorbereitungen auf das Gipfeltreffen haben allerdings derzeit Vorrang, und außerdem bat mich die Amtsrichterin, Berichten nachzugehen, nach denen auf Ihrem Hof gegen Hygienevorschriften verstoßen wurde. Ich muss Sie bitten, uns zu begleiten. Wenn ich vorstellen darf: Das ist Inspektor Varin vom INRA in Bordeaux.«

Verdammt, dachte Bruno, verärgert nicht nur über Duroc, sondern auch über Annette. Diesen Überfall hatten die beiden sorgfältig vorbereitet. Der Inspektor des *Institut National de la Recherche Agronomique* war entweder sehr früh aufgestanden, um aus Bordeaux anzureisen, oder er hatte bereits in Saint-Denis übernachtet. Anscheinend sollte Maurice wegen irgendeiner Bagatelle weichgeklopft werden, um anschließend geständig zu sein, was die Schießerei auf seinem Hof anging.

Annette starrte Bruno mit ausdrucksloser Miene an. Von einer freundlichen Annäherung, die sich, wie er geglaubt hatte, anzubahnen schien, war nichts mehr zu spüren. Als er in das bleiche Gesicht von Maurice an seiner Seite blickte, sank ihm das Herz bei dem Gedanken an das Geschenk, das Maurice ihm am Abend zuvor ins Haus gebracht hatte. Er musste die Enten irgendwann am Nachmittag getötet haben, obwohl er von Rechts wegen nur deren Aufzucht betreiben durfte und das Gesetz verlangte, dass Tiere für den menschlichen Verzehr in ein lizenziertes Schlachthaus gebracht werden mussten, woran sich allerdings nur die wenigsten Bauern hielten.

»Muss eine solche Inspektion nicht vorher angemeldet werden?«, fragte Bruno Pouillon im Flüsterton, worauf der Anwalt den Kopf schüttelte. Bruno hatte noch eine andere Sorge. Die Versicherung würde für Maurice' Rechtsschutz aufkommen, falls man ihn wegen Waffengebrauchs mit Verletzungsfolge vor Gericht stellte, nicht aber im Fall einer Anklage wegen der unerlaubten Schlachtung seiner eigenen Enten. Maurice selbst hatte kein Geld für einen Anwalt.

»Der Inspektor, die Amtsrichterin und Monsieur Soulier kommen mit mir«, sagte Duroc und hielt Annette die Tür zu seinem Kleinbus auf. »Die anderen mögen uns folgen, wenn sie wollen.«

Bruno fragte Pouillon, der gerade in seinen Wagen einsteigen wollte, ob er ihn mitnehmen könne. Es galt, ein paar Dinge zu besprechen, ohne dass Duroc oder Annette mithörten. Als sie dem Kleinbus der Gendarmerie folgten, bekannte Pouillon, auf diesen Schachzug der beiden nicht vorbereitet gewesen zu sein. Er hatte sich nur in Sachen Schusswaffengebrauch schlaugemacht, die relevanten Paragraphen des *Code Criminel* studiert und geglaubt, eine starke Verteidigung aufziehen zu können. Aber die Hygienevorschriften standen auf einem anderen Blatt; sie waren komplex und wurden ständig reformiert. Das Schlachtverbot würde für Maurice gefährlich werden können, denn es galt auch für die Schlachtung von Tieren für den Eigenverzehr.

»Wissen Sie, wovor ich als Amtsrichter die größte Angst hatte?«, fragte er. »Davor, eine so große Dummheit zu begehen, dass sich die Öffentlichkeit berechtigt fühlen könnte, das Gesetz in die eigenen Hände zu nehmen. Man kennt das ja: Bauern blockieren Straßen mit ihren Traktoren, treiben Schafherden vor öffentliche Gebäude und kippen Berge von Mist irgendwohin – alles eher harmlose Aktionen, die meist ungeahndet bleiben.«

»Sie meinen diese spontanen Demos, die unsere Behörden und deren Vertreter lächerlich und ziemlich alt aussehen lassen«, erwiderte Bruno, dem allmählich ein Licht aufging. »Eine solche Dummheit könnte auch die Erzwingung eines unpopulären Gesetzes sein, das weitgehend ignoriert wird?«

»Allerdings«, antwortete Pouillon. »Besonders erfolgreich sind Proteste, die mit Witz vorgetragen werden und an denen die eine oder andere hochgestellte Persönlichkeit beteiligt ist, vielleicht ein Bürgermeister mit Trikolore, der darauf hinweist, wie kompliziert die Anwendung eines solchen Gesetzes ist – vor laufenden Kameras, versteht sich, denn darauf sind die Medien scharf. Und wovor ich mich immer am meisten gefürchtet habe, war die Aussicht darauf, dass solche Proteste womöglich von Frauen angeführt werden könnten.«

Pouillon zwinkerte Bruno zu, der kurz entschlossen sein Handy hervorholte und bis über beide Ohren grinste.

»Ein Beamter, der solche Proteste heraufbeschwört, und sei es nur durch den einen oder anderen Anruf, könnte in ernste Schwierigkeiten geraten«, warnte Pouillon und legte eine Hand auf Brunos Handy. »Aber zufällig habe ich das Handy meiner Enkelin im Auto. Sie hat's hier liegen lassen.«

Er zeigte auf das Handschuhfach. Bruno holte ein kleines pinkfarbenes Gerät daraus hervor, das die Comiczeichnung eines lächelnden Kätzchens im Display zeigte, als er es einschaltete. Er öffnete das Adressbuch seines eigenen Handys und suchte ein paar Nummern heraus. Der erste Anruf galt seinem Freund Stéphane, der zweite dem Vorsitzenden des *syndicat*, in dem die Landwirte gewerkschaftlich organisiert waren, und der dritte der Kooperative von Saint-Denis, von der die Bauern ihre Produktionsmittel kauften. Sie alle forderte er auf, sich ans Telefon zu setzen und Rundrufe zu starten. Außerdem informierte er seinen Bürgermeister sowie Philippe Delaron, den Fotografen und Nachrichtenreporter. Als sie ihr Ziel erreichten, hatte er schließlich auch mit Nicco gesprochen, seinem Amtskollegen in Sainte-Alvère.

»Vergessen Sie die Villattes nicht«, sagte Pouillon und bog in den Hof von Maurice ein. »Ich werde noch ein bisschen Zeit für uns herausschinden.« Bruno beeilte sich, den versäumten Anruf nachzuholen, während Pouillon den Wagen abstellte, ausstieg und Duroc, der schon ungeduldig wartete, zurief: »Eine Minute noch, ich glaube, ich habe eine Panne.« Er ging vor der hinteren Stoßstange in die Hocke, warf einen Blick unter den Wagen und stand wieder auf. »Und unterstehen Sie sich, Maurice Fragen zu stellen, bevor ich nicht bei Ihnen bin.«

Er zwinkerte Bruno zu und bückte sich wieder. Sein Ausflug auf die andere Seite des Gesetzes schien ihm zu gefallen.

Sophie jedoch, die gerade aus dem Haus kam und sich die Hände an der Schürze abtrocknete, reagierte entsetzt auf den Anblick des langen Gendarmen, der ihren Mann am Arm gepackt hielt, flankiert von einer ernst dreinblickenden Frau und einem Mann in blauem Overall, anscheinend von einer Kontrollbehörde. Sophie schlug die Hände vor den Mund, als Maurice auf sie zugehen wollte, von Duroc aber mit Gewalt zurückgehalten wurde.

»*Mon Dieu!*«, rief sie und streckte ihrem Mann die Arme

entgegen, was Bruno daran erinnerte, auch noch Pater Sentout zu verständigen. Der Geistliche und der Bürgermeister an der Spitze eines Protests wären von großer symbolischer Kraft.

»Inspektor, walten Sie Ihres Amtes«, sagte Duroc in einem Tonfall, der vielleicht vor dem Obersten Gericht Frankreichs angemessen gewesen wäre, nicht aber auf einem staubigen Bauernhof vor der Klangkulisse schnatternder Enten, die sich von den vielen Menschen anscheinend versprachen, wieder gefüttert zu werden.

Bruno musterte Annette, die seinen Blick offenbar als stumme Anklage verstand und sich befangen auf die Lippen biss. Der Inspektor öffnete seinen schwarzen Beutel und entnahm ihm eine kleine Kamera und einen Kassettenrecorder. Er ließ die Kamera im Overall verschwinden, hängte sich den Recorder um den Hals und stellte sicher, dass er funktionierte. Mit gedeckter, monotoner Stimme nannte er Datum und Uhrzeit, beschrieb den Geflügelhof und machte Aufnahmen.

Er ging auf das Gehege zu und verscheuchte die Enten vom Gatter, bevor er es öffnete und sich Einlass verschaffte. Duroc und der von ihm immer noch in Schach gehaltene Maurice blieben zurück. Annette, Bruno und Pouillon folgten dem Inspektor, vorbei an großen, mit Mais gefüllten Fässern und hin zu den niedrigen Verschlägen, in die sich die Vögel bei Einbruch der Dunkelheit zurückzogen, und weiter zu den Tränken und Futterkästen. Bruno stellte zu seiner Erleichterung fest, dass der Boden offenbar vor kurzem gewischt worden war. Der Inspektor fotografierte die Trichter, mit denen die Enten gestopft wurden, alte Geräte mit geölten Ledertüllen, die möglichst schonend in den Hals der Tiere eingeführt werden konnten.

Er steckte die Kamera weg, schnappte sich eine der Enten, zerrte ihr den Schnabel auf und schaute ihr in den Schlund. Mit geübter Hand betastete er Bauch und Sterz und untersuchte anschließend drei weitere, zufällig ausgewählte Tiere auf gleiche Weise.

Dann inspizierte er die Schränke, in denen Maurice seine Werkzeuge und Futterzusätze aufbewahrte, und las laut in das Mikrophon seines Recorders, was auf den Etiketten geschrieben stand. Er prüfte die Wasseranschlüsse, stocherte draußen im Misthaufen herum und watete in den Ententeich, wo er mit der Hand Schlamm vom Grund schöpfte, daran schnupperte und ihn ins Wasser zurückwarf.

Bruno warf einen Blick auf seine Uhr. Dass sich der Inspektor so viel Zeit ließ, kam seinem Plan zugute, und zum ersten Mal an diesem Morgen fasste Bruno Hoffnung.

Mit einem höflichen »Pardon, Madame« zwängte sich der Inspektor an Sophie vorbei in die Küche. Er schaute in den Kühlschrank und durchwühlte sogar den Abfalleimer unter der Spüle. Dann nahm er sich die Scheune vor. Die Regale, in denen Sophie ihre Konserven und Einweckgläser aufbewahrte, schienen ihn nicht zu interessieren, denn er steuerte geradewegs auf die Tiefkühltruhe zu, packte den gesamten Inhalt aus und studierte die handgeschriebenen Etiketten. Danach nahm er sich das alte durchlöcherte Ölfass vor, in dem Maurice Abfälle verbrannte, und stöberte in der Asche.

Schließlich ging er wieder nach draußen und steuerte jenen Gegenstand an, auf den Bruno bislang nicht zu blicken gewagt hatte: den schweren, aus einem Baumstamm geschnittenen Hackklotz. Er fotografierte ihn von allen Seiten und schaute sich die von zahllosen Axthieben gekerbte Oberfläche von nahem an. Mit einem Spachtel, den er aus der Overalltasche gezogen hatte, schabte er vorsichtig eine kleine Probe vom Klotz ab, mit der er zu seinem schwarzen Beutel ging. Aus dem holte er zwei kleine Gläser, ein leeres und eines, das mit einer farblosen Flüssigkeit gefüllt war. Er steckte den Abstrich in das leere Glas, gab ein paar Tropfen der Flüssigkeit darüber, drehte den Deckel auf das Glas und schüttelte es. Die klare Flüssigkeit verfärbte sich hellbraun.

An Maurice gewandt, fragte er: »Monsieur, wo ist Ihre Axt?«

Maurice zeigte zurück in die Scheune. Der Inspektor eilte wieder hinein und fand die Axt neben weiteren Werkzeugen an der Wand über der Werkbank. Er nahm sie zur Hand und musterte sie genau. »Sie haben das Ding geputzt«, sagte er in fast vorwurfsvollem Ton.

»Ich mache mein Werkzeug immer sauber, nachdem ich es benutzt habe«, entgegnete Maurice, vor Stolz kaum noch nervös.

»Und den Hackklotz haben Sie mit *Eau de Javel* geschrubbt«, stellte der Inspektor fest, offenbar selbst stolz auf seine Expertise – und nicht ohne Respekt für Maurice, wie Bruno seiner Miene ansah.

»Danke, dass Sie mich gerufen haben«, sagte der Inspektor zu Duroc. »Ich hatte schon lange nicht mehr das Vergnügen, einen so gut geführten Geflügelhof zu kontrollieren. Die Tiere sind gesund, Stall und Gehege sauber und die Futterbeigaben entsprechen voll und ganz den

Vorschriften. Sogar der Teich ist vor kurzem ausgebaggert worden. Ein mustergültiger Betrieb.« Er wandte sich an Maurice. »Ich gratuliere, Monsieur. Sie erlauben, dass ich die Fotos, die ich hier gemacht habe, in meinen Fortbildungsseminaren verwende, um meinen Schülern zu zeigen, wie ein Geflügelhof geführt werden sollte.«

Sophie, die die ganze Zeit vor der Haustür gestanden hatte, bekam anscheinend weiche Knie und setzte sich auf die Eingangsstufe. Die Amtsrichterin konnte ihr Prusten kaum noch unterdrücken und blickte hilfesuchend zu Boden. Duroc ließ Maurice' Arm los und verschluckte sich fast an seinem Adamsapfel.

»Wie dem auch sei«, fuhr der Inspektor fort, »es kann kein Zweifel daran bestehen, dass vor ein, zwei Tagen auf diesem Hackklotz Tiere getötet wurden. Wie mir gesagt wurde, sind Sie nicht befugt, Ihre eigenen Enten zu schlachten. Vielleicht können Sie mir sagen, welche Tiere getötet wurden.«

Duroc packte wieder Maurice' Arm, und Annette richtete den Blick auf Bruno. Pouillon trat vor. »Überlassen Sie das mir, Maurice.« Er wandte sich an den Inspektor und sagte: »Mein Mandant kann zum gegenwärtigen Zeitpunkt keine Auskunft geben, weil er zuerst seine Unterlagen zu Rate ziehen muss. Aber unabhängig davon ist er sehr dankbar dafür, dass seine beispielhafte Wirtschaftsführung nun auch amtlicherseits gewürdigt wird.«

»Er hat Enten geschlachtet und Vorschriften verletzt«, knurrte Duroc.

»Von Enten war nicht die Rede«, widersprach der Inspektor ruhig. »Ich sagte lediglich, dass Tiere getötet wurden, Kaninchen vielleicht oder ein Reh. Blut ist Blut. Einen Jagdschein hat er ja. Ich kann nicht bestätigen, dass hier vorschriftswidrig Enten geschlachtet wurden.«

Annette ging auf den Hackklotz zu. Sie hatte die Hände in die Taschen gesteckt und betrachtete die rauhe Oberfläche.

»Da sind Federreste, und die sehen noch recht frisch aus«, sagte sie.

Der Inspektor zuckte mit den Achseln. »Wen wundert's? Wir sind ja auf einem Geflügelhof, Mademoiselle.«

Annette schaute verbissen in die Runde, auf den Hackklotz, die Axt und von Bruno auf Sophie, die immer noch auf der Schwelle der Eingangstür hockte. Sie blähte die Nasenflügel und schnupperte in der Luft.

»*Mon Dieu*«, hauchte sie, und dann platzte es aus ihr heraus: »*Bouillon!* Sie kocht eine Entenbouillon!« Sie eilte ins Haus, vorbei an Sophie, die sich die Schürze über den Kopf geworfen hatte.

»Folgen Sie mir, *Monsieur l'inspecteur*! Ich zeige Ihnen die frisch geschlachteten Enten.«

Zielstrebig steuerte sie auf den altehrwürdigen gusseisernen Herd zu, nahm ein Trockentuch zur Hand und lüftete den Deckel des riesigen Topfes, der auf blankgewienerten Ofenringen stand. Dann schaute sie sich hektisch in der Küche um, fand ein Brotmesser auf dem Tisch und angelte damit aus der sprudelnden Suppe, was unverkennbar die Karkasse einer Ente war.

»*Voilà!*«, triumphierte sie. »Ich kann mir beim besten Willen nicht vorstellen, dass die Bäuerin eine Suppe aus Enten kocht, die an einer Krankheit gestorben sind.«

14

Duroc hatte gerade Maurice und Sophie festgenommen, als Brunos Handy klingelte. Fast gleichzeitig fing das kleine pinkfarbene Handy mit dem Kätzchen im Display zu miauen an, und im Hintergrund war das Knattern eines Treckers zu hören, der die Straße heraufkam.

»Bruno, ich bin's, Jean-Jacques«, meldete sich der Commissaire mit aufgeregter Stimme, als Bruno das pinkfarbene Handy an Pouillon weiterreichte. »Soeben kam ein Anruf vom Betreiber der Steinbrüche vor Les Eyzies. Denen ist in der Nacht eine Kiste Dynamit geklaut worden. Ich bin gerade auf dem Weg dorthin. Kommen Sie bitte schnell.«

»Für Sie«, sagte Pouillon und gab Bruno das pinkfarbene Handy zurück.

»Sie wollten doch bestimmt, dass ich mich auf der Nummer melde, über die Sie mich angerufen haben, oder?«, sagte der Bürgermeister. »Ist Villatte schon eingetroffen?«

»Ich glaube, er kommt gerade auf seinem Trecker«, antwortete Bruno.

»Ich habe ihm gesagt, er soll Zeit schinden, bis wir genug Leute zur Gendarmerie gebracht haben. Eine halbe Stunde brauchen wir noch. Wie sieht's für Maurice aus?«

»Was – der Idiot hat ihn festgenommen und Sophie auch?«, wiederholte der Bürgermeister, als Bruno ihm die Situation erklärt hatte. »Ist der denn völlig überge-schnappt?«

»Ich muss zu den Steinbrüchen von Les Eyzies. Da ist Dynamit gestohlen worden.«

»Und die Gendarmen von Saint-Denis haben nichts Besseres zu tun, als einer Bäuerin in den Suppentopf zu gucken«, wunderte sich der Bürgermeister.

»Villatte ist jetzt da«, berichtete Bruno, als ein großer Trecker älteren Baujahrs in den langen Weg einbog, der zum Hof führte. Als er das Tor erreichte, verreckte der Motor mit zwei lauten Fehlzündungen. Aus dem senkrecht aufragenden Auspuff schoss schwarzer Rauch.

Der Trecker stand zwischen den gemauerten Pfosten und versperrte den Weg. Villatte stieg aus, öffnete die Haube und inspizierte den Motor. Bruno glaubte, sehen zu können, dass Villatte einen kleinen Gegenstand in der Tasche verschwinden ließ.

Duroc stieß Maurice in den Kleinbus und forderte Sophie auf, ihrem Mann zu folgen, doch sie schien unfähig, sich vom Fleck zu rühren. Als jedoch Annette auf sie zukam, wich sie fluchtartig zurück.

»Schaffen Sie den Trecker da weg«, brüllte Duroc. Villatte winkte ihm mit einem Schraubendreher in der Hand zu und tauchte wieder ab unter die Motorhaube. Duroc marschierte herbei. »Können Sie das Ding nicht zurück-schieben?«

»Nicht mit ein paar Tonnen Dung im Schlepp«, antwortete Villatte und zeigte auf den Anhänger. »Deshalb bin ich hier, aber der Traktor hat so seine Mucken.«

Bruno meldete sich auf seinem Handy bei Carlos, berichtete ihm von dem gestohlenen Dynamit und fragte: »Erinnern Sie sich an den Weg zum Hof der Souliers, wo wir gestern Morgen mit den Studenten waren? Ich wäre Ihnen sehr dankbar, wenn Sie mich so bald wie möglich dort abholen und zu den Steinbrüchen bringen könnten.«

Bruno klappte das Handy zu und ging zu Annette, die Sophie vergeblich drängte, den Kleinbus zu besteigen.

»Solange der Traktor in der Einfahrt steht, kommen Sie nicht weg«, sagte er. »Ihnen bleibt nichts anderes übrig, als zu warten. Vielleicht bringen Sie Madame in die Küche und machen ihr einen Kaffee. Ich würde es selbst tun, muss mich aber jetzt um eine echte Straftat kümmern, anderenorts.«

»Das kommt ja sehr gelegen, nicht wahr?«, entgegnete die Amtsrichterin schmallippig. »Aber hier haben wir es auch mit einer echten Straftat zu tun. Lebensmittelhygiene ist für mich keine Kleinigkeit.«

»Ach was, Sie wollen mir doch nur eins auswischen. Es überrascht mich, dass Sie sich von Duroc einwickeln lassen, Annette. Und es enttäuscht mich.«

Bruno führte Sophie in die Küche, ließ sie am Tisch Platz nehmen und schenkte ihr ein Glas Wasser ein, während er ihr gut zuredete: Sie solle sich keine Sorgen machen und durchhalten, weil Maurice sie brauchen würde. Dann ging er, ohne Annette eines Blickes zu würdigen, zurück nach draußen, wo er Pouillon erklärte, warum er wegmüsse. Er zwinkerte Villatte zu, als er sich an dessen Trecker vorbeiquetschte, und wanderte über die Zufahrt in Richtung Straße.

»Tut mir leid, dass Sie so lange warten mussten«, entschuldigte sich Carlos, als er zur Stelle war. »Es scheint, dass vor der Gendarmerie demonstriert wird. Die Menge hat mich aufgehalten. Können wir sie irgendwie umgehen?«

»Ja, aber das bringt zeitlich nichts«, antwortete Bruno und nahm seine Schirmmütze vom Kopf, um nicht aufzufallen. »Außerdem sollte ich mir ein Bild von dieser Demo machen.«

In der Stadt versuchte einer von Sergeant Jules' Gendarmen, den stockenden Verkehr in Fluss zu halten. Im Hintergrund waren schon megaphonverstärkte Parolen zu hören. Als sie schließlich die letzte Biegung nahmen, die in die Place de la Gendarmerie mündete, sahen sie sich einem dichten Gedränge aus Traktoren und Anhängern gegenüber. Beißender Güllegestank hing in der Luft. Die *chasseurs* hielten die vom letzten Wahlkampf übriggebliebenen Transparente mit der Aufschrift »Jäger sind die wahren Grünen« in die Höhe. Bruno entdeckte Alphonse von der Hippiekommune mit zwei Ziegen auf der Ladefläche seines Lastwagens. Dominique stand neben ihrem Vater und wartete ungeduldig darauf, das Megaphon übernehmen zu können, und der Bürgermeister mit seiner Schärpe in den Farben Frankreichs unterhielt sich mit Philippe Delaron, der für die regionale Ausgabe der *Sud-Ouest* Fotos machte.

»Wogegen wird hier protestiert?«, wollte Carlos wissen und fing zu schmunzeln an, als Bruno ihm den Grund nannte. »Kann ich irgendwie helfen?«, fragte er.

»Sie könnten Isabelle anrufen«, antwortete Bruno. »Sagen Sie ihr, sie soll sich beim Präfekten darüber beschweren, dass Sie Ihrer Arbeit nicht nachgehen können, weil in Saint-Denis gegen die Gendarmen protestiert wird, die harmlose Bauern schikanieren. Und betonen Sie, dass der Bürgermeister die Proteste anführt. Außerdem soll sie den General informieren, mit dem Sie sich gestern getroffen haben.«

»Übernehmen Sie das Steuer«, sagte Carlos und hielt am Straßenrand an. Er hatte schon das Handy am Ohr, als er um den Range Rover herumging, um auf dem Beifahrersitz Platz zu nehmen.

Jean-Jacques war schon zur Stelle. Er hockte vor der Stahltür des kleinen Schuppens, in dem die Sprengstoffe aufbewahrt wurden. Bei ihm standen Jeannot, der zwanzig Jahre bei den Pionieren gedient hatte und nun als Werksmeister im Steinbruch arbeitete, sowie ein besorgt dreinblickender Mann in grauem Anzug, leicht bestäubt vom gelblichen Kalkstein, der hier abgebaut wurde. Die Riegel und Schlösser an der Stahltür schienen intakt zu sein, doch an der Seitenwand häuften sich Trümmer herausgebrochener Hohlbetonsteine unter einem großen Loch.

»Unsere Sprengstoffe werden vorschriftsmäßig gelagert«, erklärte der Mann im Anzug.

»Alle Schlösser der Welt nützen nichts, wenn man die Wände aufstemmen kann«, entgegnete Jean-Jacques, weniger zum Anzugträger als zu Bruno und Carlos gewandt.

»Was haben die Einbrecher mitgehen lassen?«, wollte Bruno wissen.

»Eine Kiste mit sechzehn Stangen«, antwortete Jeannot. »Wir haben hier immer nur eine Kiste für den unmittelbaren Bedarf. Die eigentlichen Vorräte lagern in einem sicheren Depot in Périgueux.«

»Hoffen wir, dass es wirklich sicherer ist als diese Hütte

hier«, sagte Jean-Jacques verstimmt. »Die Täter müssen irgendwann zwischen sechs Uhr gestern Abend und heute früh eingedrungen sein. Jeannot hat heute Morgen um acht aufgeschlossen. Für gestern gab es eine Sprenggenehmigung, die auf heute verlängert wurde. Wie dem auch sei, die Spurensicherung müsste gleich hier sein. Aber dass sie was findet, halte ich eher für unwahrscheinlich. Der Zaun da drüben wurde mit einem Seitenschneider aufgetrennt, das kann sogar ein Mann ganz allein bewerkstelligen. Eine Dynamitkiste wiegt nicht viel, und selbst meine Großmutter hätte mit einem anständigen Stemmeisen diese Wand einreißen können.«

»Vier Stangen machen ziemlich genau ein Kilo«, sagte Jeannot. »Das handelsübliche Zeug: fünfzig Prozent Nitroglycerin, stabilisiert mit Sprenggelatine und Sägemehl.«

»Und die Sprengkapseln?«, erkundigte sich Carlos.

»Wir verwenden elektronische Zünder. Die lagern gesondert, im Safe im Büro. Der war unberührt.«

»Der Dieb hat also entweder keine Ahnung, oder er weiß, wo er leichter an Sprengkapseln herankommen kann«, sagte Bruno.

»Ich habe einen Blick auf die Personalliste geworfen«, berichtete Jean-Jacques. »Sämtliche Mitarbeiter sind seit mindestens sechs Jahren beschäftigt, und namentlich gibt es keine Übereinstimmung mit der Liste, die Sie mir geschickt haben.«

»Wie oft beziehen Sie Dynamit aus Ihrem Lager in Périgueux?«, fragte Bruno.

»Alle zwei oder drei Wochen, je nachdem. Für größere Sprengungen bohren wir ein zehn Meter tiefes Loch, zehn

Zentimeter im Durchmesser. Das wird dann mit fünfzig Kilo ANFO und jeder Menge Schotter vollgestopft. Normalerweise kommen allerdings Dynamitstangen zum Einsatz, wie auch bei schwierigen Felsstrukturen. Wir sprengen, fördern und sprengen wieder. Die Zeitabstände hängen von der Felsformation ab, aber in der Regel sind es, wie gesagt, zwei oder drei Tage.«

»Wer die Abläufe kennt und die gestrige Sprengung gehört hat, konnte sich also ausrechnen, dass über Nacht Dynamit gelagert wird, oder?«

Jeannot nickte. »So wird überall im Tagebau verfahren, seit es diese Vorschriften zur Lagerung von Sprengstoffen gibt.«

»Was hat es mit diesem erwähnten ANFO auf sich?«, fragte Jean-Jacques.

»Das ist eine Mischung aus Ammoniumnitrat und Mineralöl«, antwortete Jeannot. »Billig und zuverlässig. Wir lassen es uns nur bei Bedarf am Sprengtag selbst aus dem Depot bringen.«

»Ich habe Kopien all unserer Lizenzen und Genehmigungen bei mir«, erklärte der Mann im grauen Anzug. »Alles in bester Ordnung…«

»Bis auf den Umstand, dass Ihnen Dynamit gestohlen wurde, und zwar in einer Menge, die ausreicht, um ein verdammtes Schlachtschiff damit in die Luft zu sprengen«, konterte Jean-Jacques.

Jeannot verzog das Gesicht beim Anblick des Loches in der Mauer. »Ich habe wiederholt gefordert, die Wände zu verstärken, aber die Firma geizt, wo sie nur kann.«

»Das reicht«, sagte der Mann im grauen Anzug.

Mit Blick auf Bruno verdrehte Jeannot die Augen und fragte: »Sie werden jetzt bestimmt mit einer Hundestaffel anrücken und die Tiere hier rumschnüffeln lassen, nicht wahr?«

»Später«, antwortete Jean-Jacques. Gefolgt von Bruno und Carlos, machte er sich auf den Weg zurück zu den Autos. »Was meinen Sie?«, fragte er den Spanier. »Könnten Ihre Leute dahinterstecken?«

»Es wäre nicht das erste Mal, dass die ETA Sprengstoff aus einem Steinbruch gestohlen hätte«, antwortete Carlos. »Aber auf dem Schwarzmarkt gibt es genug Semtex. Trotzdem sollten wir der Sache nachgehen. Wenn potentielle Angreifer vor Ort sind, werden sie einen Stützpunkt brauchen.«

»Die Minister reisen mit dem Hubschrauber an, darum bringt es nichts, Minen unter der Straße anzubringen. Außerdem wird das Château rund um die Uhr bewacht«, entgegnete Bruno. »Wenn wir wirklich vom Schlimmsten ausgehen, stellt sich die Frage, wo es zu einem Sprengstoffanschlag kommen könnte.«

»Darüber werden wir uns heute Abend auf der Sitzung Gedanken machen«, sagte Jean-Jacques und scrollte die eingegangenen SMS durch. »Ich hoffe, dass dann auch ein erster Bericht der Spurensicherung vorliegt. Jetzt muss ich zurück nach Périgueux und mich um einen mutmaßlichen Bankräuber kümmern … Was zum Teufel ist denn in Saint-Denis los? Ich lese hier gerade, dass sich der Verkehr auf Kilometer staut. Die Gendarmerie bittet um Verstärkung, und der Präfekt will wissen, was passiert ist.«

»Duroc«, antwortete Bruno. »Und die neue Amtsrichterin. Ein hübsches Pärchen, die beiden. Sie haben einen Bauern und seine Frau festgenommen, weil sie eine oder zwei Enten geschlachtet haben, zum Eigenverzehr. Die anderen Bauern sind empört und demonstrieren für die Freilassung der beiden.«

»*Merde.* Müssten Sie nicht auch dort nach dem Rechten sehen?«

»Ich kann nicht an zwei Orten gleichzeitig sein. Der Brigadier hat mich in sein Team gerufen und ausdrücklich gesagt, die Sicherheitsvorbereitungen hätten Vorrang«, erwiderte Bruno und nahm die Gelegenheit wahr, seine eigenen SMS zu lesen. Eine war von Pamela; sie schrieb: »Alles Gute zum Geburtstag, ich freu mich auf heute Abend«; die andere stammte von Stéphane: »*Saint-Denis bloqué. Tout le monde à la bataille.*«

»Ich werde Isabelle von dem Sprengstoffdiebstahl berichten«, sagte Carlos. »Wir können bis zur Sitzung am Abend auf Sie verzichten. Kommen Sie, ich fahre Sie zurück.«

Im Auto rief Bruno seinen Bürgermeister an und erfuhr von ihm, dass die Stadt immer noch verstopft war. Da sich in Saint-Denis die Nord-Süd-Tangente und die Straße nach Périgueux kreuzten, war der Verkehr großräumig lahmgelegt. Duroc kam aus seinem Kleinbus nicht heraus, so dicht hatten ihn mehrere Traktoren eingekeilt. Maurice, Sophie und die Amtsrichterin waren mit ihm eingeschlossen. Kinder kletterten über die Traktoren und hänselten den Capitaine. Am Straßenrand hatten sich Frauen um Pater Sentout geschart und forderten lauthals die Freilassung der Festgenommenen. Der Protest, so der Bürgermeister, sei friedlich, extrem laut und das reinste Vergnügen.

Selbst wenn es Duroc gelänge, seinen Wagen zu verlassen, käme er nicht in die Gendarmerie, weil vor die Tür ein riesiger Dunghaufen gekippt worden sei, berichtete der Bürgermeister freudig. Die *pompiers* seien gerufen worden, um mit ihren Feuerwehrschläuchen den Zugang frei zu spülen, aber auch deren Fahrzeuge steckten im Stau. Sergeant Jules, der zwischen Pflicht und Unsinn wohl zu unterscheiden wusste, war unter dem Vorwand einer akuten Migräne nach Hause gegangen, als er gesehen hatte, was sich da zusammenbraute. Und wie es der glückliche Zufall wollte, war ein Kamerateam der TFI, das Aufnahmen von den Ausgrabungen machen wollte, zur Stelle und filmte nun die belagerte Gendarmerie. Gleich, sagte der Bürgermeister, werde er von einem Reporter interviewt.

»Großartig«, beglückwünschte ihn Bruno und erklärte, warum er sich nach seinem Einsatz auf Maurice' Hof aus dem Staub gemacht hatte. »Die Absurdität des Ganzen kommt über die Medien bestimmt besonders gut zur Geltung. Erzählen Sie diesem Reporter, dass eine Bäuerin verhaftet wurde, weil sie eine Suppe gekocht hat«, schlug er vor. »*L'affaire bouillon*. Wenn das keine nette Schlagzeile wäre…«

»Ja, und da lässt sich einiges draus machen. Hat sich dieser Duroc doch eine schöne Suppe eingebrockt«, kicherte der Bürgermeister. »Wäre durchaus möglich, dass er jetzt aus Saint-Denis abkommandiert und versetzt wird.«

»Vielleicht rufen Sie auch Radio Périgord an«, schlug Bruno vor. »Die schalten Sie gleich auf Sendung. Wer als Erster zu Wort kommt, bleibt am nachhaltigsten in Erinnerung.«

»Übrigens, Bruno«, fügte der Bürgermeister hinzu, »herzlichen Glückwunsch zum Geburtstag. Darauf müssen wir heute Abend anstoßen.«

Wie zu erwarten gewesen war, lösten sich die Staus gegen Mittag auf, denn zu dieser Zeit dachten alle guten Franzosen ans Essen. Etliche Bauern feierten ihre Aktion mit einem *petit apéro*. Bruno wurde immer wieder eingeladen, einen Ricard mitzutrinken, doch er winkte ab und marschierte über die Rue de la République auf die Gendarmerie zu. Er wollte sich vergewissern, ob Maurice und Sophie, wie vom Unterpräfekt gefordert, freigelassen worden waren.

»Können wir dich mitnehmen, Bruno?«, meldete sich eine Stimme von der Straße. Albert, der Hauptmann der Feuerwehr, machte auf dem breiten Trittbrett des Spritzenwagens Platz, um Bruno aufsteigen zu lassen. »Wir fahren zur Gendarmerie, um den Mist von den Stufen zu spülen. Ist mit Maurice alles okay?«

»Davon will ich mich in der Gendarmerie überzeugen. Am meisten scheint Sophie gelitten zu haben.«

Durocs Kleinbus stand inzwischen im Hof der Gendarmerie. Der Dunghaufen vor den Eingangsstufen war nicht annähernd so hoch wie vom Bürgermeister beschrieben, und die Glastür nur teilweise versperrt. Bruno sprang vom Trittbrett, bedankte sich bei Albert und steuerte auf die Fahrzeugschranke zu, um über den Hof ins Haus zu gelangen. Im Hintergrund hörte er die Hydraulikpumpe des Spritzenwagens anspringen; Wasser gurgelte im ausgerollten Schlauch. Ahmed zielte mit der Spritze auf die Stufen, und Bruno sah zu seinem Schreck und in freudiger Erwartung zugleich, wie sich ausgerechnet in diesem Moment die Türklinke bewegte.

Was nun passierte, schien wie in Zeitlupe abzulaufen. Duroc öffnete der Amtsrichterin die Tür. Sie blieb auf der Schwelle stehen, sichtlich verwundert, immer noch den Misthaufen vorzufinden. Duroc hatte mit ihrem Zögern nicht gerechnet und rempelte sie von hinten an, als er durch die Tür wollte. Genau in diesem Moment traf, nachdem anfänglich nur ein Zischen von Luft zu hören gewesen war, ein armdicker Wasserstrahl mit voller Wucht auf den Misthaufen und spritzte eine stinkende braune Flut über Annette und Duroc und durch die geöffnete Tür in die Gendarmerie.

15

Clothildes Anruf erreichte Bruno auf der Rückfahrt ins Bürgermeisteramt, nachdem er Maurice und Sophie nach Hause chauffiert hatte, wo er von Stéphane, den Villattes und anderen Gratulanten aufgehalten worden war, die sich alle stolz über ihren Beitrag am Verkehrschaos austauschen mussten. Noch davor hatte er für Annette Shampoo und ein Duschgel besorgt, weil er ihr die Kernseife aus den Beständen der Gendarmerie nicht hatte zumuten wollen. Ein weiteres Friedensangebot war der kleinste Overall der Feuerwehrleute gewesen; so viel glaubte er ihr schuldig zu sein, nachdem er und Albert sich beim Anblick der von Gülle triefenden Jammergestalten vor Lachen gebogen hatten. Zwar hatte Annette vor lauter Empörung Brunos freundliche Geste als solche gar nicht wahrgenommen, doch tat es ihm nicht leid darum. Duroc mochte mit seinem Malheur selbst klarkommen.

»*Salut*, Clothilde«, grüßte er und fuhr an den Straßenrand, um mit ihr telefonieren zu können.

»Ich mache mir um Horst Sorgen. Haben Sie ihn gesehen? Er ist weder zu Hause noch im Museum noch auf dem Gelände. Seit gestern Nachmittag hat ihn niemand mehr zu Gesicht bekommen.«

Bruno berichtete von den Vorfällen in der Stadt, die

Clothilde aber nicht als Erklärung dafür gelten ließ, dass Horst auch auf seinem Handy nicht zu erreichen war. Archäologen aus der ganzen Welt versuchten, mit ihm zu telefonieren. Vergeblich. Clothilde hatte seine Nachbarin angerufen und gebeten, bei ihm anzuklopfen. Wiederum ohne Erfolg. Als seine Putzfrau hatte sie einen Schlüssel zum Haus und meldete Clothilde, dass es darin aussähe wie nach einem Handgemenge.

»Ich werde sofort hinfahren und Sie dann anrufen«, sagte er und versuchte dann selbst, Horst über dessen Mobilfunknummer anzurufen. Er antwortete nicht. Bruno machte sich auf den Weg zu Horsts Adresse. Die Nachbarin schloss ihm auf. Als er einen ersten Blick ins Wohnzimmer warf, fand er, dass Clothilde wohl übertrieben hatte. Von den Stühlen an dem großen runden Tisch war nur einer umgekippt, und auf dem Boden lagen ein paar Blätter Papier verstreut.

»Begleiten Sie mich bitte, während ich mich hier im Haus umschaue«, sagte Bruno zur Nachbarin. »Nur zur Sicherheit.«

Horst hatte vor etlichen Jahren, noch bevor Bruno nach Saint-Denis gekommen war, ein kleines heruntergekommenes Haus am Stadtrand an der Straße nach Sainte-Alvère gekauft, mit großem Aufwand renoviert und sowohl praktisch als auch großzügig eingerichtet. Das Parterre bestand aus einem großen Raum mit einem großen runden Tisch, an dem Horst arbeitete und aß, zwei Ohrensesseln und einer teuren Stereoanlage, an der die Stand-by-Leuchte rot glühte. An den Wänden ringsum standen Regale voller Bücher, CDs mit klassischer Musik und Aktenordnern.

Horsts Laptop lag geöffnet und ans Netz angeschlossen

auf dem Tisch. Der Bildschirm war dunkel, leuchtete aber auf, als Bruno auf die Eingabetaste drückte. Zu sehen war die Titelseite der Zeitung *Die Welt*. Bruno schaute auf das Datum; die Ausgabe stammte vom gestrigen Tag. Zu seiner Überraschung stellte er fest, dass der Laptop immer noch mit dem Internet verbunden war, obwohl Horst eine Heidenangst vor Viren hatte und allen einschärfte, die Verbindung zu unterbrechen, wenn sie nicht mehr benötigt wurde. Die Programmbefehle waren auf Deutsch. Trotzdem fand Bruno den Schalter für die Chronik und prüfte nach, welche Adressen Horst aufgerufen hatte. Und er wurde ein weiteres Mal überrascht: Es waren die Seiten von peta.de zu den Themen *foie gras* und Tierquälerei.

Im Obergeschoss schien alles in bester Ordnung zu sein. Das große Doppelbett war ordentlich gemacht, im Badezimmer hingen die Handtücher fein säuberlich an ihren Haltern, und Zahnbürsten, Zahnpasta und Zahnbecher standen an ihrem Platz. Es war, wie Bruno fand, das luxuriöseste Badezimmer in ganz Saint-Denis und enthielt einen großen Whirlpool sowie eine Duschkabine mit rundum installierten Duschköpfen. Schmunzelnd erinnerte sich Bruno an einen scherzhaft gemeinten Ausspruch Clothildes, wonach sie mit Horst nur deshalb eine Affäre begonnen habe, weil sie dessen Badezimmer benutzen wollte. In einem Anbau war die Küche untergebracht, ausgestattet mit teuren deutschen Geräten. Die Küchentür führte auf eine kleine Terrasse und den Garten hinaus. Gleich daneben parkte Horsts schwarzer BMW mit Kölner Kennzeichen. Die Türen waren verriegelt, wie sich Bruno vergewisserte.

Was ihn beunruhigte, war die Küche. Auf dem Hackbrett lag eine halb geschnittene Zwiebel, in der leeren Bratpfanne war ein Spritzer Olivenöl, und die Kühlschranktür stand offen. Auf der Anrichte stand eine entkorkte Flasche Château Tiregand von 2005, daneben ein zur Hälfte gefülltes Glas. Horst ging immer sehr achtsam mit seinen Weinen um und hätte nie eine so gute Flasche unverschlossen stehen lassen. An der Garderobe neben der Eingangstür hing sein Mantel mit den Lederhandschuhen in den Taschen. Der Morgen war so kalt gewesen, dass er beides bestimmt getragen hätte, wenn er ausgegangen wäre.

Die alten, von zahllosen Wachsschichten golden verfärbten Holzdielen waren frisch gebohnert. Bruno ging in die Hocke und suchte nach möglichen Kampfspuren. In der Nähe des Tisches und vor der Küchentür fand er ein paar Schmierflecken. Auf dem Küchenboden führten zwei schwarze, parallel verlaufende Streifen am Kühlschrank vorbei zur Hintertür, die von geschleiften Absätzen herrühren mochten. Neben der geöffneten Kühlschranktür war rötlich brauner Schmier zu erkennen, bei dem es sich ebenso gut um verkleckerte Saucenreste wie um Blut handeln konnte. Die Hintertür war abgesperrt; sie hatte ein Yale-Schloss mit Selbstverriegelung.

»Bitte rühren Sie nichts an«, sagte Bruno, als er sah, dass die Nachbarin ein Tuch aus der Schürzentasche nahm. »Haben Sie nach dem Anruf von Clothilde schon mit dem Saubermachen angefangen?« Sie schüttelte den Kopf.

»Wann haben Sie Horst das letzte Mal gesehen?«

»Gestern Morgen, in aller Früh«, antwortete sie. »Er hat mir meinen Wochenlohn gebracht und ist dann mit Clothilde in seinem Wagen weggefahren. Dass er zurückgekommen ist, habe ich nicht gesehen, aber jetzt steht der Wagen an seinem Platz.«

»Haben Sie etwas Ungewöhnliches gehört?« Sie schüttelte wieder den Kopf.

»Tun Sie mir bitte einen Gefallen«, sagte er. »Fragen Sie die anderen Nachbarn, ob sie ihn seit gestern Morgen gehört oder gesehen haben oder ob vielleicht Besucher gekommen sind.«

Er wickelte sein Taschentuch um die rechte Hand und öffnete die Hintertür, die er mit einem Ziegelstein blockierte, damit sie nicht zufallen konnte, und holte ein Paar Gummihandschuhe aus seinem Transporter. Neben der Terrasse waren mehrere Pflanzen zertreten, und die Schleifspuren in der Küche setzten sich auf dem kurzgeschnittenen Rasen in Richtung Parkbucht fort.

Drinnen im Haus schaute sich Bruno die über den Boden verstreuten Papiere an, Ausdrucke von deutschen Texten, die Horst in seiner zackigen Handschrift an vielen Stellen korrigiert und mit zahlreichen Anmerkungen versehen hatte. Bruno konnte Wörter wie »Archäologie« und »Neandertaler« entziffern, mehr aber nicht. In einem in die Bücherwand eingebauten Schränkchen fand Bruno mehrere Aktenordner, beschriftet mit »Bank« und »Steuern«. Ein mit »Clothilde« beschrifteter Ordner enthielt Briefe und Fotos. In einem Fotoalbum entdeckte Bruno Bilder von Horst in jungen Jahren als Universitätsabsolventen, als Studenten mit langen Haaren und eines, auf dem ihn ein Schnauzbart zierte, wie er in den sechziger Jahren Mode gewesen war. Die Fotos waren chronologisch geordnet; weiter vorn im Album sah man Horst als Schüler und

Kind. Schnappschüsse zeigten ihn mit einer älteren Frau, vermutlich seiner Mutter, und auf anderen hatte er seinen Arm um die Schultern eines ein oder zwei Jahre älteren Jungen gelegt.

Von dem Vater schien es keine Fotos zu geben. Doch dann schlug Bruno eine Seite auf und sah zu seiner Überraschung ein Bild, auf dem die ganze Familie zu sehen war: Horst als Säugling in den Armen seiner Mutter und ein kleiner Junge auf den Knien eines Mannes in schwarzer Uniform mit einer Hakenkreuzbinde. Am Revers zwei gezackte Blitze, von denen Bruno wusste, dass sie für das Kürzel ss standen.

Er spitzte seine Lippen. Horst war Mitte sechzig, also schon jenseits der akademischen Altersgrenze, und damit gegen Ende des Krieges zur Welt gekommen. Es konnte also nicht verwundern, dass sein Vater, wenn es sich auf dem Foto denn wirklich um seinen Vater handelte, Uniform trug. Dass er anscheinend der ss angehört hatte, stand auf einem anderen Blatt.

Bruno hatte mit Horst nie über den Krieg gesprochen, auch nicht über seine Eltern, obwohl dem Freund ein- oder zweimal eine Bemerkung über deutschfeindliche Vorurteile herausgerutscht war. Er schien sie zu akzeptieren als Folge der Brutalität, mit der die Wehrmacht die französische Résistance zerschlagen hatte. Schnell blätterte Bruno weiter zurück und stieß auf ein Hochzeitsfoto, das eine blonde Braut – unverkennbar Horsts Mutter – am Arm desselben Mannes zeigte, der wiederum Uniform und dazu ein Eisernes Kreuz am Band trug.

Vorsichtig löste Bruno das Foto aus den kleinen Klebeecken heraus, von denen es gehalten wurde. Auf der Rückseite sah er den verblichenen Stempel des Fotografen mit einer Adresse in der Berliner Friedrichstraße. Ein Datum war nicht zu finden. Stattdessen aber entdeckte er unter dem herausgelösten Bild ein weiteres Foto, das denselben Mann zusammen mit anderen Soldaten auf einem Panzer zeigte. Sie grinsten in die Kamera, während im Hintergrund ein Haus brannte. Neben dem Haus stand, deutlich erkennbar, ein typisch französisches Ortsschild. Bruno schaute näher hin und glaubte den Namen Dunkerque – Dünkirchen – entziffern zu können.

Ob Horsts Verschwinden womöglich mit diesen weit zurückliegenden Ereignissen zu tun hatte? Konnte es sein, dass sich der eine oder andere Zeitzeuge hier in der Gegend daran erinnerte und einen Deutschen für die Sünden seines Vaters büßen lassen wollte? Bruno wusste um Präzedenzfälle, hatte aber dafür kein Verständnis. Er nahm sich vor, die Fotos einem Experten zu zeigen. Vielleicht konnte die Einheit, in der Horsts Vater gedient hatte, identifiziert werden. Manche, etwa die ss-Panzerdivision ›Das Reich‹, hatten im Südwesten Frankreichs ihr Unwesen getrieben, bevor sie in die Normandie vorgerückt waren, um gegen die Alliierten nach deren Landung im Juni 1944 vorzugehen.

Bruno klappte das Album zu und trat vor den Drucker, doch die Papierlade war leer. In dem Regal daneben befand sich ein Tablett, in dem Horst seine Schlüssel für das Haus, den Wagen und das Museum aufbewahrte. Sie waren alle da, zusammen mit seinem Handy, dem Reisepass und der Brieftasche, in der Bargeld und Kreditkarten steckten. Wären Diebe ins Haus eingebrochen, hätten sie all das mitgehen lassen. Bruno holte sein eigenes Handy hervor und rief Clothilde im Museum an.

»Ich bin in seinem Haus und mache mir jetzt ebenfalls Sorgen. Brieftasche, Reisepass, seine Schlüssel, das Auto – alles ist hier. Wann haben Sie ihn das letzte Mal gesehen?«

»Gestern Morgen. Wir haben die Nacht zusammen verbracht, bei Fauquet gefrühstückt und sind dann zu den Grabungen rausgefahren, wo wir Sie angetroffen haben. Er ist gleich weiter ins Museum, um Telefonate aus aller Welt entgegenzunehmen. Er scheint dann irgendwo zu Mittag gegessen zu haben, und als ich ins Museum zurückgekehrt bin, war er angeblich auf dem Weg zum Ausgrabungsgelände.«

»Haben Sie noch in der Küche gearbeitet? Da liegt eine zur Hälfte geschnittene Zwiebel. Außerdem ist mir eine unverkorkte Weinflasche aufgefallen.«

»Das sieht ihm überhaupt nicht ähnlich. Horst hat einen Spleen, was seine Küche angeht. Die ist immer penibel aufgeräumt, und eine Flasche Wein würde er nie offen stehen lassen. Wie gesagt, wir haben bei Fauquet Kaffee getrunken und Croissants gegessen.« Es schien, als wollte sie noch etwas hinzufügen, blieb aber stumm.

»Was ist los, Clothilde?«

»Na schön, ich sag's gleich. Wir haben uns beim Frühstück gestritten. Es ging um dieses verflixte Mädchen, das uns in Schwierigkeiten gebracht hat, die Holländerin. Ich wollte sie nach Hause schicken, aber Horst meinte, dass ich überreagiere. Ihr Professor in Leiden ist ein enger Freund von ihm, und er wollte ihn nicht brüskieren.«

»Klingt doch alles harmlos.«

»Es wurde schlimmer, und das war meine Schuld. Ich habe ihm unterstellt, dass er nur deshalb ein Auge zudrückt, weil sie jung und hübsch ist. Dumm von mir, zugegeben, aber ich habe befürchtet, dass uns die Bauern Ärger machen könnten. Ich hatte mir schon in der Nacht den Kopf darüber zerbrochen und das Thema dann am Morgen zur Sprache gebracht. Der Streit fing im Auto an und eskalierte dann beim Frühstück. Auf dem Weg nach Les Eyzies haben wir dann kein Wort mehr gewechselt.«

»War er eingeschnappt? Deprimiert?«

»Ja, aber trotzdem sehr viel ruhiger als ich. Ich gerate schnell aus der Fassung, er nicht, oder jedenfalls zeigt er es nicht. Wenn es zwischen uns kracht, geht er meist für ein paar Stunden zu seinem Freund und wartet, bis ich mich wieder beruhigt habe.«

»Zu welchem Freund?«

»Jan, diesem Dänen. Sie kennen ihn.«

»Den Hufschmied?«

»Ja, die beiden sind eng befreundet. Ich habe ihn als Ersten angerufen, aber er sagt, dass er Horst seit seinem Vortrag im Museum nicht gesehen hat. Da habe ich angefangen, mir Sorgen zu machen.«

»Gibt es sonst noch etwas, was ihn aufgebracht haben könnte?«

»Nicht, dass ich wüsste. Ich mache mir schreckliche Vorwürfe. Wenn ich nicht so schroff reagierte hätte ... Dabei ist dieses Mädchen von sich aus abgereist.«

»Die Holländerin? Wohin?«

»Zurück nach Holland. Behauptet jedenfalls Teddy. Sie müsste jetzt im Zug nach Paris sitzen. Es gab einen heftigen Streit zwischen ihr und einigen anderen Studenten, als sie heute Morgen auf dem Gelände aufkreuzte, obwohl sie Küchendienst hatte. Kasimir hat sie wegen dieser Tierschützer angefahren, und andere beklagten sich darüber, dass sie sich gestern Abend eine Pizza kaufen mussten, weil nichts zu essen vorbereitet war. Sie hat ihnen einen Fünfzigeuroschein vor die Füße geworfen und ist dann wie eine verwöhnte Göre einfach abgehauen. Teddy hat einen der Kommilitonen überredet, sie zum Bahnhof zu fahren.«

»Ist er auch fort?«

»Nein, nur sie. Na ja, sie war ohnehin keine große Hilfe. Teddy dagegen ist sehr tüchtig. Horst und ich haben überlegt, ob wir ihm nicht eine Forschungsstelle im Museum geben wollen, sobald er mit seinem Studium fertig ist.«

»Ich denke, es ist Zeit, Jan einen Besuch abzustatten, Hoffentlich kann er etwas Licht ins Dunkel bringen.«

Jan lebte seit über zwanzig Jahren im Tal, viel länger als Bruno. Seine Schmiede hatte sich zu einer kleinen Touristenattraktion gemausert, was er im Wesentlichen seiner verstorbenen Frau verdankte, einer Lehrerin, die damit angefangen hatte, Schüler in den Betrieb zu führen, um ihnen die Arbeit eines Schmieds zu zeigen. Außerdem hatte sie erwirken können, dass Jan für jeden dieser Besuche vom Schulamt des Départements ein kleines Honorar bekam. Später organisierte sie während der Feriensaison Besichtigungstouren für Touristen, die sie selbst führte. Sie hatte ihren Mann dazu überredet, Kerzenständer und Stiefelabkratzer, Tischlampen, Kruzifixe und Namensschilder für Häuser herzustellen und den Besuchern zum Kauf anzubieten. Bald kam auf diesem Weg mehr Geld in die gemeinsame Kasse als durch seinen eigentlichen Beruf: Er passte Pferden Hufeisen an, reparierte Ackergeräte und stellte Türbeschläge für die Restauration alter Häuser her. Anita war ihm mit der Zeit so unentbehrlich geworden, dass er sie schließlich geheiratet hatte.

Er lebte immer noch in dem kleinen Bauernhaus, das er nach seiner Ankunft gekauft und instandgesetzt hatte. Die große Scheune nebenan, auf Anitas Drängen ebenfalls von Grund auf renoviert, sah aus wie eine Schmiede des neunzehnten Jahrhunderts. Die Esse wurde von riesigen Blasebälgen betrieben, die Jan über ein Fußpedal in Bewegung brachte. Er war ungefähr so groß wie Bruno, aber sehr viel stämmiger und hatte von seiner Arbeit enorm kräftige Arme und Schultern, dazu einen stattlichen Bauch, der trotz seines Alters so fest war wie ein Fels. An den Füßen trug er meist hölzerne *sabots*, und seine schwere Schürze aus fester Rindshaut war über die Jahre schwarz geworden und voller Brandnarben. Ein schwarzes Stirnband verhinderte, dass ihm der Schweiß in die Augen lief. Neben ihm stand ein großer Eimer, der aus Holz und Leder gemacht war und in dem er das rot glühende Eisen abkühlte.

Der einzige moderne Gegenstand in der Scheune war ein Computer, den Anita in dem kleinen Büro hinter der Werkstatt für die Buchführung und zur Pflege von Jans Website installiert hatte. Bruno, der Anita erst kurz vor ihrem Tod kennengelernt hatte, war voller Bewunderung für ihre Energie und Tatkraft gewesen. Seit ihrem Tod musste Jan alles allein und ohne ihre Hilfe bewerkstelligen.

Bruno konnte nachvollziehen, warum Horst seinen

Freund so gern besuchte. Er selbst fand großen Gefallen am rhythmischen Klang der Hammerschläge, dem beißenden Geruch von Kohlestaub in der Luft und Jans Wutausbrüchen, die komisch wirkten, weil er dann auf Dänisch fluchte. Bruno war seit Anitas Beerdigung vor einigen Jahren nicht mehr in der Schmiede gewesen und überrascht, dass Jan nicht wie früher allein arbeitete, sondern einen dunkelhaarigen jungen Mann beschäftigte, der im Vergleich zu ihm geradezu schmächtig wirkte.

»Das ist Galder, einer von Anitas Neffen«, stellte er ihn vor und wischte sich an einem Tuch die Hände ab, bevor er Bruno begrüßte. Der junge Mann wirkte befangen und murmelte einen Gruß in holprigem Französisch. »Er macht eine Ausbildung bei mir.«

»Ich bin gekommen, um zu fragen, ob Sie gestern oder heute Horst gesehen haben«, sagte Bruno. »Clothilde weiß nicht, wo er sein könnte, und hat mich um Hilfe gebeten. Ich war in seinem Haus und bin beunruhigt, weil einiges darauf hindeutet, dass ein Handgemenge stattgefunden hat.«

Jans Antwort kam schnell: »Ich habe ihn seit seinem Vortrag im Museum nicht mehr gesehen«, sagte er schulterzuckend. »Es gab nichts Auffälliges. Vielleicht ist er nach Deutschland zurückgerufen worden. Er hat ja mit seiner Entdeckung einiges Aufsehen erregt.«

»Aber dann hätte er doch wohl seinen Reisepass und seine Brieftasche mitgenommen«, entgegnete Bruno.

»Kann auch sein, dass er Streit mit Clothilde hatte und Abstand suchte«, sagte Jan. »Mal hatten sie eine Beziehung, mal nicht.«

»Clothilde sagt, Sie seien hier sein engster Freund, und wenn es Streit gibt, kommt er immer zu Ihnen.« Bruno bemerkte, dass er von dem jungen Mann sehr aufmerksam beobachtet wurde. Bei seinen offenbar mangelhaften Sprachkenntnissen musste er sich wahrscheinlich anstrengen, dem Gespräch zu folgen.

»Ja, nicht immer, aber häufig«, erwiderte Jan und blickte auf das Werkstück, das er gerade bearbeitete. »Aber gestern war er nicht hier, auch heute nicht.« Er steckte den Rohling zurück in die Esse und schien die Unterhaltung beenden zu wollen, um mit der Arbeit fortfahren zu können.

»Hat er mit Ihnen jemals über seine Familie gesprochen?«, fragte Bruno in Gedanken an das Fotoalbum.

Jan schüttelte den Kopf. »Wir haben meist nur getrunken und Karten gespielt. Manchmal wollte er einfach deutsch mit jemandem reden.«

»Ihre Muttersprache ist doch Dänisch, oder?«

»Ja, aber ich komme aus einem Ort nahe der deutschen Grenze, wo alle Deutsch sprechen können, so wie die Deutschen auf der anderen Seite Dänisch beherrschen. Schleswig-Holstein gehörte bis 1864 zu Dänemark.«

»Stammt auch Horst aus dieser Gegend?«

»Nein, er wurde in der Nähe von Hamburg geboren.«

»Haben Sie sich darüber unterhalten, über seine Kindheit, den Ort, an dem er aufgewachsen ist?«

»Nein.« Jan wirkte ungeduldig. »Diese Dinge erfährt man doch ganz automatisch, wenn man sich im Ausland begegnet und Deutsch miteinander spricht. Darüber haben wir uns schon vor Jahren verständigt, als wir uns das erste Mal begegnet sind. Meine Frau hat uns miteinander bekannt gemacht. Sie war mit ihren Schülern an einer seiner Grabungsstätten und hat ihn so kennengelernt.«

»Was wissen Sie von seiner Familie?«, fragte Bruno ein zweites Mal, betont beiläufig, um keinen Argwohn zu erregen. Jan reagierte anders als erwartet. Er schien sich keinerlei Sorgen um seinen Freund zu machen und ließ jegliche Bereitschaft vermissen, bei der Suche zu helfen, was Bruno seltsam fand, und er konnte sich meist auf seinen Instinkt verlassen. Vielleicht sollte er sich einmal Jans Aufenthaltserlaubnis ansehen, wenn er zurück im Rathaus war.

»Nichts, wie gesagt. – Ich habe zu tun, Bruno, wenn Sie bitte –«

»Wussten Sie, dass Horsts Vater ein Nazi war und Mitglied der ss?«, fiel ihm Bruno ins Wort.

Es schien, als hätte sich Jan mit dem eigenen Hammer verletzt. Er wankte und warf einen verstörten Blick auf den jungen Mann.

»Nein, das wusste ich nicht«, antwortete er. »Entsetzlich, so was zu erfahren über jemanden, den man seit vielen Jahren kennt.« Jan stockte. »Kein Wunder, dass er mit mir nicht über seine Familie reden wollte. Über solche Geschichten spricht man ja nicht gern. Würde ich auch nicht.«

»Hat Horst jemals von Feinden gesprochen, die er hier bei uns haben könnte, von Leuten, die Deutsche hassen, oder von jemandem, der womöglich über seinen Vater Bescheid wusste?«

»Nein, kein Wort«, antwortete Jan. »Wie haben Sie denn selbst davon erfahren? Hat er Ihnen was gesagt?«

»Ich habe ihn noch nie über seine Vergangenheit sprechen hören«, erwiderte Bruno. »Seltsam, wenn man bedenkt, dass er als Archäologe doch genau damit zu tun hat.«

»Wie haben Sie's dann herausgefunden?«, wollte Jan wissen und musterte Bruno scharf. Seine riesigen Pranken kneteten das Tuch, mit dem er das heiße Werkstück angefasst hatte.

»Ich habe mich in seinem Haus umgesehen und ein Fotoalbum gefunden, mit vielen Schnappschüssen von Horst als jungem Mann und als Kind. Darunter waren auch Bilder von seiner Mutter, seinem Vater und Bruder. Die Eltern werden wahrscheinlich nicht mehr leben, also will ich versuchen, mit dem Bruder in Deutschland Kontakt aufzunehmen. Haben Sie zufällig seine Adresse oder Telefonnummer?«

»Ich wusste nicht einmal, dass Horst einen Bruder hat«, entgegnete Jan und streifte den jungen Mann neben ihm mit einem kurzen Blick.

»Dann werde ich mich an seine Universität wenden. Die wird seine nächsten Angehörigen kennen«, sagte Bruno. »Wenn nicht, muss ich mich mit der deutschen Polizei in Verbindung setzen«, fügte er im Plauderton hinzu, behielt aber Jan dabei fest im Blick.

Von dem Dänen kam keine Reaktion. Er blickte auf die Eisenstange in der Esse, deren Spitze wieder zu glühen anfing. Schweißperlen traten ihm auf die Stirn, was aber normal war bei der Hitze, in der er arbeitete. Bruno konnte zwar nicht genau sagen, warum, aber er spürte, dass Jan etwas verbarg. Vielleicht lag es nur an der verständlichen Angst eines Ausländers vor der französischen Polizei, aber dafür war Jan schon zu lange hier.

»Ich werde die französische Botschaft in Berlin darauf ansetzen. Schließlich war er auch schon vor seiner jüngsten Entdeckung ein bedeutender Wissenschaftler«, ergänzte Bruno, der immer noch auf eine Reaktion von Jan wartete.

»Wenn ich von ihm höre, gebe ich Ihnen Bescheid«, sagte Jan.

16

Bruno legte auf Geburtstage keinen großen Wert, zumal sein eigener nie wirklich gefeiert worden war. Seine Cousinen, bei denen er als Waisenkind aufgewachsen war, hatten selbst etliche Kinder und viel zu wenig Geld, um ihn zu beschenken und hochleben zu lassen. Deshalb war er teilweise freudig überrascht, teilweise aber auch alarmiert gewesen, als Pamela darauf bestanden hatte, dass er zu ihr kam – geduscht, rasiert, im Anzug und pünktlich um sieben Uhr. In diesem Jahr werde sein Geburtstag ordentlich gefeiert, so Pamela, als er ihr gestanden hatte, nie eine Geburtstagstorte bekommen, geschweige denn die Kerzen darauf ausgeblasen zu haben. »Ein ordentliches Fest« hatte sie versprochen, vor seinem Bett stehend, nur in ein kleines Handtuch gehüllt und mit einer Zahnbürste in der Hand.

Aber nun näherte sich der verabredete Zeitpunkt, und er fürchtete das Schlimmste in Erinnerung an die Worte des Bürgermeisters, mit denen er ihm ein Wiedersehen am Abend in Aussicht gestellt hatte. Bruno war davon ausgegangen, dass Pamela mit ihm, Bruno, essen und dann eine romantische Nacht verbringen wollte. Daraus aber würde nichts werden, wenn der Bürgermeister tatsächlich käme. Stattdessen wäre eine eher förmliche Gesellschaft zu erwarten. Bruno hatte außerdem keine Ahnung, wie in England Geburtstage gefeiert wurden. Er wusste von Pamela nur, dass das Lied *Joyeux Anniversaire* gar nicht französisch, sondern ursprünglich amerikanisch war. Eher irritiert als aufgeklärt hatte ihn ihre Behauptung, dass die französische Post viel zu unzuverlässig sei für die Verschickung von Glückwunschkarten, oder die Bemerkung, wie schwierig es sei, geeignete Kerzen für den Kuchen zu finden. Bruno konnte sich keinen Reim darauf machen.

Pflichtschuldig geduscht, rasiert und hinter einem Blumenstrauß versteckt, den er mitzubringen für angemessen hielt, fiel ihm vor Pamelas Anwesen eine ungewöhnlich hohe Anzahl parkender Autos auf. Dass er den Hof und das Wohnhaus unbeleuchtet und wie ausgestorben vorfand, brachte ihn zusätzlich ins Stutzen. Wollte man irgendeinen seltsamen englischen Streich mit ihm spielen, über den er sich dann auch noch würde amüsieren müssen?

Die Küchentür war verschlossen. Er tastete sich an den Rosenbüschen vorbei zum Haupteingang, den weder er noch Pamela je benutzten, und rief immer wieder »*Allô!*«. Er öffnete die Tür und betrat den dunklen Vorraum. Getuschel und unterdrücktes Kichern lockten ihn ins Wohnzimmer, wo plötzlich sämtliche Lichter aufflammten, Champagnerkorken knallten und ein Chor aus über zwanzig Kehlen *Joyeux Anniversaire* anstimmte.

Pamela sah bezaubernd aus in ihrem langen grünen Kleid, das den Bronzeton ihrer Haare wunderschön zur Geltung brachte. Sie war die Erste, die ihn umarmte, dicht gefolgt von Fabiola und der jungen Dominique, dann kamen Florence und die Frauen von Stéphane, dem Bürgermeister, Sergeant Jules und Albert, dem Feuerwehrhaupt-mann. Als Nächste an der Reihe waren Françoise von der Gendarmerie, die dicke Marktfrau Jeanne und Nathalie von der Weinhandlung. Deren Ehemänner sowie Freunde vom Jagdverein, vom Tennis- und Rugbyclub, außerdem Julien vom Weingut und Alphonse in seiner Hippietracht – alle umringten ihn und wollten ihm die Hand schütteln, ihn küssen oder ihm auf die Schulter klopfen.

Ein Blitzlicht zuckte grell. Bruno blickte auf und sah Philippe Delaron, den Unvermeidlichen, was nur bedeuten konnte, dass von diesem Abend in der nächsten Ausgabe der *Sud-Ouest* berichtet werden würde. Plötzlich tauchte Ivan in seiner weißen Schürze samt Kochmütze auf, der of-fenbar auf einen Sprung von seinem Restaurant hergekom-men war. Besonders herzlich klopfte ihm Jean-Jacques mit seiner fleischigen Hand auf die Schulter. Schließlich reichte ihm der Baron ein Glas Champagner, worauf alle von ihm abrückten und grinsend darauf zu warten schienen, dass Bruno eine Rede hielt.

»Die Überraschung ist euch gelungen«, sagte er und hob sein Glas. »Ich bin völlig überwältigt. Und euch allen sehr dankbar für eure Freundschaft, besonders Pamela, unserer charmanten und schönen Gastgeberin an diesem Abend. Es fällt mir schwer, in Worte zu fassen, wie sehr es mich be-wegt, euch alle um mich zu haben. Ich schätze, die Denk-würdigkeit von Geburtstagen besteht wohl darin, dass sich aus diesem Anlass von Jahr zu Jahr weitere Möglichkei-ten ergeben, so gute Freunde wie euch zu gewinnen. Euch allen danke ich für den denkwürdigsten Geburtstag meines Lebens.«

Bruno hob noch einmal sein Glas, zuerst in Richtung der strahlenden Pamela, dann in die übrige Freundesrunde. Er tat sich schwer, Reden zu schwingen, hatte aber keine Probleme damit, seinen Gefühlen Ausdruck zu geben, und spürte, dass ihm die Augen feucht werden wollten. Er zwinkerte die Tränen weg, schüttelte den Kopf und staunte selbst darüber, wie bewegt er war.

»Das sind nur die Freunde, für die ich hier Platz habe«, sagte Pamela. »Noch viel, viel mehr wären auch sehr gern gekommen. Stattdessen haben sie das hier für dich unterschrieben.«

Sie führte ihn auf die andere Seite des großen Raums, der die gesamte Grundfläche des alten Hauses einnahm. An der Wand lehnte ein riesiger weißer Karton, einen Meter breit und fast zwei Meter hoch, voll beschrieben mit Namenszügen. Manche davon waren mit kleinen lächelnden Gesichtern verziert, wie von Kinderhand gezeichnet. Bruno las die Namen der Jungen und Mädchen, die er im Rugbystadion und auf dem Tennisplatz trainierte. Sämtliche Mitglieder der Rugbymannschaften hatten unterschrieben wie auch das gesamte Personal des Bürgermeisteramtes und die meisten Händler des Stadtmarktes.

»Wir hatten die Pappe hinterm Kleiderschrank in meinem Büro versteckt«, verriet der Bürgermeister. »Es galt die höchste Geheimhaltungsstufe.«

»Wir waren damit auch beim Rugbyspiel gegen Lalinde, als du diesen Kurs besucht hast«, berichtete Joe, sein Vorgänger im Amt des Gemeindepolizisten von Saint-Denis.

»Unglaublich«, sagte Bruno, sichtlich gerührt, als ihm der Baron neu einschenkte.

»Ich habe die Liste mit nach Périgueux genommen und den Kollegen vorgelegt. Der Präfekt hat sich ebenfalls eingetragen«, sagte Jean-Jacques. »Ich wollte eigentlich auch damit nach Paris, aber dazu blieb keine Zeit mehr.«

Bruno beugte sich über den Karton und fand die Unterschriften des Brigadiers und die von Isabelle, die aus verständlichen Gründen nicht zugegen war, doch der Gedanke, dass sie den Abend irgendwo allein in einem Hotel in der Nähe verbrachte, versetzte ihm einen Stich.

»Und jetzt zur Bescherung«, verkündete Pamela. »Baron, die Augenbinde, bitte.«

Bruno spürte, wie ihm ein Tuch um die Augen gebunden wurde, und lachte nervös. Was hatten diese außergewöhnlichen Freunde mit ihm vor? Von zwei kräftigen Händen an den Armen geführt, musste er nach draußen gehen, hinaus an die frische Abendluft. Unter den Schuhen knirschte Kies. Den Geräuschen nach schienen alle Gäste zu folgen.

Er fand sich auch mit geschlossenen Augen auf Pamelas Grundstück zurecht. Man ging mit ihm nach links, am Swimmingpool und dem Tennisplatz vorbei auf den separat stehenden *gîte* zu, in dem Fabiola wohnte. Aber nein, der befand sich weiter oben auf der anderen Seite des Hofs. Sie schoben ihn auf die alte Scheune zu, wo Pamela ihren Rasenmäher parkte. Dahinter grenzten Stall und Küchengarten an. Das Ziel war anscheinend die Scheune. Vielleicht wollte man ihn mit einem ganz besonderen Wein überraschen, dachte er, weil Robert und Nathalie von der Weinhandlung zugegen waren wie auch der Winzer Julien.

Als er den Duft von Grillfleisch wahrnahm, glaubte er,

dass die Jäger vielleicht ein Wildschwein geschossen hatten und es am Spieß rösteten. Aber es roch nicht nach Wild, auch nicht nach Holzkohle und offenem Feuer. Er spürte, dass er nun nicht mehr über Kies ging, sondern auf einer Oberfläche, die aus Beton gegossen zu sein schien, und als er den Stall roch, ging ihm plötzlich ein Licht auf. Sie schenken mir einen Sattel, dachte er. Diese wundervollen großzügigen Freunde hatten Geld gesammelt, um einen Sattel zu kaufen, der ihm selbst zu teuer gewesen wäre.

Er spürte nun Stroh unter den Füßen und nahm den Geruch der Pferde wahr, besonders kräftig jetzt, und trotz der Augenbinde sah er es hell werden. Man führte ihn noch ein paar Schritte weiter, blieb dann stehen und drehte ihn herum. Die Gästeschar schien hinter ihm Aufstellung zu nehmen.

»Das ist er«, sagte Pamela, worauf ihm jemand einen runden Gegenstand mit glatter Oberfläche in die Hand legte. Einen Apfel, dachte er, als er einen Stengel zu ertasten glaubte. Dann wurde ihm die Augenbinde abgenommen. Er blinzelte geblendet.

»Bruno, das ist Hector«, sagte Pamela. »Hector, das ist Bruno, dein neuer Meister. Er gibt dir jetzt einen Apfel.«

Weiche Nüstern streiften seine Hand. Als sich Brunos Augen an das helle Licht gewöhnt hatten, erblickte er ein kastanienbraunes Pferd, das ihn neugierig beäugte. Es hatte die Ohren aufgestellt und nahm mit seinen weißen Zähnen vorsichtig den Apfel aus Brunos Hand, die wie gelähmt schien.

»Du kannst ihn streicheln«, hörte er Pamela sagen. »Und natürlich reiten, wann immer du willst. Er gehört dir. Herzlichen Glückwunsch, lieber Bruno, von all deinen Freunden.«

»Wir haben Weihnachten damit angefangen, Geld zu sammeln, gleich nachdem du diese chinesischen Kinder aus dem Feuer geholt hast. Alle, die die Karte unterschrieben haben, haben einen Beitrag geleistet«, sagte der Bürgermeister, als sie am Tisch Platz nahmen, der auf beiden Seiten zu seiner vollen Länge ausgezogen war. »Sogar die Kinder. Die Bank hat ein Sonderkonto eingerichtet, damit auch ein paar Zinsen anfallen.«

Vor jedem Gast stand ein Teller mit einer dicken Scheibe getrüffelter *pâté de foie gras*, daneben ein Glas, gefüllt mit gekühltem Monbazillac. Unter den Vorspeisentellern befanden sich jeweils zwei weitere, für jeden Platz gab es zwei zusätzliche Gläser, und die vielen Messer, Gabeln und Löffel verhießen ein opulentes Festmahl.

Zwei Stühle waren leer geblieben, aber dann kam Ivan aus der Küche. Er nahm die Mütze vom Kopf, setzte sich und hob sein Glas mit Blick auf Bruno. Offenbar hatte er sein Restaurant an diesem Abend geschlossen, um hier sein zu können, und es schien, dass er maßgeblich an den Zubereitungen beteiligt gewesen war.

»Still«, sagte er, als Bruno etwas sagen wollte. »Mir ist verboten worden, die Gangfolge zu verraten. Nur so viel: Es kommen englische und französische Gerichte auf den Tisch.«

»Die Stopfleber stammt aus den Vorräten, die mir Hercule testamentarisch vermacht hat, und ich freue mich, dass er über dieses Geschenk heute bei uns sein kann«, sagte der

Baron. »Und in den Karaffen ist sein Wein, ein 89er Château Haut-Brion.«

»Hercule hat die Kisten *en primeur* gekauft, als ich ihm sagte, dass es ein besonders guter Jahrgang sei«, erklärte Hubert. »Ich habe ihm damals dreitausend Francs pro Kiste abgenommen, und als dann der Amerikaner Robert Parker diesem Wein die Höchstnote gab, nämlich hundert Punkte, schossen die Preise in die Höhe. Wenn man heute noch eine Flasche auftreiben kann, wird man locker tausend Euro dafür hinblättern müssen.«

Bruno schaute über den Tisch, an dem für dreißig Personen gedeckt war. Zwölf Karaffen des tiefdunklen Weins reihten sich in der Mitte. Eine ganze Kiste Haut-Brion, dachte er, richtete den Blick auf den Baron und hob sein Glas.

»Auf Hercule«, sagte er. »Ein Jammer, dass er nicht mit uns am Tisch sitzt.«

Er ließ sich die Vorspeise schmecken, die cremig weiche Pastete und das erdende Aroma der Trüffeln, das so wunderbar mit dem *foie gras* harmonierte. Beides fügte sich zu einem Geschmackserlebnis, das größer war als die Summe seiner Teile. Er trank von seinem Monbazillac, als die Teller weggeräumt wurden und Ivan die erste von fünf großen Terrinen auftischte.

»*Écrevisses à la nage*«, verkündete er. Flusskrebse in einer Brühe aus Sellerie und Fenchel, Zwiebeln und Karotten. »Gekocht in dem trockenen Bergerac, den unser Freund Julien für diesen Gang gestiftet hat.«

»Das ist der, den ich auf Huberts Rat hin zusammengestellt habe«, sagte Julien und stellte die Minuten zuvor geöffneten Flaschen auf den Tisch. Er wirkte um Jahre verjüngt; nichts erinnerte mehr an den niedergeschlagenen Mann, der er gewesen war, als seine Frau im Sterben lag und ehe der Bürgermeister dafür sorgte, dass die ganze Stadt in sein Weingut investierte. »Wir haben ihn nach ihr benannt: *cuvée Mirabelle*. Sechzig Prozent Sauvignon Blanc, fünfunddreißig Prozent Sémillon und fünf Prozent Muscadelle. In diesem Jahr werden wir die doppelte Menge herstellen.«

Am anderen Ende des Tisches schlug jemand mit einem Löffel ans Glas. Bruno blickte auf und sah, wie sich Ivan von seinem Platz erhob.

»Jetzt freut euch auf das englische Gericht, das wir Pamela verdanken«, verkündete er, und auf sein Stichwort hin kam die Gastgeberin mit einem riesigen Silbertablett, auf dem ein deftiger Braten dampfte.

»Ivan sei Dank, dass er seinen Backofen zur Verfügung gestellt hat«, sagte Pamela und stellte das Tablett auf dem Tisch ab. »In meinen hätten all die Stücke beim besten Willen nicht hineingepasst.«

Mit theatralischer Gebärde schwang Ivan ein gewaltiges Tranchiermesser und machte sich daran, den Braten zu zerteilen, während seine Gehilfen weitere Stücke desselben Kalibers an den Tisch trugen.

»Roastbeef aus dem guten alten England«, sagte Ivan. »Zubereitet mit Pamelas selbst angebautem Meerrettich oder *horseradish*, wie man auf der Insel sinnigerweise sagt.«

Röstkartoffeln und *petit pois* wurden aufgetischt, während ein großer Servierteller mit den Fleischscheiben, die in der Mitte noch rosa waren, die Runde machte. Einer von Ivans Gehilfen brachte auf einem Tablett Saucieren aus der Küche. Hubert füllte die Gläser mit Haut-Brion, und Pamela kehrte auf ihren Platz an Brunos Seite zurück. Sie sah blendend aus, und in ihrer Frisur war kein Härchen verrutscht. Nichts deutete darauf hin, dass sie in der Küche gearbeitet hatte. Der Braten und die Sauce schienen von Zauberhand zubereitet worden zu sein.

»Phantastisch, womit du mich beschenkst«, sagte Bruno und griff nach ihrer Hand.

»Kommt ja nicht allzu häufig vor, dass du Geburtstag hast«, entgegnete sie und drückte zärtlich seine Hand.

»Das ist meine erste richtige Geburtstagsfeier«, erwiderte er. »Ich wusste gar nicht, was mir in all den Jahren entgangen ist.«

»Nicht dass du denkst, im nächsten Jahr würde es ähnlich hoch hergehen. Aber heute wartet noch eine kleine Überraschung auf dich.«

»Was könnte das sein nach solch einem Geschenk und diesem Festmahl in so großer Runde?«

»Nun, ich nehme doch an, du möchtest morgen früh mit deinem neuen Pferd einen kleinen Ausritt wagen. Das heißt, du wirst hier bei mir übernachten müssen«, erklärte sie schmunzelnd, löste sich aus seiner Hand und fuhr mit den Fingerspitzen über seinen Schenkel. »Und jetzt sei artig, denn deine Freunde wollen mit dir anstoßen, und ich brenne darauf, diesen Haut-Brion zu probieren.«

17

Arm in Arm schlenderten Bruno und Pamela früh am Morgen auf den Stall zu. Hector, so berichtete sie, sei sieben Jahre alt und aus der *Selle Français-Zucht*, der die besten Springreitpferde Frankreichs entstammten wie auch das Goldpferd aus der französischen Équipe bei den Olympischen Spielen von Seoul. *Selle Français* sei im Wesentlichen eine anglonormannische Rasse, gekreuzt aus englischen Vollblütern, die auf Araber zurückgingen, und mittelalterlichen Schlachtrössern der Normandie. Daraus hervorgegangen war ein klassisches Spring- und Jagdpferd, leicht zu trainieren, robust und von sanftem Charakter. Hector, ein Wallach, hatte sich bereits auf etlichen Turnieren hervorgetan, war aber ein bisschen zu langsam für Jagdrennen und hatte darum die letzten drei Jahre in einer Reitschule zugebracht, die aufgrund der Rezession finanziell in Schwierigkeiten geraten war. Einer von Pamelas Freunden hatte gehört, dass Hector zu einem günstigen Preis zum Verkauf stand, worauf sie, der Bürgermeister und der Baron auf den Gedanken verfallen waren, dass er das perfekte Geschenk für Bruno sei.

»Ich bin schon auf ihm geritten. Er ist intelligent, leicht zu führen und sehr stark«, sagte sie. »Auf ihn ist Verlass. Er wird dich nicht in Schwierigkeiten bringen und dich wahrscheinlich sogar davor bewahren, Dummheiten zu machen.«

»Klingt ganz nach dir«, entgegnete Bruno und gab ihr einen Kuss auf den Hals, immer noch voller Lust auf sie, obschon sie sich in der Nacht und morgens beim Aufwachen geliebt hatten.

»Na, doch nicht im Stall.« Sie umarmte ihn kurz und stieß ihn dann weg. »Hör zu, was ich sage, ist wichtig. Der erste Ausritt ist entscheidend für euer zukünftiges Verhältnis, und deshalb solltest du jetzt alles richtig machen. Erinnere dich an das, was ich dir beigebracht habe.«

Bruno betrat die Box, murmelte wiederholt den Namen seines Pferdes und wartete mit einer Möhre in der Hand darauf, dass Hector auf ihn zukam. Er näherte sich, nahm die Möhre und ließ sich von Bruno Kopf und Nacken tätscheln. Während Bruno ihm über die Flanken strich, um ihn an seine Berührungen zu gewöhnen, wurde er von Hector beschnuppert, der anscheinend die zweite Möhre in seiner Tasche gewittert hatte.

Bruno inspizierte seinen Wallach, wie er es gelernt hatte, die Augen und das Maul, Ohren, Hufe und Fesseln. Immer noch Hectors Namen murmelnd, nahm er vorsichtig die Zügel in die Hand und führte ihn hinaus in den Hof, wo er ein paar Schritte mit ihm im Kreis ging, während Pamela ihre Stute Bess sattelte. Gähnend kam nun auch Fabiola aus ihrem *gîte*, um sich um Victoria zu kümmern. Als die beiden anderen Pferde gesattelt und zum Ausritt bereit waren, führte Bruno Hector in den Stall zurück, legte ihm den Sattel auf und gesellte sich mit ihm zu den anderen. Er tätschelte seinen Nacken, murmelte ihm ins

Ohr und wartete mit dem Aufsitzen, bis das Pferd ganz still stand.

»Wir reiten zuerst einmal um die Koppel herum«, entschied Pamela und setzte Bess in Bewegung.

Hector war zwei Handbreit höher als Victoria, sein bisheriges Reitpferd; Bruno kam sich geradezu erhaben vor. Gleich hingegen war der Brustumfang, weshalb er sich nicht groß umstellen musste, was die Position der Schenkel und Knie anging. Als Pamela zu einem leichten Trab ansetzte, reagierte der Wallach geschmeidig, weder ungeduldig noch zögerlich. Vor dem Tor hielt Pamela an und beobachtete Bruno, der mit Hector noch eine Runde drehte. Dann trabten alle drei hinaus aufs offene Feld, das sich in sanfter Steigung bis hinauf zum Felsgrat über Saint-Denis erstreckte.

Pamela forcierte das Tempo, und Bruno spürte zum ersten Mal die Kraft seines Pferdes, als es in einen leichten Galopp überwechselte und sich so rhythmisch dabei bewegte, dass Bruno den Eindruck hatte, schon seit Jahren mit ihm vertraut zu sein. Es schien, als erfreute sich Hector am freien Gelände und dem frischen Wind, der ihnen entgegenschlug. Mühelos stieg er bergan, ohne an Tempo zu verlieren.

»Hab ich dir nicht gesagt, dass er ein gutes Pferd ist?«, fragte Pamela lachend, als er, auf der Hügelkuppe angekommenen, zu ihr aufschloss.

»Er ist offenbar richtig glücklich«, erwiderte Bruno und strahlte sie an. Während sie auf Fabiola warteten, trippelte Hector um Pamela und Bess herum, als wollte er sie zum Weiterlaufen auffordern. Er atmete ruhig, und aus seinen geblähten Nüstern stieg Dampf in die kühle Morgenluft. Bruno lehnte sich nach vorn und tätschelte seinen Hals. »So glücklich wie sein Reiter.«

»Wir reiten jetzt am Waldrand entlang und versuchen dann, noch ein bisschen mehr aus ihm herauszuholen«, sagte Pamela. »Den Wald lassen wir lieber noch aus, bis ihr euch besser aneinander gewöhnt habt.«

Sie trieb ihre Stute an, und als sie die letzten Bäume hinter sich zurückgelassen hatten, beugte sie sich über ihren Hals und ließ die Zügel schießen. Hector folgte im gestreckten Galopp. Es drängte ihn, Bess zu überholen und freies Gelände vor sich zu haben.

Am Geräusch des Windes, der ihm um die Ohren sauste, spürte Bruno, dass er so schnell ritt wie noch nie. Trotzdem fühlte er sich sicher im leichten Sitz und wankte nicht. Er hätte ein Glas Wasser in der Hand halten können, ohne einen Tropfen zu verschütten. Was für ein prachtvolles Pferd!, dachte er. Sich so mit einem anderen Lebewesen zu bewegen und zu fühlen, wie sich dessen Rhythmus und Kraft auf ihn übertragen, war ein phantastisches Erlebnis. Warum spürte er eine solche Nähe zu Tieren, fragte sich Bruno. Wenn er mit Gigi auf der Jagd war, kam es ihm oft so vor, als könnten sie gegenseitig ihre Gedanken lesen. Und mit Hector schien sich eine ähnlich innige Beziehung anzubahnen.

»Ich seh's dir an«, sagte Pamela, als er auf dem Hang über ihrem Anwesen Hector gezügelt hatte und Bess zu ihm aufgeschlossen hatte. Sie war außer Atem und lächelte, ihre Augen strahlten. »Du warst eins mit deinem Pferd und hast es gefühlt. Und das schon bei eurem ersten Ausritt. Glückspilz! Aber jetzt kommt die Kehrseite. Du musst ihn trockenreiben und seinen Stall ausmisten. Es ist nicht alles bloß Juppheidi und Hopsasa, Bruno. Ebenso wenig wie in der Liebe.«

Bruno hatte gerade in Pamelas Badezimmer geduscht, als er das unheimliche Heulen der Stadtsirene hörte und sein Handy zu klingeln anfing. Albert, der Feuerwehrhauptmann, rief an, um ihm zu sagen, dass bei Gravelle, einer kleinen Firma, die *foie gras* in Dosen abpackte, Feuer ausgebrochen war. Bruno sprang in seine Kleider, verzichtete darauf, sich zu rasieren, und nahm sich vor, einen batteriebetriebenen Rasierapparat zu kaufen, den er in seinem Transporter deponieren konnte. Auf die Schnelle trank er eine Tasse Kaffee, erklärte Pamela den Grund seiner Eile, gab ihr einen Kuss zum Abschied und machte sich auf den Weg. Falls es sich um einen Anschlag handelte, schied die Holländerin als Täterin aus, dachte Bruno. Denn die war inzwischen wohl schon in Amsterdam.

»Ich hab's entdeckt, als ich kam, um aufzuschließen«, sagte Arnaud Gravelle bei Brunos Ankunft. Er war der Enkel des Firmengründers und leitete den Betrieb, seit sich sein Vater vor einem Jahr zur Ruhe gesetzt hatte. Er sah bleich aus und zitterte am ganzen Körper. »Es hat nicht etwa bloß gebrannt…«

Der Verkaufsraum vor der kleinen Fabrik war völlig verwüstet, das Dach eingestürzt. Dutzende, wenn nicht Hunderte von Stopfleberkonserven und anderen Delikatessen lagen zwischen Mauertrümmern und Glasscherben bis auf den Parkplatz hinaus verstreut, als sei ein Riese am Werk gewesen und hätte dann noch aus zerbrochenen Flaschen

Wein darübergeschüttet. Zu seinen Füßen sah Bruno eine Metallfeder am Boden liegen. Wozu mochte die gedient haben?

Die Innenwände waren von Ruß geschwärzt, die Holzrahmen der zersprungenen Fenster rauchten noch. Ein Feuer allein hätte diesen Schaden nicht anrichten können.

»Haben Sie sich schon überall umgesehen?«, fragte Bruno.

Arnaud schüttelte den Kopf. »Ich habe sofort die *pompiers* angerufen und bislang nur das hier gesehen...«

»Dann gehen wir jetzt mal ums Haus herum, und Sie erzählen mir, ob Ihnen irgendetwas Ungewöhnliches aufgefallen ist«, sagte Bruno und setzte sich in Bewegung. An den Außenmauern waren, von wenigen Brandspuren abgesehen, keine Schäden festzustellen, doch auf der Rückseite stand in großen Lettern, mit einer Spraydose aufgetragen, »*Arrêtez foie gras* – PETA.*fr*.«

»Sind Ihnen diese PETA-Aktivisten schon mal über den Weg gelaufen?«, fragte Bruno.

Arnaud schüttelte wieder den Kopf. »Aber ich habe von ihnen gehört. Es sind uns auch schon Drohbriefe ins Haus geflattert, aber das ist lange her.«

»Woher kommen all die Ziegelsteine, die hier herumliegen?«, fragte Bruno, als sich von der Brücke her das Löschfahrzeug der Feuerwehr mit Blaulicht näherte. »Ihr Verkaufsraum besteht doch fast nur aus Holz und Glas.«

»Wir wollten ein zusätzliches Lager bauen und hatten die Steine dafür neben dem Anbau aufgestapelt«, erklärte Arnaud. »Das können wir wohl jetzt vergessen. Wir sind ruiniert.«

»Sind Sie denn nicht versichert?«

»Nur gegen Gebäudeschäden. Nicht, was unsere Warenbestände angeht. *Merde…*« Er wandte sich ab und presste die Faust vor den Mund, als fürchtete er, sich übergeben zu müssen. In diesem Moment bog die Feuerwehr in den Hof ein.

»Vielleicht hält sich Ihr Schaden in Grenzen«, versuchte Bruno zu beruhigen und winkte Albert zu. »Dann nämlich, wenn eine Straftat vorliegt und Schadenersatz fällig wird.«

»Habe ich nicht gesagt, du sollst dich vom Feuer fernhalten?«, grüßte Albert. Er richtete den Blick auf das eingestürzte Dach und kratzte sich nachdenklich hinter dem Helmgurt am Hals.

»*Merde*, ziemlich heftig. Aber es brennt ja kaum noch. Hier scheint irgendwas in die Luft gegangen zu sein. Da, die Dachziegel liegen überall verstreut und sind nicht einfach nur heruntergefallen. Das Glas ist nach innen zersplittert.« Er wandte sich an Arnaud, der auf seiner Unterlippe kaute. »Lagern Sie hier leicht entzündliche Materialien? Propangas oder dergleichen? Sprengstoffe vielleicht?«

Arnaud schüttelte den Kopf. »Sprengstoffe?« Er zeigte sich verwirrt. »Wozu sollten wir so etwas brauchen?«

Ahmed kletterte vom Fahrersitz des Löschfahrzeugs herunter und stieg mit Albert durch ein Fensterloch in den von kleinen Konservendosen übersäten Verkaufsraum. Albert schnupperte in der Luft. »Stinkt ein bisschen nach Kordit«, sagte er, an Bruno gewandt. »Könntest du mal Jeannot vom Steinbruch anfunken? Ich glaube, wir brauchen seinen Rat.«

Bruno rief an und bat Jeannot, so schnell wie möglich

zu kommen. Dass Albert seinen Anfangsverdacht zu teilen schien, machte ihn nervös.

»Wie kommt's, dass Sie nichts gehört haben?«, fragte Bruno den Jungunternehmer. »Sie wohnen doch gleich da drüben.«

»Ich habe woanders übernachtet«, antwortete Arnaud zögernd.

»Na, dann hoffe ich mal, dass sie unverheiratet ist, denn ich muss Ihr Alibi überprüfen.«

Arnaud lächelte zum ersten Mal. »Kein Problem, ich war bei Mireille vom Blumenladen. Wir sind verlobt. Ich verbringe die meisten Nächte bei ihr.«

»Gratuliere«, entgegnete Bruno. »Warum hört man davon erst jetzt?«

»Mein Vater ist dagegen. Sie wissen ja bestimmt von dieser alten Familiengeschichte.«

Bruno nickte. Arnauds Vater war als Widerstandskämpfer im Krieg verwundet worden, während Mireilles Großvater mit den Nazis kollaboriert hatte. Solche Dinge blieben in vielen Familien unvergessen.

»Ich glaube, es war Dynamit, und wer das hier angestellt hat, wusste genau, was er tat«, sagte Albert, als er aus dem verwüsteten Verkaufsraum wieder nach draußen kletterte. »Sind dir schon diese Sprungfedern aufgefallen?«

Bruno nickte. »Ja, was hat es damit auf sich?«

Albert hielt einen angekohlten Stofffetzen in die Höhe. »Ich glaube, der stammt von einer Matratze, die, wahrscheinlich mit Ziegelsteinen beschwert, dazu verwendet wurde, die Explosion zu dämpfen. Die Steine haben dann das Dach abgedeckt.«

Er wandte sich an Arnaud. »Sie scheinen da ein paar schöne Feinde zu haben. Haben Sie eine Ahnung, wer das sein könnte?«

Arnaud schüttelte den Kopf und fuchtelte mit den Händen in der Luft herum. »Das ist verrückt. Er würde…« Er unterbrach sich, richtete den Blick auf Bruno und sagte: »Sie haben ja gesehen, was auf die Rückwand gesprüht worden ist. Wir beziehen einige unserer Enten von Maurice. Glauben Sie –?«

»Keine voreiligen Schlüsse«, fiel ihm Bruno ins Wort. »Warten wir den Bericht der Spurensicherung ab.«

»Ich bin mir jetzt ziemlich sicher«, sagte Albert. »Trotzdem möchte ich erst einmal hören, was Jeannot dazu sagt.«

»He, Chef«, rief Ahmed aus dem Verkaufsraum heraus. »Schau dir das an.«

Ahmeds Fund war das lädierte Zifferblatt eines Reiseweckers. Albert musterte es von nahem.

»Siehst du dieses kleine Bohrloch?«, fragte er Bruno. »Da drin hat der Kontakt des Zeitzünders gesteckt. Als der Minutenzeiger damit in Berührung gekommen ist, hat's bumm gemacht.«

Als Bruno das Handy zog und die Schnellwahlnummer von Jean-Jacques eintippte, rollte der Peugeot von Philippe Delaron in den Hof.

»Läuft Ihr Fotoladen eigentlich von selbst?«, fragte Bruno leicht gereizt, als der Reporter mit einer Kamera in der Hand aus seinem Wagen stieg.

»Den führt Maman, wenn ich nicht da bin. Mit Fotos für die Zeitung ist derzeit mehr Geld zu machen«, entgegnete Philippe. »Übrigens, war ein toller Abend gestern, Bruno, danke für die Einladung – Was ist denn los? Ich habe die Sirene gehört und mich gleich bei der Gendarmerie erkundigt. Sieht nicht aus wie ein gewöhnlicher Brand.«

»Ist es auch nicht«, erklärte Ahmed, ehe ihn Bruno daran hindern konnte. »Hier ist eine Bombe hochgegangen. Jemand hat versucht, die Fabrik mit Dynamit in die Luft zu sprengen.«

»Nicht zu fassen. Dynamit? Und das nach diesen Anschlägen auf die Geflügelhöfe? Da hat jemand unserer Stopfleber den Krieg erklärt«, plapperte Philippe. »Hey, keine schlechte Schlagzeile.« Mit der Kamera vor dem Bauch wandte er sich Arnaud zu und zückte seinen Schreibblock. »Welche Konsequenzen hat das jetzt für Ihren Betrieb?«

Bruno hörte Jean-Jacques' Stimme blechern verzerrt durchs Handy schnarren und trat ein paar Schritte zur Seite. Philippe wusste bereits zu viel. »Entschuldigen Sie die Störung, Jean-Jacques. Hier hat es eine Explosion gegeben. Sieht nach Dynamit aus. Verletzt ist zum Glück niemand. Die Bombe hatte einen Zeitzünder. Wir sind hier vor Gravelles Konservenfabrik, gleich hinter der Brücke. Wenn Sie Richtung Sainte-Alvère fahren, die erste Stichstraße rechts. Auf die Außenmauer wurde ein Tierschützer-Slogan gesprayt. Die Presse ist schon aufgekreuzt und spricht von einem Krieg gegen *foie gras*. Scheint ernst zu werden.«

»Haben Sie schon Hinweise darauf, wer dafür verantwortlich ist?«

»Wir wissen nicht einmal genau, wann es passiert ist. Zur Tatzeit war niemand in der Nähe, und das nächste Haus ist weit entfernt. Vielleicht wäre es angebracht, alle Studenten auf Explosionsrückstände zu untersuchen«, sagte Bruno.

»Wenn die sauber sind, müssen wir uns ein paar Gedanken über die Basken machen.«

»Sperren Sie den Tatort ab, und sorgen Sie dafür, dass die Presse verschwindet. Und rufen Sie Isabelle an. Sie soll die Gendarmerie auf die Studenten ansetzen. Wir brauchen von allen die Fingerabdrücke. Ich werde in einer halben Stunde zur Stelle sein und sammle unterwegs unseren spanischen Freund Carlos ein. Er ist gerade beim Präfekten.«

Bevor er auflegte, sagte Jean-Jacques, er werde die Studenten von einem Bus abholen und zum Flughafen von Bergerac bringen lassen. »Der ist nur eine halbe Stunde entfernt und hat diese Geräte, die Sprengstoffreste aufspüren.«

Bruno meldete sich bei Isabelle und berichtete ihr, was geschehen war. Anschließend holte er eine Rolle Absperrband aus seinem Transporter und forderte Delaron und Arnaud auf, Abstand zu halten. Er hatte den Tatort gerade abgesperrt, als Jeannot in einem kleinen Lastwagen anrollte. Albert führte ihn in den verwüsteten Verkaufsraum und machte ihn auf die Matratze und das Ziffernblatt aufmerksam, worauf beide mögliche Sprengmuster erörterten.

Bruno setzte sich in seinen Transporter und überlegte, welche Häuser in Hörweite der Explosion lagen. Nachdem er bei drei Nachbarn vergeblich angefragt hatte, erinnerte er sich an Manchon, der ein paar Krankenwagen unterhielt, mit denen er Patienten in die großen Krankenhäuser von Sarlat und Périgueux brachte. Vielleicht war er schon früh auf den Beinen gewesen und mochte etwas gehört haben.

»Nein, nichts«, antwortete Manchon. »Aber mein Junge erwähnte da was beim Frühstück, als er von seinem Lauf zurückgekommen ist. Er trainiert für den Bordeaux-Marathon. Kurz nach fünf, sagte er, hätte es im Steinbruch gekracht, was ziemlich ungewöhnlich wäre, weil die ja sonst viel später mit der Arbeit anfangen.«

Bruno lehnte sich zurück und dachte nach. Nach Kajtes Abreise mochten zwar noch andere PETA-Aktivisten im Kreis der Studenten vertreten sein, aber dass die zu Dynamit griffen, hielt er für eher unwahrscheinlich. Es war auch kaum anzunehmen, dass sie mit Sprengstoffen umgehen konnten, geschweige denn auf die Idee verfallen würden, die Detonation mit einer Matratze zu dämpfen. Doch genau darauf deutete scheinbar alles hin.

Er versuchte, sich in die Lage eines Terroristen zu versetzen, der einer kleinen isolierten Zelle angehörte und einen Anschlag plante, auf die Schnelle, in fremder Umgebung und ohne dass waffentauglicher Sprengstoff zur Hand wäre. Möglich, dass er Dynamit aus einem Steinbruch stehlen und damit absichtlich die Polizei auf den Plan rufen würde. Ein kleiner Sprengstoffanschlag auf eine Konservenfabrik würde für Ablenkung sorgen und Polizeikräfte binden, die die Studenten verdächtigten und so auf der falschen Spur wären.

Bruno schlug mit der Faust in die offene Hand. Er hatte sich tatsächlich ablenken lassen, aber nicht von einer terroristischen Zelle, sondern von seiner eigenen Begriffsstutzigkeit, davon, dass er die ganze Zeit nur an Pferde und an Isabelle gedacht hatte, an Pamela, Maurice, die Villattes und an seinen Kreis. Hatten es baskische Terroristen tatsächlich nötig, sich auf diese Weise Dynamit zu besorgen, ausgerechnet in einem Steinbruch, der nicht weit entfernt vom Château lag, wo das Gipfeltreffen stattfinden sollte? Die ETA trieb ihr Unwesen seit nicht weniger als vierzig Jahren, obwohl der spanische Staat alles tat, um ihr das Handwerk zu legen. Sie bestand nun wahrhaftig nicht aus einem Haufen von Amateuren und hatte Zugriff auf Semtex und anderen Plastiksprengstoff. Auch dürfte es ihr nicht schwerfallen, Präzisionsgewehre auf dem Schwarzmarkt zu beschaffen. Womöglich standen ihr sogar Granatwerfer zur Verfügung, mit denen sie Hubschrauber angreifen konnte. Dynamitstangen und billige Zeitschaltuhren waren letztlich Kinderkram, mit dem sich erfahrene und gut organisierte Terroristen nicht abgeben würden. Der dilettantische Anschlag auf eine Konservenfabrik ergab nur dann Sinn, wenn damit versucht worden wäre, die Sicherheitskräfte zu einer Fehleinschätzung der Bedrohung zu verleiten.

Ich Esel, schimpfte Bruno. Er hatte die oberste Regel des Militärs vergessen: Erkenne deinen Feind. Er hatte es versäumt, Recherchen über die ETA und deren Methoden vorzunehmen, und sich stattdessen darauf verlassen, dass der Brigadier, Carlos, Isabelle und all die anderen Experten ihre Hausaufgaben machten. Statt ihnen auf die Finger zu schauen, hatte er sich mit einer erschreckend unerfahrenen Amtsrichterin herumgeschlagen und geschädigten Geflügelbauern zu helfen versucht. Bruno holte tief Luft und griff nach seinem Handy, um Isabelle anzurufen und zu erfahren, welche geheimdienstlichen Informationen ihr über die ETA vorlagen.

»Kein Zweifel, das war Dynamit«, hörte er Jeannot sagen, der mit Albert auf ihn zukam und etwas in der Hand hielt, womit er in der Luft herumfuchtelte. »Aus meinen Beständen.«

»Wir sind ums Gebäude herumgegangen und haben uns angesehen, was da auf die Mauer gesprüht wurde«, führte Jeannot aus. »Seltsam, ausgerechnet da, wo's von der Straße aus niemand sehen kann. Aber eine gute Stelle, um unbemerkt eine Bombe zusammenzubasteln. Wahrscheinlich hatten sie eine Taschenlampe dabei. Das hier haben wir gefunden.«

Er zeigte Bruno einen Streifen braunen Papiers, ungefähr zwanzig Zentimeter lang. Gut erkennbar waren Zahlen darauf gedruckt.

»Ein Fetzen der Ummantelung einer Dynamitstange. Sie haben das Ende abgezogen, um die Sprengköpfe aufzusetzen. Die Zahlen belegen, dass die Stange aus derselben Charge stammt, die gestern gestohlen wurde. Das weiß ich so genau, weil ich den halben Tag darauf verwendet habe, die Zahlen in die Versicherungsformulare einzutragen.«

»Der Fall scheint gelöst zu sein. Was meinst du, Bruno?«, fragte Albert. Er schien mit sich zufrieden zu sein.

»Kann sein«, entgegnete Bruno. »Dumm nur, dass Sie das Papier ohne Handschuhe angefasst haben, Jeannot. Wir werden jetzt Ihre Abdrücke abnehmen müssen, um Sie von unseren Ermittlungen auszuschließen.«

Seine Zweifel mehrten sich. Er hätte noch für möglich gehalten, dass Terroristen unter Zeitdruck in einem hiesigen Steinbruch Sprengstoff beschaffen mussten, doch dass sie solche auffälligen Spuren am Tatort hinterließen, erschien ihm geradezu ausgeschlossen. So dumm konnten sie nicht sein.

Wieder läutete sein Handy. Diesmal meldete sich der Bürgermeister.

»Ich habe gerade Philippe Delaron live in Radio Périgord gehört. Er behauptet, Tierschützer hätten in der Konservenfabrik von Gravelle eine Bombe gelegt«, sagte er, als ein anderer Anrufer bei Bruno anklopfte. »Und jetzt sagt Claire, dass sich auch schon France-Inter für den Stopfleberkrieg interessiert. Das geht zu weit, Bruno. Was zum Teufel soll das alles?«

Bruno ignorierte den anderen Anruf, erklärte kurz den Stand der Dinge und versprach, sich nach der Sicherheitssitzung gleich wieder zu melden. Dann öffnete er die Anrufliste und sah, dass Pamela ihn zu erreichen versucht hatte. Er rief zurück.

»Ich habe soeben einen Anruf aus Edinburgh erhalten«, rief sie besorgt. »Es ist wegen meiner Mutter. Sie hat einen Schlaganfall erlitten, keinen schweren, sagt meine Tante, aber ich muss dennoch sofort nach Schottland.«

»Ich fahre dich zum Flughafen nach Bergerac. Heute Nachmittag geht der nächste Flieger«, sagte Bruno. Er kannte die Flugzeiten von Ryanair, jenem Billigflugunternehmen, das seit kurzem den einstmals verschlafenen Flughafen ansteuerte und das Leben der Briten im Périgord nachhaltig verändert hatte.

»Ich will noch heute Abend in Edinburgh sein und komme von Bordeaux oder Paris aus vielleicht schneller hin. Wenn ich das geklärt habe, melde ich mich wieder.«

Ihre Stimme klang ein wenig verzweifelt. »Könnte sein, dass ich länger weg bin.«

»Hast du schon mit dem Krankenhaus sprechen können?«, fragte Bruno.

»Nein, nur mit meiner Tante. Sie hat kurz den Arzt gesprochen und ist jetzt bei ihr. Ach, Bruno, so ein Jammer. Sie ist noch keine siebzig, war nie krank, und nun das. Könntest du dich um die Pferde kümmern? Es wäre vielleicht einfacher, wenn du mit Gigi so lange bei mir wohnst.«

»Keine Sorge, das kriegen wir schon hin«, versuchte er, sie zu beruhigen. So verwirrt und sprunghaft hatte er Pamela noch nie reden hören. Sie schien unter Schock zu stehen. »Als Erstes gilt es zu klären, wie du nach Edinburgh kommst. Ich werde mich erkundigen und dich dann zum Flughafen fahren, ob nach Bergerac, Bordeaux oder Paris.«

Im Stillen fragte er sich, ob er sein Versprechen würde halten können. Schließlich musste er an den Sitzungen teilnehmen, dem Bombenanschlag auf den Grund gehen, Horst ausfindig machen und sich dem Bürgermeister zur Verfügung stellen. Aber irgendwie würde er das alles unter einen Hut bringen.

»Es tut mir sehr leid um deine Mutter. Ich hoffe, sie erholt sich bald wieder. Wann ist es denn passiert?«

»Das ist es ja … Keiner weiß es«, antwortete Pamela mit heiserer Stimme. Bruno hörte sie schlucken. »Die Ärzte vermuten, irgendwann gestern Abend. Sie war jedenfalls noch nicht im Bett. Wenn meine Tante nicht zum Frühstück gekommen wäre, würde Mutter womöglich immer noch da liegen.«

Sie war also schon fast einen Tag lang ohne Bewusstsein, was in der Tat Schlimmes befürchten ließ.

»Ist jemand bei dir?«, fragte er.

»Nein, aber ich komme schon zurecht. Ich werde jetzt ins Internet gehen und dich dann zurückrufen.« Kaum hatte Pamela die Verbindung unterbrochen, meldete Brunos Handy den Eingang einer weiteren SMS. Er achtete nicht weiter darauf, rief Fabiola in der Klinik an und bat sie, sich um Pamela zu kümmern. Fabiola versprach, gleich nach der letzten Vormittagsvisite kurz nach elf zu ihr zu fahren.

18

Im Vergleich zu den vorausgegangenen Sicherheitstreffen fand man sich diesmal in einem relativ kleinen Kreis zusammen. Allerdings war eine Videokonferenz mit dem Ministerium in Paris geschaltet, und Bruno sah auf dem Bildschirm das vertraute Gesicht des Brigadiers, der einen ungewohnt heiteren Eindruck machte.

»Dank unserer deutschen Kollegen kommt nun eins zum anderen«, sagte er mit klar verständlicher Stimme, während die Aufzeichnung seiner Bewegungen störend ruckelte. »Das Verschwinden des Archäologen hat in Berlin alle Alarmglocken schrillen lassen. In den sechziger Jahren gehörte der Professor einer militanten Studentengruppe an; in den Siebzigern, so vermutet man, sympathisierte er mit der Roten Armee Fraktion. Er hatte einen inzwischen verstorbenen Bruder mit Namen Dieter, der der Baader-Meinhof-Gruppe angehörte und wahrscheinlich aktives Mitglied war. Er tauchte im Osten Deutschlands unter und starb laut Stasiunterlagen 1989, also im Jahr des Mauerfalls, an einem Herzinfarkt. Aus seiner Akte geht zwar nicht hervor, dass er Kontakte zur ETA pflegte, doch hatte bekanntlich die baskische Untergrundorganisation Beziehungen zur RAF. Außerdem wissen wir, dass Dieter in den siebziger Jahren in einem palästinensischen Trainingslager im

Bekaa-Tal gewesen war, zu einem Zeitpunkt, da sich dort auch mehrere ETA-Mitglieder aufhielten. Ich glaube, es könnte eine Verbindung gegeben haben.«

»Vielleicht kann uns Señor Gambara mehr dazu sagen«, unterbrach Isabelle, die wie Bruno von diesen Enthüllungen völlig überrascht war.

»Wir haben über diese sogenannte Kooperation nicht viel in Erfahrung bringen können«, sagte Carlos. »Es gab zwar persönliche Kontakte, die auf die Zeit in den Trainingslagern in Libyen und im Libanon zurückgehen, aber keine wirkliche Zusammenarbeit, geschweige denn gemeinsame Operationen oder den Austausch von Waffen, nichts, was uns genützt hätte. Und lassen Sie mich daran erinnern, dass die Zeit in diesen palästinensischen Trainingslagern über dreißig Jahre zurückliegt. Wie dem auch sei, nennen Sie mir die Namen der betreffenden Lager, und ich werde von unserer Seite Recherchen vornehmen lassen.«

»Unsere deutschen Kollegen haben auch die Kriegsakte des Vaters des Professors für uns ausgegraben«, fuhr der Brigadier fort. »Er gehörte der Waffen-SS an und diente während des gesamten Krieges in der Panzerdivision ›Totenkopf‹, die vor allem an der Ostfront im Einsatz war.«

»Aber das Foto von ihm wurde in Frankreich aufgenommen, vor dem Ortsschild von Dünkirchen«, wandte Bruno ein.

Das sei 1940 gewesen, erklärte der Brigadier. Heinrich Vogelstern war zu dieser Zeit ein junger Offizier im Rang eines Untersturmführers. Nach der Eroberung Frankreichs war seine Einheit bis April 1941 südlich von Bordeaux nahe der spanischen Grenze stationiert. Dann wurde sie nach

Osten verlegt, um an der Invasion Russlands teilzunehmen. Dort blieb er bis Kriegsende. 1945 war er zum Standartenführer aufgestiegen, also in den Rang eines Obersten. Im März 1945 fiel er in Ungarn.

»Was ist aus seiner Zeit in Frankreich bekannt? Hat er an Operationen gegen die Résistance teilgenommen oder irgendwelche Verbrechen begangen, die seinen Sohn eventuell zum Ziel eines Racheaktes gemacht haben könnten?«, fragte Bruno.

»Damals gab es kaum Widerstand«, antwortete der Brigadier. Bis zum Überfall der Deutschen auf Russland im Sommer 1941 habe die französische Résistance hauptsächlich aus moskautreuen Kommunisten bestanden, die angewiesen worden seien, die deutsche Besetzung zu akzeptieren. Vogelsterns Zeit in Frankreich sei darum, so der Brigadier, kaum von Relevanz gewesen. Im Unterschied zu den meisten Mitgliedern der ›Totenkopf‹-Division, die vormals als Wachen in Konzentrationslagern eingesetzt worden seien, habe Horsts Vater der sogenannten Verfügungstruppe angehört, einer Sondereinheit, aus der die Leibstandarte Hitlers hervorgegangen sei. Er sei von Anfang an ein überzeugter Nazi gewesen, aber als Soldat und nicht als Aufseher in einem der Todeslager.

Der Brigadier blickte auf. »Die deutschen Unterlagen sind bemerkenswert detailreich. Da kann man neidisch werden. Weder Horsts Universität noch seine Nachbarn haben von ihm gehört, und seine Kreditkarten sind auch nicht benutzt worden.« Der Bildschirm wurde dunkel. Es war nur noch die Stimme des Brigadiers zu hören, verzerrt: »... es scheint zwar keine unmittelbaren Beziehungen zu geben. Wir sollten aber trotzdem davon ausgehen, dass irgendwelche Verbindungen bestehen, die für unsere Sicherheitsmission relevant sein könnten. Die Verbindungen sind zu auffällig, um zufällig zu sein.«

»Ich habe hier noch einen Zufall«, sagte Jean-Jacques. »Mir liegt seit heute Morgen der Bericht der Rechtsmedizin über die von unserem deutschen Professor ausgegrabene Leiche vor. Es wurde eine DNA-Analyse daran vorgenommen, und wir können mit achtzigprozentiger Sicherheit davon ausgehen, dass der Tote ein Baske war. Fragen Sie mich nicht, wie man das herausfinden konnte, aber offenbar gibt es irgendwelche genetischen Besonderheiten, die dafür sprechen.«

»Wissen wir etwas über die Identität des Toten?«, fragte Isabelle.

Jean-Jacques schüttelte den Kopf und blätterte in der Akte. »Nein, aber es scheint, dass er in den Jahren zwischen 1984 und 1987 erschossen wurde.«

»Auch das weist wieder auf unseren deutschen Professor hin«, ließ der Brigadier von sich hören. »Da hätten wir also seinen Bruder, die Ausgrabungen und jetzt sein Verschwinden.«

»Dieser Baske starb also in der Zeit des schmutzigen Krieges«, sagte Bruno mit Blick auf den flackernden Bildschirm und wandte sich dann an Carlos. »Sie erinnern sich, wir haben davon gesprochen, als Sie mit dem Brigadier im Hubschrauber gekommen sind. Wenn unsere Leiche ein Opfer des schmutzigen Krieges war, könnte aus den spanischen Unterlagen etwas über seine Identität hervorgehen.«

»Die meisten Unterlagen sind verschollen – aus nachvollziehbaren Gründen«, erwiderte Carlos und machte sich ein paar Notizen. »Und was davon übriggeblieben ist, wurde gründlich bereinigt. Die Kommission zur Aufklärung der Verbrechen der Grupos Antiterroristas de Liberación hatte weiß Gott keinen leichten Job. Ich will trotzdem gern versuchen, in Madrid Informationen einzuholen.«

»Ich werde Ihnen den Bericht der Rechtsmedizin mailen«, sagte Jean-Jacques. »Er enthält auch einen Abdruck des Gebisses sowie eine Beschreibung der Kleidung, die aber wohl wenig hilfreich ist. Für die Ermittlung des genauen Todeszeitpunktes könnte allenfalls die Swatch-Uhr von Belang sein. Wichtig ist vielleicht auch, dass unser Mann in seiner Kindheit einen Nasenbeinbruch erlitten hat. Und das Kabel, mit dem seine Hände gefesselt waren, stammt aus Deutschland, wird aber überall in Europa verkauft.«

»Ich werde unsere Akten durchforsten lassen«, sagte der Brigadier. »Viele dieser Morde fanden bei uns in Frankreich statt. Ich erinnere mich, dass wir vier Ihrer Agenten in Bayonne festgenommen haben, die einen mutmaßlichen Anführer der ETA entführen wollten. Deren Kollegen haben daraufhin jemand anderen entführt, um sie freizupressen.«

»José Mari Larraetxea«, sagte Carlos leise. »Er war damals der Kopf der ETA. Eine mehr als peinliche Operation, das Ganze.«

»Unser deutscher Professor könnte entführt worden sein«, meinte Bruno und dachte, dass sich außer ihm offenbar keiner um Horst ernstlich Sorgen machte. »Sie haben gelesen, wie ich sein Haus vorgefunden habe. Mit diesen Blut- und Schleifspuren.«

»All das könnte inszeniert worden sein«, bemerkte Isabelle. »Aber was mich viel mehr beunruhigt, ist die Tatsache, dass wir so gut wie keine geheimdienstlichen Informationen über die derzeit aktive ETA-Gruppe haben. Es heißt, dass sie sich seit Monaten in Frankreich aufhält. Wir kennen allerdings nur einen Namen: Michel – ich kann's nicht aussprechen – Goikoetxea, und es gibt ein Foto von ihm im Alter von achtzehn Jahren. Er dürfte inzwischen fast vierzig sein.«

»Er heißt Mikel, wie sein Vater, einer der ETA-Anführer«, sagte Carlos. »Er wurde 1983 in Bayonne von einem Scharfschützen der GAL erschossen. Sein Sohn wird im nächsten Jahr vierzig. Seit seiner vorübergehenden Festnahme bei einer Studentendemo haben wir ihn aus den Augen verloren. Was soll ich sagen? Diese Leute sind gut abgesichert. Für einen Nichtbasken ist es fast unmöglich, die Gruppe zu infiltrieren.«

»Kommen wir zu den jüngsten Vorfällen«, sagte der Brigadier. »Bruno, was wissen Sie über den Bombenanschlag von heute früh? Ich habe im Autoradio irgendwas von einem Stopfleberkrieg gehört. Isabelle meint, der Fall könnte mit unserer Sache in Verbindung stehen.«

»Fest steht bisher nur, dass Dynamit zum Einsatz kam, das aus einem hiesigen Steinbruch gestohlen wurde«, antwortete Bruno und berichtete von dem auf die Rückwand der Fabrik aufgesprühten Tierschützerslogan.

»Was wissen wir eigentlich über diese Studenten?«, fragte der Brigadier.

»Wir haben uns bei allen relevanten Polizeidienststellen im Ausland erkundigt, aber nichts Wesentliches in Erfahrung gebracht«, antwortete Isabelle. »Ich werde in Ihrem Namen noch einmal nachfragen, insbesondere, was die beiden Studenten angeht, die die Anschläge verübt haben.«

»Die Holländerin war angeblich schon wieder in Holland, als die Bombe hochging«, sagte Bruno.

»Um sicherzugehen, sollten wir uns von der holländischen Polizei bestätigen lassen, dass sie zu diesem Zeitpunkt tatsächlich schon wieder zu Hause war.«

»Ich würde gern wissen, wie und wann Informationen über das bevorstehende Gipfeltreffen durchgesickert sein könnten«, meldete sich Bruno wieder zu Wort. »Woher weiß die ETA davon? Vorausgesetzt natürlich, dass sie Bescheid weiß.«

Isabelle und Carlos sahen aneinander an, als wüssten sie etwas, was Bruno bisher vorenthalten worden war. Und wie Bruno den Brigadier kannte, war der dafür verantwortlich.

»Diese Frage stellt sich unter der Rubrik ›Was zu wissen wäre‹«, sagte der Brigadier. Er war wieder auf dem Bildschirm zu sehen, aber so verwackelt, dass Bruno seinen Gesichtsausdruck nicht erkennen konnte. Seine Worte jedenfalls bestätigten Brunos Befürchtungen.

Bruno schaute vom Brigadier zu Carlos und Isabelle, die am Tisch nebeneinandersaßen. Er spürte einen stillen Widerwillen gegen die beiden in sich aufkeimen. Es gefiel ihm nicht, wie sie arbeiteten, zumal er Isabelle immer noch verübelte, dass sie sich für ihren Job in Paris und gegen ein Leben mit ihm in Saint-Denis entschieden hatte.

»Ich glaube, die undichte Stelle seid ihr. Ihr beide wolltet dieser ETA-Zelle eine Falle stellen«, führte Bruno aus und versuchte, so ruhig und gelassen wie nur möglich zu klingen. »Vielleicht ist dieser Gipfel eigens zu diesem Zweck einberufen worden. Das heißt, ihr setzt meine Stadt der Gefahr eines Terroranschlags aus und missbraucht eure eigenen Minister als Köder.«

»Um Himmels willen«, sagte Jean-Jacques. »Das ist doch hoffentlich nicht wahr! Sie riskieren tatsächlich das Leben zweier Spitzenminister?«

»Die Minister haben sich zu dieser Operation ausdrücklich bereit erklärt«, entgegnete Carlos.

»Nun, Sie wissen alle, was zu tun ist«, sagte der Brigadier frostig. »Und Sie, Bruno, bewahren Stillschweigen über das, was hier in diesem Raum zur Sprache kommt. Wenn nicht, sind Sie Ihren Job und Ihre Pension los; außerdem werde ich Ihren verflixten Köter an Ihr neues Pferd verfüttern.«

Er beugte sich vor und schien auf einen Knopf zu drücken, worauf der Bildschirm schwarz wurde.

»Ich finde, die Sitzung hat uns ein gutes Stück weitergebracht«, sagte Isabelle und sammelte ihre Unterlagen ein. »Wir haben alle unsere Jobs zu erledigen und werden um sechs wieder zusammentreffen. Hoffentlich liegen dann Resultate vor.«

Sie ging auf die Tür zu und geriet auf ihrem verletzten Bein ins Stolpern. Carlos fasste sie beim Arm und führte sie hinaus. Keiner von beiden warf einen Blick zurück.

»*Putain de merde*«, murmelte Jean-Jacques und schaute ihnen verwundert nach. »Was tun dir diese beiden nur an!«

19

Die SMS, die Bruno vor dem Sicherheitstreffen erhalten, aber immer noch nicht gelesen hatte, stammte von Annette. Die SMS war höflich formuliert, aber unmissverständlich. Er möge so schnell wie möglich zur Gendarmerie kommen. Als Bruno dort eintraf, fragte er Sergeant Jules, ob er wisse, was sie von ihm wolle.

»Sie ist schon fast den ganzen Vormittag bei Duroc im Büro«, antwortete er schulterzuckend. »Vorher waren die beiden bei Gravelle, um sich den Bombenschaden anzusehen, und dann hat sie sich draußen von einem Reporter interviewen lassen.« Er deutete mit dem Daumen auf ein kleines Radio, das neben ihm auf dem Schalter stand und leise gedreht war. »Ich warte darauf, dass der Beitrag ausgestrahlt wird.« Er musterte Bruno mit kritischem Blick. »Unten im Waschraum sind ein paar Einmalklingen und Seife. An deiner Stelle würde ich Gebrauch davon machen.«

Bruno folgte seinem Rat. Ein paar Minuten später – seine Wangen brannten ein wenig von der scharfen Kernseife – knöpfte er die Uniformjacke zu, klemmte seine Schirmmütze unter den Arm und klopfte an Durocs Tür. Ohne auf eine Antwort zu warten, trat er ein und grüßte förmlich. Annette saß am Schreibtisch und hatte mehrere Ausdrucke vor sich liegen, die anscheinend Zeugenaussagen enthielten. Duroc, der hinter ihr stand und eine Hand auf ihrer Schulter liegen hatte, richtete sich hastig auf und errötete leicht.

»Ich hoffe, ich störe nicht«, sagte Bruno. »Sie wollten, dass ich schnellstmöglich komme.«

»Sie stecken diesmal ziemlich tief in der Scheiße«, bemerkte Duroc. Annette verzog das Gesicht, sichtlich irritiert von seiner Ausdrucksweise. Bruno runzelte die Stirn, sagte aber nichts. Mit Blick auf Annette trat Duroc einen Schritt zurück, als wolle er ihr alles Weitere überlassen.

»Ich habe Sie hergebeten, um Ihnen mitzuteilen, dass ich ein Disziplinarverfahren gegen Sie einleiten werde. Ihnen werden Hausfriedensbruch, Behinderung der Justiz und Anstiftung zur Störung der öffentlichen Sicherheit und Ordnung zur Last gelegt«, las Annette von einem Papier ab. Sie vermied es, ihm in die Augen zu blicken. »Ich habe einen Beschluss zur Beschlagnahme Ihres Handys unterzeichnet und den Bürgermeister aufgefordert, Sie zu beurlauben, bis die Vorfälle geklärt sind.«

Sie hob den Kopf und schaute ihn an. »Haben Sie etwas zu sagen?«

»Nein«, antwortete Bruno. »Aber ich hätte einige Fragen, und die würde ich gern vor Zeugen stellen.« Er drehte sich zur geöffneten Tür um und bat Sergeant Jules, der verdächtig nah bei der Tür stand, einzutreten. Er schilderte ihm kurz die Situation und bat ihn, sich Notizen zu machen.

»Erstens, inwiefern wurde die öffentliche Sicherheit und Ordnung gestört? Zweitens, was hat es mit dem Hausfriedensbruch auf sich? Drittens, an welcher Stelle wurde wie die Justiz behindert? Viertens, wie hat der Bürgermeister reagiert? Fünftens, weiß das Innenministerium schon von meiner Beurlaubung? Sie sollten wissen, dass ich mit Billigung des Bürgermeisters an der Vorbereitung des Ministertreffens teilnehme. Letzter Punkt: meine Telefonanrufe. Die können Sie gern überprüfen, ich habe nichts zu verbergen.«

»Sie wissen sehr genau, von welchem Aufruhr die Rede ist, denn Sie haben ihn angezettelt«, blaffte Duroc. »Ferner sind Sie unbefugterweise in das Haus von Professor Vogelstern eingedrungen und behindern die Justiz, indem Sie diese verfluchten Bauern schützen und zwei Studenten decken, die sich strafbar gemacht haben und sich der Festnahme entziehen. Dem Bürgermeisteramt liegt unser Ersuchen, Sie bis auf weiteres vom Dienst zu suspendieren, seit heute Morgen vor; ich habe es heute Morgen persönlich vorbeigebracht. Und was der Innenminister zu sagen hat, werden wir sehen, wenn ihm unsere Anschuldigungen vorliegen.«

»Sie haben also nicht mit dem Bürgermeister gesprochen?« Bruno fragte sich, woher Duroc wissen konnte, dass er Teddy und Kajte geholfen hatte.

»Die Antwort steht noch aus«, sagte Annette, die durch Brunos Entgegnung und die Anwesenheit von Jules ein wenig verunsichert zu sein schien.

Bruno holte sein Handy aus der Tasche, rief den Bürgermeister an und erklärte ihm, worum es ging.

»Schalten Sie den Lautsprecher ein. Ich will, dass die beiden mithören«, sagte der Bürgermeister. Bruno tat ihm den Gefallen und beobachtete Duroc und die Amtsrichterin.

»Ich habe den Brief vor mir liegen und lehne den Antrag

ab«, meldete sich eine blecherne Stimme über das Handy. »*Chef de police* Courrèges hat mein vollstes Vertrauen. Ich werde allerdings der Leitung des Amtsgerichts in Sarlat einen Brief schreiben und ihr mitteilen, dass die *mairie* kein Vertrauen in Sie hat, Mademoiselle Meraillon. Wir können uns eine Zusammenarbeit mit Ihnen nicht vorstellen und beantragen deshalb Ihre Versetzung auf einen weniger anspruchsvollen Posten. Wären Sie nicht noch so jung und unerfahren, würde ich dafür plädieren, disziplinarrechtliche Maßnahmen gegen Sie zu ergreifen. Briefe mit ähnlich lautendem Inhalt sind bereits unterwegs zur Präfektur und zum General der Gendarmerie. Es könnte Sie, Capitaine Duroc, vielleicht auch interessieren, dass sich der Unterpräfekt über Ihr unprofessionelles Verhalten gestern in Saint-Denis empört und einen entsprechenden Bericht verfasst hat.«

Der Bürgermeister legte auf. Duroc war bleich geworden, und Annette starrte auf seinen Adamsapfel, der wieder auf und ab hüpfte.

»Ich schätze, damit wäre alles Wesentliche gesagt, fürs Erste jedenfalls«, erklärte Bruno. »Wenn Sie sich weitere Peinlichkeiten ersparen wollen, sollten Sie den Vorwurf des Hausfriedensbruchs schnell fallenlassen. Professor Vogelstern hat mir schon vor einiger Zeit seine Schlüssel anvertraut und mich darum gebeten, während seiner Abwesenheit aufs Haus aufzupassen und die Post an seine Adresse in Deutschland weiterzuleiten. Das habe ich schriftlich.«

»Warum haben Sie dann von der Nachbarin verlangt, Sie hereinzulassen?«, fragte Annette und zog eine Zeugenaussage aus dem Ordner, der vor ihr lag.

»Weil ich sie als Zeugin dabeihaben wollte, als ich auf Veranlassung der Museumsdirektorin das Haus durchsucht habe. – Sonst noch etwas?«

»Den Brief des Professors würde ich gern sehen«, sagte Annette.

»Ich lasse Ihnen eine Kopie zukommen«, entgegnete Bruno. »Dass ich Ihnen nach der schäbigen Nummer, die Sie hier abgezogen haben, das Original nicht anvertraue, werden Sie vielleicht verstehen. Aber vielleicht wäre es Ihnen lieber, nach Voranmeldung in mein Büro zu kommen, wo Sie dann in meinem Beisein und dem des Bürgermeisters Einblick in das Original nehmen könnten. Folgendes noch – Jules, bitte nimm zu Protokoll, dass ich Mademoiselle Meraillon hiermit höflich auffordere, sich wegen Befangenheit aus dem Fall herauszuziehen und einen Kollegen damit zu betrauen.«

Er setzte seine Mütze auf, ging, von Jules begleitet, hinaus in den Flur und zog die Tür von Durocs Büro hinter sich zu. Als er den Ausgang erreichte, spürte er, wie ihn jemand am Ärmel zupfte. Es war Jules, der ihn schweigend in die Bar des Amateurs auf der anderen Straßenseite zog, wo er zwei Tassen Kaffee bestellte, die Brusttasche seiner Uniformjacke aufknöpfte und ein zusammengefaltetes Stück Papier daraus hervorzog.

»Damit kriegen wir die beiden dran«, sagte er. Es war eine Kopie des Bußgeldbescheids, den er der Amtsrichterin wegen zu schnellen Fahrens ausgestellt hatte.

»Duroc ist scharf auf sie und wollte ihr gefällig sein. Françoise kann bezeugen, dass er den Bescheid aus dem Postfach genommen und zerrissen hat. Der Durchschlag liegt im Safe, aber ich habe behauptet, er wäre mir abhanden gekommen. Wir hätten also den Beweis, dass das Protokoll ausgestellt wurde. Als Amtsrichterin, die sich um Bußgeldzahlungen drückt, könnte sie in Schwierigkeiten kommen, und Duroc kriegt mit Sicherheit Ärger von der Dienstaufsicht.«

»Hat Françoise ihn tatsächlich das Protokoll zerreißen sehen?«, fragte Bruno. »Jeder weiß, dass sie ihn nicht leiden kann.«

»Aber Françoise ist integer und würde sich so etwas nicht einfach ausdenken. Sie schwört, dass er's getan hat, und ich habe den Durchschlag.«

»Aber die Sache liegt schon Tage zurück. Du hättest eher darauf reagieren müssen.«

»Ich kann sagen, dass ich meinen Protokollblock verlegt und gerade erst wiedergefunden habe. Was wäre dir lieber, Bruno? Soll ich die Sache melden, oder möchtest du die beiden damit unter Druck setzen, damit sie diese blödsinnigen Anschuldigungen fallenlassen?«

Bruno schüttelte den Kopf. »Dafür ist es zu spät. Der Bürgermeister hat auf ihren Brief bereits reagiert und den Stein ins Rollen gebracht. Außerdem, wenn ich jetzt etwas unternehmen würde, wüsste Duroc, dass ihr, du und Françoise, gegen ihn konspiriert. Er würde euch das Leben zur Hölle machen. Ich glaube, wir sollten an dieser Stelle wirklich der Gerechtigkeit ihren Lauf lassen.«

Zurück in seinem Büro und nach einem kurzen Gespräch mit dem Bürgermeister rief Bruno Pamela an. Fabiola meldete sich und sagte, Pamela habe ihren Koffer gepackt und wolle mit dem Nachmittagszug nach Bordeaux fahren, um von dort nach Edinburgh zu fliegen. Bruno schaute auf die Uhr. Ihm blieb noch ein wenig Zeit, bevor er Pamela zum Bahnhof bringen würde.

Er ging ins staubige Archiv des Bürgermeisteramtes, einen langen schmalen Raum voller Aktenschränke und Regale, um nach der Kopie von Jans *carte de séjour* zu suchen. Alle Ausländer, auch EU-Europäer mit Wohnrecht in Frankreich, waren registriert, so auch der im September 1942 im dänischen Kolding geborene Jan Olaf Pedersen, der sich im Dezember 1985 in der Kommune niedergelassen hatte. Den Unterlagen, zu denen auch eine Kopie seines Reisepasses gehörte, war zu entnehmen, dass er stets pünktlich seine *taxe foncière, taxe d'habitation* und seine Wassergeldrechnungen bezahlt hatte. Sein Betrieb war angemeldet, und der *Conseil Général* hatte ihm eine Ausbildungsbefugnis als Hufschmied zuerkannt. Im Mai 1993, also lange bevor Bruno nach Saint-Denis gekommen war, hatte er Juanita Maria Zabala geheiratet, eine in Perpignan geborene französische Staatsbürgerin. Bruno ging durch den Kopf, dass er zu dieser Zeit als Mitglied der UN-Truppen in Bosnien stationiert gewesen war mit dem Auftrag, den Flughafen von Sarajevo offen zu halten.

Die dünne Personalakte ließ keinerlei Ungereimtheiten erkennen, doch noch während Bruno in Gedanken war an jene Tage im Bunker und unter serbischem Artilleriebeschuss, fiel sein Blick ein zweites Mal auf den Namen von Jans Frau. Juanita. Dabei war sie von allen immer nur Anita genannt worden. Und Bruno erinnerte sich an Joes Auskunft, wonach sie manchmal von den Basken gesprochen hatte. Er ging zurück in sein Büro, schaute wieder auf die Uhr und rief Joe zu Hause an.

»Joe, es geht um die Frau von Jan, dem Hufschmied. Du hast doch von ihr gesagt, sie habe manchmal über die Basken gesprochen. Erinnerst du dich an ihren Namen?«

»Anita. Ja, nicht nur über die Basken, sondern auch die Bosnier, Ruander oder Palästinenser. Sie war engagierte Menschenrechtlerin, hat sich ständig an Spendensammlungen beteiligt und andere aufgefordert, Petitionen zu unterschreiben. Ein Herz aus Gold und eine Nervensäge zugleich. Du weißt schon. Sie gehörte zu der Art Frauen, die man zwar bewundert, aber wenn man sie kommen sieht, duckt man sich weg.«

»Laut Melderegister war ihr wirklicher Vorname Juanita, und ich frage mich, ob sie und, wenn ja, welche Beziehungen sie nach Spanien unterhalten hat.«

»Alle haben sie Anita genannt«, erwiderte Joe. »Sie kam aus Perpignan und war schon ausgebildete Lehrerin, als sie sich bei uns niederließ. Versuch's doch mal in der Bürgermeisterei von Perpignan. Vielleicht weiß man da mehr über sie.«

Das Bürgermeisteramt von Perpignan ließ sich Brunos Nummer geben, um überprüfen zu können, ob er wirklich von der *mairie* von Saint-Denis anrief. Unmittelbar darauf meldete sich ein Sergeant der Stadtpolizei, der behauptete, Bruno habe seinen Bruder auf einem Lehrgang in Toulouse kennengelernt. Er sagte, es freue ihn, helfen zu können, und rief wenig später wieder an, um ihm Auskunft über Juanita Maria Zabala zu geben. Sie war im April 1950 in Perpignan geboren worden als Tochter von Joxe Asteazu

Zabala, einem eingebürgerten Franzosen, und seiner Frau Marie-Josette Duvertrans aus Perpignan.

Bruno bedankte sich und setzte sich vor seinen Computer. Er rief Google.fr auf und tippte den Namen Joxe Asteazu in die Suchmaske. Der erste Eintrag war ein Link auf *Sculpteurs Basques en Espagne*, der zweite bezog sich auf die spanische Website *Lista de atentados del* GAL, die alle Mordanschläge auf militante Basken während des schmutzigen Krieges der GAL dokumentierte. Juanitas Vater war also ein Baske gewesen. Bruno gab nun dessen vollen Namen sowie Perpignan ein und ließ sich nur die französischen Webseiten anzeigen. Unter anderem wurde er auf eine Liste von Personen verwiesen, die mit der *Médaille de la Résistance* ausgezeichnet worden waren. Daraufhin rief er wieder in Perpignan an, klärte den hilfsbereiten Sergeanten darüber auf, dass sich Zabala für die Résistance engagiert hatte, und bat ihn, einen Blick in dessen Einbürgerungspapiere zu werfen.

»Ihm wurde 1946 die französische Staatsbürgerschaft zuerkannt, und da gibt es tatsächlich den Eintrag, dass er für seine Dienste in der Résistance belobigt wurde. Dabei war er im Camp de Gurs interniert, einem Lager für spanische Soldaten, die nach Francos Machtübernahme nach Frankreich geflohen waren. Mehr steht hier nicht.«

Bruno rief anschließend das Centre Jean Moulin in Bordeaux an, das Archiv der Résistance, benannt nach dem Mann, der unter de Gaulle die Widerstandsgruppen zu einigen versucht hatte und von der Gestapo zu Tode gefoltert worden war. Bruno ließ sich mit dem Kurator verbinden, den er schon einmal in einer früheren Sache kontaktiert hatte, und fragte ihn, ob es Informationen über eingebürgerte und mit der Résistance-Medaille ausgezeichnete Spanier gebe. Der Kurator wollte Einzelheiten wissen, ließ sich Brunos E-Mail-Adresse geben und versprach, sich kundig zu machen.

Ein weiteres Telefonat führte Bruno mit Rollo, dem Rektor der Hauptschule von Saint-Denis. Er fragte ihn, wann Anita an seiner Schule zu unterrichten begonnen und wer von den Kollegen ihr nahegestanden hatte. Rollo nannte ihm zwei Namen. Ihm war neu, dass seine ehemalige Lehrerin eigentlich Juanita geheißen hatte; dafür wusste er von ihrer Mitgliedschaft in der Kommunistischen Partei und erinnerte sich, dass sie 1985 in die Stadt gezogen war und im selben Jahr die Lehrerstelle angenommen hatte. Bruno meldete sich gleich darauf bei Montsouris, dem einzigen Kommunisten im Stadtrat von Saint-Denis, der wie immer mit Argwohn auf seinen Anruf reagierte.

»Ich versuche, Horst, den deutschen Archäologen, ausfindig zu machen, denn er ist verschwunden«, begann Bruno. »Jan, sein bester Freund hier bei uns, weiß auch nicht, wo er steckt. Er sagt, er habe ihn über Anita kennengelernt, deshalb frage ich mich, ob es noch weitere gemeinsame Bekannte von damals gibt, bei denen er sich aufhalten könnte. Ich greife hier nach jedem Strohhalm...«

»Horst ist kein Genosse, so viel kann ich dir sagen. Auch Anita war nicht wirklich in der Partei. Sie hat zwar ihre Beiträge bezahlt, aber es war kein Geheimnis, dass sie eigentlich nur sentimentale Gründe hatte. Ihr Vater war Mitglied, und ich glaube, er hat in den Internationalen Brigaden mitgekämpft, jedenfalls im Spanischen Bürgerkrieg.

Ich erinnere mich, dass sie einmal gesagt hat, ihr Vater sei über die Résistance zur Partei gekommen, als er noch bei den FTP aktiv war. Mehr weiß ich nicht. Sie ist ja schon seit Jahren tot.«

Das Kürzel FTP stand, wie Bruno wusste, für die *Francs-Tireurs et Partisans*, den kommunistischen Flügel der Résistance. Er rief wieder in Bordeaux an und teilte dem Kurator diese zusätzliche Information mit.

»Das hätte ich Ihnen auch sagen können«, entgegnete dieser. »Wir haben hier einiges über unseren Freund Joxe gefunden. Er ist 1940 aus Gurs geflohen, wie viele Internierte. Das Lager war nicht sonderlich gut bewacht, und er hatte Verwandte in Frankreich, unter den Basken in Bayonne. Durch die ist er wahrscheinlich an falsche Papiere gekommen. Er war von Anfang an Mitglied der FTP, also gleich nach Hitlers Einmarsch in die Sowjetunion 1941. Wegen seiner Erfahrungen aus dem Spanischen Bürgerkrieg hat man ihn in den Maquis junge Rekruten ausbilden lassen. Er half auch bei der Organisation der spanischen Flüchtlinge. In der Laudatio für seine Medaille heißt es, dass er in Tulle und Terrasson gekämpft hat und im Sommer 1944 verwundet wurde.«

»Wusste ich doch, dass ich mich auf Sie verlassen kann«, sagte Bruno. »Vielen Dank, Sie haben mir sehr geholfen.«

»Augenblick, da ist noch etwas«, beeilte sich der Kurator zu sagen. »Nach seiner Genesung trat Joxe der französischen Armee bei und marschierte mit ihr 1945 in Deutschland ein. So konnte er, anders als viele andere Flüchtlinge, seiner Deportation nach Spanien entgehen. Die Briten und Amerikaner machten sich Sorgen, dass Résistance-erfahrene Spanier Franco stürzen und ein kommunistisches Regime installieren könnten. Also lieferten sie etliche von denen an Franco aus, der dann kurzen Prozess mit ihnen machte.«

»Das wusste ich noch nicht«, sagte Bruno bestürzt.

»Das wissen die wenigsten. Der Kalte Krieg hat früher begonnen, als man gemeinhin glaubt.«

20

Obwohl die Sonne schien, trug Pamela einen schweren schwarzen Wollmantel, einen cremefarbenen Kaschmirschal und schwarze Stiefel, die zwar robust, aber durchaus elegant aussahen. Sie stand im Hof und wartete ungeduldig auf Bruno, der gerade mit quietschenden Reifen in seinem Polizeitransporter um die Ecke bog. Sofort stieg sie ein, winkte Fabiola noch einmal kurz zu, begrüßte Bruno mit einem flüchtigen Kuss und schaute dann schon wieder nervös auf die Uhr.

»Ich habe mir den Wetterbericht im Internet angesehen. In Edinburgh ist's kalt«, sagte sie, um ihre Aufmachung zu erklären, und kämpfte mit dem Sicherheitsgurt.

»Ist das alles, was du mitnimmst?«, fragte Bruno mit Blick auf die kleine Reisetasche auf ihrem Schoß. Er war ganz zerknirscht, weil er Pamela nicht nach Bordeaux bringen konnte.

»Im Haus meiner Mutter sind noch jede Menge Sachen von mir. – Schaffst du es denn, dich um die Pferde zu kümmern?«

»Fabiola wird mir helfen«, antwortete er. »Mach dir keine Sorgen. Was ist mit deiner Mutter, gibt es Neuigkeiten?«

»Ja, von meiner Tante. Sie war bei ihr und sagt, dass ihre

linke Seite betroffen ist. Aber sie hat meine Tante erkannt, kann nur noch nicht richtig sprechen. Der Arzt meint, sie wird sich wieder berappeln.« Sie knetete ihre schwarzen Lederhandschuhe und starrte zum Fenster hinaus. »Schaffen wir es auch rechtzeitig zum Bahnhof?«

»Bequem«, antwortete er, drückte aber trotzdem aufs Gas und freute sich, dass sein neuer Polizeiwagen sehr viel schneller beschleunigte als der alte. »Hast du was gegessen?«, fragte er.

»Fabiola hat mir ein Omelett vorgesetzt, dazu einen Apfel und Tee. Außerdem hat sie mir ein Sandwich und eine Flasche Wasser eingepackt. Mehr brauche ich nicht.« Sie schaute wieder auf die Uhr. »Schaffe ich den Zug auch wirklich?«

»Wenn's sein muss, schalte ich die Sirene ein«, gab Bruno betont heiter zurück.

»Eigentlich müsste ich mich um die Anfragen für die *gîtes* kümmern«, sagte sie. »Wenn ich sie nicht belegen kann, bin ich bald pleite.«

»Es gibt doch bestimmt Internetcafés in Edinburgh, wo du alles erledigen kannst. Ich werde mich um die Post kümmern und fällige Überweisungen vornehmen«, bot ihr Bruno an und bog in die stark befahrene Straße nach Le Buisson ein. Ihm war klar, dass sie nach dem Schock über die Erkrankung ihrer Mutter bemüht war, ihr Leben im Griff zu halten. Sie brauchte Rückenstärkung.

»All das lässt sich klären. Im Moment geht's ausschließlich um deine Mutter. Über alles andere brauchst du dir keine Gedanken zu machen. Wir schaffen das, und wenn du willst, erstatte ich dir per E-Mail Bericht.«

»Mute ich dir auch nicht zu viel zu, Bruno?«, fragte sie und kramte in ihrer Handtasche, um sich zu vergewissern, das sie den Reisepass und Ausdruck ihrer Bordkarte dabeihatte. »Du hast doch ohnehin genug um die Ohren, die Dynamitgeschichte, das ausgegrabene Skelett, die Tierschützer, Horsts Verschwinden ... Mein Gott, es passiert immer alles zur Unzeit. Und zu allem Überfluss nun auch noch Charles.«

Obwohl er den Verkehr nicht aus den Augen lassen wollte, riskierte er einen Seitenblick, denn er wusste nicht, was sie meinte.

»Es lässt sich wohl nicht vermeiden, dass ich meinem Exmann begegne«, sagte sie mit dünner Stimme. Sie starrte vor sich hin und wich Brunos Blick aus. »Er steht meiner Mutter immer noch sehr nahe, die ihrerseits große Stücke auf ihn hält. Sie hat monatelang kein Wort mit mir gesprochen, als ich ihn verlassen habe. Er besucht sie noch von Zeit zu Zeit.«

»Das war zu erwarten«, entgegnete er und fragte sich, warum sie ihm all dies erzählte. Sie sprach immer voller Zuneigung von ihrer Mutter, so dass sich Bruno häufig fragte, warum die alte Dame noch nie zu Besuch in Frankreich gewesen war. »Ein Krankheitsfall lässt Familienmitglieder zusammenrücken.«

»Darum geht's nicht«, sagte sie. »Ihn wiederzusehen bedeutet, dass all das, was mir an unserer Ehe nicht gepasst hat, wieder aufs Tapet kommt; ich meine nicht die Ehe an sich, sondern die Art und Weise, wie sie zwei Menschen bestimmte Rollen aufzwingt.« Sie stockte und fügte nach einer Weile wie im Selbstgespräch hinzu. »Ich kann es nicht leiden, von jemand anderem abhängig zu sein oder wenn ein anderer von mir abhängig ist.«

Hatte sie dabei auch die Beziehung zwischen ihnen beiden im Sinn? Sie knetete ihre Handschuhe nun so heftig, dass ihre Fingerknöchel weiß hervorstanden. Als Bruno über die Dordogne-Brücke fuhr, fielen erste Regentropfen auf die Windschutzscheibe.

»Ich weiß selbst nicht, warum ich dir das alles erzähle«, sagte sie. »Vielleicht deshalb, weil mich der Gedanke, ihn zu sehen, zusätzlich belastet. Und meine Mutter wird sich über seinen Besuch wahrscheinlich mehr freuen als über meinen. Ich bin für sie die Tochter, die in der Ehe gescheitert und kinderlos geblieben ist und die sie dann auch noch im Stich gelassen hat.«

»Eine schwere Zeit für dich«, sagte er. Pamela hatte immer deutlich gemacht, dass sie sich weder auf Dauer irgendwo niederlassen noch Kinder haben wollte. Zu einem ernsten Gespräch darüber war es nie gekommen, doch für Bruno stand fest, dass diese Haltung auch ihre Beziehung begrenzte. Manchmal fragte er sich, ob es nicht womöglich ein Fehler gewesen war, von der selbstauferlegten Regel abzuweichen und eine Affäre mit einer Bewohnerin von Saint-Denis anzufangen.

»Wahrscheinlich geht er davon aus, bei uns zu Hause übernachten zu können, und ich werde ihm gegenüber höflich sein müssen«, sagte sie verärgert. »Mein Gott, wie ich dieses Affentheater hasse!«

Bruno dachte, dass sie diese letzte Bemerkung bewusst oder unbewusst ausgerechnet in dem Moment hatte fallenlassen, als er vor dem Bahnhof angekommen war. Sie hatten noch ein paar Minuten für sich, bevor der Zug abfahren würde.

»Wie gesagt, du solltest jetzt nur an deine Mutter denken. Alles andere zählt nicht.« Er stellte den Motor ab. »Würde es dir helfen, wenn ich nach Schottland käme?«

»Nein, bloß nicht! Das würde alles nur noch komplizierter machen. Mir ist mehr geholfen, wenn du auf mein Haus und meine Pferde aufpasst. Trotzdem, danke für dein nettes Angebot. Ich weiß, du hast viel zu tun, und ich will nicht, dass du damit anfängst, dich nur von Pizzas und Sandwiches zu ernähren.«

Er lachte. »Du müsstest mich eigentlich besser kennen.«

»Fabiola wird ein Auge auf dich haben und dich bekochen.«

Er stieg aus und ging um den Wagen herum, um ihr die Reisetasche abzunehmen. Dann hielt er ihr die Tür zur Bahnhofshalle auf. »Hast du schon einen Fahrschein für den Zug gelöst?«

»Nein. Das mache ich jetzt – nein, du brauchst nicht auf mich zu warten.«

Er ignorierte ihren Einwand und ging zum Fahrkartenschalter, wo er Jean-Michel begrüßte, der in der Rugbymannschaft von Saint-Denis spielte und immer noch eine geschwollene Nase von dem Zusammenprall mit Teddy während des Trainings hatte. Bruno kaufte einen Rückfahrschein, machte ein paar scherzhafte Bemerkungen über Jean-Michels blaue Flecken, stempelte dann die Karte in dem kleinen orangefarbenen Automaten ab und führte Pamela auf den Bahnsteig für die Züge nach Bordeaux.

»Ich weiß noch nicht, wie lange ich bleiben werde«,

sagte sie, als sie auf einem Holzsteg die Gleise überquerten. »Hängt davon ab, wie schnell sich meine Mutter erholt und ob sie wieder allein zurechtkommt.«

»Du könntest sie doch hierherholen. Genügend Platz hättest du ja.«

»Das kommt für sie nicht in Frage. Sie würde Edinburgh und ihren Freundeskreis nie verlassen. Nein, sie möchte, dass ich zurückkomme.«

Das war neu für Bruno. Er sah den Zug in der Ferne auftauchen. Sie waren die Einzigen auf dem Bahnsteig. Er nahm ihre Hand, die immer noch die zerkneteten Handschuhe gepackt hielt, drehte sie um und drückte ihr dann einen zärtlichen Kuss aufs Handgelenk. Pamela schaute ihm in die Augen. Ihre Lippen zitterten.

»Du wirst mir fehlen. Aber sei unbesorgt, wir werden uns um alles kümmern. Und wenn du mich brauchst…«

»Meine Güte, ich komme mir vor wie in der Schlussszene aus *Brief Encounter*«, gab sie beherrscht zurück und richtete ihren Blick auf den einfahrenden Zug.

»Woraus?«, fragte er laut, um das Kreischen der Bremsen zu übertönen.

»Aus einem alten Film, der mich immer zu Tränen rührt«, antwortete sie. »Sehr britisch, über eine zum Scheitern verurteilte Liebe und einen Bahnhof. Zu einer Zeit, als es noch Dampflokomotiven gab.«

»Ich mag Dampflokomotiven«, sagte er und drückte auf den kleinen grünen Knopf an der blau und silbern schimmernden Waggontür, die sich daraufhin automatisch öffnete. Er stellte ihre Reisetasche im Einstieg ab, nahm Pamela in die Arme, küsste sie und ließ sie erst los, als der Bahnhofswärter seine Trillerpfeife schrillen ließ. Ihr bronzenes Haar fiel über den Kaschmirschal, und in ihre Augen traten Tränen.

»*Bon voyage, ma belle.* Ich hoffe, deiner Mutter geht es bald wieder besser. Und mach dir keine Sorgen um die Pferde und alles andere.«

Die Tür schloss sich vor ihr. Sie hielt sich eine Hand vor die Augen und winkte zaghaft mit der anderen, so dass es wirkte, als wollte sie ihn durch die Glasscheibe hindurch berühren. Als der Zug sich in Bewegung setzte, blieb Bruno reglos am Bahnsteig zurück und schaute ihm nach.

»*Ça va*, Bruno?«, fragte Jean-Michel, der Bahnhofsvorsteher. »Kann ich irgendwie helfen?«

Bruno schüttelte den Kopf. »Ich habe mich gerade von einer Frau verabschiedet.«

Jean-Michel sah ihn fragend an. »Aber das war doch deine verrückte Engländerin. Sie hat ihr Haus bei uns und wird zurückkommen, oder?«

»Sie ist nicht verrückt«, entgegnete Bruno leise. »Und sie stammt aus Schottland.« Er ging über die Gleise zurück, durchquerte die Bahnhofshalle und bestieg seinen Transporter.

Er hatte gerade mit Clothilde telefoniert, die nichts Neues über Horst zu berichten wusste, als er den Bürgermeister seinen Namen rufen hörte. Er saß mit der versammelten Mannschaft des Bürgermeisteramtes vor dem kleinen Fernseher im Frühstücksraum neben der Küche. Bruno schaute über die Köpfe hinweg auf den Bildschirm und erkannte Gravelles verwüsteten Laden. Die Bildunterschrift lautete: »Krieg um *foie gras*?«

Als Nächstes wurde die auf die Fabrikwand aufgesprühte Parole eingeblendet. Danach kam ein kurzes Interview mit Arnaud Gravelle, der allerdings einen ziemlich sprachlosen Eindruck machte. Hallorufe wurden laut, als auf dem Bildschirm die *mairie* erschien, kurz darauf eine Nahaufnahme vom Bürgermeister zwischen den alten Steinsäulen der Markthalle.

»Es gibt keine Entschuldigung für diese Angriffe auf unschuldige Landwirte und Unternehmer, die völlig legal ihrer Arbeit nachgehen«, sagte der Bürgermeister. »*Foie gras* ist aus der französischen Küche nicht wegzudenken, und wer mit Bomben dagegen vorzugehen versucht, kann eigentlich nur verrückt sein. Wir bauen darauf, dass unsere Justiz diese Extremisten zur Rechenschaft zieht.«

Wieder wurde Beifall geklatscht, dann aber sagte der Fernsehreporter, der auf der Brücke über der gemächlich dahinfließenden Vézère stand, dass sich nicht alle dieser Auffassung anschließen würden; viele hielten das Stopfen von Gänsen und Enten in der Tat für Tierquälerei. Die Kamera schwenkte nun auf Annette, die neue Amtsrichterin. Sie stand auf den Stufen zur Gendarmerie und sah in ihrer weißen Bluse und dem blauen Jackett sehr hübsch und seriös aus.

»Es gab weitere, diesmal aber gewaltlose Proteste gegen die fragwürdigen Methoden von Mastbetrieben«, sagte sie. »Vor zwei hiesigen Bauernhöfen ist es zu Demonstrationen gekommen. Im zweiten Fall feuerte der Landwirt seine Flinte auf die Demonstranten ab. Wir haben am Tatort Blutspuren gefunden. Wahrscheinlich ist der Bombenangriff als Reaktion auf diesen Gewaltakt zu verstehen, aber immerhin kamen keine Personen dabei zu Schaden. Als ermittelnde Amtsrichterin nehme ich diese Sache natürlich sehr ernst, und ich bedauere, sagen zu müssen, dass hochgestellte Persönlichkeiten der Stadt den Schutz ihrer *foie gras*-Industrie offenbar wichtiger nehmen als unsere Rechtsprechung.«

»Soll das heißen, Sie werden in Ihren Ermittlungen behindert?«, fragte der Interviewer. Im Frühstücksraum der *mairie* war es nun vollkommen still.

»Genau das meine ich. Deshalb werde ich an übergeordneter Stelle Beschwerde einlegen«, antwortete Annette. »In unserem Land stehen Tiere unter gesetzlichem Schutz, und ich bin überzeugt davon, dass die Herstellung von *foie gras* nicht nur grausam, sondern barbarisch ist.«

Die Kamera schwenkte von ihr ab, worauf im Frühstücksraum höhnisches Gelächter und Buhrufe laut wurden.

»Im Périgord, genauer, hier in Saint-Denis, wo am Morgen ein örtlicher Betrieb, der *foie gras* in Dosen abpackt, von einer Bombe verwüstet wurde, scheint Krieg geführt zu werden, wenn nicht gegen, so doch um diese allseits wertgeschätzte Delikatesse«, sagte der Reporter und meldete sich ab.

Als der Nachrichtensprecher auf das Thema Sport überleitete, schaltete der Bürgermeister den Fernseher aus, nahm die Videokassette aus dem Recorder und wandte sich an sein Personal.

»Die Lage ist ernst. Ich werde die Vertreter der Stadt zusammenrufen, um mich mit ihnen über geeignete Maßnahmen zu beraten«, sagte er. »Über weitere Pressemeldungen und Ermittlungsschritte der Amtsrichterin möchte ich unverzüglich informiert werden. Bruno, kommen Sie bitte mit mir in mein Büro.«

»Diese Frau geht entschieden zu weit«, knurrte er, kaum dass die Tür zum Büro geschlossen war. »Was könnte sie uns zum Vorwurf machen?«

»Capitaine Duroc hat dafür gesorgt, dass sie mich als Drahtzieher der Proteste vor der Gendarmerie bezichtigt«, antwortete Bruno. »Sie glaubt, ich hätte die Demonstration organisiert, und will nun wissen, mit wem ich telefoniert habe.«

»Was wird sie herausfinden?«

»Nichts. Ich habe gesagt, Sie und Duroc könnten sich herzlich gern bei meiner Telefongesellschaft erkundigen.«

»Gut.« Der Bürgermeister musterte Bruno mit fragender Miene. »Ich möchte Ihnen nicht zu nahe treten, aber kann es sein, dass ihr Vorgehen persönlich motiviert ist? Nach dem Motto: ›Ein verschmähtes Weibsstück ist die wahre Hölle‹?«

»Ach wo! Ich habe ihr nur ein Knöllchen wegen Falschparkens ausgestellt«, antwortete Bruno grinsend. »Sie scheint allerdings zu glauben, dass ich mit dem Verschwinden der Hauptverdächtigen etwas zu tun habe, dieser Archäologiestudentin, die angeblich Hals über Kopf nach Holland zurückgekehrt ist. Da aber Mademoiselle Meraillon gegen das Mädchen nichts in der Hand hat und jetzt öffentlich ausplaudert, dass sie mit den Tierschützern sympathisiert, bewegt sie sich auf dünnem Eis. Sie erinnern sich, sie nannte die Herstellung von Stopfleber ›barbarisch‹, dabei kommt *foie gras* in zwei Dritteln aller französischen

Haushalte auf den Tisch. Wenn Sie mich fragen, dann hat sie die öffentliche Meinung schon mal gegen sich.«

»Sind Sie sicher, dass dies der richtige Weg ist?«

»Nein, aber unser letzter Strohhalm«, antwortete Bruno. »Vorläufig wären zwei Dinge zu tun. Erstens müssen wir sie von Duroc trennen. Sie werden nicht wissen wollen, wie, aber ich hätte da schon eine Idee. Zweitens sollten wir ihre Glaubwürdigkeit in dieser Sache in Frage stellen, und dabei könnten Sie helfen, Monsieur.«

»Wie?«

Bruno berichtete, dass er sie im Beisein von Sergeant Jules bereits aufgefordert hatte, sich wegen Voreingenommenheit aus dem Fall zurückzuziehen. Nach ihrem öffentlichen Statement vor laufender Kamera würde ihr nun keine andere Wahl mehr bleiben. Eine Amtsrichterin, die ihre Vorbehalte deutlich zum Ausdruck bringe, müsse von weiteren Ermittlungen Abstand nehmen.

»In den Augen der Öffentlichkeit sind Staatsanwälte ohnehin ein Haufen linker Spinner«, bemerkte der Bürgermeister und nickte zustimmend.

»Ja, aber darauf müssen wir nicht anspielen«, entgegnete Bruno. »Wir wollen schließlich nicht, dass sich alle Staatsanwälte mit ihr solidarisieren.«

Der Bürgermeister musterte sein Gegenüber mit scharfem Blick und schmunzelte dann. »Sie wollen, dass wir einen bedauernden Tonfall anschlagen und nicht aufgebracht reagieren, nicht wahr?«

»Genau«, antwortete Bruno. »Wir achten die französische Justiz und ihre Vertreter. Deshalb können wir nicht dulden, dass eine Amtsrichterin ermittelt, die uns öffentlich als Barbaren beschimpft, nur weil wir Lebensmittel herstellen, die fast alle Franzosen lieben.«

»Wir sollten Verstärkung mobilisieren. Ich werde mich mit der *Société de Gastronomes de France* in Verbindung setzen und sie auffordern, beim Justizminister Beschwerde einzulegen«, sagte der Bürgermeister, und seine Augen leuchteten dabei. »Außerdem könnten wir ein paar der besten Spitzenköche Frankreichs um ihre Meinung in Sachen *foie gras* bitten. Dann wären da noch meine alten Freunde im Senat, die ihr bestimmt gerne bestätigen, dass *foie gras* bei uns in Frankreich seit 2009 zum *patrimoine culturel* zählt. Und ich werde die anderen Bürgermeister des Périgord bitten, sich auf unsere Seite zu stellen. Mit der Gewerkschaft der Landwirte, den *vignerons* von Monbazillac und Sauterne und den *députés* der *Assemblée Nationale* hätten wir eine starke Koalition.«

»Und wir sollten zusehen, dass sich Meraillon keine Verbündeten zulegt«, sagte Bruno. »Nicht, dass sie zum Beispiel Alphonse für sich einspannt, der als Mitglied der Grünen im Stadtrat auch kein Befürworter von *foie gras* ist. Wir holen ihn auf unsere Seite und spalten die Grünen. Überlegen wir uns, von wo sie sonst noch Unterstützung bekommen könnte. Die sollten wir von vornherein neutralisieren, damit sie am Ende nur noch die Extremisten auf ihrer Seite hat.«

»Darum kümmere ich mich«, sagte der Bürgermeister und rieb sich die Hände. »Das ist meine Spezialität. Das ist Politik.«

21

Der dänische Student mit Namen Harald war klein, dicklich, dunkelhaarig und alles andere als das, was sich Bruno unter einem Wikingernachfahren vorstellte. Aber er sprach sehr gut Französisch, hatte intelligente Augen und eine gehörige Portion Selbstvertrauen.

»Dieser Typ ist kein Däne«, sagte Harald und nahm auf dem Beifahrersitz von Clothildes Wagen Platz, als sie sich hinters Steuer setzte und Bruno, der auf der Rückbank saß, ein in braunes Papier eingeschlagenes Päckchen reichte, das einen schmiedeeisernen Kerzenständer enthielt.

»Sind Sie sicher?«, fragte Bruno. »Es ist wichtig.«

»Er spricht ganz gut Dänisch, kann aber einem echten Dänen nichts vormachen. Ich würde sagen, er stammt aus Deutschland, wahrscheinlich aus Hamburg oder Umgebung«, antwortete Harald mit Blick auf Bruno. »Worum geht's eigentlich?«

»Ich bin mir selbst noch nicht sicher, aber Ihr Professor ist auf rätselhafte Weise verschwunden. Jan ist hier sein engster Freund, und nun scheint es, als sei er nicht ganz koscher. Ich habe mir diesen Kerzenständer einpacken lassen, damit er seine Fingerabdrücke auf dem Papier hinterlässt. Mal sehen, was wir darüber erfahren. Wie viel schulde ich Ihnen für den Kerzenständer, Clothilde?«

»Wenn er dazu beiträgt, dass wir Horst finden, können Sie ihn als Geschenk betrachten«, antwortete sie und ließ den Motor an. »Ziemlich seltsam, diese Aktion – Sie, versteckt auf der Rückbank. Wie in einem schlechten Krimi.«

»Ich wollte nicht, dass Jan Verdacht schöpft«, entgegnete Bruno. »Dass Sie ihm einen jungen dänischen Landsmann vorstellen, wird er plausibel finden. Ich hoffe, er hat nicht den Eindruck gewonnen, ausspioniert zu werden.«

»Nein, ich bin ihm ganz locker begegnet, habe ihn nur gefragt, was ihn hier im Périgord hält und ob er nie den Wunsch hatte, nach Dänemark zurückzukehren«, sagte Harald, dem es offenbar gefiel, Polizist zu spielen. »Und dann habe ich ihn noch gefragt, ob er weiß, wer jetzt die dänische Fußball-Liga anführt. Harmlose Plauderei.«

»Und? Weiß er es?«

»Nein. Er sagte, dass er die *Politiken* liest, um sich in der Politik auf dem Laufenden zu halten. Sport würde ihn weniger interessieren, was mich ein bisschen überrascht hat, weil er heute Morgen im Café eine Ausgabe von *L'Équipe* vor sich liegen hatte. Das ist doch eine Sportzeitung, oder?«

»Allerdings«, antwortete Bruno. »Könnte sein Akzent daher rühren, dass er nahe der Grenze aufgewachsen ist? Er sagt, dort sprächen alle Deutsch so gut wie Dänisch.«

»Stimmt, es sind nämlich Dänen, die da leben. Das weiß ich, weil ich einmal eine Freundin aus dieser Gegend hatte und öfter zu Besuch war. Ich bin mir sicher: Er ist kein Däne.«

»War jemand bei ihm?«

»Ein junger Kerl. Wir sind einander zwar nicht vorgestellt worden, und er hat auch kein Wort gesagt, trotzdem glaube ich, dass er von unserer Unterhaltung auf Dänisch nichts verstehen konnte.«

»Mir scheint, er hat nicht einmal mein Französisch verstanden«, fügte Clothilde hinzu.

Bruno nickte in Erinnerung an den jungen Verwandten von Juanita, den er in der Schmiede angetroffen und von dem Jan behauptet hatte, dass er bei ihm eine Lehre mache. Der Name war ihm entfallen.

Nachdem Clothilde Bruno vor dem Bürgermeisteramt abgesetzt hatte, fuhr er mit dem Kerzenständer in seinem eigenen Auto zum Château in Campagne. Statt von Handwerkern wimmelte es dort nun von bewaffneten Sicherheitskräften. Ein Posten am Tor hielt Rücksprache mit Isabelle, bevor er Bruno durchließ.

Isabelle hatte sich im größten Schlafzimmer eingerichtet, einem hohen Raum mit drei großen *portes-fenêtres*, die auf einen Balkon mit Blick auf die Parkanlagen hinausgingen, und einem riesigen altmodischen Himmelbett mit einem Baldachin aus cremefarbenem Damast. Hinter der Mauer, die das Château umgab, konnte Bruno den Windsack des Hubschrauberlandeplatzes erkennen.

»Wie ich gehört habe, soll es unter der Decke hübsche Malereien gegeben haben, von Nymphen und Engelchen, aber weil sie nicht mehr gerettet werden konnten, hat man sie überpinselt«, sagte sie. Sie saß in einem Louis-Seize-Sessel an einem zierlichen Schreibtisch, der vor dem Fenster in der Mitte stand, darauf ein prächtiger Blumenstrauß.

»Man könnte sich glatt dran gewöhnen, so vornehm zu wohnen, stimmt's?«, fragte Bruno.

»Nicht wirklich.« Isabelle deutete auf einen kleinen

praktischen Klapptisch; neben dem Schreibtisch; darauf lagen zwei Handys und ein Funkgerät aus Militärbeständen. Davor lehnte eine Korktafel voll aufgesteckter Merkzettel. »Auch hier hätte ich bald wieder mein gewohntes Chaos angerichtet.«

»Schläfst du hier?«, fragte er.

Sie schüttelte den Kopf. »Das Bett ist nicht einmal bezogen. Ich übernachte in dem Hotel auf der anderen Straßenseite. Aber da kann ich nicht arbeiten. Hier schon.«

Sie blickte auf das Päckchen, das Bruno in der Hand hielt, lächelte und überraschte ihn mit der Frage: »Ein Geschenk für mich?«

»Ja, natürlich«, antwortete er schlagfertig. »Aber zuerst müssen wir Jans Fingerabdrücke auf dem Packpapier sicherstellen. Vielleicht kann man in Dänemark oder Deutschland was damit anfangen.«

Im Hof parkte ein Polizeiwagen mit zwei Beamten, die zu Isabelles Verfügung standen. Sie rief die beiden zu sich und gab ihnen den Auftrag, das Päckchen ins Labor zu bringen und ihr eine Kopie der sichergestellten Fingerabdrücke per E-Mail zuzuschicken. Anschließend rief sie bei der Polizei in Kopenhagen an und bat ihre Kollegen um eine Personenüberprüfung anhand der Daten, die Bruno von Jans *carte de séjour* abgeschrieben hatte. Derweil überflog Bruno die Ergebnisse der erkennungsdienstlichen Überprüfung der Archäologiestudenten.

Viel konnte er damit nicht anfangen. Interessant war höchstens, dass sich Kasimir offenbar seiner Einberufung in den Wehrdienst entzogen hatte und stattdessen lieber im Périgord nach fossilen Knochen buddelte.

Schmunzelnd nahm Bruno den Bericht der britischen Polizei zur Hand. Gegen Teddy lag rein gar nichts vor, nicht einmal ein unbezahltes Knöllchen. Als sein Blick jedoch auf eine Kopie des Reisepasses fiel, stutzte Bruno. Teddy war eine Abkürzung von Edward; auf diesen Namen lauteten auch der Pass und seine Kreditkarte. Die britische Polizei aber führte ihn als Todor (Edward) Gareth Lloyd, und der Vorname, den Bruno noch nie gehört hatte, machte ihn neugierig. Und was war davon zu halten, dass der Name Edward im Reisepass in Klammern stand? Hatte er sich womöglich umbenennen lassen?

Bruno bat Isabelle, ihren Laptop benutzen zu dürfen, rief Google.fr auf und gab den Namen Todor ein. Eine Vielzahl bulgarischer und ungarischer Links mit Variationen über den Namen Theodor tauchte auf. Bruno war ratlos. Auf einen spontanen Einfall hin schrieb er zusätzlich das Wort »Baske« in die Suchmaske, womit er wieder jede Menge Treffer erzielte, die aber diesmal einen eindeutig baskischen Bezug hatten. Todor war also ein baskischer Name. Bruno schlug sein Notizbuch auf und las, was er sich nach seinem Besuch in Jans Werkstatt notiert hatte. Der Name von Juanitas schweigsamem Verwandten war Galder. Auch damit erntete er bei Google eine Flut von Links auf baskische Seiten.

Von puren Zufällen konnte nicht mehr die Rede sein. Er rief Isabelle zu sich und zeigte ihr den britischen Polizeibericht sowie seine Recherchen am Bildschirm. Sie stellte ihren Sessel neben seinen, loggte sich in ihre Datenbank ein und klickte auf einen Ordner mit der Bezeichnung »Campagne«, dann auf ein Unterverzeichnis namens »*Étu-*

diants«. Als er zur Seite rückte, um ihr Platz zu machen, fiel sein Blick erneut auf den großen Blumenstrauß. Darin steckte eine Grußkarte mit den Worten »Voller Dankbarkeit und Bewunderung, Carlos«.

Was hatte das zu bedeuten? Bruno verspürte einen kleinen Stich und versuchte, seine Eifersucht in Schach zu halten. Isabelle war eine freie Frau und hatte ihm gegenüber keinerlei Verpflichtungen. Seine Reaktion erklärte er sich damit, dass er wegen Pamelas Abreise vielleicht ein wenig überempfindlich reagierte. *Putain*, das musste aufhören. Schließlich waren sie jetzt Kollegen und kein Liebespaar mehr.

»Ich habe mich bei den verschiedenen Polizeidienststellen über die Studenten erkundigt und alle Ergebnisse in diesem Ordner abgespeichert«, sagte Isabelle, die nicht mitbekommen hatte, dass er die Grußkarte las. Sie fuhr mit dem Cursor eine Reihe von PDF-Dateien entlang, bis sie auf einen weiteren Unterordner traf, gekennzeichnet mit RU für *Royanne-University*. Zwei Klicks später zeigte sich Teddys Geburtsurkunde auf dem Bildschirm. Er war am 26. März 1986 in Swansea zur Welt gekommen. Seine Mutter hieß Mary Morgan Lloyd und studierte noch; als Vater war Todor Felipe Garcia eingetragen, von Beruf Mechaniker.

»Felipe Garcia ist ein spanischer Name, kein baskischer«, sagte Bruno.

»Ich weiß«, erwiderte Isabelle. »Versuchen wir's über einen anderen Weg.«

Sie klickte sich in ihre geschützte Datenbank beim Innenministerium zurück und suchte nach Einträgen des Namens Todor Felipe Garcia im Zeitraum von 1984 bis 1986. Es gab drei: eine im September 1984 in Biarritz ausgestellte *carte de séjour*, ein im April 1985 in Bordeaux verhängter Bußgeldbescheid wegen zu schnellen Fahrens sowie eine Vermisstenanzeige, aufgegeben am 30. August 1985 von der britischen Staatsbürgerin Mary Morgan Lloyd, angestellt als Au-pair-Mädchen bei einer französischen Familie in Talence. Sie hatte zu Protokoll gegeben, dass Todor Felipe Garcia seit einer Woche spurlos verschwunden und an seinem Arbeitsplatz nicht mehr aufgetaucht sei.

»Da muss sie bereits gewusst haben, dass sie schwanger ist«, sagte Isabelle und zählte die Monate an den Fingern ab. »Armes Mädchen. Hat sich bestimmt schreckliche Sorgen gemacht.«

Isabelle klickte in ihrer Liste auf einen vierten Eintrag, der nur mit drei Sternchen markiert war.

»Dreh dich bitte kurz weg, Bruno«, sagte sie. »Ich logge mich jetzt in die Datenbank der RG ein und muss mein Passwort eingeben.«

Er schaute zum Fenster hinaus, bis sie ihm wieder erlaubte, auf den Bildschirm zu blicken. Sie hatte eine ganze Reihe von Observationsberichten aufgerufen, in deren Überschriften der Name Todor überall gelb hinterlegt war.

»Teddys Vater war Baske und militanter Aktivist, so viel steht fest. Wir hatten ihn im Visier«, sagte sie und klickte sich weiter. »Und hier hätten wir die junge Mademoiselle Lloyd, mit der Todor in diesem Sommer ein Verhältnis angefangen hatte. Gegen sie lag nichts vor. Unsere Behörde hat sich bei der britischen Polizei erkundigt. Ergebnislos.«

Sie klickte sich zur Akte Todor zurück. »Das sind also

seine Kontakte«, staunte sie und lehnte sich, überrascht von der Länge der Namensliste, in ihrem Sessel zurück. Unter anderem waren aufgeführt das mutmaßliche ETA-Mitglied Pedro Jose Pikabea, am 29. März 1985 bei einem Anschlag auf die Gaststätte Les Pyrenées in Bayonne verwundet; dann der Fotojournalist Xabier Galdeano, der tags darauf in Saint-Jean-de-Luz erschossen worden war; oder Santos Blanco Gonzales, wiederum mutmaßliches ETA-Mitglied, erschossen am 26. Juni, ebenfalls in Bayonne.

»*Mon Dieu*, Bruno, es scheint, dass alle, die dieser Todor kannte, in jenem Frühjahr beziehungsweise Sommer ausgeschaltet wurden, und zwar vermutlich von den GAL. Du hattest recht mit deinem Hinweis auf diesen schmutzigen Krieg, auf all diese Attentate, begangen von spanischen Agenten auf französischem Boden. Hier, noch ein Opfer: Juan Manuel Otegi, auch er ein mutmaßliches ETA-Mitglied; er wurde am 2. September in Saint-Jean-Pied-de-Port erschossen.«

Isabelle rückte vom Schreibtisch ab und blickte zu Bruno auf. »Wir sollten diesem Teddy ein paar Fragen stellen und herausfinden, was er von seinem Vater weiß. Es könnte sein, dass der schon vor Teddys Geburt von den GAL erschossen wurde. Wir sollten also auch die britischen Kollegen bitten, sich mit seiner Mutter zu unterhalten.«

»Teddy müsste inzwischen mit den anderen Studenten in Bergerac angekommen sein«, sagte Bruno. »Fragen wir bei der Gendarmerie nach, wer alles im Bus mitgefahren ist. Und ein paar Kollegen sollten am Flughafen aufpassen, dass er uns nicht entwischt.«

Isabelle griff zum Telefonhörer.

»Er war doch derjenige, der diese mysteriöse Leiche gefunden hat, stimmt's?«, fragte sie, nachdem sie den General in Périgueux aufgefordert hatte, einen Wagen der Gendarmerie nach Bergerac zu schicken und Teddy zum Château zu bringen, sobald man ihn auf Sprengstoffspuren überprüft hatte.

»Ja, es könnte sein, dass er wusste, wo zu suchen ist«, erwiderte Bruno. »Vielleicht hat ihm jemand verraten, wo die Leiche vergraben liegt, und dieser jemand wird über den Mord an Teddys Vater Bescheid wissen. Es stellt sich also die Frage, wann sich Teddy zum Archäologiestudium entschlossen und erfahren hat, dass die Exkursion ausgerechnet dahin führt, wo sein Vater verscharrt wurde. Könnte Horst da seine Hände im Spiel haben?«

»Wer außer Horst und Clothilde wusste von der geplanten Exkursion?«, fragte Isabelle.

»Es sind schon letzten Sommer erste Grabungen vorgenommen worden. Clothilde wird uns sagen können, ob Teddy auch daran teilgenommen hat.« Bruno holte wieder sein Handy hervor und rief Clothilde an. Während er ihr zuhörte, ließ er Isabelle nicht aus den Augen. Schließlich klappte er das Handy wieder zu.

»Teddy war tatsächlich schon vorigen Sommer dabei, und er wusste, dass die Grabungen fortgesetzt würden«, berichtete Bruno. »Das erklärt aber noch nicht, woher er wusste, wo die Leiche liegt.«

»Und ob es wirklich die seines Vaters ist«, ergänzte Isabelle. »Dem ungefähren Todeszeitpunkt nach könnte das der Fall sein.«

»Noch können wir nicht sicher sein. Wir brauchen eine

DNA-Probe von Teddy. Ich würde aber wetten, der Vergleich ist positiv.«

Isabelles Laptop gab plötzlich ein akustisches Signal von sich. Sie öffnete ihr Postfach, und Bruno musste sich erneut abwenden, damit sie ihr Passwort eintippen und die eingegangene Nachricht aufrufen konnte.

»Eine Antwort der dänischen Polizei«, sagte sie. »Über einen dänischen Staatsbürger namens Jan Olaf Pedersen, der 1942 in Kolding geboren wäre, ist nichts bekannt. Der Reisepass, auf den sich Jan seine *carte de séjour* hat ausstellen lassen, scheint gefälscht zu sein. Die Kollegen in Dänemark wären dankbar für nähere Informationen und erwägen einen Auslieferungsantrag.«

»Du könntest ihnen eine Kopie der Fingerabdrücke zukommen lassen, die er auf dem Kerzenständer hinterlassen hat«, schlug Bruno vor.

»Gute Idee«, sagte sie. »Die schicke ich gleichzeitig auch mit einem Fahndungsersuchen an Interpol.« Dann loggte sie sich mit einem bedauernden Blick auf Bruno aus ihrer Datenbank aus, nahm ihren Stock und trat auf den Gang hinaus, um dafür zu sorgen, dass nach Teddys Ankunft sofort ein DNA-Test vorgenommen werden konnte.

Bruno versuchte, sich aus all den neuen Informationen einen Reim zu machen, kam aber nicht weit. Also nahm er ein Blatt Papier zur Hand, zeichnete ein Kästchen und trug den Namen Todors mit dem von Mary angegebenen Datum seines Verschwindens darein ein. In einem zweiten Kästchen, über einen Pfeil mit dem ersten verbunden, trug er Teddys Namen und dessen Geburtsdatum ein. Rund neun Monate zuvor, also im Juni 1985, musste der Junge gezeugt worden sein. Wahrscheinlich hatte Mary spätestens im August festgestellt, dass sie schwanger war. Todor war in der Woche vor dem 30. August verschwunden.

Bruno zeichnete drei weitere, mit Pfeilen verbundene Kästchen; das eine stand für Horst, das zweite für Jan und das dritte für Juanita. Hatte Juanita aufgrund ihrer baskischen Wurzeln womöglich mit Todor in Beziehung gestanden? Bruno verband beide Namen mit einer gestrichelten Linie, so auch die der beiden mit Horst, denn dessen Verschwinden hatte vielleicht ebenfalls mit der baskischen Sache zu tun.

Und woher stammte Jan nun wirklich? Harald tippte auf Hamburg oder Umgebung, also die Gegend, in der laut Jans Auskunft Horst zur Welt gekommen war. Horst hatte einen Bruder gehabt. Bruno erinnerte sich, dass der Brigadier während der Videokonferenz gesagt hatte, Horsts Bruder sei ein Mitglied der Baader-Meinhof-Gruppe gewesen und inzwischen verstorben. Wer hatte seinen Tod gemeldet? Behörden der DDR vielleicht, die damals flüchtigen Terroristen Zuflucht gewährt hatte? Standen vielleicht alle – Jan, Horst und dessen Bruder – über Juanita mit den Basken in Beziehung?

Isabelle kam zurück. Kaum hatte sie die Tür geschlossen, klingelte ihr Handy. Sie nahm den Anruf entgegen, lauschte und fragte: »Sie sind doch hoffentlich alle überprüft worden?«

Die Antwort schien ihr gar nicht zu passen, denn sie sagte scharf: »Mit anderen Worten, der Kollege hat sich verzählt, als sie in den Bus gestiegen sind. Nicht zu fassen…«

Wieder hörte sie eine Weile zu. »Sie bekommen eine komplette Personenbeschreibung von uns einschließlich Foto und Kreditkartennummer. Wir werden veranlassen, dass die Karte gesperrt wird. So kommt er hoffentlich nicht weit.«

Sie steckte ihr Handy weg und schaute Bruno an.

»Teddy ist ihnen einfach durch die Lappen gegangen. Er war nicht im Bus.«

22

Wie alle größeren, hierarchisch strukturierten Organisationen funktionierte auch die Gendarmerie besonders gut, wenn sie mit einfachen Aufgaben betraut war und nach Schema F vorgehen konnte, so etwa im Falle einer ausgerufenen Großfahndung. An allen Bahnhöfen wurden Wachposten stationiert, und Polizisten auf Motorrädern überwachten die wichtigsten Verkehrsknotenpunkte und Autobahnauffahrten. Sämtliche Tankstellen, Autovermietungen, Banken, Fährhäfen und Luftfahrtgesellschaften bekamen Teddys Kreditkartennummer und die Polizeidienststellen und Grenzstationen seine Personenbeschreibung zugefaxt. Europol wurde alarmiert und das Personal der Kontaktstelle, die mit der britischen Polizei in Verbindung stand, aufgefordert, sich rund um die Uhr zur Verfügung zu halten.

»Haben wir jetzt überhaupt noch Kapazitäten, um nach Horst suchen zu können?«, fragte Bruno, als die Telefone für eine Weile still blieben. »Es gibt hier bei uns Hunderte, vielleicht Tausende leerer Ferienwohnungen, und er könnte überall stecken.«

»Lass das meine Sorge sein«, entgegnete Isabelle. »Wir wollen unsere Kollegen von der Gendarmerie nicht überfordern. Zugegeben, Horsts Verschwinden steht womöglich im Zusammenhang mit Teddys Flucht. Das ist aber nur ein vager Verdacht, für den es noch keine Beweise gibt.«

Bruno ließ Isabelle, die noch Anrufe zu erledigen hatte, allein zurück und fuhr zum Campingplatz, wo er Monique wieder einmal vor einem Kreuzworträtsel vorfand und die gleiche Musik im Radio dudelte wie bei seinem letzten Besuch. Diesmal lehnte er dankend ab, als sie ihm Kaffee anbot.

»Suchen Sie immer noch nach dieser Kajte?«, fragte Monique. »Es heißt, sie ist nach Holland zurück. Kann man ihr nicht verdenken. Die halbe Gendarmerie hängt hier herum und wartet darauf, sie festnehmen zu können. Mir geht langsam der Kaffee aus.«

»Ich möchte einen Blick in Teddys Zelt werfen«, sagte Bruno. »Er ist abgehauen, und ich muss wissen, was er zurückgelassen hat.«

Monique drückte ihre Filterzigarette aus und führte Bruno zu Teddys Zelt. Statt des improvisierten Doppelschlafsacks lag jetzt nur noch ein einzelner auf der Matte, zum Lüften geöffnet. Teddys Rucksack stand immer noch in der Ecke. Bruno streifte sich ein Paar Latexhandschuhe über und suchte nach der Kulturtasche. Er öffnete sie und sah, dass die Zahnbürste fehlte, die Haarbürste aber noch in der Tasche steckte.

»Ich muss den Rucksack mit allem, was drin ist, mitnehmen. Brauchen Sie eine Quittung dafür?«, fragte er Monique.

»Wäre mir lieber, wenn ich eine hätte«, antwortete sie. »Könnte ja sein, dass er zurückkommt. Übrigens, er hat einen Brief bei uns im Safe deponiert. Wollen Sie den sehen?«

»Ja, bitte.« Es wurmte ihn ein bisschen, dass er nicht von selbst darauf gekommen war, zu fragen.

Der junge Student hatte einen großen braunen Umschlag hinterlassen, der aber nur wissenschaftliches Material zu enthalten schien. Er steckte ihn in den Rucksack, bedankte sich bei Monique und kehrte zum Château zurück, wo er seinen Transporter neben dem Fahrzeug des mobilen Einsatzkommandos abstellte. Von früheren Ermittlungen kannte er ein Mitglied des Teams, Yves, den Spezialisten für Kriminaltechnik. Ihm zeigte er den Rucksack. Yves nahm Fingerabdrücke vom Griff der Haarbürste ab und zupfte mit einer Pinzette Haare aus den Borsten. Bruno bat ihn, die Proben der DNA mit denen der nicht identifizierten Leiche zu vergleichen, schnappte sich den Rucksack und ging zu Isabelle.

»Dein Englisch ist besser als meins.« Er gab ihr den braunen Umschlag und machte sich daran, den Rucksack auszupacken. »Teddys Fingerabdrücke sind schon sichergestellt«, sagte er ihr, als sie Latexhandschuhe überstreifte.

»Routine«, entgegnete sie schulterzuckend und blätterte in den Seiten aus dem Umschlag, während Bruno die Rucksacktaschen durchsuchte. Er zog zusammengerollte Socken auseinander, warf einen Blick auf die Namensschilder an der Wäsche und glättete zerknüllte Papierschnipsel, Einpackfolie von Süßigkeiten und alte Rechnungen, die bis auf den Boden des Rucksacks durchgerutscht waren.

Isabelle ordnete die Unterlagen: Mitschriften aus Vorlesungen, Empfehlungsschreiben von Professoren und Lehrern und Zeugnisse von anderen Grabungen – Papiere, die wahrscheinlich das Museum angefordert hatte, um seine Eignung zu prüfen.

»Nichts, was ungewöhnlich wäre. Aber was ist das?«, fragte Isabelle und blickte auf. »Die Handschrift unterscheidet sich deutlich von der auf den anderen Papieren.«

Sie hielt eine flüchtig skizzierte Landkarte in die Höhe, die älteren Datums zu sein schien, und versuchte, auf dem Schreibtisch Platz zu schaffen, um sie darauf auszubreiten.

»Stellst du bitte diese verdammten Blumen weg?«, bat sie Bruno. Er gehorchte schmunzelnd und trat dann neben sie, um ebenfalls einen Blick auf die Karte zu werfen. Es handelte sich um die Kopie eines älteren Dokuments, von dem eine Ecke eingeknickt war.

Auf der Karte waren ein Fluss samt kleinem Zufluss zu erkennen, außerdem eine Linie, die möglicherweise den Verlauf eines Pfades markierte, der von einer Straße abzweigte. Von einem Kreuz, das ungefähr in der Mitte eingezeichnet war, gingen mehrere dünne Linien ab, zur Straße hin, zum Fluss und zu dem, was eine steile Böschung darzustellen schien. Bei den Ziffern neben diesen Linien handelte es sich anscheinend um Entfernungsangaben. Pfeile, die über den Kartenrand hinauswiesen, waren mit Initialen gekennzeichnet.

»SD könnte für Saint-Denis stehen«, mutmaßte Isabelle.

»Und mit LE könnte Les Eyzies gemeint sein. Dann wäre das die Vézère«, sagte Bruno, dem plötzlich ein Licht aufging. »Das ist der Grabungsort«, stellte er fest. »Und das Kreuz markiert die Stelle, wo die Leiche gelegen hat – fünfzehn Meter vom Bachlauf entfernt und acht Meter vor dem Felsen. Zur Sicherheit müsste ich noch einmal hin, um nachzumessen, aber ich bin mir ziemlich sicher: Das hier ist der Lageplan.«

»Teddy wusste also im Voraus, wo er graben musste«, sagte Isabelle. »Und die Karte hat jemand gezeichnet, der wusste, wo die Leiche verscharrt liegt, und womöglich Zeuge der Hinrichtung war oder sogar selbst daran teilgenommen hat. Fragt sich, wie Teddy an diesen Plan herangekommen ist.«

»Was könnte da oben in der Ecke abgedeckt sein?«, fragte Bruno. »Sieht aus, als hätte man am Original absichtlich dieses Eselsohr geknickt.«

»Warum, kann ich mir denken.« Sie zog einen Ordner voller Dokumente aus ihrer Mappe. »Behörden arbeiten alle gleich«, fuhr sie fort und zeigte auf den datierten Stempel des Innenministeriums in der rechten oberen Ecke ihrer Papiere.

»Diese Karte ist, wie mir scheint, archiviert worden, wahrscheinlich von irgendeiner Amtsstelle. Jemand hat sie an sich genommen, kopiert und das Aktenzeichen unkenntlich gemacht.«

Sie drehte das Blatt um und musterte die mit kleiner Handschrift auf der Rückseite eingetragenen Ziffern.

»Vielleicht eine Telefonnummer«, sagte sie und schüttelte den Kopf, als Bruno zu seinem Handy griff. »Deine Nummer könnte bekannt sein. Wir versuchen's damit.« Sie nahm ein Telefon von dem Klapptisch, wählte und wartete.

»Ein Anrufbeantworter mit der Aufforderung, eine Nachricht zu hinterlassen – auf Spanisch.« Sie griff zu einem anderen Telefon, meldete sich mit ihrem Namen und ihrer Dienstnummer und bat um Auskunft über den Inhaber des Anschlusses. Bruno studierte die Karte.

»Von den Abkürzungen für Saint-Denis und Les Eyzies abgesehen ist nichts Schriftliches festgehalten«, sagte er. »Es lässt sich leider nicht erkennen, wer die Karte gezeichnet hat, ob Franzose, Spanier oder auch Russe.«

»Russen haben ihr eigenes Alphabet«, entgegnete Isabelle. »Wenn Todor von den GAL getötet wurde, könnte die Karte aus GAL-Archiven stammen oder zumindest von einer spanischen Behörde, dem Innenministerium vielleicht oder dem Geheimdienst.«

»Sollen wir Carlos einweihen?«

»Ich weiß nicht so recht«, antwortete sie nachdenklich. »Vorher würde ich lieber dem Brigadier die Karte zeigen und mich mit ihm beraten.« Sie schaute auf ihre Uhr. »Er hat sich für heute angekündigt, ist vielleicht schon auf dem Weg. Behalten wir die Sache für uns, bis er hier ist. Er soll dann entscheiden, ob wir Carlos Bescheid geben oder nicht.«

»Ich schreib mir mal die Koordinaten ab und fahre raus zum Fundort.« Bruno stockte. »Traust du unserem spanischen Freund nicht?«

»Ich traue niemandem, Bruno. Außer vielleicht dem Brigadier – und an guten Tagen sogar dir, es sei denn, du hast nur die Interessen von Saint-Denis im Sinn.« Sie schmunzelte und grinste dann bis über beide Ohren, als sie sah, dass sein Blick auf die Blumen fiel.

»Jetzt weiß ich, warum du fragst«, hänselte sie. »Bruno, ich glaube, du bist eifersüchtig. Und jetzt wirst du auch noch rot. Das habe ich ja noch nie an dir gesehen.«

Er schüttelte den Kopf, amüsiert und verlegen zugleich, und er wusste nicht, was er sagen sollte, zumal ihn das große Bett mitten im Zimmer durcheinanderbrachte. Er war versucht, sie in den Arm zu nehmen und auf die Matratze zu werfen, die schweren Damastvorhänge zuzuziehen und die Welt auszublenden. »Du bedeutest mir immer noch sehr viel«, murmelte er.

»Du mir auch«, entgegnete sie, und wie schon früher so häufig, sah sich Bruno auch diesmal wieder durch ihren plötzlichen Stimmungsumschwung irritiert. »Warum also so zurückhaltend? Was zögerst du noch? Ist es wegen Pamela?«

»Nicht nur. Sie ist nach Schottland geflogen. Ihre Mutter hatte einen Schlaganfall. Ich warte darauf, dass sie sich meldet. Wie dem auch sei, vielleicht liegt es auch an deiner Verwundung«, sagte er. Natürlich hielt er sich zurück. Er wusste nicht, welche Spielregeln galten, und konnte ihre Signale nicht deuten. Was waren sie füreinander? Verflossene und noch Freunde? Oder Kollegen, die dienstlich miteinander zu tun und vergessen hatten, dass sie ein Liebespaar gewesen waren? Oder sollte Bruno ansprechen, was ihm manchmal den Schlaf raubte, nämlich die Ahnung, dass Isabelle womöglich die Liebe seines Lebens war? Er wischte den Gedanken beiseite. Das letzte Mal, dass ihn eine Frau so sehr für sich eingenommen hatte, war in den verschneiten Bergen von Sarajevo gewesen und mit dem Tod der Frau zu Ende gegangen.

Isabelle taxierte ihn kühl und abwartend. Er suchte nach Worten. »Du dürftest nicht schon wieder im Dienst sein, nicht, solange du den Stock nötig hast.«

»Den habe ich nicht nötig«, blaffte sie. »Ich arbeite am Schreibtisch. Außerdem, die Verletzung hat mich nicht umgeworfen. Ich bin bald vollständig wiederhergestellt, auch wenn da noch ein Titanstift im Oberschenkel steckt. *Merde*, ich dachte, wenn einer dafür Verständnis hat, dann du. Du bist doch selbst schon angeschossen worden, und es hat dich nicht davon abgehalten, deinen Mann zu stehen. Ein Einschussloch im Bein hindert mich nicht daran, eine Frau zu sein. Warum also behandelst du mich nicht entsprechend?«

»Ich würde es liebend gern, und das weißt du.« Er nahm ihre Hand, voller Gewissensbisse in Erinnerung daran, dass er erst wenige Stunden zuvor Pamela in den Armen gehalten hatte. »Jedes Mal, wenn wir uns in die Arme fallen, musst du im nächsten Moment schon wieder nach Paris zurück – und ich muss die Zähne zusammenbeißen und so tun, als wäre nichts gewesen.«

»Unsere Liebe steht unter keinem guten Stern«, kommentierte sie mit spöttischem Lächeln und streichelte mit den Fingerspitzen seine Wange und seinen Mund. »Mit uns wird's wohl nie klappen, auch wenn wir die Hoffnung nicht aufgeben.«

Auf dem Schreibtisch klingelte ein Telefon. Sie zog ihre Hand zurück. »Los geht's, an die Arbeit!«, sagte sie. »Überprüf bitte die Karte. Wir sehen uns zur Sitzung am Abend.«

Er war schon in der Tür, als sie rief: »Warte!« Er drehte sich um. Sie lauschte angestrengt in den Hörer, deckte dann die Sprechmuschel ab und sagte: »Die deutsche Polizei wegen der Fingerabdrücke. Jan ist Horsts Bruder, der der Rote-Armee-Fraktion angehört hat und angeblich tot ist.«

Bruno eilte zum Schreibtisch zurück und suchte unter den Papieren sein Diagramm heraus, auf dem er Horst, Jan und die Basken mit einer gestrichelten Linie verbunden hatte. Er zeigte es Isabelle.

»Das heißt, Galder, der junge Bursche, der schlecht Französisch spricht und von Jan als Cousin seiner Frau vorgestellt wurde, ist wahrscheinlich mit von der Partie. Hat Carlos Fahndungsfotos von ETA-Verdächtigen, die ich mir ansehen könnte?«

»Die haben wir selbst, direkt vom spanischen Geheimdienst«, antwortete sie. Bruno versuchte, sich den jungen Mann ins Gedächtnis zu rufen. Mittelgroß, schlank, dunkle Haare und vorspringendes Kinn. Eine gerade Nase und Hände mit langen, für einen Hufschmiedlehrling viel zu feingliedrigen Fingern. Bruno glaubte, ihn wiedererkennen zu können.

»Sie sind unten im Büro, in einem großen roten Ordner im Regal neben dem Fotokopierer«, erklärte Isabelle.

»Soll ich Jan herbringen?«, fragte er und sträubte sich gegen den Gedanken, Horst könnte ein Komplize seines Bruders sein.

»Er gehörte dieser Baader-Meinhof-Gruppe an und ist vielleicht bewaffnet. Ich werde Spezialkräfte alarmieren. Schau dir diese Fahndungsfotos an, und dann fahr raus zum Grabungsort. Ich trommele in der Zwischenzeit unser Team zusammen und sorge dafür, dass in der Gendarmerie eine Zelle freigehalten wird. Die Deutschen wollen uns einen Auslieferungsantrag zuschicken.«

23

Der Grabungsort lag verlassen da. Die Studenten wurden gerade in Bergerac auf Sprengstoffspuren hin untersucht. Bruno hatte sich schnell davon überzeugt, dass die von Hand skizzierte Karte mit dem Grundriss des Geländes übereinstimmte. Er zählte seine Schritte von der Straße bis zur Fundstelle des Skeletts mit der Swatch, wo er Teddy zum ersten Mal begegnet war.

Als er sich auf den Weg zu Jans Schmiede machte, folgte ihm ein ziviler Transporter der von Isabelle alarmierten Eingreiftruppe. Was für ein Zufall, dachte Bruno, dass ausgerechnet dort, wo vor 30 000 Jahren Tote beigesetzt worden waren, ein spanisches Killerkommando sein Opfer hingerichtet hatte!

Wie viele unbekannte Tote mochten auf französischem Boden verscharrt liegen? Auf den Schlachtfeldern in der Normandie und bei Dünkirchen aus dem Zweiten Weltkrieg, bei Verdun und an der Somme aus dem Ersten, bei Gravelotte und Sedan aus dem Deutsch-Französischen Krieg, aus den Kriegen gegen Spanien und England, gegen die Normannen und Araber, Hunnen und Gallier und Römer? Frankreich ist auf Knochen gebaut, dachte er; wir sind das Ergebnis von Opfermassen. Und nun fuhr wieder ein mit bewaffneten Männern vollbesetzter Transporter durch die friedliche Landschaft des Périgord, um den Staatswillen durchzusetzen. Bruno biss sich auf die Lippen und dachte zurück an die vielen Male, als er während seiner Armeezeit mit ähnlich ungutem Gefühl zum Einsatz ausgerückt war, gleichwohl in einem Zustand geschärfter Wachsamkeit, die er darauf zurückführte, dass sich das Unterbewusstsein gegen die aufkommende Angst zur Wehr zu setzen versuchte.

Vor der Einfahrt, die zur Schmiede führte, stellte er seinen Wagen ab und stieg in das Fahrzeug der Eingreiftruppe um, wo er sich eine kugelsichere Weste anlegte. Seit seiner Zeit in Bosnien hatte sich an deren Zuschnitt nichts verändert. Hals und Schultern blieben ungeschützt, und es war zu bezweifeln, dass sie großkalibrigen Geschossen standhalten würde. Er hatte Männer sterben sehen, die, mit solchen Westen ausgestattet, in das Sperrfeuer einer AK-47 geraten waren. Bruno schaute sich um. Die Männer der CRS waren mit Keramikplatten zusätzlich gesichert, die ihre Westen vorn und hinten verstärkten. Bruno blickte fragend den Sergeanten an, doch der schüttelte nur den Kopf. Keine Keramikplatten für Bruno.

Während der kurzen Einsatzbesprechung hatte Bruno Zweifel daran geäußert, dass Jan bewaffnet sein würde, und darauf bestanden, die Festnahme allein vorzunehmen, anstatt ihn, wie vom Sergeanten vorgeschlagen, mit dem Megaphon aufzurufen, das Haus zu verlassen. Bruno hatte sich durchgesetzt, doch als er nun mit der schweren Weste unter seiner Windjacke auf das Haus zuging, wünschte er, er hätte auf den Sergeanten gehört.

Es war kein Laut zu hören, kein Hammerschlag, geschweige denn einer der derben Flüche, die man von Jan kannte. Es roch auch nicht wie sonst nach brennender Kohle. Die Schmiede war leer, die Esse kalt und das Werkzeug ordentlich weggelegt. Das Auto stand nicht in der Scheune, und auch das Wohnhaus schien verwaist zu sein. Auf Brunos Zeichen hin stiegen die Männer in Schwarz aus dem Transporter und verteilten sich mit angelegten Waffen auf dem Anwesen. Als der Sergeant auf ihn zutrat, zeigte Bruno auf die verriegelte Haustür. Der Sergeant ging zum Transporter zurück und holte einen schweren Rammbock daraus hervor. Bruno packte mit an, gesichert von einem Scharfschützen, der seine Waffe auf den Eingang gerichtet hielt. Die Tür flog auf, doch im Haus blieb es still.

Der Sergeant betrat es als Erster und schaltete die Leuchte unter dem Lauf seiner FAMAS ein. Bruno folgte, machte aber erst Licht, als der Sergeant im Obergeschoss nachgesehen hatte und die Treppe wieder herunterkam. Er fühlte sich erleichtert, weil er befürchtet hatte, Jans Leiche vorzufinden.

»Ich durchsuche das Haus«, sagte er. »Wenn Sie sich mit Ihren Leuten bitte den Rest vornehmen würden. Lassen Sie mich wissen, was an Papieren oder Unterlagen gefunden wird oder ob es Hinweise darauf gibt, dass andere Personen hier gewohnt haben. Jan hat sich in der Scheune neben der Schmiede ein Büro mit Computer eingerichtet. Überlassen Sie auch das bitte mir.«

Bruno zog die Windjacke aus, befreite sich von der schweren Weste und gab sie dem Sergeanten zurück. »Ich hätte doch gedacht, dass seit meiner Armeezeit an diesen Dingern was verbessert worden wäre.«

»Sie sollten mal die neuen Modelle aus Deutschland sehen«, entgegnete der Sergeant. »Mein Bruder war mit den

Fallschirmspringern in Afghanistan und hat eins mitgebracht. Superleicht, und er sagt, es hält alles auf, was nicht gerade aus einer Panzerbüchse kommt.« Dann fragte er: »In welcher Einheit waren Sie?«

»Bei den Pionieren, die damals den Fallschirmjägern angeschlossen waren«, antwortete Bruno, worauf der Sergeant anerkennend nickte.

»Dann können Sie auf uns zählen«, sagte er.

»Schauen Sie sich die Schmiede genau an. Vielleicht gibt's da irgendwelche Falltüren oder versteckte Hohlräume. Und zwei Ihrer Männer könnten den Schuppen unter die Lupe nehmen, wo er seine Kohle lagert. Vielleicht empfiehlt es sich, das Zeug zu sieben.«

Der Sergeant nickte wieder. Bruno ging ins Haus und suchte zuerst nach einem Arbeitszimmer, in dem er Dokumente und Hinweise auf die Familie zu finden hoffte, doch es gab keins. Jan schien alle Unterlagen in seinem Büro neben der Schmiede aufzubewahren. Im Regal im Wohnzimmer standen abgegriffene Bücher, teils auf Dänisch, teils auf Deutsch, sowie eine Reihe französischer mit politischen Themen, die wahrscheinlich Juanita gehört hatten.

Die Schubladen im Schlafzimmer enthielten ausschließlich Wäsche und Anziehsachen. Auf der Kommode standen etliche Fotos von Juanita. Sie schienen die einzigen staubfreien Gegenstände im Haus zu sein, was Bruno daran erinnerte, dass er Jan immer gern gehabt hatte. Es gab noch zwei weitere Schlafzimmer im Obergeschoss, jedes mit zwei Einzelbetten. Die zerknitterte Bettwäsche ließ darauf schließen, dass vier weitere Personen im Haus übernachtet hatten. Im Badezimmer fand er gebrauchte

Handtücher und eine leere Packung von Rasierklingen mit spanischer Aufschrift. Am Boden lag eine kleine leere Shampooflasche, auf der der Name eines Hotels in Bayonne geschrieben stand. Ein vielleicht nützliches Indiz.

Immer noch auf der Suche nach Unterlagen, schaute Bruno an den üblichen Stellen nach: auf dem Speicher, im Gefrierfach des Kühlschranks, im Wassertank der Toilette und unter den Plastikbeuteln in den Mülleimern. Ergebnislos. Jede Menge Papiere gab es jedoch im Büro neben der Schmiede, abgelegt in verschiedenen Körben, die mit den Wörtern »Wasser«, »Gas«, »Strom« und »Steuern« gekennzeichnet waren. Er zog die Schubladen der Aktenschränke auf. Unter dem Boden einer dieser Schubladen hing, mit Klebestreifen fixiert, eine Plastiktüte, in der drei Ausweise steckten, ein westdeutscher, einer aus der DDR und ein kubanischer. Beide deutschen Pässe waren seit Jahrzehnten abgelaufen. Auf den Fotos war ein sehr viel jüngerer und schlankerer Jan zu sehen, der in beiden Dokumenten als Dieter Vogelstern ausgewiesen wurde. Es konnte also kein Zweifel mehr daran bestehen, dass Jan Horsts Bruder war. Der kubanische Reisepass war noch gültig und trug ein Foto jüngeren Datums. Er war auf den Namen Jan Pedersen ausgestellt, genau wie der Pass, mit dem er seine französische Staatsbürgerschaft beantragt hatte. Zwischen den Seiten steckte ein Bündel Banknoten, insgesamt achthundert Dollar, wie Bruno feststellte.

Er ging nach draußen, rief Isabelle an und bat sie, die Spurensicherung zu schicken. Vielleicht konnten Jans Gäste über Fingerabdrücke oder DNA-Spuren identifiziert werden, vielleicht auch über die Nummer einer Kreditkarte, wenn damit die Hotelrechnung in Bayonne beglichen worden war. Er diktierte ihr die verschiedenen Reisepassnummern und sah im Geiste schon den riesigen Fahndungsapparat der internationalen Gemeinschaft in Gang gesetzt.

»Dass Jan das Bargeld und den kubanischen Pass zurückgelassen hat, lässt vermuten, dass er entweder zurückkommen will oder unfreiwillig gehen musste«, sagte er.

»Oder er ahnt nicht, dass wir über ihn im Bilde sind«, erwiderte sie.

»Jan ist nicht auf den Kopf gefallen«, entgegnete Bruno. »Er muss damit gerechnet haben, dass er auffliegt, als ich mich bei ihm nach Horsts Vater und Bruder erkundigt und gesagt habe, dass wir die deutsche Polizei einschalten.«

»Angenommen, Jan hatte Basken zu Gast, die einen Anschlag planen. Bedeutet das, die beiden Brüder könnten aktiv daran beteiligt sein? Du kennst sie. Was glaubst du?«

»Was ich glaube, ist offenbar nicht viel wert. Dass Jan nicht der dänische Hufschmied ist, als der er sich ausgegeben hat, wäre mir nie in den Sinn gekommen«, antwortete Bruno. »Und ich kann mir auch nicht vorstellen, dass Horst darein verwickelt ist, und den kenne ich nun wirklich gut.«

Bruno klappte sofort sein Handy zu, als er den Sergeanten aus einem kleinen, halb verfallenen Schweinestall hinter der Schmiede seinen Namen rufen hörte. Ein Teil des Giebels war eingestürzt, der Rest des Daches hing durch, und die Fenster waren mit Brettern vernagelt. Bruno fürchtete schon, Jan könnte erschlagen darin am Boden liegen, doch der Sergeant deutete auf die Tür und machte ihn auf die

Beschläge aufmerksam, die neu zu sein schienen und noch glänzten.

»Es stinkt nach Urin, und da steht eine verdreckte Pritsche«, sagte der Sergeant. »Ich vermute, in dem Verschlag wurde jemand gefangen gehalten.«

Bruno warf einen Blick in den Stall und ließ sich vom Sergeanten die Taschenlampe geben. Unter der tief hängenden Decke konnte er kaum aufrecht stehen. Im Strahl der Lampe sah er einen Eimer, der anscheinend als Kloschüssel benutzt worden war, und ein aus Metallstangen zusammengestecktes Feldbett mit einer dreckigen Decke. Darunter lag eine leere Plastikflasche. Bruno schaltete die Lampe aus und schloss die Tür, um sich ein Bild davon zu machen, wie viel Licht dem Gefangenen, also vermutlich Horst, zur Verfügung gestanden hatte. In der Tür gab es ein paar Risse und auch in der Decke, trotzdem war die Dunkelheit beklemmend. Horst hatte anscheinend mehrere Tage hier zubringen müssen im Wissen darum, dass ihn der eigene Bruder gefangen hielt.

Bruno machte die Tür wieder auf und leuchtete die Wände ab, um zu sehen, ob Horst irgendwelche Kratzspuren darauf hinterlassen hatte. Er ging in die Hocke und suchte in den Nähten und zwischen dem Gestänge des Feldbettes nach möglichen Verstecken für eine Nachricht auf Papier. Aber da war nichts. Er wollte sich gerade den Eimer vornehmen, als der Sergeant einen Laut von sich gab, der ihn aufmerken ließ.

Bruno drehte sich um. »Sehen Sie das?«, fragte der Sergeant aufgeregt und zeigte auf die Innenseite der Tür, die jetzt ganz offen stand und an der Außenwand lehnte. Die tiefstehende Sonne ließ die Zeichen, die ins Holz geritzt waren, deutlich hervortreten.

»ETA = Jan = RAF«, las er laut vor.

Jan, das ehemalige Baader-Meinhof-Mitglied, war also tatsächlich für die ETA aktiv. Und er hatte, daran konnte kein Zweifel mehr bestehen, seinen eigenen Bruder in diesem Verschlag festgehalten. Horst war nicht Komplize, sondern Opfer.

»Sergeant«, rief jemand aus dem Anbau der Schmiede. Einer der Polizisten trat ins Freie und winkte mit der Hand. Sein Gesicht war schwarz vom Staub der Kohle, die er mit seinen Kollegen nach draußen geschaufelt hatte. »Wir haben was gefunden.«

Der Boden des Anbaus bestand aus festem Estrich. Nur in der hinteren Ecke war ein großes Quadrat ausgespart und mit einer nachträglich aufgetragenen Zementschicht versiegelt, deutlich zu erkennen an den schwarzen Fugen, weil jetzt der Raum ausgefegt war. Tüchtiges Team, dachte Bruno.

»Wir brauchen einen Spaten«, sagte er.

Sie brauchten zwei, aber die Zementschicht war schnell abgetragen. Darunter verbarg sich eine hölzerne Falltür über einem Loch, das ungefähr einen Quadratmeter groß und einen halben Meter tief war. Drei in Plastik eingewickelte Bündel lagen darin.

»Vorsicht«, warnte Bruno. »Nicht, dass wir da in eine Sprengfalle tappen.«

Nach gründlicher Suche mit Hilfe der Taschenlampen konnten sie diese Gefahr ausschließen, hoben die Bündel aus dem Loch und staubten sie ab. Das erste enthielt eine gut geölte Maschinenpistole von Heckler und Koch mit vier Magazinen, die mit Klebeband an den Lauf befestigt worden waren, sowie, separat verpackt, eine 9-mm-Pistole samt einer Schachtel voll Munition, zusätzlichem Magazin und einem Bürstensatz zur Waffenreinigung. In dem zweiten Bündel befand sich eine Holzkiste mit deutscher Beschriftung und dem Aufdruck NATO. Sie war in zwölf Fächer unterteilt, vier für Splittergranaten, vier für Rauch- und drei für Tränengasbomben. Das zwölfte Fach enthielt in Baumwolle eingewickelte Sprengkapseln. Das dritte Bündel war das leichteste. Bruno ahnte, was darin steckte, als er die Verpackung aus Wachspapier sah.

»Plastiksprengstoff«, sagte er. »In einer Menge, die ausreichen dürfte, um das ganze Château in die Luft zu jagen.« Er schaute näher hin, doch das Wachspapier war unbeschriftet. Dennoch glaubte er zu wissen, worum es sich handelte.

»Semtex?«, fragte der Sergeant. Bruno nickte.

Ein größeres Rätsel war für ihn die Frage, warum Jan all die Waffen und den Sprengstoff in diesem Loch versteckt gehalten hatte. Wenn er mit den Basken konspirierte, warum hatten sie dann nicht auf Semtex zurückgegriffen, das formbar und leicht zu handhaben war, sondern stattdessen das weniger taugliche Dynamit aus dem Steinbruch gestohlen? Die dicke Staubschicht auf den Bündeln ließ darauf schließen, dass die Falltür unter dem Kohlehaufen seit Jahren nicht bewegt worden war. Warum also war der gebunkerte Plastiksprengstoff nicht zum Einsatz gekommen? Hatten sie es so eilig gehabt, dass sie vorläufig darauf verzichten mussten? Oder hatte Jan seinen Gästen nicht verraten, welche Vorräte er besaß? Bruno kratzte sich am Kopf und dachte nach. Wann hatte Jan sein Depot angelegt? War er, vor der Durchsuchung seines Hofes gewarnt, Hals über Kopf davongefahren? Wohl eher nicht. Die Esse in der Schmiede schien seit mindestens einem Tag kalt zu sein. Er und seine Gäste hätten Zeit gehabt, das Depot zu räumen. Damit stellte sich eine andere Frage: Arbeitete Jan tatsächlich mit ihnen zusammen? Oder war vielleicht sein Bruder in Geiselhaft genommen und er damit erpresst worden? Und wo steckte er jetzt?

24

D er Sergeant ließ den Hof von zwei Männern bewachen
und wartete auf die Ankunft der Spurensicherung.
Für den unwahrscheinlichen Fall, dass die Basken zurückkehren würden, hatte Bruno davon abgesehen, den Tatort
mit Absperrband zu sichern. Er saß in seinem Transporter
und fuhr zum Château zurück, um pünktlich zur Team-
besprechung zu erscheinen. Der Sergeant folgte ihm.

Im Radio hörte er die vertraute Stimme von Montsouris, dem einzigen Kommunisten im Stadtrat. Er verteidigte
den Genuss von *foie gras* als den einzigen Luxus, den sich
die französische Arbeiterschaft leisten könne, und wetterte
gegen Ausländer und gegen fanatische Tierschützer aus der
Stadt, weil sie es wagten, Frankreichs kulinarisches Erbe
in Frage zu stellen. Bruno schaltete von Radio Périgord
auf den Nachrichtensender France-Inter um und hörte den
Bürgermeister mit einer ganz ähnlichen Stellungnahme,
nur dass der über eine »voreingenommene und unerfahrene
junge Amtsrichterin« schimpfte, »die uns Barbaren nennt,
weil wir die beliebteste Delikatesse Frankreichs herstellen«.
Auf Périgord Bleu erklärte Alphonse, warum seine Partei
der Grünen die »köstliche Stopfleber artgerecht gehaltenen
Geflügels« befürwortete.

Als Bruno an der Kirche in Saint-Chamassy vorbeikam,

wurden die Stimmen im Radio vom Knattern eines herbeifliegenden Hubschraubers übertönt, in dem er den Brigadier wähnte. Er blickte auf und sah die ihm bekannte Silhouette einer Fennec, jenes unbewaffneten Modells der französischen Armee, das für den Transport hochrangiger Offiziere eingesetzt wurde. Höchste Zeit, dass sich der Brigadier einschaltete, dachte Bruno. Nur noch zwei Tage bis zum Gipfeltreffen. Er drückte aufs Gas, konnte mit dem Hubschrauber aber natürlich nicht mithalten.

Als Bruno die Tür zum Konferenzraum öffnete, blickte der Brigadier mit grimmiger Miene auf seine Uhr. Aber dann zeigte er sich überrascht, als der Sergeant und zwei seiner Männer den Raum betraten, die Arme voller Waffen. Um zu verhindern, dass der große antike Tisch Schaden nahm, bat Bruno den einen, die schwere Kiste auf dem Boden abzustellen.

»Was soll dieser Überfall?«, fragte Isabelle, offenbar darum bemüht, wieder auf Distanz zu gehen. »Sie hätten doch anrufen und uns warnen können.«

»Sie hätten uns nicht gehört, Mademoiselle«, entgegnete Brunos neuer Verbündeter, der Sergeant. »Der Hubschrauber flog direkt über uns hinweg.« Er bemerkte den Brigadier, witterte, obwohl er in Zivil war, sofort den ranghohen Militär, der hier offenbar das Kommando führte, und salutierte.

Bruno erklärte die Herkunft der Waffen und schlug vor, die automatische Pistole von der mobilen Kriminaltechnik untersuchen und mit sichergestellten Munitionsteilen aus anderen Ermittlungen vergleichen zu lassen. Isabelle schaute Bruno an.

»Haben Sie einen bestimmten Verdacht?«

»Die Waffe ist jahrzehntealt und wurde von einem Profi in Schuss gehalten. Dem Kaliber nach könnte sie die Tatwaffe sein, mit der die unbekannte Person, deren Leichenreste wir vor kurzem entdeckt haben, hingerichtet wurde«, antwortete Bruno. »Die Heckler-und-Koch dagegen scheint mir bislang kein einziges Mal abgefeuert worden zu sein.«

»Und der Sprengstoff? Semtex?«, fragte Carlos. »Vielleicht lassen sich Marker identifizieren.«

»Dafür ist er zu alt«, sagte Bruno. »Ich glaube, er stammt aus den Achtzigern, wenn nicht aus früheren Jahren und wurde in der Tschechoslowakei hergestellt. Vermutlich hat die ostdeutsche Stasi die RAF damit versorgt. Er war gut gelagert, könnte aber trotzdem inzwischen ziemlich instabil sein.«

»Sergeant, bringen Sie das Zeug nach draußen«, befahl der Brigadier. »Möglichst weit weg. Rufen Sie einen Sprengstoffexperten zu Hilfe. Und vielleicht könnte mir mal jemand kurz erklären, was Sache ist.«

Isabelle fasste zusammen und berichtete von Teddys baskischen Verbindungen, Jans Baader-Meinhof-Hintergrund und dessen Beziehung zu Horst. Sie erwähnte, dass sich Bruno alle verfügbaren Fahndungsfotos angesehen hatte, um den jungen Spanier, der in Jans Schmiede gesichtet worden war, identifizieren zu können, allerdings ohne Erfolg. Dann ließ sie den General der Gendarmerie zu Wort kommen, der erklären musste, dass es trotz Aufbietung großer Kapazitäten nicht gelungen sei, Teddy ausfindig zu machen. Isabelle sagte, die holländische Polizei habe Kajtes

Familie aufgesucht und von der Mutter erklärt bekommen, dass sie zurückgekehrt sei, was aber noch nicht bestätigt werden konnte. Nachweislich hatte sie in Périgueux mit ihrer Kreditkarte einen Fahrschein nach Amsterdam gekauft, doch schien fraglich, ob sie in Paris tatsächlich in den Thalys umgestiegen war.

»Das Mädchen und dieser junge Schotte laufen also frei herum«, sagte der Brigadier. »Können wir davon ausgehen, dass sie zusammen sind?«

»Sie haben beide ein Handy. Teddy wurde das letzte Mal um ein Uhr in Bergerac geortet. Was Kajte angeht, sind wir nicht einmal sicher, ob sie in Paris gelandet ist.«

»Ich dachte, dieser Teddy sei gar nicht mit den anderen Studenten in den Bus eingestiegen«, bemerkte der Brigadier. »Wie kann er dann in Bergerac sein?«

»Anscheinend war er doch im Bus«, sagte der General, der dem Blick des Brigadiers auswich und auf seine Unterlagen starrte. »Aber irgendwann ist er wohl durch die Hintertür verschwunden. Unsere Eskorte war einen Moment lang abgelenkt und ...«

»Abgelenkt? Wodurch?«

»Eine der Studentinnen. Teddy ist offenbar beliebt. Seine Kommilitonen haben ihm geholfen zu fliehen.«

»Es läuft nicht gut, oder?«, sagte der Brigadier, und es war klar, dass die angehängte Frage als Bestätigung gemeint war. »Wir haben die Spur der Basken und dieses Brüderpaar verloren. Übermorgen werden unsere beiden Minister eintreffen. Weit davon entfernt, eine zwanzig Jahre alte Leiche endlich identifiziert zu haben, ist es uns bislang lediglich gelungen, ein Waffendepot auszuheben und den Kollegen in Deutschland zu helfen, ein untergetauchtes Mitglied der RAF aufzuspüren.«

»Unsere gesamte Mannschaft ist in Bereitschaft, und die benachbarten Départements haben uns zusätzliche Motorradstaffeln zugesichert, mit denen wir die Fahndung intensivieren werden«, sagte der General der Gendarmerie. »Zurzeit werden sämtliche Autovermieter und Kfz-Werkstätten in der Umgebung aufgesucht.«

»Sind die Kreditkarten der beiden Studenten gesperrt worden?«

»Die Holländer verlangen Beweise für ein kriminelles Vergehen«, antwortete Isabelle. »Aber immerhin haben wir durchsetzen können, dass man uns Bescheid gibt, wann und wo die Karten zum Einsatz kommen. Wenn das Mädchen zum Beispiel ein Auto mieten will, werden wir informiert.«

»Nicht unbedingt«, sagte Bruno. »Kleinere Unternehmen verlangen Kreditkarten als Pfand und kassieren manchmal erst dann ab, wenn das Auto zurückgebracht wird. Deshalb müssen wir überall persönlich nachfragen.«

Es wurde still. Nach einer Weile brach Isabelle das Schweigen und wechselte zum nächsten Tagesordnungspunkt über: Carlos' Bericht über die spanischen Ermittlungen. Dem Brigadier zu Gefallen beschränkte sich der Spanier auf das Wesentliche. Madrid hatte noch nicht bestätigen können, dass es sich bei dem ausgegrabenen Skelett tatsächlich um die sterblichen Überreste von Todor Garcia handelte. Auch über die Basken und Teddy lagen keine neuen Erkenntnisse vor.

Es klopfte an der Tür. Ein Mitarbeiter der Kriminaltechnik trat ein und reichte Isabelle eine Akte. Sie las sie, hob den Kopf und strahlte übers ganze Gesicht.

»Die DNA-Analyse der Haarprobe an der Bürste, die Bruno gefunden hat, bestätigt zweifelsfrei, dass Teddy Todors Sohn ist«, erklärte sie. »Er wird also gewusst haben, wo sein Vater begraben liegt. Woher, bleibt fraglich. Umso dringlicher müssen wir ihn finden.« Bruno wunderte sich, dass sie die Karte nicht erwähnte, blieb aber still.

»Sonst noch was?«, fragte der Brigadier. Isabelle schüttelte den Kopf.

»Allererste Priorität hat die Sicherheit der Minister, die, wie es aussieht, von einer aktiven Baskenzelle bedroht ist«, sagte der Brigadier. »Das Problem mit den Studenten ist nachrangig. Die Gendarmerie sollte ihre Kapazitäten entsprechend einsetzen. Da wir die Identität der Basken nicht kennen, sollten wir uns auf die beiden Deutschen konzentrieren, die sie freiwillig oder gezwungenermaßen begleiten. Sind Fotos und Personenbeschreibungen der beiden in Umlauf gebracht worden?«

»Die Fotos werden gerade ausgedruckt, Monsieur«, antwortete Isabelle. Jedem Gendarmerieposten in diesem und allen benachbarten Départements, allen Polizeidienststellen und Bahnhöfen würden sie innerhalb weniger Stunden vorliegen. Die britische Polizei hatte versprochen, Teddys Mutter zu vernehmen und ein Protokoll ihrer Aussagen der Leitstelle im Château schon gegen Abend zuzuschicken.

»Wir sollten einen Pressesprecher kommen lassen«, sagte sie. »Die deutsche Polizei hat ihre Fahndung nach Dieter Vogelstern zwar ausgesetzt, aber es gibt ein Leck, und wir müssen mit einem Großaufgebot der Medien rechnen.

Wenn durchsickert, dass der Archäologe und sein Bruder gekidnappt wurden, steht uns Ärger ins Haus.«

»Der Minister reist mit seiner eigenen Pressesprecherin an, aber ich werde dafür sorgen, dass uns morgen eine weitere Fachkraft zur Verfügung steht. – Noch irgendwelche Fragen?«

»Ja, Monsieur«, sagte Bruno. »Wie sollen wir vorgehen? Für den Fall, dass wir die Basken ausfindig machen?«

»Schießen bei Sichtkontakt«, antwortete Carlos. Bruno schaute ihn an. Das Gesicht des Spaniers war verschlossen. Er meinte es ernst.

»Auf Ministerebene ist bereits entschieden worden, dass nur in Notwehrsituationen geschossen werden darf oder wenn das Leben anderer bedroht ist«, sagte Isabelle. »Die Zielpersonen werden aufgefordert, sich zu ergeben. An das gesamte Sicherheitspersonal ergeht ein entsprechender Befehl. Die Waffen sind scharf geladen.«

»Sonst noch was?«, fragte der Brigadier. »Nein? Dann sehen wir uns morgen Vormittag wieder. Wir werden uns Gedanken darüber machen müssen, ob wir den Gipfel absagen, verschieben oder anderenorts stattfinden lassen. Das gefällt mir zwar nicht, aber wenn wir mit unseren Ermittlungen nicht vorankommen, bleibt uns keine andere Wahl. Ich danke Ihnen. – Bruno, mit Ihnen würde ich gern noch ein paar Worte wechseln.«

Brigadier Lannes stand, wie Bruno spürte, unter Strom und war von jener zwanglosen Leutseligkeit weit entfernt, mit der er in entspannteren Momenten über *foie gras* oder edlen schottischen Whisky zu plaudern beliebte. Er trug zwar Zivil, was aber seiner beeindruckenden, fast einschüchternden Wirkung keinen Abbruch tat. Die Hände vor sich auf dem Tisch gefaltet, wartete er darauf, dass die anderen den Raum verließen. Selbst der General der Gendarmerie, der Ranghöchste in der Runde, räumte wortlos seinen Platz. Wie gemaßregelte Schulkinder, dachte Bruno, machten sich alle aus dem Staub und warfen ihm, der womöglich den Zorn seines Meisters zu spüren bekommen sollte, mitleidvolle Blicke zu.

»Wir sind in Ihrem Revier«, sagte der Brigadier, als sie allein waren. »Wenn jemand weiß, wo sich diese Bande versteckt halten könnte, dann doch Sie, oder?«

»Im gesamten Département gibt es an die fünfzehnhundert Ferienwohnungen«, antwortete Bruno. »Wir bräuchten mindestens tausend bewaffnete Kollegen, um in der gebotenen Eile alle *gîtes* durchsuchen zu können, und das wäre auch nur dann zielführend, wenn sie ihre Bomben nicht schon platziert haben. Ich habe, wie von Ihnen verlangt, einen Plan zur systematischen Überwachung der ganzen Gegend ausgearbeitet. Ich schlage vor, drei Sicherheitsriegel um das Château herumzulegen, den ersten unmittelbar hinter den Mauern, die anderen im Abstand von einem beziehungsweise fünf Kilometern.«

»Isabelle hat mir Ihren Plan zukommen lassen. Wir verfahren danach, werden die Bande aber nicht nur aufhalten, sondern stellen und in Gewahrsam nehmen. Vielleicht ist aus den Kerlen herauszukitzeln, wer Nerin umgelegt hat.«

»Sie werden sich irgendwo da draußen versteckt halten. Mit Hilfe der jeweiligen Bürgermeisterämter könnten wir die Eigentümer aller eingetragenen *gîtes*, sofern sie nicht aus dem Ausland sind, auffordern, auf ihrem Besitz nachzusehen – was natürlich gefährlich werden könnte. Aber ich sehe keine andere Möglichkeit.«

»Wir können nicht riskieren, dass der Eigentümer eines Ferienhauses, der uns einen Gefallen tut, erschossen wird«, entgegnete der Brigadier. »Das wäre politisch nicht zu verantworten. Es könnte ja auch sein, dass die Kerle sich auf einem Bauernhof verschanzt halten und die Bewohner in Geiselhaft genommen haben.«

»Oder in einer Höhle«, ergänzte Bruno. »Davon haben wir ja genug.«

»Ich brauche einen Plan B, einen alternativen Tagungsort. Darüber haben Sie ja, wie Sie sagten, auch schon nachgedacht.«

»Ich wüsste da etwas, ein kleines Château auf der anderen Seite von Saint-Denis, inzwischen als Hotel in Betrieb und inmitten von Weinfeldern. Es liegt geschützt am Flussufer und ist nur über eine Straße erreichbar, abgesehen von kleineren Pfaden.«

»Würden sich die Räumlichkeiten für ein Gipfeltreffen eignen?«

Bruno beschrieb die Domaine mit ihrem beeindruckenden Salon für Empfänge und dem Ballsaal, der genug Platz für eine größere Pressekonferenz bot. Geeignet seien auch alle anderen Räume, nicht zuletzt die beiden eleganten Schlafzimmer im Obergeschoss. Da zu dieser Jahreszeit niemand in den Weingärten arbeite und die Reben gerade erst grün zu werden begännen, hätten Angreifer nur wenig Deckung. Der Besitzer, so fügte Bruno hinzu, sei ein alter Freund von ihm und ein tüchtiger Winzer.

»Schön, besichtigen wir das Hotel, am besten gleich,

aber sprechen Sie mit niemandem darüber, auch nicht mit Isabelle oder Carlos. Ich werde ihnen heute Abend beim Essen sagen, was sie wissen müssen. Sie, mein lieber Bruno, sind aus einsatztechnischen Gründen nicht eingeladen, tut mir leid. Aber Sie hätten ja dann mit der Absicherung dieses neuen Treffpunktes ohnehin genug zu tun. Ich will, dass alles noch vor der nächsten Sitzung morgen Vormittag geregelt ist.«

»Sehr wohl, Monsieur«, sagte Bruno und seufzte im Stillen. Er hatte Isabelle zum Abendessen einladen wollen und gehofft, nach dem deprimierenden Gespräch am Nachmittag wieder mit ihr ins Reine zu kommen.

Der Brigadier griff in seine Aktentasche, zog ein Formblatt sowie einen Sicherheitspass daraus hervor und ließ Bruno beides unterschreiben. Dann reichte er ihm eine blau-gelb emaillierte Anstecknadel, mit der er, wie der Brigadier sagte, überall Zugang habe; die übrigen Sicherheitskräfte würden entsprechend gebrieft. Der Pass wies ihn als Mitglied des Ministerstabes aus, war allerdings nur gültig bis zum Abschluss des Gipfeltreffens.

»Damit haben Sie alle Vollmachten und können sogar Generäle herumkommandieren. Aber ich warne Sie vor Missbrauch«, fügte der Brigadier hinzu, als er Bruno schmunzeln sah.

Isabelle stand sichtlich besorgt auf den Eingangsstufen, als sie herauskamen, und fragte den Brigadier, ob alles in Ordnung sei. Bruno sah ihr an, dass sich die Frage vor allem auf ihn bezog. Er zwinkerte ihr zu und steckte sich die blau-gelbe Nadel ans Revers. Isabelle trug die gleiche.

»Ich muss zu einem Höflichkeitsbesuch, reine Formsache«, sagte der Brigadier und ging an ihr vorbei. »Wir sehen uns später.«

»Carlos hat mich zum Essen ins Vieux Logis eingeladen«, sagte sie und wich seinem Blick aus. Er ließ sich keine Regung anmerken.

»Daraus wird nichts«, entgegnete der Brigadier. »Reservieren Sie einen Tisch für drei Personen. Ich werde Sie und Carlos Punkt acht in der Hotelbar treffen. Kommen Sie, Bruno, wir haben keine Zeit zu verlieren.«

Die Domaine war inzwischen das Zentrum der neuen Weinindustrie von Saint-Denis. Dennoch führte Julien den Hotelbetrieb weiter. Der Brigadier nickte anerkennend, als sie den von Juliens verstorbener Frau Mirabelle mit erlesenen antiken Möbeln eingerichteten großen Salon durchquerten und auf das Büro zusteuerten. Er hatte sich das kleine Château aus dem siebzehnten Jahrhundert mit seinen weniger vorteilhaften Verzierungen aus dem neunzehnten bereits von außen angesehen. Bruno erklärte seinem Freund Julien ihre Mission und fragte, ob er Gäste habe, die eventuell anders untergebracht werden müssten.

»Nein, es kommen erst wieder welche am Wochenende«, antwortete Julien.

Der Brigadier erklärte, was er sich wünschte, reichte ihm seine Karte sowie einen Barscheck über fünftausend Euro und verpflichtete ihn zu strengstem Stillschweigen.

»Ich brauche die Personaldaten aller Angestellten bis spätestens morgen früh um acht«, sagte er. »Wenn Sie mir jetzt noch bitte Ihre beiden besten Schlafzimmersuiten zeigen würden… und vielleicht erzählen Sie mir auch was über die Geschichte des Hauses. Der Minister hat ein Faible dafür.«

»1944 war es das Hauptquartier von André Malraux, der von hier aus seinen Widerstandskampf organisiert hat…«, begann Julien und blickte immer noch verwundert auf den Scheck in seiner Hand.

»Ausgezeichnet, genau so was wollen die Minister hören. Irgendwelche Anekdoten über königliche Mätressen?«

»Nein, aber Napoleon hat hier übernachtet, als er von seinem Feldzug gegen Spanien zurückkehrte.«

»Hervorragend, geben Sie unserem Minister Napoleons Zimmer, aber erwähnen Sie den Spanienfeldzug nicht. Wäre ein bisschen taktlos gegenüber den Spaniern. Und jetzt zu einem anderen Thema. Bruno sagt, Sie keltern vorzügliche Weine. Vielleicht zeigen Sie mir Ihren Weinkeller, und wir trinken ein Gläschen. Danach würde ich mir gern noch das Zimmer von Napoleon ansehen.«

25

Es war dunkel, als er mit Gigi auf dem Beifahrersitz und seinem Koffer im Heck vor Pamelas Haus ankam. Er verschaffte sich Einlass mit seinem Schlüssel, während Gigi im Hof herumtippelte, an jeder Ecke seine Marke setzte und unbekannte Düfte beschnupperte. Bruno beeilte sich, seine Uniform abzulegen, und zog Jeans, einen Pullover und eine Jacke an, um mit Hector auszureiten. Als er auf den Stall zuging, trat auf der anderen Seite des Hofes Fabiola vor ihre *gîte*, von hinten bestrahlt und nur als Silhouette zu erkennen. Ehe sie die Tür hinter sich zuzog und auf ihn zuging, glaubte Bruno, den Schatten einer zweiten Gestalt hinter ihr zu sehen.

»Hector hat seinen Auslauf schon gehabt. Ich dachte, Sie wären eingespannt, und da habe ich ihn an der Longe laufen lassen«, sagte sie und hielt ihm ihre Wange hin.

»Das ist lieb, danke. Tut mir leid, dass ich nicht früher kommen konnte.«

»Sie haben wohl viel zu tun mit den Vorbereitungen auf diesen Gipfel, von dem alle reden.«

»Davon dürfte die Öffentlichkeit doch noch gar nichts wissen«, erwiderte er überrascht.

»Wir von der Klinik sind aufgefordert worden, uns übermorgen mit dem gesamten Personal in Bereitschaft zu halten. Morgen wird ein Chirurg des Heeres bei uns eintreffen, ein Spezialist in Sachen Schusswunden. Das hat sich natürlich herumgesprochen, zumal immer mehr Reporter in die Stadt kommen.«

»In Saint-Denis bleibt auch gar nichts geheim«, sagte Bruno und schmunzelte. »Ich mache trotzdem einen kleinen Spaziergang mit Hector, nur einmal den Weg rauf und runter. Er soll sich an mich gewöhnen.«

»Wenn Sie Lust haben, kommen Sie doch zum Essen rüber. Sagen wir in einer halben Stunde?«

Bruno runzelte die Stirn. »Danke. Aber sagten Sie nicht, Sie könnten nicht kochen?«

»Bis auf zwei Gerichte. Das eine hat mir meine Mutter beigebracht, das andere Pamela. Sie bekommen heute beide. Ich habe auch noch eine Flasche Wein, also beleidigen Sie mich nicht, indem Sie selbst eine mitbringen. Sie haben mich schon so oft bekocht, dass ich mich endlich einmal revanchieren möchte.«

»Schön, ich freue mich«, sagte Bruno. »Also nur wir zwei?«

»Zwei Freundinnen sind auch dabei. Sie kennen beide. Die eine ist Florence. Sie bringt gerade ihre Kinder im Gästezimmer zu Bett.«

»Und die andere?«

»Eine Überraschung. Übrigens, vor einer Stunde oder so rief Pamela an. Ihre Mutter hatte einen zweiten Schlaganfall, der noch schlimmer war als der erste. Sie hat Sie auf Ihrem Handy zu erreichen versucht, ist aber nicht durchgekommen und hat Ihnen auf die Mailbox gesprochen.«

»Ich habe es auch schon versucht und werde es gleich noch einmal tun.«

»Gibt's Neues von Horst?«, wollte Fabiola wissen. Bruno schüttelte den Kopf und fragte sich auf dem Weg zum Stall, in welchem dunklen Verlies sein Freund wohl diese Nacht verbringen musste.

Ihm schwirrte der Kopf, als er Hector grüßend Nüstern und Ohren streichelte, sattelte und auf den Hof führte, um aufzusitzen. Gigi kam um die Ecke des Stalls gebogen. Er war mit dem Wallach schon vertraut und freute sich, Ross und Reiter zu begleiten. Die Luft war kalt, aber klar, und am Himmel funkelten Sterne, wofür Bruno allerdings keine Augen hatte.

Er machte sich Gedanken um Teddy. Er mochte den Jungen, denn der hatte beim Rugby eine gute Figur gemacht, sowohl auf dem Platz als auch nach dem Match, und Bruno fand immer sehr aufschlussreich, wie sich ein Spieler aufführte. Regelrecht besorgt war er um Horst, den, wie es schien, Leute verschleppt hatten, die vor nichts zurückschreckten. Und auch er selbst steckte in der Bredouille, denn Annette Meraillon und Duroc hatten es auf ihn abgesehen. Zum Glück wusste er den Bürgermeister auf seiner Seite. Am meisten sorgte er sich um Pamela. Als er sie wieder anzurufen versuchte, hörte er eine automatische Antwort auf Englisch, so schnell gesprochen, dass er kaum ein Wort verstand.

Und wie immer, wenn er bedrückt war und Kummer hatte, kreisten seine Gedanken um das leidige Problem seiner Beziehungen zu Frauen. Die Affäre mit Pamela drohte, in die Brüche zu gehen. Dabei hatte sie im Grunde nie wirklich begonnen, da für Pamela eine gescheiterte Ehe, wie sie immer wieder betonte, mehr als genug war. Sie wollte weder Kinder noch ein Verhältnis auf Dauer, und weil ihr Engagement nur halbherzig war, hielt auch er sich zurück. Er bezweifelte, dass sie jemals mehr als gute Freunde sein würden, die gelegentlich auch miteinander schliefen. Er bewunderte sie zwar und mochte ihre Gesellschaft, musste sich aber eingestehen, dass ihn diese Beziehung mehr verunsicherte als glücklich machte.

Wenn er sich wenigstens über seine Gefühle für Isabelle im Klaren gewesen wäre. Ähnlich unabhängig und selbstbewusst wie die Engländerin, übte sie eine Faszination auf ihn aus, die seit jenem Sommer ihrer leidenschaftlichen Liebe nicht im Geringsten nachgelassen hatte. Sooft er sie sah oder eine E-Mail von ihr erhielt, beschleunigte sich sein Puls. Sie hatten sich jedes Mal wechselseitig dazu bekannt, dass die Beziehung vorüber sei und nie glücken könne, aber es war nun einmal so, dass es niemanden gab, der ihn so elektrisierte wie Isabelle, zum Beispiel vor wenigen Stunden in dem prächtigen Schlafzimmer des Châteaus, das sie als Büro nutzte. Die Verletzung am Bein hindere sie nicht daran, eine Frau zu sein, hatte sie gesagt und gefragt, warum er sie nicht als solche behandele. Er kannte die Antwort: Sie war für ihn keine x-beliebige Frau, sondern Isabelle, die Frau, von der er immer noch träumte.

Hector warf ungeduldig den Kopf in die Höhe und schüttelte die Mähne, wie zum Zeichen, dass er einen Schritt zulegen wollte. Vielleicht spürte er Brunos Niedergeschlagenheit und war verunsichert. Von Pamela wusste Bruno, dass Pferde ein ausgeprägtes Gespür für die Stimmung des Reiters hatten. Er beugte sich vor, tätschelte Hectors Hals und flüsterte ihm seinen Namen ins Ohr. Dann bog er auf den Pfad ein, der zur Koppel führte. Hector drängte voran, und auch Bruno wollte in eine schnellere Gangart überwechseln in der Hoffnung, auf andere Gedanken zu kommen. Im Trab umkreiste er die Koppel mehrere Male, in einem Tempo, dass Gigi gerade noch mithalten konnte. Weil er nicht zu spät zum Essen erscheinen wollte, führte er Hector bald zurück in den Stall.

Ihm war bereits aufgefallen, dass Fabiola ausgemistet und das Stroh gewechselt hatte, und da sie schon so freundlich gewesen war, Hector auslaufen zu lassen, hielt er es für mehr als angemessen, sich mit Blumen zu bedanken. Er rieb Hector trocken, vergewisserte sich, dass er genug Wasser zu trinken hatte, und gab ihm zum Abschied einen verschrumpelten Apfel. Dann wusch er sich über dem Waschbecken im Stall mit dem großen Würfel Kernseife, der dort lag, Hände und Gesicht. Schließlich holte er wieder sein Handy hervor und versuchte es ein weiteres Mal. Endlich antwortete sie.

»Ich bin im Stall. Den Pferden geht es gut. Gleich werde ich mit Fabiola zu Abend essen«, sagte er. »Wie geht es dir? Von Fabiola weiß ich, dass deine Mutter einen zweiten Schlaganfall hatte.«

»Ja, einen schweren. Sie liegt im Koma, und die gesamte linke Seite ist gelähmt. Ich war bis vorhin im Krankenhaus und warte jetzt auf meine Tante, die mit dem Wagen vorbeikommen will. Morgen wird meine Mutter durch die Röhre geschickt. Dann werden wir mehr wissen.«

»Tut mir leid. Möchtest du, dass ich komme?«

»Nein, wirklich nicht. Hier ist alles schon hektisch genug. Wir fahren gleich zum Flughafen, um meinen Exmann abzuholen. Dich und ihn würde ich gleichzeitig kaum verkraften. Außerdem hast du ja ohnehin genug zu tun. – Da kommt meine Tante mit dem Wagen! Ich rufe morgen an und berichte. Herzliche Grüße an Fabiola und die Pferde.«

Als sie aufgelegt hatte, starrte Bruno auf die Pferde und fragte sich, wie lange er wohl auf Pamelas Anwesen bleiben würde. Gigi schien sich in seiner neuen Umgebung wohl zu fühlen, doch Bruno war lieber im eigenen Haus. Er ließ den Hund im Stall zurück, wo jener es sich in einer Ecke bequem machen konnte, überquerte den Hof und klopfte an Fabiolas Tür.

Florence öffnete mit einem Lächeln, doch ihr Blick wirkte ein wenig skeptisch, als sie sich vorbeugte und ihm die Wangen zum Küssen hinhielt. Den Grund dafür entdeckte Bruno, als er das Esszimmer betrat und Annette am Tisch vorfand. Er war sprachlos und spürte, wie ihm das Blut in den Kopf stieg.

»*Bonjour*, Bruno«, sagte sie zögernd, versuchte zu lächeln und zuckte mit den Achseln, als wollte sie zum Ausdruck bringen, dass sie für dieses Zusammentreffen nicht verantwortlich sei. Bruno rührte sich nicht vom Fleck. Unschlüssig, wie er reagieren sollte, warf er einen Blick auf Fabiola, die gerade aus der Küche kam. Sie hatte sich eine Schürze umgebunden, und ihre Augen blitzten kämpferisch.

»Entspannen Sie sich, Bruno«, sagte sie. »Ich habe liebe Freunde eingeladen. Ob sie draußen Streit miteinander haben oder nicht, ist mir egal. Hier bei mir geht's friedlich zu.«

»Sie hat heute erst versucht, mich um meinen Job zu bringen –«, hob Bruno an, wurde aber von Fabiola unterbrochen.

»Ich weiß und finde, dass Sie sich beide wie Idioten aufführen. Ich will heute Abend von der ganzen Geschichte nichts hören. Das ist ein Befehl. Übrigens, Sie schulden Annette einen Gefallen. Sie hat den Stall ausgemistet, während ich gekocht habe.«

»Und mir hat sie geholfen, die Kinder zu baden. Sie hat den Salat gemacht, für die Vorspeise gesorgt und eine gute Flasche Wein mitgebracht«, ergänzte Florence. »Wir haben uns, als sie in die Stadt kam, auf dem falschen Fuß erwischt, aber das ist überstanden. Sie hat mich sogar schon mit zum Parcours genommen, auf dem sie für die Rallye trainiert. Jetzt sind Sie dran mit Versöhnung.« Florence stellte sich neben Annette, um Solidarität zu demonstrieren. Bruno fühlte sich vorgeführt.

»Fabiola hat recht, Bruno«, fuhr Florence fort. »Ich weiß nicht genau, was passiert ist, mag Sie beide aber so gern, dass ich mir wünsche, Sie würden sich wieder vertragen. Tun wir doch einfach so, als begegneten Sie sich heute zum ersten Mal.«

Bruno holte tief Luft, verzog das Gesicht und nickte zögerlich mit Blick auf Florence und Fabiola, die ihm beide lieb und teuer waren. Vielleicht hatten sie recht. Der Streit mit Annette hatte sich verselbständigt.

»*Bonsoir*, Annette, und danke fürs Ausmisten«, sagte er und streckte ihr die Hand entgegen. Sie hielt eine Serviette in der einen Hand, einen Löffel in der anderen und schien nicht zu wissen, was sie damit tun sollte. Schließlich legte sie beides auf dem Tisch ab und trat mit stolz erhobenem Kinn auf ihn zu. Sie nahm seine Hand und bot ihm die Wange zum Kuss. Bruno beugte sich zu ihr hinab und nahm an ihrem hellen Haar einen angenehmen Duft wahr.

Als er sich wieder aufrichtete, reichte Annette ihm ein Glas Weißwein. »Von der Domaine«, sagte sie. »Ich finde, wir sollten unseren Winzer vor Ort unterstützen.«

»Eine gute Wahl, denn damit unterstützen Sie auch mich«, entgegnete er schmunzelnd. »Ich bin nämlich Anteilseigner, wie übrigens auch Fabiola und viele andere aus der Stadt. Hat sie Ihnen erzählt, wie wir das Weingut davor bewahrt haben, von einer amerikanischen Gesellschaft geschluckt zu werden, und dass es nun der Gemeinde von Saint-Denis gehört?«

Annette verneinte und zeigte sich interessiert. Bruno spürte förmlich das Eis schmelzen, als er ihr die Geschichte erzählte. Auch Fabiola taute auf.

»Sie haben den Tathergang und meinen Beitrag an den Ermittlungen unterschlagen«, sagte Fabiola. »Ich habe nämlich mit meiner medizinischen Expertise den entscheidenden Hinweis gegeben. Und hätte ich nicht rechtzeitig eingegriffen, wären Sie, mein lieber Bruno, im Weinfass erstickt.«

Nun musste Fabiola von vorn anfangen und von der Brandstiftung erzählen, den genmanipulierten Saaten und dem kanadischen Mädchen, das im Weinhandel gearbeitet hatte. Florence schilderte daraufhin die Betrügereien auf dem Trüffelmarkt von Sainte-Alvère, wie sie das ominöse

Kassenbuch aufgetrieben und damit an der Lösung des Falles mitgewirkt hatte. Inzwischen war schon die erste Flasche leer getrunken. Annette öffnete eine zweite, als sich alle an den Tisch gesetzt hatten und Annettes Gemüsesuppe probierten.

»Ich dachte, Sie trinken nicht«, sagte Bruno, nachdem er die Suppe gepriesen und um Nachschlag gebeten hatte.

»Woher haben Sie das denn? Von meinen Kollegen aus der Referendariatszeit?«, fragte Annette. »Ja, da war ich abstinent, weil ich Angst hatte durchzufallen. Das Jurastudium lag schon eine Weile zurück, und ich fand es ziemlich schwer, mich wieder aufs Lernen zu konzentrieren. Deshalb habe ich lange keinen Tropfen angerührt. Aber als mich Fabiola und Florence zum Essen eingeladen haben, ist mir bewusst geworden, wie sehr ich es vermisse, mit Freunden Wein zu trinken. Dass Sie kommen, habe ich aber erst heute Abend erfahren …« Sie fuhr sich mit der Hand an den Mund. »Oh, das haben Sie jetzt hoffentlich nicht falsch verstanden.«

»Was haben Sie zwischen Studium und Referendariat gemacht?«, fragte Bruno.

»Ich war bei den *Médecins sans Frontières*, zuerst in Paris, wo ich im Büro gearbeitet habe. Dann habe ich mich für logistische Fragen interessiert und bin nach Madagaskar gezogen, um dort für die Beschaffung von Lebensmitteln und Sanitätsbedarf zu sorgen. Ich war insgesamt drei Jahre auf der Insel und habe fast alles vergessen, was ich im Studium gelernt hatte. Da habe ich übrigens auch damit angefangen, Rallyes zu fahren. Aber dann machte ich mir zunehmend Gedanken über Frankreich, seine Einwanderungspolitik und das Unwesen des *Front National* – über den ganzen Schlamassel halt.«

»Wie haben Sie auf Madagaskar davon erfahren?«, fragte Fabiola.

»Übers Internet. Nachts gab es für ein paar Stunden eine Telefonverbindung, die aber ziemlich schlecht war. Immerhin konnte ich mich so halbwegs auf dem Laufenden halten. Außerdem ließen uns die Freunde aus dem Pariser Büro die neuesten Zeitungen zukommen. Nach Paris zurückgekehrt, habe ich dann eine Organisation, die sich um die Integration muslimischer Frauen kümmert, juristisch beraten. Ich musste viel verwaltungstechnischen Kram erledigen und Behördengänge unternehmen, was mich in meinen eigentlichen Berufsplänen, nämlich für den Magistrat zu arbeiten, bestärkt hat.«

Bruno war beeindruckt. Vor den *Médecins sans Frontières* hatte er großen Respekt, und er schätzte es, wenn man neben dem Studium Erfahrungen im wirklichen Leben sammelte. An einem Stützpunkt in Afrika logistische Aufgaben zu meistern war keine kleine Herausforderung, insbesondere für eine junge Frau, die noch wie ein Mädchen aussah. Jetzt konnte er die Nervosität verstehen, mit der sie ihre erste Stelle angetreten hatte, und auch ihr Misstrauen einem Ortspolizisten gegenüber, der wohl ziemlich heikel und eigensinnig auf sie gewirkt haben musste. Er selbst war als Soldat in Afrika im Einsatz gewesen, auf demselben Kontinent, den sie aus anderer Perspektive kennengelernt hatte.

Aber wie konnte sich eine junge und offenbar intelligente Frau mit einem Trottel wie Duroc gemeinmachen?

Und was hatten ihr Maurice und Sophie getan, dass sie ihnen so übel mitspielte? Von dem Gegenangriff, der morgen von den Medien geführt werden und sie zur Zielscheibe machen würde, ahnte Annette noch nichts. Der Bürgermeister war ein alter Fuchs und beherrschte dieses Spiel.

Fabiola trug ein Gericht nach dem Rezept ihrer Mutter auf, ein in würzigem Fischsud gekochter Risotto, dazu *coquilles Saint-Jacques*, mit Olivenöl beträufelt, gegrillt und auf einem separaten Teller angerichtet. Der Reis war von jener Rundkornsorte, die in Italien eigens für Risotto angebaut wird, und auf den Punkt genau gegart. Am Muschelfleisch klebte noch der orangerote Rogen. Fabiola, zum ersten Mal Gastgeberin einer Dinnerparty in Saint-Denis, präsentierte ihr Essen schüchtern und stolz zugleich.

»Den Fond habe ich aus den Flusskrebsschalen gemacht, die von Ihrem Geburtstag übriggeblieben sind, Bruno. Pamela hat mir gezeigt, wie's geht.«

»Schmeckt köstlich«, sagte er, ohne zu übertreiben. »Ganz toll mit diesen Muscheln. Was meinen Sie, Annette?«

»Ich esse eigentlich keine Meeresfrüchte, aber dafür mache ich gern eine Ausnahme.«

Die Apfeltorte nach Pamelas Rezept war ebenfalls ein Erfolg und wurde entsprechend gelobt. Als Fabiola die Teller abräumte und das Espressokännchen aufsetzte, fragte Bruno Annette, ob sie weiterhin für Rallyes trainiere. Kaum, antwortete sie und begründete den Mangel mit dem taktvollen Hinweis auf die (wie sie sich wörtlich ausdrückte) »dramatischen Geschehnisse in Saint-Denis«. Fabiola habe ihr allerdings einen Motocross-Parcours empfohlen, den der Grundbesitzer an Wochenenden an Rennveranstalter vermietete. Mit dessen Erlaubnis könne sie morgen darauf üben.

»Wollen Sie mitkommen?«, fragte sie Bruno.

»Tun Sie's, Bruno, macht Spaß«, sagte Fabiola, die herrlich duftenden Kaffee aus der Küche brachte. »Ich bin schon ein paar Runden mit ihr gefahren und hätte kaum für möglich gehalten, dass man dermaßen schnell über Waldwege rasen kann.«

»Würde ich gern, aber ich muss morgen früh mit Hector raus«, erwiderte er.

»Ich reite morgen mit Fabiola, sie auf Bess, ich auf Victoria. Wir könnten ja anschließend eine Runde fahren«, schlug Annette vor. »Nicht lange, nur damit Sie auf den Geschmack kommen.«

»Ja, gute Idee, danke. Dann sollten wir aber mit den Pferden möglichst früh aufbrechen, schon vor Sonnenaufgang«, erwiderte er. »Den Kaffee lasse ich aus, wenn ich darf. Ich muss noch ein paar Schritte mit Gigi laufen und dann meine Sachen auspacken.« Er schaute Fabiola an. »Pamela hat Ihnen doch gesagt, dass ich hier wohne und mich um die Pferde kümmere, solange sie weg ist, oder?«

»Ja. Und ich habe mein Haus voll. Florence bleibt über Nacht hier, damit wir die Kinder nicht wecken müssen, und Annette schläft auf der Couch.«

»Es gäbe aber auch noch Platz bei Pamela. Sie hätte bestimmt nichts dagegen«, sagte Bruno, was er sofort bereute. Sie hatten zwar vereinbart, die Waffen ruhen zu lassen, aber unter einem Dach mit ihr zu schlafen ging wohl ein bisschen zu weit.

»Ich schätze, mein Ruf in Saint-Denis ist ohnehin ruiniert«, entgegnete Annette augenzwinkernd. »Allerdings könnte der Ihre Schaden nehmen. Wenn Sie das Risiko auf sich nehmen wollen, nehme ich Ihr Angebot gern an. Florence und ich werden jetzt den Abwasch machen, und weil es in der Küche zu klein für uns alle ist, schlage ich vor, Sie führen jetzt Ihren Hund aus und nehmen Fabiola mit. Wenn Sie zurück sind, werde ich wahrscheinlich schon schlafen.«

Weil beide Frauen entschieden zustimmten und Fabiola schon nach ihrem Mantel griff, witterte Bruno ein abgekartetes Spiel. Offenbar wollte Fabiola mit ihm unter vier Augen sprechen, und der Zeitpunkt dafür schien gekommen, als sie die Koppel erreichten und Gigi seine Runden drehte. Die Nacht war sternenklar, der Mond nahm zu. Die frische Luft roch schon ein wenig nach Frühling.

»Annette denkt darüber nach, ihre Kündigung einzureichen, was ich ihr auszureden versuche«, sagte Fabiola, die wie immer ohne Umschweife zur Sache kam.

»Ja, sie hat sich ganz schön die Finger verbrannt«, entgegnete er. »Sie hat uns, die Bewohner des Périgord, barbarischer Praktiken bezichtigt, und das wird an ihr hängenbleiben, ein Etikett, das sie wohl nicht so leicht wieder loswird. Sie wird die Konsequenzen tragen müssen.«

»Konsequenzen?«

»Sie hat einen der wichtigsten Industriezweige unserer Region madig gemacht und damit viele Arbeitsplätze in Frage gestellt. Das lassen sich die Menschen nicht gefallen. Der Bürgermeister und unser Stadtrat haben eine Kampagne gegen sie ins Rollen gebracht, und dass sie in Afrika gute Arbeit geleistet hat, wird ihr jetzt nicht helfen.«

»Und wenn sie sich freiwillig aus dem Fall herauszieht? Wird ihr das helfen? Ihr ist bewusst, dass sie einen großen Fehler gemacht hat.«

»Dafür ist es jetzt zu spät. Ich bin eingespannt in die Sicherheitsvorbereitungen für das Gipfeltreffen und deshalb über die andere Sache nicht voll informiert. Jedenfalls werden morgen ein paar hässliche Geschichten in den Zeitungen stehen. Der Bürgermeister ist nicht zimperlich, denn Saint-Denis kämpft ums Überleben.«

»Annette sagt, sie sei von der *Libération* aus Paris angerufen worden, die irgendeine Story über sie bringen wollen. Deren Fragen müssen sie wohl ziemlich erschüttert haben.«

Bruno nickte. Der Bürgermeister hatte ihm eine SMS geschickt und geraten, sich die morgige Nummer zu kaufen.

»Sie können das wieder geradebiegen, Bruno, der Bürgermeister hört auf Sie. Und wenn sich Annette aus diesem Fall herauszieht, haben Sie gewonnen. Was wollen Sie mehr?«

»Ja, er hört auf mich, aber er hat auch seinen eigenen Kopf und will sich in seinem Amt bestätigen lassen. Also denkt er an seine Wähler, an all die Landwirte, die *foie gras* herstellen und damit handeln, und an alle anderen, die davon abhängig sind. Das ist die Mehrheit.«

»Was wäre Ihrer Meinung nach zu tun?«

»An ihrer Stelle würde ich mich in einen anderen Bezirk versetzen lassen, in eine größere Stadt, wo sie noch mal neu anfangen kann. Tut mir leid, Fabiola, ich fürchte, hier gibt's nur eins. Sie müsste im Fernsehen auftreten, vor laufender Kamera Stopfleber essen und sagen, wie lecker sie ist. Eine Alternative gibt es wohl nicht.«

26

Fest angegurtet, die Füße aufs Blech gestemmt und die Hände am Armaturenbrett, sah Bruno den Baum auf sich zufliegen. Doch Annette riss das Lenkrad herum. Sie schien gleichzeitig zu bremsen und Gas zu geben, als der kleine Peugeot kurz ins Schleudern geriet und dann auf die nächste Kehre zuschoss. Über das Motorgeheul hinweg hörte er Steine unter den Reifen aufspritzen und vor den Baumstamm prallen, den sie fast gestreift hätten. Er war dankbar für den Helm, den Annette ihm aufgesetzt hatte, denn jedes Mal, wenn sie über eine Bodenwelle flogen, stieß er mit dem Kopf an den Wagenhimmel. Von den Fliehkräften strapaziert, waren die Muskeln im Nacken verkrampft und schmerzten. Der Frau am Steuer aber schien der Stress nichts auszumachen; sie hatte den Wagen voll unter Kontrolle, und das selbst bei irrsinnigem Tempo.

»So fühle ich mich gleich viel besser«, sagte Annette, als sie unter Zuhilfenahme der Handbremse so schnell durch eine Kurve schleuderte, dass ihm schwindlig wurde. »Haben Sie Lust auf eine zweite Runde, oder sollen wir umkehren?«

»Ich muss jetzt zur Arbeit«, antwortete er. »Danke für die Spritztour, sie war eine Offenbarung. Wo haben Sie so zu fahren gelernt?« Er hoffte, nicht allzu bald aus dem

Auto aussteigen zu müssen, weil er noch so benommen war, dass er fürchtete, nicht aufrecht stehen zu können.

»In Madagaskar. Da sind fast alle Straßen so wie diese und Rallyes sehr populär.«

»Haben Sie schon viele umgelegt? Fußgänger, meine ich.«

»Bislang noch keinen«, erwiderte sie lachend. Ihr Gesicht war gerötet und lebendig. Sie sah zwar immer noch aus wie ein Teenager, wirkte aber nun, da sie ihm ihre Fahrkünste hatte demonstrieren können, um einiges selbstbewusster.

»Sie lieben diesen Sport, nicht wahr?«

»O ja«, antwortete sie schmunzelnd. »Am Steuer bin ich endlich einmal ganz allein zuständig für alles, was passiert, und verlassen kann ich mich nur auf meine eigenen Fähigkeiten und das absolvierte Training. Natürlich hängt auch vieles vom Fahrzeug ab, aber auch dafür bin ich verantwortlich.« Sie verließ den Parcours und machte sich auf den Rückweg zu Pamelas Anwesen, wo Brunos Transporter parkte. »Hätten Sie was dagegen, wenn ich in der Stadt kurz anhalte, um eine *Libé* zu kaufen? Die Redaktion hat mich gestern angerufen und wegen dieser *foie gras*-Geschichte interviewt. Die Person am Telefon war ziemlich ablehnend, was mich überrascht hat. Ich hatte mit mehr Sympathie gerechnet.«

»Bringen Sie mir bitte auch ein Exemplar mit. Ich besorge uns derweil ein paar Croissants fürs Frühstück mit Fabiola«, sagte er.

Annette war bleich im Gesicht und hatte die Lippen aufeinandergepresst, als Bruno mit einer Tüte voll Croissants und *tartines* von Fauquets Café zurückkam. Auch seine Stimmung war gekippt, denn er hatte eine SMS gelesen, die

in der Nacht, als er schon schlief, auf seinem Handy eingegangen war – von Isabelle, die, wie sie schrieb, nach ihrem
Diner mit dem Brigadier und Carlos zu ihm gefahren und
überrascht gewesen sei, weder ihn noch Gigi anzutreffen;
sie wünsche ihm jedenfalls eine gute Nacht. Er fragte sich,
was das zu bedeuten hatte, als Annette ihm wortlos ein
Exemplar der *Libération* reichte und losfuhr, ehe er sich
angeschnallt hatte.

Auf quietschenden Reifen ging es durch den Kreisel,
vorbei an der dicken Jeanne, die ihnen verwundert nach-
blickte. Bald würde die ganze Stadt wissen, dass Bruno im
Wagen der meistgehassten Person von Saint-Denis gesehen
worden war und für ein gemeinsames Frühstück eingekauft
hatte, vermutlich in dem Liebesnest, wo sie eine leidenschaftliche Nacht verbracht hatten.

»*Merde*«, murmelte er, aber nicht wegen der dicken
Jeanne, sondern mit Blick auf die Titelseite, die Annette
ganz groß herausbrachte.

Zu sehen war ein Foto, aufgenommen am Vortag, als
sie, adrett gekleidet und mit makelloser Frisur, mit dem
Fernsehreporter gesprochen hatte. Die Überschrift lautete
»Verwöhnte Göre«.

Einmontiert unter das Foto war die Kopie einer Ca-
tering-Rechnung über 32 000 Euro für einen Brunch für
vierzig Personen, ausgestellt auf einen gewissen Monsieur
Meraillon mit Adresse in Neuilly, einem der vornehmsten
Vororte von Paris. Ein mit einem roten Kreis markierter
Posten dieser Rechnung bezifferte 2800 Euro für *foie gras
aux truffes*. Gleich darunter stand der Preis für Kaviar, der
noch höher ausfiel.

»Milliardenerbin und Amtsrichterin Annette Meraillon erklärt Krieg gegen ›barbarische Herstellung von *foie gras*‹, während ihr Papa, König der Hedge-Fonds-Zocker, mehr Geld für einen Brunch ausgibt, als einem Durchschnittsfranzosen im Jahr zur Verfügung steht, allein 2800 Euro für *foie gras*«, hieß es in der Bildunterschrift am unteren Seitenrand.

Auf der zweiten Seite prangte ein großes Foto von Maurice und Sophie vor der Eingangstür ihres Bauernhauses. »Sie belästigt einen Landwirt, der drei Monate schuften muss, um das zu verdienen, was sich ihr Papa einen einzigen Gang für seine verwöhnten Freunde kosten lässt.«

Und auf Seite drei stand die Überschrift: »Der steinreiche Papa lässt UNS für seine Leckereien zahlen«. Im Artikel ging es um den Hedge-Fonds von Monsieur Meraillon und das pikante Detail, dass er seine Ausgaben für verschwenderische Brunchs angeblich von der Steuer absetzte.

»Ich glaube, ich werde nicht mit frühstücken«, sagte Annette, als er die nächste Seite aufschlug. Unter der Überschrift »Krieg gegen *foie gras*« beschäftigte sich ein längerer Artikel mit der Kampagne von PETA und zeigte ein Foto von Gravelles verwüstetem Verkaufsraum.

»Tut mir leid. Das alles ist … unglaublich«, sagte er. »Es hat nichts mit Ihnen zu tun. Man nimmt Sie in Sippenhaft.«

»Dabei rede ich mit meinem Vater kaum«, entgegnete sie. »Er hält sich meist in New York oder London auf. Wir sehen uns höchstens zu Weihnachten oder zum Geburtstag meiner Mutter.«

Auf Seite fünf waren Fotos diverser Häuser von Meraillon zu sehen, eins in der Karibik, sein Penthouse in London, ein Chalet in Gstaad, das Château in Compiège bei Paris. Jedes Foto trug ein Preisschild. Die Summe belief sich auf über zwanzig Millionen Euro.

Ein großes Foto auf Seite sechs, das offenbar Philippe Delaron aufgenommen hatte, kurz nachdem die Wasserspritze abgestellt worden war, zeigte Annette von Dung besudelt vor der Gendarmerie. Darunter war noch einmal Papas Brunch-Rechnung zu sehen, nun in Gänze. Die Ausgaben für Getränke machten über die Hälfte der Gesamtsumme aus. Bruno traute seinen Augen kaum. Meraillon hatte rund zehntausend Euro für einen Kasten Champagner – 1985er Krug Clos de Mesnil – ausgegeben, über dreihundert Euro für eine einzige Flasche Puligny-Montrachet Chevalier-Montrachet von 2006 und zwölftausend für einen Kasten 92er Cheval-Blanc. Bruno wusste natürlich, in welchem Luxus manche Großverdiener schwelgten, hatte aber noch nie die Zahlen schwarz auf weiß gesehen. Und auch diese Ausgaben machte Meraillon steuerlich geltend, eine Frechheit, über die sich die meisten *Libération*-Leser bestimmt entrüsten würden.

»Das wird Ihrem Herrn Papa nicht schmecken«, sagte Bruno.

»Oh doch, er wird wahrscheinlich entzückt sein«, entgegnete sie und bog auf Pamelas Hof ein. Sie bremste jählings ab, hielt das Lenkrad umklammert und starrte nach vorn, was Bruno an die erste Begegnung mit ihr erinnerte.

»Für Großinvestoren ist es gut, in den Schlagzeilen zu stehen«, erklärte sie. »Es beweist, wie erfolgreich sie sind. Und dass ich ganz nebenbei gedemütigt werde, wird meinem Vater umso mehr gefallen. Er war dagegen, dass ich nach Afrika gehe oder dass ich Amtsrichterin werde und woanders als bei ihm arbeite. Ich glaube, er wollte immer einen Sohn haben, der seine Geschäfte übernehmen würde, und hat stattdessen dummerweise mich bekommen. Es geht ihm auch gegen den Strich, dass ich Rallyes fahre.«

Sie schloss die Augen und senkte die Stirn aufs Lenkrad, als suchte sie Trost in der Berührung mit dem Auto.

»Und jetzt ist all das, was ich mir vorgenommen habe, Makulatur. Diese Schande wird mir mein Leben lang anhängen.«

»Das glaube ich nicht«, sagte er und tätschelte ihre Schulter. »So sieht's für Sie vielleicht im Augenblick aus, aber die Leute haben ein kurzes Gedächtnis. Außerdem ist letztlich egal, wie andere über Sie denken. Es kommt vielmehr darauf an, wie Sie jetzt reagieren und sich aus der Affäre ziehen.«

Er überredete sie, mit ins Haus zu kommen, wo Fabiola schon mit Kaffee auf sie wartete. Sie hatte die Zeitung noch nicht gelesen, wusste jedoch Bescheid, da sie die Presseumschau in den Fernsehnachrichten gesehen hatte. Anstatt mit Mitleidsmiene, wie Bruno erwartet hatte, empfing sie die beiden mit strahlendem Lächeln und einem Glas Champagner in jeder Hand.

»Das kommt davon, wenn man den Nachbarn Barbarei vorwirft«, sagte sie. »Trinken wir auf die aktuell berühmt-berüchtigtste Frau Frankreichs. Und für diesen Titel brauchten Sie nicht einmal mit einem hochgestellten Politiker ins Bett zu gehen.«

Annette presste die Lippen aufeinander und prustete dann plötzlich vor Lachen, wobei sie beide Fäuste schüttelte. Dann nahm sie ein Glas von Fabiola entgegen und leerte es auf einen Zug.

»Dem Himmel sei Dank, dass es Sie gibt, Fabiola«, sagte sie. »Sie haben recht. Was passiert ist, ist passiert, und daran lässt sich im Moment nichts ändern. Also können wir auch darauf anstoßen.«

»Der Wein stammt aus Pamelas Keller«, gestand Fabiola. »Ich hoffe, sie hat nichts dagegen, dass wir Erste Hilfe damit leisten.«

»Bestimmt nicht«, sagte Bruno. »Und wenn doch, besorge ich Ersatz.«

Er trank den Champagner und Kaffee, stopfte sich auf die Schnelle ein Croissant in den Mund und machte sich dann auf den Weg zum Château, um pünktlich an der morgendlichen Sicherheitsbesprechung teilnehmen zu können. Vorher wollte er noch ein paar Worte mit Isabelle wechseln. Als er bei Campagne in die Straße zum Schloss einbog, klingelte sein Handy. Ohne auf das Display zu blicken, nahm er den Anruf entgegen und hörte den Bürgermeister triumphieren.

»Ziemlich dick aufgetragen, das Ganze«, entgegnete er. »Wenn das mal nicht mehr schadet als nutzt. Himmel, sie tut mir richtig leid.«

»Haben Sie deshalb mit ihr gefrühstückt?«, fragte der Bürgermeister, leicht verschnupft wegen Brunos Reaktion.

»Ich habe mit Fabiola gefrühstückt«, antwortete Bruno ruhig und verfluchte im Stillen die dicke Jeanne, eine Frau, die er wegen ihrer unverwüstlich heiteren Natur sonst eigentlich bewunderte. »Ich wohne bei Pamela und kümmere mich um die Pferde. Sie ist nach Schottland geflogen, weil ihre Mutter einen Schlaganfall hatte. Annette war nur zufällig zu Gast bei Fabiola, ihrer neuen Freundin. Sie hat die Zeitung gekauft, ich die Croissants.«

»Sie finden, die Story in der *Libé* geht zu weit? Alle anderen finden sie großartig. Und dass sie am Morgen von France-Inter aufgegriffen wurde, ist noch das Sahnehäubchen obendrauf.«

»Wir wollten sie isolieren, nicht vernichten. Übrigens hätte sie sich ohnehin aus dem Fall zurückgezogen. Falls man Sie darauf anspricht, wär's gut, Sie würden sich auf unsere Sache beschränken und die Geschichte um ihren Vater außer Acht lassen. Wir haben deutlich gemacht, worauf es uns ankommt, und können uns jetzt versöhnlich zeigen. Sie wird es zu schätzen wissen.«

Der Bürgermeister schwieg. Bruno hörte, wie er auf dem Mundstück seiner Pfeife kaute. »Interessant«, sagte er schließlich. »Ich werd's mir durch den Kopf gehen lassen. Und was ich noch fragen wollte: Wird erwartet, dass ich die beiden Minister morgen förmlich willkommen heiße?«

»Ich könnte mir vorstellen, dass aus Sicherheitsgründen darauf verzichtet wird. Aber Genaues weiß ich noch nicht.«

»Halten Sie mich auf dem Laufenden«, bat der Bürgermeister und legte auf.

27

B runo schaffte es nur mit knapper Not, pünktlich zur Neunuhrsitzung zu erscheinen. Er hatte seinen Transporter im Park abstellen müssen, fernab vom Château, dessen Parkplatz mit Militär- und Gendarmeriefahrzeugen vollgestellt war. Für ein Gespräch mit Isabelle war keine Zeit mehr gewesen. Er fand sie in einen Bericht der Ballistik vertieft, die bestätigte, dass mit der 9-mm-Automatik, die Bruno unter dem Kohlehaufen neben der Schmiede gefunden hatte, Teddys Vater vor über zwanzig Jahren erschossen worden war.

Die britische Polizei hatte gemeldet, dass Teddys Mutter am Tag von Horsts Vortrag mit ihrem Sohn kurz telefoniert und danach nichts mehr von ihm gehört hatte. Davon, dass er auf die Knochenreste seines Vaters gestoßen war, hatte sie nichts gewusst und war jetzt völlig durcheinander. Zurzeit half sie einem Zeichner der Polizei, ein Phantombild jener einzigen Person aus Todors Familie anzufertigen, mit der sie Kontakt gehabt hatte: eines Cousins namens Fernando, der einige Male zu Besuch gekommen war und Geschenke für Teddy mitgebracht hatte. Interessant war auch ihre Information, dass ihr die Behörden in Madrid trotz mehrfacher Anfragen eine Auskunft über Geburtsdatum und Geburtsort ihres baskischen Geliebten verweigerten.

»Dem werden wir gründlich nachgehen«, sagte Carlos. »Leider muss ich gestehen, dass wir mit unseren eigenen Recherchen bislang wenig Erfolg hatten. Es kann natürlich sein, dass Todor, oder wie immer er geheißen haben mag, seiner englischen Freundin gegenüber falsche Angaben zu seiner Person gemacht hat.«

»Das wäre typisch für diese Vögel«, sagte der Brigadier, um Carlos aus der Verlegenheit zu helfen. Sein Minister hatte ihm wahrscheinlich eingeschärft, die spanischen Kollegen nach Möglichkeit zu schonen, dachte Bruno.

Der Brigadier zählte die bereits in die Wege geleiteten Sicherheitsmaßnahmen auf und dankte Bruno in diesem Zusammenhang vor versammelter Mannschaft. Ihr gehörte nunmehr auch ein Major der Luftlandetruppe an, ein kantiger Kerl namens Sauvagnac, der noch Leutnant gewesen war, als Bruno in derselben Einheit gedient hatte. Der Major schien ihn aber nicht wiederzuerkennen. Mit ein paar markigen Worten darüber, wie dringlich es sei, die Basken noch vor dem morgigen Gipfelauftakt zu ergreifen, beendete der Brigadier die Sitzung, ohne eine Bemerkung über die Domaine als Ausweichquartier gemacht zu haben.

»Ob von Madrid vielleicht deshalb nichts über diesen Todor zu erfahren ist, weil er womöglich zu den *desaparecidos* der Franco-Ära zählte?«, fragte Isabelle den Spanier, als sie zur Tür hinausging. Bruno kannte dieses Wort – übersetzt: die Verschwundenen – nur im Zusammenhang mit der argentinischen Junta, die Oppositionelle hatte festsetzen und auf Nimmerwiedersehen verschwinden lassen. Dass auch in Spanien davon die Rede war, hatte er bislang nicht gewusst.

»Das frage ich mich auch«, antwortete Carlos mit ernstem Nicken und forderte einen Wachposten auf, seinen Wagen vom Hotelparkplatz rüberzufahren. Als er Brunos überraschte Miene bemerkte, blieb er stehen und klärte ihn auf. Als Franco nach dem Spanischen Bürgerkrieg die Macht ergriffen hatte, wurden inhaftierten Partisaninnen die Kinder weggenommen und in kirchliche Waisenhäuser gegeben beziehungsweise zur Adoption ausgesetzt. Davon betroffen gewesen waren nicht nur militante Kommunisten, sondern auch baskische Freischärler.

»Wenn das der Fall gewesen wäre, hätte der Junge im Waisenhaus nie den Namen Todor bekommen«, fügte Carlos zu. »Baskische Kinder erhielten spanische Namen, um jeglichen Bezug zu den leiblichen Eltern zu verschleiern, die ohnehin meist umgebracht worden waren.«

Isabelle wandte sich an Bruno. »Ich habe heute Morgen in den Zeitungen gelesen, was mit dieser Amtsrichterin angestellt wurde. Eine miese Hetzkampagne. Saint-Denis kann mir ein für alle Mal gestohlen bleiben.«

»Ich bin alles andere als stolz darauf.«

»Warst du daran beteiligt? Kann ich mir eigentlich nicht vorstellen, obwohl ich weiß, dass sie dich zu feuern versucht hat.«

»Ich will mich nicht rausreden. Verantwortlich sind wir wohl alle.«

Carlos zuckte mit den Achseln und machte sich auf den Weg in die Einsatzzentrale. Bruno und Isabelle blieben allein zurück.

»Schade, dass wir uns gestern Abend verfehlt haben«, sagte er. »Ich wohne vorübergehend bei Pamela und kümmere mich um die Pferde. Sie musste nach Schottland, um nach ihrer Mutter zu sehen.«

»Steht es ernst um sie?«

Er nickte. »Sie hatte einen Schlaganfall und liegt jetzt im Koma.«

»Ich hätte nicht kommen sollen«, sagte sie. »War einfach nur ein bisschen niedergeschlagen und dachte, Gigi könnte mich aufheitern.« Sie schmunzelte, doch ihr Blick wirkte liebevoll. »Essen wir heute Abend miteinander? Vorausgesetzt natürlich, der Brigadier hat nichts dagegen.«

»Gern«, sagte er und spürte, wie sein Herz hüpfte. »Bei mir oder im Restaurant?«

»Bei dir, mit Gigi«, antwortete sie. »Viel Zeit bleibt uns ohnehin nicht bei all den Turbulenzen hier, und die werden wahrscheinlich noch anhalten, bis die Verträge unterzeichnet und die Minister wieder abgereist sind.«

Es würde, wusste Bruno, noch um einiges turbulenter zugehen, wenn der Brigadier morgen früh Plan B in Kraft setzen würde. Plötzlich rief jemand nach Isabelle; der Stimme nach war es der Brigadier. Sie ging den Flur entlang, offenbar bedacht darauf, nicht zu hinken, weil ihr bewusst sein musste, dass er ihr hinterherschaute. Als sie ins Straucheln geriet, drehte er sich diskret zur Seite.

Plötzlich krachte es. Glas splitterte, und Autohupen fingen zu lärmen an. Verwirrt von lauten Stimmen, die durchs Treppenhaus hallten, stolperte Isabelle über ihren Stock und prallte vor die Wand. Bruno eilte auf sie zu, doch sie stieß ihn von sich und verlangte, dass er nachsehen solle, was passiert sei. Er sprang die Stufen hinunter in die Eingangshalle und sah, wie sich Gendarmen und Männer in

Schwarz in der Tür drängten. Sie blickten über den Park und die Umzäunung auf den Hotelparkplatz auf der anderen Straßenseite, von dem schwarzer Rauch aufstieg. Aus einem Wrack – dem Range Rover von Carlos, wie Bruno erkannte – schlugen Flammen empor.

»Worauf warten Sie?«, rief Bruno und schnappte sich den nächsten Feuerlöscher, den er sah. »Alarmieren Sie einen Krankenwagen und die *pompiers*.«

Er drängte sich durch den Pulk der verdutzten Männer und rannte auf die Unglücksstelle zu. Als er Schritte hörte und einen Blick über die Schulter zurückwarf, sah er Carlos, der einen zweiten Feuerlöscher gefunden hatte und ihm nacheilte. Das Wärterhäuschen am geöffneten Tor in der Mauer, die das Château umgab, war unbemannt. Seine beiden Posten hatten die Straße bereits überquert. Sie waren ebenfalls mit kleinen Feuerlöschern bewaffnet, die sie aber nicht zum Einsatz bringen konnten, weil sie sich der Hitze wegen mit der freien Hand einen feuchten Lappen vors Gesicht hielten.

»Ist jemand im Fahrzeug?«, brüllte Bruno.

Einer der beiden Wachposten deutete hinter ein Auto, das mit zersplitterten Scheiben und verbeultem Blech neben dem brennenden Range Rover stand. Ein Mitarbeiter des Hotels zielte dort mit einem Wasserschlauch auf eine am Boden ausgestreckte Gestalt, die mit einem Mantel abgedeckt war. Sie rührte sich und versuchte aufzustehen, als Carlos seinen Wagen mit Löschschaum besprühte, um das Feuer zu ersticken. Derweil heulten die Alarmanlagen mehrerer Autos ununterbrochen weiter.

Inzwischen waren etliche Leute zusammengelaufen. Als

sich die Gestalt am Boden, von dem Helfer unterstützt, aufrichtete, erkannte Bruno in ihr den Mann wieder, der Carlos' Wagen vorfahren sollte. Er wankte und drohte, erneut zu stürzen. Die Leute um ihn herum riefen durcheinander, Fragen wie: Alles in Ordnung? Wär's nicht besser, er legt sich wieder hin? Warum gibt ihm denn keiner was zu trinken? Wie sind seine Reflexe?

Bruno schaute Carlos an, der den leeren Feuerlöscher abgesetzt hatte und mit hängenden Schultern auf die glühende Karosse seines Wagens starrte.

»Der Anschlag hat Ihnen gegolten«, sagte Bruno.

»Ich weiß. Nur gut, dass ein Fernstarter eingebaut war«, erwiderte der Spanier.

Neben Bruno tauchte jemand auf, und unter den ätzenden Rauchgestank mischte sich eine angenehme Duftnote.

»Man weiß offenbar, wer und wo Sie sind«, sagte Isabelle zu Carlos. »Als Anschlagsziel scheinen Sie ebenso begehrt zu sein wie die beiden Minister.«

»Vielleicht bin ich auch nur das leichtere Opfer«, entgegnete Carlos, als die Sirene eines Krankenwagens in der Ferne zu hören war.

»Keiner verlässt den Parkplatz«, sagte Isabelle, auf ihren Stock gestützt und außer Atem. Bruno wunderte sich über ihre Willenskraft und die Geschwindigkeit, mit der sie vom Château herbeigeeilt war. Erst jetzt kam der Brigadier an.

»Das Sicherheitspersonal, die Hotelangestellten, sämtliche Gäste – jeder Einzelne muss noch einmal gründlich unter die Lupe genommen werden«, sagte er. »Wo ist der verflixte Sicherheitschef? Nie ist er da, wenn man ihn braucht…

Bruno, rufen Sie bitte Jean-Jacques an. Er soll uns ein Team der Spurensicherung schicken und einen Sprengstoffexperten. Die Medien bleiben außen vor. Auf neugierige Fragen antworten Sie damit, dass ein Kurzschluss in der Elektrik zum Brand geführt hat. Kein Hinweis auf Carlos oder den Gipfel. Sobald die Spurensicherung mit ihrer Arbeit fertig ist, werden alle beschädigten Fahrzeuge entfernt. Ich will, dass es in einer Stunde hier aussieht, als wäre nichts passiert.«

28

Auf dem Château lastete beklemmende Stille. Der Wachmann war tatsächlich dank der Fernsteuerung, mit der er Carlos' Wagen gestartet hatte, verschont geblieben, zur Sicherheit aber ins Krankenhaus gebracht worden. Einer von Isabelles Mitarbeitern telefonierte mit der Autovermietung und der Versicherung und sorgte dafür, dass Carlos ein Ersatzfahrzeug bekam.

In England gingen die Uhren, wie Bruno wusste, eine Stunde nach, und er vermutete, dass Gleiches für Schottland zutraf. Für einen Anruf war es zu früh. Außerdem hatte Pamela ja gesagt, dass sie sich melden würde, sobald die Untersuchungsergebnisse vorlägen. In knapp zwei Stunden war er mit Major Sauvagnac und ein paar Gendarmen von der mobilen Bereitschaft verabredet, um mit ihnen das Gelände abzugehen und den Wachdienst zu überprüfen, hatte also durchaus Zeit, sich über das Abendessen mit Isabelle ein paar Gedanken zu machen. Er würde etwas auf den Tisch bringen müssen, was schnell zubereitet war, hatte aber keine frischen Lebensmittel mehr bei sich zu Hause. Und weil nicht auszuschließen war, dass die Mahlzeit wegen eines Notfalls unterbrochen werden musste, war es ratsam, etwas vorzubereiten, was wieder aufgewärmt werden konnte.

Es war kalt im Haus, er würde Feuer machen müssen. Stopfleber und Schweinefleisch hatten sie erst kürzlich gegessen, also entschied er sich für Steaks oder Kalbfleisch. Der von der *soupe de poisson* übriggebliebene Rest war eingefroren. Er brauchte Brot für die Croûtons und ein bisschen Frühlingsgemüse. Außerdem würde er in Bournichous *boucherie* Fleisch besorgen und irgendwann Gigi abholen müssen, der ja offenbar der Star des Abends sein sollte.

Für einen Abstecher auf den Markt blieb genügend Zeit. Er fand an diesem Wochentag in Le Buisson statt, wo er seinen Jagdfreund Stéphane antraf, der dort seinen Käse verkaufte. Stéphane verwies ihn an Madame Vernier, die ihren Stand auf der anderen Straßenseite hatte. Bei ihr gab es frische Zwiebeln, junge Karotten und *navets*, jene kleinen Steckrüben, für die Bruno ein Faible hatte. Und sogar die ersten grünen Bohnen. Spontan beschloss er, einen *navarin d'agneau* zu kochen, Lammragout mit frischem Frühlingsgemüse. Das dauerte zwar ein wenig, aber er liebte dieses Gericht und hatte es für Isabelle noch nie gemacht. Er kaufte Käse, das Gemüse und eine große *boule* Brot, besorgte dann das Fleisch in Saint-Denis und eilte nach Hause.

In der Küche gab er einen Löffel Entenfett in die schwere gusseiserne Terrine und zerschnitt die entbeinte Lammschulter in fünf Zentimeter große Stücke. Radio Périgord brachte eine Talkshow mit Anrufern, die von *foie gras* schwärmten, als Bruno das Fleisch von allen Seiten anbriet und noch ein bisschen Fett dazugab. Bei mittlerer Temperatur ließ er nun seine geheime Zutat einfließen, einen großen Löffel Honig, den er unter das Ragout rührte. Dann siebte er etwas Mehl dazu, rührte erneut um. Mit einem Glas Bergerac Sec löschte er das Fleisch ab, fügte eine Dose geschälter Tomaten hinzu, ein paar zerstoßene Knoblauchzehen, fein geschnittenes Suppengemüse und eine Prise frischgeriebenen Muskat.

Gut eine Stunde lang hätte das Ganze nun köcheln müssen, doch so viel Zeit hatte er nicht. Bald würden die Kordons rund um das Château aufzustellen sein. Schnell deckte er den Tisch für zwei und stellte einen Kerzenständer sowie eine Vase auf den Tisch, in die er, wenn er zurückkäme, ein paar Narzissen aus dem Garten stecken würde. Anschließend holte er die *soupe de poisson* aus dem Gefrierfach, um sie auftauen zu lassen, und schnitt ein paar Scheiben Brot, damit sie bis zum Abend etwas antrocknen und sich besser zu Croûtons verarbeiten lassen würden. Schließlich putzte er noch das Gemüse und legte es auf die Anrichte.

Zwanzig Minuten bevor er aufbrechen musste, ging er nach draußen, fütterte die Enten und Hühner und schaute in seinem *potager* nach dem Rechten. Wegen der hohen Hanglage und weil ihm kein Treibhaus zur Verfügung stand, waren seine *navets* und Karotten frühestens in zwei oder drei Wochen so weit, dass er sie ernten konnte; die Kartoffeln und Bohnen brauchten noch länger. Der Feldsalat sah gut aus. Mit den frühen Radieschen würde er besonders lecker schmecken. Er richtete den Blick über die Hügelflanken, die sich, in immer zartere Pastelltöne gestaffelt, bis zum Horizont hin ausbreiteten. An diesem Panorama konnte er sich nicht sattsehen. Es übte immer wieder eine wohltuende Wirkung auf ihn aus, so auch jetzt, und während er so versunken vor sich hin sah, kam ihm etwas in den

Sinn, was dieses Ausblicks würdig und dazu angetan war, ihm ein noch besseres Gefühl zu vermitteln.

Er rief über sein Handy die Auskunft an und ließ sich die Nummer von *Médecins sans Frontières* geben, nannte seinen Namen und seinen Dienstgrad und bat darum, mit dem Pressesprecher verbunden zu werden. Er wurde durchgestellt zu einer Frau, die sich als Mathilde Condorcel vorstellte und fragte, was sie für ihn tun könne.

»Ich rufe an wegen Mademoiselle Annette Meraillon, die für Sie gearbeitet hat, in Paris und Madagaskar. Sie haben wahrscheinlich heute von ihr in der *Libération* gelesen.«

»Ja, und was da steht, hat mir nicht gefallen. Wir haben in der Tat zusammengearbeitet. In Madagaskar war sie unverzichtbar für uns, und wenn sie als Amtsrichterin abgesägt wird, kann sie jederzeit zu uns zurückkehren. Sie wäre herzlich willkommen.«

»Ich hatte gehofft, dass Sie das sagen. Wie wär's, Sie gäben eine ähnlich lautende Pressemitteilung heraus und stellten sicher, dass die *Libé* Ihren Text veröffentlicht? Nach deren Rufmord von heute wäre es das mindeste, was die Redaktion zur Wiedergutmachung tun könnte.«

»Gute Idee, aber welches Interesse haben Sie daran? Kennen Sie Annette?«

»Ich bin der Stadtpolizist von Saint-Denis, wo sie sich mit ihrer unüberlegten Bemerkung über *foie gras* in die Nesseln gesetzt hat.«

»Persönlich liebe ich ja diese Leckerei. Trotzdem frage ich mich, ob eigentlich alle Bewohner Ihrer Stadt gegen Annette auf die Barrikaden gehen.«

»Sieht so aus. Wir glauben, dass sie einen Fehler gemacht hat, was aber nichts an der Tatsache ändert, dass sie eine sympathische Person ist, die gute Arbeit für Sie geleistet hat. Sie braucht jetzt Freundschaft und Unterstützung.«

»Augenblick, Sie sind der Stadtpolizist von Saint-Denis? Ich erinnere mich gerade, in der *Paris-Match* etwas über Sie gelesen zu haben. Da war auch ein Bild von Ihnen, auf dem zu sehen war, wie Sie Kinder aus einem brennenden Haus gerettet haben. Warum schreiben Sie diese Pressemitteilung nicht selbst? Oder wir könnten auch gemeinsam eine formulieren.«

»Ich wüsste nicht, womit ich anfangen sollte.«

»Überlassen Sie das mir. Geben Sie mir Ihre E-Mail-Adresse, und ich schicke Ihnen einen Entwurf zu. Wie kann ich Annette erreichen?«

Bruno gab ihre Telefonnummer durch, beendete das Gespräch und ging ins Haus zurück, um im Badezimmer saubere Handtücher aufzuhängen. Mit der Ermahnung, in Gedanken an Isabelles bevorstehenden Besuch nicht wie ein liebestoller Jüngling zu schwärmen, schaute er im Schlafzimmer nach. Es war aufgeräumt, und er hatte auch das Bett frisch bezogen, ehe er aufgebrochen war, um Pamelas Haus zu hüten. Dann fuhr er zurück zum Château, wo er den Sicherheitskräften einen Patrouillenplan vorlegen sollte, der allerdings wohl schon bald überholt sein würde. Bruno war jedoch lange genug beim Militär gewesen, um zu wissen, dass es keinen Sinn ergab, das eigene Lager zu täuschen, und so zog er, auch auf die Gefahr hin, den Brigadier zu verärgern, Major Sauvagnac ins Vertrauen und setzte ihn davon in Kenntnis, dass das Gipfeltreffen woanders stattfinden würde. Er zeigte ihm die Lage der Domaine auf der Landkarte.

Eine Stunde lang dauerte der Ausflug im Jeep zur Domaine, an dem Sauvagnac und jeweils ein Hauptmann der CRS und der *Gendarmes Mobiles* teilnahmen. Als es über holprige Waldwege zurück zum Château ging, erreichten Bruno Anrufe und SMS auf dem Handy, die er im Umkreis der Domaine nicht hatte empfangen können. Er nahm sich vor, mit Hilfe des Sicherheitspersonals für besseren Empfang zu sorgen. Der erste verpasste Anruf war von Pamela. Er rief zurück und fragte, wie es ihrer Mutter gehe.

»Der zweite Schlaganfall war sehr schlimm«, antwortete sie müde. »Die Ärzte meinen, dass sie womöglich einen bleibenden Schaden davontragen wird.«

»Das tut mir so leid!«

»Selbst wenn sie sich erholen sollte, werde ich hier noch eine Weile gebraucht. Ich muss mich um ihre Angelegenheiten kümmern.«

»Mach dir um den Betrieb hier keine Sorgen. Den halten wir am Laufen.«

»Ach, ich vermisse dich so! Und Fabiola. Und Saint-Denis«, seufzte sie. »Wie geht es den Pferden?«

Er versicherte ihr, dass in Haus und Stall alles zum Besten stand, beschrieb das Abendessen bei Fabiola und vergaß auch nicht, den Erfolg ihrer, Pamelas, Apfeltorte zu betonen. Ihre Antworten waren aus verständlichen Gründen kurz und zerfahren. Sie hatte andere Sorgen und legte bald auf.

Eine SMS kam von einer französischen Mobilfunknummer, die er nicht kannte. Aus Neugier rief er an. »Bruno?«, meldete sich eine vertraute Stimme.

»Teddy? Sie wissen doch, dass man in ganz Frankreich nach Ihnen fahndet, oder?« Er eilte die Treppe im Château hinauf in Isabelles Arbeitszimmer und legte den Zeigefinger an die Lippen, als sie vom Schreibtisch aufblickte. Während er dem jungen Waliser zuhörte, trat er auf sie zu und kritzelte auf einen Schreibblock, der neben ihr lag, die Telefonnummer im Display mit der Bemerkung »Zurückverfolgen – es ist Teddy«. Sie nickte, schrieb »Halt ihn in der Leitung« und verließ den Raum.

»Sie ist bei mir«, antwortete Teddy auf Brunos Frage, wo Kajte sei. »Wegen ihr rufe ich Sie ja an. Sie hat sich von einem Freund in Paris ein Auto ausgeliehen und mich abgeholt. Wir wollen uns stellen. Aber wie machen wir das am besten?«

Es gab keinen Haftbefehl für die beiden, und dass er den Bus nach Bergerac verlassen hatte, war kein Verbrechen. Die Studenten hatten den Test auf Sprengstoffspuren freiwillig an sich vornehmen lassen. Teddy wurde nur deshalb gesucht, weil man ihn danach befragen wollte, wie er in den Besitz der Karte gelangt war und woher er wusste, wo sein Vater begraben lag, denn das konnte ihm nur jemand verraten haben, der wusste, wo die Mordtat begangen worden war.

»Sie könnten sich stellen«, sagte Bruno. »Müssten sich aber trotzdem auf eine strenge Vernehmung gefasst machen. Ich werde darauf achten, dass Sie fair behandelt werden. Wo sind Sie jetzt?«

»Ganz in der Nähe«, antwortete Teddy. »Was will man denn von mir wissen?«

»Das können Sie sich bestimmt selbst denken«, entgegnete Bruno. »Es geht um die Leichenüberreste, die Sie gefunden haben. Wir haben sie identifiziert und wissen, dass sie von Ihrem Vater stammen. Wenn Sie jetzt nicht mit uns kooperieren, steht Ihnen Ärger bevor.«

Es blieb eine Weile still in der Leitung. Dann fragte Teddy: »Was ist mit Kajte?«

»Sie hat nichts zu befürchten. Ich glaube, die Klage gegen sie wurde fallengelassen.«

»Wir haben diese Story in der *Libération* gelesen«, sagte er. »Da ist ja einiges aus dem Ruder gelaufen.«

»Ja, vor allem Ihr Ausflug ins Lager baskischer Terroristen«, erwiderte Bruno. »Sagen Sie mir, wo Sie sind, und ich hole Sie ab.«

»Das mit den Basken… Ich wollte nur meinen Vater finden.«

»Teddy, Sie wissen, es steckt mehr dahinter. Und glauben Sie nicht, Sie könnten sich einfach davonstehlen und nach Hause zurückfahren. Die britische Polizei ermittelt. Ihre Mutter wurde bereits vernommen. Sie hat schreckliche Angst um Sie.«

»Wird man mich einsperren?«

»Nicht unbedingt. Wenn Sie sich mir anvertrauen, können Sie die Nacht wahrscheinlich auf dem Campingplatz verbringen. Ihr Zelt steht noch, und ich habe Ihren Rucksack.«

»In zehn Minuten könnten wir an der Stelle sein, wo wir uns schon einmal getroffen haben. Sie erinnern sich?«

»Ja«, antwortete Bruno und hörte, dass Teddy die Verbindung abbrach. Er ging hinunter in die Einsatzzentrale, wo er Isabelle vorfand. Sie telefonierte an zwei Handys gleichzeitig.

»Sie konnten ihn nicht genau lokalisieren«, berichtete

sie. »Aber er scheint irgendwo in der Nähe zu sein und hat aus einem Auto angerufen.«

»Ich weiß«, sagte Bruno. »Ich hole ihn jetzt ab. Willst du mitkommen?«

»Ich melde mich wieder«, sagte sie in beide Handys, steckte dann eines davon in die Tasche und legte das andere auf den Tisch. »Es gibt eigentlich nichts, wofür wir ihn belangen können, es sei denn, du hängst ihm doch noch diese Sachbeschädigung an.«

»Ich glaube, es ist besser, wir hängen ihm gar nichts an und setzen auf seine Kooperation als Zeuge.«

»Vertritt das dem Brigadier gegenüber. Oh, übrigens, wir haben ein Phantombild von diesem Fernando, der Teddys Mutter aufgesucht hat. Es kam soeben per Fax aus London, ist aber nicht besonders hilfreich.«

Bruno musterte das Bild, während Isabelle Mantel und Tasche holte. Es zeigte einen Mann mittleren Alters mit zurückweichendem Haaransatz, graumelierten Schläfen und abstehenden Ohren. Er hatte einen sehr hellen Teint, dunkle Augen und ein leichtes Doppelkinn. Am auffälligsten waren die dichten, buschigen Augenbrauen, die in der Mitte zusammenwuchsen. Bruno hätte dieses Gesicht wiedererkannt, wäre es ihm jemals zu Augen gekommen.

Teddy und Kajte saßen wie beim ersten Mal auf den Stufen der Stadiontribüne. Als er sich ihnen näherte, standen sie auf und schauten misstrauisch auf Isabelle, die neben ihm am Stock ging und hinkte.

Er schüttelte beiden die Hand. »Keine Angst, wir sind unter uns«, beruhigte er sie und stellte ihnen Isabelle als Kollegin und Freundin vor.

»Wie geht's Ihrem Bein?«, fragte er Kajte.

»Okay, danke. Sie haben es gut versorgt«, antwortete sie. »Ich brauche nicht mal mehr einen Verband.«

»Waren Sie beim Arzt?«

»Nein. Ich habe die Salbe aufgetragen, die Sie mir gegeben haben, und Pflaster auf die Wunden geklebt.«

»Lassen Sie mal sehen.« Er führte sie in die Umkleidekabine, wo Kajte ihre Cargohose auszog und sich bäuchlings auf den Massagetisch legte. Bruno sah, wie Isabelle auf die schlanken, wohlgeformten Schenkel der jungen Frau blickte und vielleicht an den eigenen Makel dachte, den das Geschoss in ihrem Bein hinterlassen hatte. Er besann sich, zog die Pflaster von der Haut und stellte fest, dass die Wunden sauber und gut verheilt waren. Aus dem Arzneischrank holte er neue Pflaster.

Dann wandte er sich Teddy zu und zeigte ihm das Phantombild. »Kennen Sie den Mann?«

»Ja, das ist Fernando, der Cousin meines Vaters. Er war manchmal bei uns zu Hause. Letztes Jahr hat er mich an der Uni besucht.«

»Hat er Ihnen bei der Gelegenheit die Karte gegeben, mit der Sie das Grab Ihres Vaters finden konnten?«

Teddy schluckte schwer und sah Kajte an, die seinen Arm umklammert hielt: »Ja, er sagte, er hätte sie von einem Sympathisanten aus der spanischen Polizei, der von dem Mord an meinem Vater durch die GAL während des schmutzigen Krieges wusste. Ich hätte ein Recht darauf, über das Schicksal meines Vaters Bescheid zu wissen. Und dann sollte ich dafür sorgen, dass er anständig begraben wird und meine Mutter einen Ort hat, an dem sie trauern kann.«

»Wissen Sie, wie Sie mit ihm in Verbindung treten können? Haben Sie seine Adresse oder eine Telefonnummer?«

»Nur eine E-Mail-Adresse bei Yahoo. Er war immer sehr vorsichtig.«

»Sie wussten also von seinen Beziehungen zur ETA?«, fragte Isabelle.

»Ich hab's mir fast gedacht. Er sagte, mein Vater hätte mit der ETA sympathisiert und sei deshalb umgebracht worden. Und ihn würden sie auch umbringen, wenn sie ihn fänden. Ich wusste nicht, was ich davon halten sollte. Es war ein ziemlicher Schlag, zu erfahren, dass der eigene Vater als Mitglied einer Terrorgruppe getötet worden ist.«

»Und wie denken Sie jetzt darüber? Über Terrorismus?«

»Dass er in einer Demokratie nicht gerechtfertigt ist. Spanien ist inzwischen demokratisch, und die Basken haben viel Autonomie.«

»Sind Sie schon mal in der baskischen Region gewesen? Auf der Suche nach Ihren Wurzeln?«

»Nein, auch in Spanien noch nicht«, antwortete er. »Meine Wurzeln habe ich hier gefunden und ausgegraben.«

»Wie oft haben Sie Fernando gesehen?«

»Früher kam er alle zwei, drei Jahre nach Wales. Ich war noch klein, und er hat mir immer ein Buch oder eine baskische Handarbeit mitgebracht. Und zu Weihnachten schickte er Päckchen, auf dem Postweg von Frankreich.«

»Wann hat er Ihnen zum ersten Mal vom Grab Ihres Vaters erzählt?«

Teddy berichtete, dass er von Zeit zu Zeit Fernando eine E-Mail schrieb, um mit ihm Kontakt zu halten, die letzte im Oktober vergangenen Jahres nach den ersten Grabungen bei Saint-Denis, die darauf schließen ließen, dass sie dort möglicherweise auf die Überreste von Neandertalern stoßen würden. Wenig später hatte Fernando Teddy im Wohnheim der Universität aufgesucht.

»Er stellte jede Menge Fragen über die Ausgrabungsstätte und sagte, ich solle unbedingt die Arbeiten dort fortsetzen«, sagte Teddy und fügte lächelnd hinzu, dass Fernando damit bei ihm offene Türen eingerannt habe.

»Im Januar kam er wieder. Diesmal hatte er diese Karte dabei und meinte, darauf sei wahrscheinlich das Grab meines Vaters verzeichnet«, fuhr Teddy fort. »Ich habe ihm anfangs nicht geglaubt. Ein solcher Zufall erschien mir viel zu unwahrscheinlich.«

Aber Fernando scheine ziemlich sicher gewesen zu sein, erklärte Teddy. Die GAL hatten in den achtziger Jahren unter anderem großen Ärger mit französischen Behörden, weil die immer wieder tote Basken auf französischem Boden vorfanden. Also waren sie dazu übergegangen, ihre Opfer zu verscharren. Einer der Mörder kannte sich anscheinend in archäologischen Kreisen aus und hatte von den Ausgrabungen bei Saint-Denis gehört, die von dem berühmten französischen Archäologen Denis Peyrony vorgenommen und dann ergebnislos eingestellt worden waren. Er meinte, das sei eine sichere Stelle. Aber nun, da dort wieder gegraben wurde, fürchtete die spanische Polizei, die Leiche könnte entdeckt werden und einen neuen Skandal über die Machenschaften der GAL auslösen.

»Fernando hat anscheinend einen Informanten bei der spanischen Polizei«, bemerkte Isabelle. »Hat er Ihnen gegenüber irgendwelche Andeutungen gemacht?«

»Er sprach nur davon, dass die Karte aus einem Geheimarchiv stammt, auf das ein Freund von ihm Zugriff hat.«

»Vermutlich hat es Fernando genau darauf angelegt, dass nämlich wieder ein Schlaglicht auf die Morde der GAL fällt«, meinte Bruno.

»Daran habe ich noch nicht gedacht«, entgegnete Teddy. »Wäre aber durchaus möglich.«

»Hatten Sie hier in Frankreich noch einmal Kontakt mit ihm?«, fragte Isabelle.

»Nein, und er hat mir auch nicht auf meine E-Mails geantwortet, die ich ihm nach meiner Entdeckung geschickt hatte. Mom hat auch nichts mehr von ihm gehört, wie sie mir sagte, als wir das letzte Mal miteinander gesprochen haben.«

Isabelle holte Papier und Stift aus ihrer Tasche und forderte Teddy auf, seine Aussage niederzuschreiben und zu unterzeichnen. Sie las Korrektur und versprach, ihm eine Kopie zukommen zu lassen.

»Stehe ich unter Arrest?«

»Hatten Sie, von Fernando abgesehen, jemals Kontakt mit anderen Basken?«, fragte sie. Teddy schüttelte den Kopf. »Hatten Sie hier in Frankreich Kontakt zu Personen, die nicht zum Ausgrabungsteam gehören?« Wieder schüttelte er den Kopf und sagte: »Nur mit Bruno, den *foie gras*-Herstellern und jetzt mit Ihnen.«

Isabelle wandte sich Bruno zu und sah ihn fragend an. Sie wollte ihm alles Weitere überlassen, was aber wahrscheinlich darauf hinauslaufen würde, dass er und sie sich ein paar unangenehme Fragen vom Brigadier gefallen lassen müssten.

»Versprechen Sie mir, Saint-Denis nicht ohne meine Erlaubnis zu verlassen und sich zu unserer Verfügung zu halten?«, fragte Bruno. Teddy nickte.

Bruno erklärte sich bereit, Teddy und Kajte zum Campingplatz zu fahren. Er wollte sich dort persönlich mit Monique unterhalten und dann auch die Amtsrichterin darüber informieren, wo sich die beiden gesuchten Studenten aufhielten. Denen schlug er vor, ihre Arbeit an den Ausgrabungen wiederaufzunehmen. Er wisse dann, wo sie zu finden seien.

»Noch eins. Würden Sie mir bitte Ihre Reisepässe geben?«

Teddy knöpfte seine Hemdtasche auf und reichte ihm seinen Pass. Nach kurzem Zögern tat es ihm Kajte gleich.

29

Nach einer kurzen Unterredung mit dem Bürgermeister in der *mairie* rief Bruno Clothilde an, um ihr mitzuteilen, dass die beiden Studenten zurückgekehrt waren. Über Horst gebe es nichts Neues, gestand er ihr und verschwieg, dass sie in Jans Schmiede eine Zelle gefunden hatten, in der Horst gefangen gehalten worden war. Dass er vor zwei Tagen noch gelebt hatte, konnte sie jetzt nicht trösten. Den fälligen Anruf bei Annette verschob er, weil er abwarten wollte, was ihm Mathilde von den *Médecins sans Frontières* vorlegen würde.

Er öffnete seine E-Mails. Die meisten waren nicht von Belang. Der von Mathilde hatte zwei Anhänge. Bei dem ersten handelte es sich um eine Presseerklärung mit dem Signet von MSF. Darin hieß es, Annette habe für die Organisation wertvolle Arbeit geleistet und sei nun bedauerlicherweise Opfer einer Schmutzkampagne geworden. Im zweiten Brief verurteilten die MSF die unfairen Angriffe gegen Annette. Ihrem Protest schließe sich auch Bruno Courrèges an, der Stadtpolizist von Saint-Denis, wo der Stopfleberkrieg seinen Anfang genommen habe. Mathilde zitierte ihn wortgetreu und erklärte, dass er die Vorbehalte der Amtsrichterin gegen *foie gras* zwar nicht teile und es unsinnig finde, dass sie dessen Herstellung barbarisch genannt habe, ihr aber das Recht auf freie Meinungsäußerung zuerkenne. Wie ihr Vater seine üppigen Brunch-Partys finanziere, stehe auf einem anderen Blatt, zumal die französische Justiz niemanden in Sippenhaft nehme.

Bruno schrieb zurück und genehmigte den Text, zweifelte aber im Stillen daran, dass die Presse ihn veröffentlichen würde.

Er schaute die restlichen E-Mails durch und nahm sich dann fürs Mittagessen einen Apfel und eine Banane von der großen Obstschale in der Küche der *mairie*. Damit begnügte er sich nunmehr täglich, seit Fabiola einmal zur Personalratssitzung erschienen war und einen Vortrag über gesunde Ernährung gehalten hatte. Anschließend rief er Jean-Jacques an, klärte ihn über den Verbleib von Teddy und Kajte auf und zitierte aus deren Aussage. Der kriminaltechnische Bericht über die Untersuchung der Schmiede war inzwischen vorgelegt worden. Fingerabdrücke wurden mit der spanischen Datenbank abgeglichen. Das Hotel in Bayonne, aus dem die Shampooflasche stammte, war kontaktiert worden – ergebnislos, weil dessen Gäste in der Regel bar bezahlten. Bruno schlug vor, den Angestellten eine Kopie von Fernandos Phantombild vorzulegen.

Er lehnte sich im Sessel zurück, der daraufhin sein vertrautes Quietschen von sich gab, und dachte darüber nach, wo Jan und die Basken nun wohl stecken mochten. An deren Stelle würde er nach einem entlegenen modernisierten Haus mit zugezogenen Schlagläden suchen, einem jener Feriendomizile, in denen sich Holländer oder Briten während der Sommermonate aufhielten. Jan würde wissen, wo ein solches Versteck zu finden wäre. Er stellte für vermö-

gende Ausländer, die ihren Besitz restaurierten, schmiedeeiserne Beschläge her und kannte mit Sicherheit Dutzende
leerstehender Häuser. In eines davon einzubrechen wäre
allerdings riskant, da die Osterferien bevorstanden. Ein si-
chererer Unterschlupf wäre eine der zahllosen Tabakscheu-
nen, die, von Straßen oder anderen Gebäuden meist weit
entfernt, auf brachliegenden Feldern standen.

Sie würden sich verpflegen müssen, dachte er. Darüber
hinaus brauchten sie mindestens ein Fahrzeug, wahrscheinlich eher zwei oder drei, denn sie hatten ja offenbar Carlos
observiert, seinen Wagen ausfindig gemacht und in die Luft
fliegen lassen. Aber Autos waren schnell gestohlen, Num-
mernschilder ausgewechselt. Was war noch unverzichtba-
rer? Bruno schaute auf seinen Computer und sah diese
Frage sofort beantwortet.

Sie mussten kommunizieren. Telefone ließen sich leicht
abhören, das Internet hingegen bot jede Menge Möglichkeiten der Anonymisierung, durch falsche E-Mail-Adres-
sen über Yahoo oder Hotmail zum Beispiel. Vorausgesetzt,
sie hatten Zugang zum Netz. Er rief Isabelle im Château
an, ließ sie an seinen Gedanken teilhaben und bat sie, ihm
das Phantombild von Fernando sowie dasjenige von Galder, dem jungen Mann in Jans Schmiede, zuzumailen. Die
Gendarmerie könne sie in sämtlichen Internetcafés der Region zirkulieren lassen, schlug er vor. Er selbst wollte sich
in Saint-Denis umhören.

Sie berichtete ihm, dass es der Pariser Polizei bereits gelungen sei, Fernandos Hotmail-Adresse zu identifizieren
und festzustellen, an welchen Orten er in jüngster Zeit ins
Netz gegangen war, nämlich in Sarlat und Bergerac. Die

Phantombilder seien schon unterwegs. Fast gleichzeitig signalisierte Brunos Computer den Eingang einer neuen Nachricht. Er druckte beide Bilder aus und griff nach seiner Schirmmütze, als sein Handy klingelte.

»Ich bin's, Annette. Ich möchte Ihnen danken. Mathilde von MSF hat sich bei mir gemeldet und mir die Pressemitteilung zugeschickt, die Sie beide ausgeheckt haben. Woher kennen Sie Mathilde eigentlich?«

»Ich kenne sie gar nicht. Ich habe bei den MSF angerufen und mich mit dem Pressebüro verbinden lassen.«

»Es klang, als würde sie Sie seit Jahren kennen. Außerdem hat sie mir die Kopie eines *Paris-Match*-Artikels geschickt, mit einem Foto, auf dem zu sehen ist, wie Sie aus dem Fenster eines brennenden Hauses springen.«

»Sieht dramatischer aus, als es war. Neben Ihnen im Auto zu sitzen hat mir sehr viel mehr Mut abverlangt«, entgegnete er. »Schön, dass Sie anrufen. Teddy und Kajte sind wieder aufgetaucht und befinden sich jetzt in meiner Obhut.«

Sie könne die beiden vernehmen, sagte er und erklärte, dass die von Teddy aufgedeckte Leiche die seines eigenen Vaters sei, der von spanischen Geheimdienstlern in deren schmutzigen Krieg gegen die ETA erschossen worden war.

»Er hat die Leiche des eigenen Vaters ausgegraben? Dann muss er gewusst haben, wo sie liegt, und das wiederum bedeutet… Mein Gott, ich weiß nicht, was. Steht er mit der ETA in Verbindung?«

»Nur über seinen Vater. Er will uns helfen. Aber weil auch Sie gegen ihn ermitteln, dachte ich, es wäre besser, Sie wüssten Bescheid, dass er und das Mädchen wieder in der

Stadt sind. Sie ermitteln doch noch – gegen die beiden und gegen Maurice, oder?«

»Auf Veranlassung meines Vorgesetzten wurden heute Morgen nicht nur das Disziplinarverfahren gegen Sie, sondern auch die Ermittlungen im Fall Maurice ausgesetzt, und das heißt, auch die Akte der beiden Studenten ist geschlossen. Damit war ohnehin nur Duroc befasst. Haben Sie schon gehört, dass er suspendiert worden ist?«

»Suspendiert? Wieso denn das?«

»Hat mich selbst überrascht. Während der Dienstbesprechung heute Morgen wurde mir gesagt, dass die Gendarmerie interne Ermittlungen gegen ihn aufgenommen hat. Man wirft ihm vor, Bußgeldbescheide manipuliert zu haben.«

»Verstehe. Ich glaube, es geht um Ihr Protokoll wegen zu schnellen Fahrens.«

»Ja, aber das habe ich bezahlt. So wie auch das Parkknöllchen. Noch am selben Abend, per Scheck. Es scheint allerdings, dass er noch weitere Bescheide hat verschwinden lassen. Einige der Begünstigten sagten aus, dass sie ihm Geld dafür gegeben haben.«

»Ich nehme an, mit dieser Sache werden Sie betraut.«

»Nein. Mein Nachfolger. Ich werde ins Büro von Sarlat versetzt. Außerdem verlangt man eine öffentliche Entschuldigung von mir, wegen meines Auftritts im Fernsehen.«

»Ich könnte Ihnen zwei Gänseleberproduzenten vor Ort benennen, bei denen Sie mal überprüfen lassen sollten, wie sie es mit den Hygienevorschriften halten«, sagte er.

»Dieses Thema sollte ich wohl für eine Weile ruhen lassen. Jedenfalls danke, dass Sie ein gutes Wort für mich eingelegt haben. Und sagen Sie Maurice und den beiden Studenten, dass die Akte geschlossen ist.«

»Danke«, erwiderte Bruno. »Als Sie mir sagten, gegen mich werde ein Disziplinarverfahren eingeleitet, haben Sie das mit Strafvereitelung im Amt begründet. Ich hätte den beiden Studenten geholfen, ihrer Festnahme zu entgehen. Woher hatten Sie das?«

»Aus einem Brief, der bei der Gendarmerie eingegangen ist. Darin heißt es, dass Sie die Schussverletzungen des Mädchens versorgt und den beiden geraten haben, die Bauern zu bestechen, damit sie von einer Anzeige Abstand nehmen.«

»Wer hat unterschrieben?«

»Keine Ahnung. Jedenfalls hat Duroc Ihnen genau das vorgeworfen. Ist da was dran?«

»Ja«, antwortete Bruno freiheraus. »Und dazu stehe ich. Es war das Beste für alle Beteiligten.«

»Vielleicht haben Sie recht«, sagte sie und verabschiedete sich. Durch das Gespräch mit ihr verunsichert, dachte Bruno darüber nach, wer ihn angeschwärzt haben mochte. Teddy und Kajte schieden als Absender des Briefes aus. Wenn er ihn einsehen wollte, musste er zur Gendarmerie gehen, doch davor scheute er, jetzt, da Duroc suspendiert worden war, zurück. Es sprach schließlich nicht für seine Fähigkeiten als Stadtpolizist, dass der Capitaine vor seinen Augen Bußgeldbescheide unbemerkt hatte verschwinden lassen. Kurz entschlossen rief Bruno Sergeant Jules an.

»Was höre ich da? Duroc wurde suspendiert?«

»Wir haben auch erst davon erfahren, als uns heute Morgen ein neuer Chef vor die Nase gesetzt wurde, vorübergehend, wie es heißt. Er kommt aus Nontron im Norden des Départements. Anscheinend hatten sie Duroc schon des Längeren im Visier. Vor ein paar Wochen hat er sich von einem Kerl schmieren lassen, dem wegen wiederholter Trunkenheit am Steuer eine Gefängnisstrafe drohte. Wir sind alle zu Tode betrübt. Komm doch heute Abend rüber in die Bar, damit wir gemeinsam trauern können. Ich gebe einen aus.«

»Heute Abend kann ich nicht«, erwiderte Bruno. »Trinkt ein Glas für mich mit. Dieser Gipfel nimmt mich noch ein paar Tage in Beschlag. Übrigens, du könntest mir ein bisschen helfen. In der Gendarmerie ist ein Brief eingegangen. Darin wird mir vorgeworfen, den beiden Studenten geholfen zu haben, ihrer Festnahme durch Duroc zu entgehen. Weißt du was davon?«

»Francette hat ihn entgegengenommen und an Duroc weitergegeben. Augenblick. Ich könnte schnell mal in seinem Büro nachsehen.«

Bruno wartete und versuchte, sich zu erinnern, ob Kajte den Villattes oder Maurice gegenüber irgendetwas über die Verarztung ihrer Schussverletzungen gesagt hatte. Wenn nicht, kämen als Absender des Briefes nur Carlos oder Dominique in Betracht. Dominique war auf die Holländerin nicht gut zu sprechen, was aber noch nicht heißen musste, dass sie sie denunziert hatte. Blieb Carlos. Aber welches Motiv mochte er gehabt haben? Und war er überhaupt imstande, ein so gutes Französisch zu formulieren, dass er einen Muttersprachler täuschen konnte?

»Ich hab ihn«, frohlockte Jules, an den Apparat zurückgekehrt. »Er lag in seiner Schublade, in einer Akte, auf der dein Name steht. Der Brief selbst ist nicht unterschrieben. Ich mache dir eine Kopie davon.«

»Ist er sprachlich korrekt?«

»Nicht schlechter als andere anonyme Briefe, die wir bekommen. Ein paar Schreibfehler und ein paar komische Wendungen. Und ob der Verfasser die Akzente richtig setzen kann, lässt sich nicht sagen, weil er nur Großbuchstaben geschrieben hat.«

Bevor sich Bruno daranmachte, im Internet zu recherchieren, rief er seinen alten Freund beim französischen Militärarchiv an und erkundigte sich nach den Beständen von Akten über das Eurokorps. Carlos hatte ihm angehört und war in Strasbourg stationiert gewesen, wo er Französisch gelernt hatte. Bruno konnte sich zwar kaum vorstellen, dass Carlos ihn bei der Gendarmerie verpfiffen hatte, aber der Gedanke, Dominique könnte dahinterstecken, erschien ihm noch abwegiger. Von seinem Freund im Archiv erfuhr er nun, dass über das Eurokorps beachtlich viel Material vorlag. Bruno nannte ihm den Namen des Spaniers und die Einheiten, in denen er gedient hatte, soweit er, Bruno, sich erinnern konnte. Er werde zurückrufen, versprach sein Freund. Bruno eilte daraufhin die steinernen Stufen hinunter auf den Platz und steuerte auf das Fremdenverkehrsbüro zu, wo Kajte ihre Flugblätter kopiert hatte, über die er auf sie aufmerksam gemacht worden war. Gabrielle, der er die Phantombilder vorlegte, schüttelte den Kopf und sagte, sie sei sich sicher, keinen der beiden jemals zu Gesicht bekommen zu haben.

»Und was ist jetzt mit dieser Holländerin?«, fragte sie.

»Sie hat genau das getan, wozu du geraten hast, Gabrielle. Sich entschuldigt und für den Schaden bezahlt. Jetzt hilft sie wieder bei den Ausgrabungen. Der Fall ist abgeschlossen, nicht zuletzt dank deiner Empfehlung. Vielen Dank.«

Auch Patrick von der *maison de la presse* konnte mit den Phantombildern nichts anfangen, wohl aber die Frau am Schalter der *informatique*. Sie rief einen Kollegen hinzu, der in Übereinstimmung mit ihr aussagte, in dem einen Bild Galder wiederzuerkennen oder jemanden, der ihm zumindest sehr ähnlich sei. Er habe am Vortag als letzter Kunde gegen fünf und bis zur Schließung um sechs Uhr den Computer genutzt und zehn Euro dafür bezahlt. Bruno meldete sich sofort bei Isabelle und forderte sie auf, einen Kollegen der Spurensicherung zu schicken.

»Er sprach nur gebrochen Französisch«, sagte der Mann und bot an, die Browser-Chronik aufzurufen, doch Bruno winkte ab mit dem Hinweis, dass weder Stuhl noch Tisch oder Computer berührt werden dürften, bis sie auf Fingerabdrücke hin untersucht worden seien. Die beiden konnten sich an den Fremden kaum erinnern und wussten nur noch, dass er zu Fuß gekommen und wieder gegangen war und beim Zahlen ein beeindruckendes Bündel aus Fünfzigeuroscheinen aus der Tasche gezogen hatte. Das Phantombild von Fernando sagte ihnen nichts.

Bruno klapperte daraufhin die umliegenden Geschäfte ab, einen kleinen Supermarkt, eine Geschenkeboutique, ein Maklerbüro und eine Autovermietung. Nirgends waren am Vortag fremde Personen bedient worden. Als er nochmals in der *informatique* vorbeischaute, war bereits Yves mit einem Mann von der Spurensicherung eingetroffen, der

Latexhandschuhe trug und mit einer hellen Leuchte die Tastatur untersuchte.

»Keinerlei Spuren«, sagte er. »Es wurde alles gründlich abgewischt.« Nachdem er festgestellt hatte, dass die Browser-Chronik jüngst gelöscht worden war, ermittelte er per cmd.exe die IP-Adresse des Computers und notierte sie sich. Dann rief er Isabelle an, nannte ihr die Nummer und fragte, ob er die Festplatte sicherstellen sollte. Bruno konnte die Antwort nicht hören, sah aber, wie Yves eine CD aus seinem Aktenkoffer nahm, sie ins Laufwerk legte und ein Programm aufrief. Nach einem weiteren kurzen Telefonat öffnete er auf dem Bildschirm ein kleines Fenster, das dazu aufforderte, den Zugriff auf das System zu erlauben oder abzulehnen. Yves doppelklickte den mit *Oui* gekennzeichneten Button.

»Was passiert jetzt?«, wollte Bruno wissen.

»Unsere Spezialisten in Paris können sich jetzt hier einloggen und alle Daten herunterladen. Erspart uns den Ausbau der Festplatte. Übrigens, Isabelle erwartet Sie im Château.«

Bruno machte vor der Gendarmerie halt, um sich von Sergeant Jules die versprochene Kopie geben zu lassen, und fuhr dann weiter zum Château, wo er sie Isabelle vorlegte.

»Das ist der Brief, der die Amtsrichterin veranlasst hat, mir ein Disziplinarverfahren an den Hals zu hängen«, sagte er. »Dahinter kann eigentlich nur einer stecken, nämlich Carlos. Ich erinnere mich, von einem der Studenten gehört zu haben, dass er Carlos im Beisein von Jan gesehen hat. Die beiden hätten miteinander Kaffee getrunken. Stutzig gemacht hat mich auch die Warnung des Brigadiers, nicht alles, was ich über dich oder ihn erfahre, an Carlos weiterzugeben. Können wir sicher sein, dass er auf unserer Seite steht?«

»Das könntest du jetzt herausfinden«, antwortete sie und führte ihn nach unten in den Konferenzsaal. »Wir haben nur noch auf dich gewartet. Carlos bat um ein kurzes Gespräch, bevor die Sitzung beginnt, zwischen dir, dem Brigadier und mir. Er will eine persönliche Erklärung abgeben.«

Carlos stand auf, als sie den Raum betraten, nickte ihnen zu und nahm wieder Platz. Er setzte sich eine Brille auf, die Bruno noch nicht an ihm gesehen hatte, und richtete den Blick auf seine Unterlagen. Als der Brigadier zur Tür hereinkam, stand er wieder auf und blieb stehen.

»Ich möchte mich bei Ihnen entschuldigen«, begann er. »Wir, die spanische Seite, sind Ihnen gegenüber nicht ganz ehrlich gewesen und haben nicht mit der gleichen Offenheit Informationen ausgetauscht wie Sie mit uns. Das ist auf die Befehle zurückzuführen, denen ich unterstehe. Es tut mir sehr leid, dass ich ausgerechnet Ihnen, Bruno, übel mitspielen musste, wo Sie mir doch außerordentlich freundlich begegnet sind und mich als Gast zu sich nach Hause eingeladen haben. Zum Dank dafür habe ich versucht, Sie aus Ihrem Amt zu verdrängen und von unserem gemeinsamen Projekt auszuschließen. Warum? Weil mein Ministerium und meine Regierung fürchten mussten, durch Sie in Verlegenheit gebracht zu werden. Wie gesagt, es tut mir sehr leid.«

Bruno spürte den starren Blick des Brigadiers auf sich

gerichtet und nickte kurz, um anzudeuten, dass er die Entschuldigung akzeptierte. Worauf zielte Carlos ab?

»Es gibt zwei Dinge, die Sie wissen sollten. Erstens, der Mord an Todor vor über zwanzig Jahren und seine Entsorgung auf dem jetzigen Ausgrabungsgelände waren Teil einer geheimen Operation. Meine Vorgesetzten vertraten die Ansicht, dass es wenig hilfreich wäre, wenn noch vor dem morgigen Gipfeltreffen unserer Minister der Skandal um die Machenschaften der GAL in unserem heimlichen Krieg gegen die ETA wiederaufkochen und von den Medien breitgetreten würde. Deshalb waren wir so zögerlich mit der Preisgabe von Informationen aus unseren Archiven. Ich kann Ihnen allerdings versprechen, dass wir, sobald der Gipfel beendet ist, mit allen Informationen herausrücken, auch mit den Namen der Mörder.«

»Ich bin verblüfft«, sagte der Brigadier. »Soll das heißen, Sie haben mit Ihrem Verhalten wissentlich in Kauf genommen, dass einem französischen Minister ein möglicher Anschlag droht? Sie werden verstehen, dass mir keine andere Wahl bleibt, als meinen Minister noch vor dem morgigen Treffen davon in Kenntnis zu setzen.«

»Verstehe. Ich vertraue darauf, dass diese Gefahr dank der gründlichen Sicherheitsmaßnahmen, die Sie getroffen haben, gebannt ist. Aber lassen Sie mich ein Zweites erklären.« Carlos legte eine Pause ein und nahm die Brille von der Nase.

»Was ich Ihnen sagen möchte, ist streng vertraulich. Betrachten Sie dieses Entgegenkommen bitte als eine Art Wiedergutmachung für unser unkooperatives Verhalten«, fuhr er fort. »Die Erlaubnis, offen mit Ihnen zu reden, ist eine Reaktion auf den missglückten Mordanschlag auf mich.«

Carlos behauptete, von Informanten aus einschlägigen Kreisen erfahren zu haben, dass in der ETA-Führung ein heftiger Streit darüber ausgebrochen sei, ob der bewaffnete Kampf gegen die spanische Regierung fortgesetzt oder eingestellt werden sollte. Das moderatere Lager, so Carlos, scheine die Oberhand zu gewinnen.

»Für die Radikalen operiert aber noch eine aktive Zelle, nämlich diejenige, die wir bislang vergeblich auszuschalten versucht haben. Sie will mit einem erfolgreichen Coup das Blatt für sich noch einmal wenden, und es ist zu befürchten, dass sie das morgige Gipfeltreffen im Visier hat. Wenn wir verhindern wollen, dass sich in der ETA wieder die Radikalen durchsetzen, müssen wir diese aktive Zelle neutralisieren«, sagte er und schaute sich in der kleinen Runde um, als hoffte er auf Zustimmung.

Dann richtete er sich zur vollen Größe auf und legte die rechte Hand aufs Herz. Die Aufrichtigkeit in Person, dachte Bruno, der nicht so recht wusste, was er noch glauben sollte. Isabelle schürzte die Lippen, auch sie wirkte skeptisch, was Carlos offenbar bemerkte.

»Haben Sie bitte Verständnis dafür, dass für meine Regierung sehr viel auf dem Spiel steht«, sagte er in theatralischer Pose. »Wir haben die Chance, einen Krieg zu beenden, der schon seit fast vierzig Jahren anhält und dessen Ursachen noch weiter zurückreichen. Die Sache ist von äußerster nationaler Wichtigkeit. Ich bin deshalb bevollmächtigt worden, alles Notwendige in die Wege zu leiten. Ich danke Ihnen.«

Mit Blick auf den Brigadier nahm Carlos wieder Platz, schloss die Augen und führte Daumen und Zeigefinger an den Nasenrücken. Bruno und Isabelle sahen einander an und schauten dann auf den Brigadier, der den Spanier aufmerksam musterte.

»Ich werde meinem Minister all das erklären«, sagte der Brigadier. »Was Sie vorgetragen haben, will ich nicht weiter kommentieren. Aber dass Sie die Prinzipien unserer Zusammenarbeit, die morgen gefeiert werden sollte, verletzt haben, ist unverzeihlich. Können wir wenigstens von jetzt an mit Ihrer uneingeschränkten Kooperation rechnen?«

Carlos nickte müde und schob eine Akte über den Tisch. »Das ist alles, was wir über Todor haben, den Mann, der vor zwanzig Jahren ermordet wurde. Auch sein Vater wurde getötet, als er sich seiner Verhaftung widersetzte. Seine Mutter starb kurz nach der Entbindung des Jungen im Gefängnis Amorebieta, wo sie wegen ihrer Mitwirkung an einem gescheiterten Anschlag auf einen Zug einsaß, der Franco-Anhänger 1961 zu einer Gedenkfeier nach San Sebastián brachte. Es war einer der ersten Anschläge der ETA. Wie viele andere Kinder von Staatsfeinden wuchs Todor in dem Waisenheim von Sabinosa auf der Halbinsel vor Tarragona auf, einem ehemaligen Sanatorium für Tuberkulosepatienten«, sagte er. Die Kinder seien dort zu guten Katholiken und Spaniern erzogen worden; über ihre Herkunft habe man sie im Unklaren gelassen, erklärte er. Militante Basken und Familienangehörige wussten von dem Ort und versuchten, mit den Kindern nach deren Entlassung Kontakt aufzunehmen. Die meisten Jungen wurden zum Militärdienst eingezogen. Manche, die von ihrer Vergangenheit erfuhren, ließen sich von der ETA rekrutieren. So auch Todor. Er beteiligte sich an gewaltsamen Operationen in Spanien und in Frankreich und wurde deshalb getötet.

Bruno schob die Kopie des anonymen Briefes, den er aus der Gendarmerie hatte, auf Carlos zu.

»Sind Sie dafür verantwortlich?«

»Ja«, antwortete Carlos. »Verzeihen Sie. Aber nach dem Bombenanschlag auf meinen Wagen wird Ihnen vielleicht klar sein, wie viel für uns in Spanien auf dem Spiel steht.«

30

Auf dem Hügelgrat angekommen, zügelte Bruno sein Pferd, um Gigi aufschließen zu lassen. Er drehte sich um und schmunzelte beim Anblick der flappenden Ohren und Lefzen seines freudig folgenden Hundes. Bruno war vom Château aus direkt zu Pamelas Anwesen gefahren, um den abendlichen Ausritt mit einer letzten Inspektion der Domaine verbinden zu können. Das Sicherheitsteam des Brigadiers wollte dort später am Abend eintreffen, doch Bruno erinnerte sich an die alte Militärweisheit, wonach Aufklärung niemals Zeitverschwendung war.

Er blickte ins weite Tal und auf die Stadt an der Biegung des Flusses rechter Hand. Dahinter erstreckten sich die Weingärten der Domaine in schnurgeraden Reihen. Links in der Ferne, wo Dordogne und Vézère zusammenflossen, lag das alte Dörfchen Limeuil mit seinem Château über der weit gespannten Doppelbrücke. Mit der Ankunft des Frühlings grünte das Land, betupft vom Gelb der Forsythiensträucher. In einem Monat würden die Weinstöcke sprossen und die Bäume austreiben.

Laut hechelnd eilte Gigi herbei und beschnupperte Hectors Hufe. Die beiden verstanden sich offenbar bestens, denn Gigi hatte neben Hector in der Box gelegen, als Bruno angekommen war. Als sie nun auf den Fluss und die

Domaine zustrebten, überließ es Bruno seinem Wallach, den Weg zu finden, und hielt Ausschau nach einer Furt. Normalerweise führte der Fluss zu dieser Jahreszeit so viel Wasser, dass man ihn nicht überqueren konnte, doch es hatte in den vergangenen Wochen nur wenig geregnet, und der Pegel war entsprechend niedrig.

In der Nähe von Gérards Kanuverleih erreichten sie das Ufer. Weil die Strömung für Gigi zu stark war, stieg Bruno vom Pferd, hob seinen Hund auf den Widerrist vor dem Sattel und schärfte ihm ein, sich nicht zu rühren. Dann tätschelte er Hectors Hals und schwang sich wieder in den Sattel. Die Zügel in einer Hand, die andere fest auf Gigis Rücken, lenkte er das Pferd durch die Stromschnellen und das Gesträuch auf der anderen Seite des Flusses.

»Ein hübsches Pferd haben Sie da«, meldete sich eine Stimme aus den Büschen. »Interessant, dass es einen Hund auf dem Rücken duldet.« Bruno schaute sich um, sah aber niemanden, bis plötzlich der Major der Fallschirmspringer im Tarnanzug aus dem Dickicht hervorbrach. Er trat auf sie zu, streichelte Hectors Nüstern und schmunzelte über den Anblick Gigis, der, alle viere von sich gestreckt, vor dem Sattel lag und grüßend mit dem Schwanz zu wedeln versuchte.

»Wir suchen das Ufer ab und auch nach Flachstellen im Fluss«, erklärte Sauvagnac, als eine zweite Gestalt zum Vorschein kam. Bruno erkannte den CRS-Sergeanten wieder, der Jans Waffenlager entdeckt hatte. »Ich habe Sie von der anderen Seite kommen sehen.«

Bruno stieg aus dem Sattel und setzte Gigi auf dem Boden ab. Er schüttelte den beiden uniformierten Männern die Hand, schaute sich um und stellte fest, dass das Gelände hier mit seinen freien Weinfeldern besser zu überwachen war als die dichtbewaldeten Hügel rund um das Château.

»Ja, aber wir kommen mit unseren Jeeps nicht zwischen den Rebstöcken hindurch«, sagte der Major. »Als ich Sie durch den Fluss kommen sah, dachte ich, es wäre wohl sinnvoll, auch berittene Patrouillen einzusetzen. Könnten Sie Pferde für uns bereitstellen? Zwei oder drei würden genügen. Ihres zum Beispiel wäre nicht schlecht.«

»Das brauche ich wahrscheinlich selbst«, entgegnete Bruno. »Aber wir könnten Julien fragen, den Hausherrn der Domaine. Er hält ein paar Pferde für seine Gäste. Ich bin sicher, er wird sich freuen, sie mit auf die Rechnung setzen zu können.«

Bruno führte Hector am Zügel und ging mit den Soldaten zu den Ställen im hinteren Teil der Hotelanlage, wo er sein Pferd in einer leeren Box unterbrachte. Es schnaubte und beobachtete mit weit geöffneten Augen die beiden anderen Pferde im Stall. Es zeigte sich, dass Julien tatsächlich gern bereit war, sie zu vermieten, und nachdem er die beiden schon etwas ältlichen Stuten gesattelt hatte, unternahmen Bruno und die Soldaten einen Ausritt rund um das Anwesen. Die Pferde kannten sich auf dem Gelände bestens aus und schritten gemächlich die Reihen der Weinstöcke entlang.

Als sie an den Fluss zurückkamen, schlug Bruno vor, ein paar Wachposten an Gérards Anlegestelle auf der anderen Flussseite aufzustellen, und als sie die gesamte Domaine umkreist hatten, war auch der Major überzeugt davon, den richtigen Ort für das Gipfeltreffen gefunden zu haben. Julien lud sie noch zu einem *p'tit apéro* ein, doch Bruno sagte, dass er gehen müsse.

Vor Pamelas Stall sattelte er Hector ab, trocknete ihm die Flanken und führte ihn in seine Box. Dann fuhr er mit Gigi zurück zu sich nach Hause, um mit der Zubereitung seines *navarin d'agneau* fortzufahren. Er machte Feuer in der gemauerten *cheminée* und dekantierte eine Flasche Pomerol, den Wein, den er und der Baron sich immer vom Fass abzapfen ließen. Jedes Jahr im Herbst zogen sie ihn im Kreis trinklustiger Freunde selbst auf Flaschen.

Bruno fütterte seine Enten, Hühner und dann auch Gigi, den er von seinem Patrouillengang ums Haus hatte zurückpfeifen müssen, duschte anschließend und zog eine Khakihose an, dazu sein Lieblingshemd aus grünem Kord.

In seinem Hinterkopf, wohin er sie zurückzudrängen versuchte, nagte die Frage, wie wohl dieser Abend verlaufen würde. Sollte es lediglich zu einem Essen zwischen Freunden kommen, die sich einmal geliebt und dann Leidenschaft gegen Zuneigung ausgetauscht hatten? Oder würde es Isabelle womöglich beleidigen, wenn er sie nicht in sein Bett lockte? Was ihm selbst lieber wäre, wusste Bruno genau. Isabelle erweckte mehr in ihm als bloßes Begehren und das auf eine Weise, die seine Traurigkeit darüber, dass sie wieder nach Paris zurückkehren würde, klar überwog. Darum tadelte er sich für den Anflug von Selbstmitleid, der sich in seine Gedanken eingeschlichen hatte.

Auf der Zufahrt hupte es zweimal, worauf Gigi mit freudigem Gebell antwortete. Seltsam, dachte Bruno, dass sein Hund so wild auf Isabelle war, für Pamela dagegen nur mäßige Zuneigung empfand, obwohl sie ihn öfter sah und nicht weniger Aufhebens um ihn machte. Steckte vielleicht eine Botschaft für ihn dahinter?, dachte Bruno flüchtig, als er die Tür öffnete, um Isabelle einzulassen.

»Ah, ein Kaminfeuer.« Sie nahm ihn auf der Schwelle kurz in den Arm und ging dann ins Wohnzimmer durch, wo sie ihren Mantel ablegte. Darunter trug sie einen schwarzen Rollkragenpullover und einen schwarzen knielangen Rock. Elegante schwarze Stiefel und ein Gürtel aus Silberketten ergänzten ihr Outfit. »Ich war immer nur hier, als es warm und ein Feuer nicht nötig war.«

Sie griff in ihre Handtasche und zog ein in braunes Papier gewickeltes und mit rotem Wachs versiegeltes Päckchen daraus hervor. Bruno sah auf den ersten Blick, dass eine der besseren Flaschen aus dem Weinkeller von Hubert de Montignac darin stecken musste, der für viele Franzosen die wichtigste Adresse von Saint-Denis war.

»Es war schön, Hubert wiederzusehen. Als ich ihm sagte, dass wir miteinander zu Abend essen, hat er mir diesen Tropfen empfohlen. Aber nicht für heute. Du solltest ihn noch ein, zwei Jahre lagern.«

»Den sparen wir uns für einen späteren Besuch auf«, erwiderte er, brach das Siegel auf und packte eine Flasche Pommard Clos des Ursulines aus dem Jahr 2005 aus. »Toll, danke dir.«

»Hubert meint, es sei höchste Zeit, dass du deinen Horizont über deine geliebten Pomerols hinaus erweiterst«, berichtete sie. »Worauf ich ihm sagte, dass ich mich bislang vergeblich bemüht habe, diesen Horizont bis nach Paris auszudehnen.«

Als er ihr einen Drink anbot, bat sie um Mineralwasser,

weil sie noch zurückfahren müsse; zum Essen zwei Gläser Wein zu trinken sei ihr Limit. Nun, dachte Bruno, damit wäre der weitere Verlauf des Abends abgesteckt. Als er sich selbst ein Glas Wein einschenkte, kam Isabelle auf Dienstliches zu sprechen.

»Was hältst du von Carlos' kleiner Ansprache?«, fragte sie.

»Klang durchaus plausibel.« Er zuckte mit den Achseln. »Wir wissen doch, wie Politiker ticken, und es liegt nahe, dass sein Minister Angst davor hat, der GAL-Skandal könnte wiederaufkochen und die Atmosphäre des Gipfels vergiften. Überraschend für mich war nur, dass er den von der ETA in Aussicht gestellten Waffenstillstand nicht schon vorher erwähnt hat.«

»Er hat vieles nicht erwähnt«, entgegnete sie und kraulte Gigi zwischen den Ohren, der hingebungsvoll zu ihr aufblickte. »Zum Glück ist unsere Zusammenarbeit mit den Briten besser. Sie tauschen sich mit uns aus und sagen Bescheid, wenn sie etwas geheim halten müssen.«

»Du warst häufiger mit Carlos zusammen. Was für einen Eindruck macht er auf dich?«

»Er spielt den Kavalier, ist sehr zuvorkommend und schenkt Blumen. Aber er ist auch ziemlich eingenommen von sich und lässt trotz aller guten Manieren immer wieder durchblicken, dass er im Grunde ein Macho ist. Je häufiger ich mit ihm zusammentreffe, desto unsympathischer wird er mir. Ich glaube, er ist unaufrichtig. Sein Geständnis heute hat mich jedenfalls nicht überzeugt.«

»Ist dir aufgefallen, wie er die Hand aufs Herz gelegt hat?«

Sie nickte und schmunzelte. »Ein Schauspieler, unser spanischer Kollege.« Sie beugte sich zu Gigi hinunter, der sich auf den Rücken gewälzt hatte und am Bauch gekrault werden wollte. »Was gibt's zu essen?«

»Zum Auftakt eine *soupe de poisson*, danach einen *navarin d'agneau* mit frischem Frühlingsgemüse und dann noch Feldsalat mit Käse. Ist schon alles vorbereitet, ich muss nur noch die *rouille* machen. Unterhalten wir uns in der Küche weiter?«

Er stellte einen Topf mit Salzwasser auf den Herd, um das Gemüse zu garen, ließ einen Löffel Gänseschmalz in der Bratpfanne zerlaufen und teilte das Brot, das er am Morgen geschnitten hatte, in große Croûtons auf. Den Rest zerbröselte er und verrührte die Krümel mit Olivenöl, kleingehacktem Knoblauch und Chili zu einer Paste. Als die Croûtons goldbraun geröstet waren, stellte er sie in den Backofen, wo sie weiter austrocknen konnten.

»Es ist ein Vergnügen, dir beim Kochen zuzusehen«, sagte sie und schüttete sich ein wenig Bergerac Sec in ihr Mineralwasser. »Sehr elegant, wie du hantierst.«

»Alles nur Übung.« Er gab die *navets*, die Karotten und Frühlingszwiebeln ins kochende Wasser und machte sich daran, ein großes Parmesanstück zu zerreiben. Dann stellte er die Eieruhr auf fünf Minuten ein. »Wie verpflegst du dich in Paris?«

»Nach dem Aufwachen trinke ich ein Glas Orangensaft, zum Frühstück esse ich ein Croissant im Café, zu Mittag Suppe oder einen Salat oder einfach nur ein bisschen Obst, wenn ich durcharbeiten muss«, antwortete sie. »Abends esse ich an zwei bis drei Tagen in der Woche im Restaurant oder auf irgendeiner Dinnerparty. Sonst gibt's Omeletts, Pizzas oder irgendwas vom Chinesen oder Vietnamesen. Mein Kühlschrank würde dir das Herz brechen. Da sind nur Eier und Orangensaft drin und im Gefrierfach ein paar Pizzas.«

»Kochst du nie, was du hier bei mir gelernt hast?«

»Einmal im Monat lade ich Freundinnen zum Essen ein. Dann stehe ich fast den ganzen Tag in der Küche und koche nach deinen Rezepten.« Er schaute sie an und war sichtlich geschmeichelt. »Du wirst es nicht glauben, aber in meinem Pariser Bekanntenkreis kochen die wenigsten Frauen. Wenn ich eingeladen bin, gibt's meist Essen vom *traiteur*. Das ist so üblich bei uns.«

»Erinnert mich an *Déjeuner au matin*, das Gedicht von Prévert aus dem Buch, das du mir geschenkt hast.«

»Von dem seltsamen Kauz, der in seinem Kaffee rührt und nichts sagt, eine Zigarette raucht und immer noch nichts sagt, seinen Hut aufsetzt und geht und ein Mädchen zurücklässt, das weint.«

»Klingt so gar nicht nach französischer Lebensart«, kommentierte Bruno.

»Paris war nie Frankreich«, erwiderte sie. »Brunches am Sonntag sind zurzeit in Mode, Champagner und Orangensaft, Bagels mit Räucherlachs und Florentinische Eier. Und alles ist plötzlich wild auf Waffeln mit Ahornsirup. Als ich nach meinem Rehaaufenthalt wieder ins Büro zurückgekehrt bin, hat man mir doch tatsächlich ein Waffeleisen als Willkommensgeschenk präsentiert.«

Sie hob ihr Wasserglas, damit er noch etwas Bergerac Sec dazufüllte. Bruno brachte die Sauce, den geriebenen

Käse und die Croûtons zum Tisch und verrührte daraufhin Butter und Mehl zu einem *beurre manié*, um den Fleischsud anzudicken. Als die Eieruhr klingelte, gab er das Gemüse zum Ragout und ließ es noch ein bisschen köcheln, während er die Fischsuppe in zwei Schalen füllte und auf dem großen Esstisch im Wohnzimmer servierte. Er holte Gläser, zündete die Kerzen an und setzte sich.

»*Bon appétit*«, sagte er.

Ihre Lippen bebten. »Wenn du wüsstest, wie oft ich an diesen Ausspruch von dir gedacht habe, als ich im Krankenhaus lag.« Sie versuchte zu lachen. »Übrigens, deine Geschichtsbücher haben mich wieder auf den Damm gebracht. Und es freut mich, dass du Prévert gelesen hast.«

Er rührte einen Löffel *rouille* in seine Suppe, streute etwas geriebenen Parmesan und Croûtons darüber und erhob sein Glas.

»Schön, dich wieder an meinem Tisch zu sehen. Ja, Prévert gefällt mir sehr, zumal mich einige seiner Gedichte an dich erinnern.«

»Welches zum Beispiel?«

»*L'automne*«, sagte er und rezitierte:

> *Un cheval s'écroule au milieu d'une allée*
> *Les feuilles tombent sur lui*
> *Notre amour frissonne*
> *Et le soleil aussi.*

»Verstehe«, sagte sie und schaute versonnen in ihr Glas. »Und das über die Sonne, die hinter dem Grand-Palais verschwindet, gefolgt von meinem Herzen?«

Comme lui mon coeur va disparaître
Et tout mon sang va s'en aller
S'en aller à ta recherche,

sagte er leise auf.

»Du hast sie auswendig gelernt? Wie schaffst du das?«, fragte sie.

»Wir hatten altmodische Lehrer und mussten vieles auswendig lernen«, antwortete er. »Ich kann sogar noch Napoleons kurze Rede vor der Schlacht bei den Pyramiden auswendig aufsagen, die, in der er davon spricht, dass vierzig Jahrhunderte auf sie herabblicken. – Komm, lass dir die Suppe schmecken, bevor sie kalt wird«, sagte er und schlug einen anderen Tonfall an. Dass er die Gedichte auswendig kannte, war natürlich nicht allein auf seine Schulerziehung zurückzuführen. Er hatte sie an Winterabenden, wenn Gigi vor dem Kaminfeuer schlief, immer und immer wieder laut gelesen und dabei an Isabelle gedacht, die mit zerschossenem Schenkel im Krankenhaus lag.

»Gute Lehrer. Leider gibt's die nicht mehr.«

»Meine Generation war wohl die letzte, die von ihnen unterrichtet wurde.« Er brachte die leere Suppenschüssel in die Küche und kam mit der Kasserolle zurück. Als er den Deckel hob, duftete es intensiv nach Thymian und Rosmarin. Er entschuldigte sich, ging hinaus in seinen Kräutergarten und machte Licht, um Petersilie zu pflücken, die gerade erst aus dem Boden gekommen war. Auch Gigi hatte sich nach draußen geschlichen; er stand mit angewinkeltem Vorderlauf reglos vor dem Hühnergehege, die Ohren aufgerichtet, so gut er konnte. Bruno schmunzelte, als er ihn so sah.

Drinnen im Wohnzimmer zerzupfte er die Petersilie und streute sie auf die von Isabelle angerichteten Teller.

»Sieht wunderbar aus und duftet noch besser«, sagte sie. »Ich kann mich nicht erinnern, wann ich zuletzt *navets* hatte. Sie erinnern mich an meine Kindheit. Leitet sich eigentlich davon der Name *navarin* ab?«

»Manche führen ihn auf die Stadt Navarino zurück, wo die Schlacht gegen die Türken stattfand, aber ich leite ihn auch lieber von *navets* ab. Man kann zwar jedes Frühlingsgemüse verwenden, aber in einen echten *navarin* gehören nun mal Steckrüben«, sagte er und schenkte Rotwein aus einer Karaffe aus. »Erzähl mir mehr über dein Leben in Paris. Ich kann es mir nicht so richtig vorstellen.«

»Da gibt's nicht viel zu erzählen. Ich hatte meine neue Stelle kaum angetreten, da musste ich schon nach Luxemburg, um die Konten dieses mysteriösen Lebensmittelkonzerns zu prüfen, der, wie sich herausstellte, von unserem eigenen Verteidigungsministerium gegründet worden war. Erinnerst du dich?« Sie fing zu essen an. »Wie lecker, und dieser Wein! Das ist doch nicht der Pomerol, den man sonst immer bei dir bekommt, oder?«

Er nickte. »Ein 03er, aus dem besonders heißen Jahr. Er wird also nicht mehr lange halten.«

»Mmmm… köstlich! Ungefähr einen Monat später wurde ich nach London versetzt, um an einer von Frankreich und England gemeinsam durchgeführten Operation gegen illegale Einwanderer teilzunehmen. Bei Arcachon bin ich dann, wie du weißt, am Bein erwischt worden und musste für fast zwei Monate ins Krankenhaus. Eigentlich könnte ich noch krankfeiern, aber weil mir langweilig wurde, hat man mich wieder arbeiten lassen.«

»Hast du Freunde in Paris?«, fragte er und bot ihr Nachschlag an. Sie schüttelte den Kopf, hielt aber ihr Glas in die Höhe, um nachgeschenkt zu bekommen.

»Es gibt da ein paar ehemalige Klassenkameraden, die nach Paris gezogen sind«, antwortete sie. »Dann zwei Frauen, die mit mir auf der Polizeiakademie waren, und einige wenige Kollegen aus dem Büro. Das ist alles. Dem Ministerium ist ein Buchclub angeschlossen, dem ich vielleicht beitrete. Außerdem bin ich häufig im Kino und schaue mir englische und amerikanische Filme im Original an, um mein Englisch zu verbessern.«

»Und wie wohnst du?«

»In einem Einzimmerappartement an der Rue Béranger, nahe dem Boulevard Voltaire im Troisième. Aber ich habe da ein kleines Haus im Auge, ein Reihenhaus neben anderen, in denen sich Künstler Ateliers eingerichtet haben. Es liegt an der Rue de la Tombe-Issoire. Ganz in der Nähe ist die U-Bahn-Station Alésia. Ich war einmal dort auf einer Party und habe mich sofort in dieses Haus verliebt. Leider kann ich es mir noch nicht leisten. Wenn du einmal zu Besuch kommst, zeige ich es dir, und dann gehen wir im Parc Montsouris spazieren.«

»Doch wohl nicht benannt nach unserem kommunistischen Stadtrat«, sagte Bruno. »Übrigens, er fragt immer nach dir. Du hast bei ihm einen Stein im Brett.«

»Ein kommunistischer Bewunderer, genau das hat mir gefehlt.« Sie schmunzelte. »Es gibt da ein Prévert-Gedicht, das in deinem Band fehlt. Darin ist von zwei Liebenden die

Rede, die sich eines Morgens im Wintersonnenlicht im Parc Montsouris küssen, eine kleine Sekunde Ewigkeit lang, wie es heißt.«

»Ein Gedicht für jede Gelegenheit«, erwiderte Bruno lächelnd.

Sie beugte sich über den Tisch und berührte seine Hand, richtete sich aber sofort wieder auf und war plötzlich wie ausgewechselt. »Den Käse kenne ich doch. Er ist von einem deiner Freunde, nicht wahr?«, sagte sie kühl.

»Ein *tomme d'Audrix* von Stéphane. Zusammen mit der *mâche* aus meinem Garten ebenfalls ein Gedicht.«

»So gut habe ich lange nicht mehr gegessen, das letzte Mal vergangenen Sommer. Im Krankenhaus hat mir die Erinnerung an deine Küche gutgetan.« Sie stockte. »Ich muss in zwei Monaten wieder auf den OP-Tisch. Man will an meinem Bein ein paar Schönheitskorrekturen vornehmen. Sieht so, wie es ist, ziemlich schlimm aus.«

Bruno nickte und versuchte zu verstehen. »Kaffee?«

»Ja, und dazu würde ich gern eine Zigarette rauchen, wenn du nichts dagegen hast.« Bruno signalisierte sein Einverständnis, worauf sie sich eine ansteckte, eine Royale Filter, was ihn daran erinnerte, dass er noch eine halbleere Schachtel derselben Sorte im Schrank hatte. Er holte sie und stellte auch einen Aschenbecher auf den Tisch.

»Die hast du bei mir liegen lassen. Ich war manchmal versucht, eine davon zu rauchen.« Er brachte das Geschirr in die Küche und machte Kaffee. Er hatte kaum damit angefangen, als er sie kommen und leise seinen Namen aussprechen hörte.

Er drehte sich um, worauf sie den Saum ihres Kleides

anhob, den Strumpf vom Strumpfhalter löste und ihn bis über das Knie nach unten rollte. Den Schenkel, der auffallend dünner war als der andere, verunstaltete eine purpurne Narbe, ein Krater in ihrem Fleisch.

»Von den Ärzten und Krankenschwestern abgesehen bist du der Erste, dem ich das zeige«, sagte sie fast schluchzend und mit verzweifeltem Blick. »Oh, Bruno...« Sie streckte die Hand nach ihm aus.

Spontan fiel er vor ihr auf die Knie und drückte seine Lippen auf die Narbe, an der noch die Einstichlöcher der Nähte deutlich zu erkennen waren. Als er den Schenkel streichelte, spürte er unter den Fingern das vernarbte Austrittsloch. Sie griff mit der Hand in seine Haare, verkrallte ihre Finger darein und flüsterte seinen Namen. Er stand auf und sah, dass sie die Augen geschlossen hatte. Sanft küsste er ihre zitternden Lippen. Dann hob er sie mit beiden Armen vom Boden auf, trug sie zu seinem Bett und nahm nichts anderes mehr wahr als ihr pochendes Herz an seiner Brust und die Leidenschaft, mit der sie ihn küsste.

31

Als er erwachte, lag sie nicht mehr neben ihm. Sie war kurz vor Mitternacht gefahren und hatte ihn in seinem zerwühlten Bett zurückgelassen, allein mit der Erinnerung daran, wie sie den Strumpf wieder über ihren Schenkel gestreift und am Strumpfhalter befestigt hatte, an ihre helle Haut, die dunklen Pupillen und Brustwarzen und die wundervolle Geometrie aus Schwarz und Weiß, Scham und Strümpfen, so einladend unter ihrer schmalen Taille. Vor dem Einschlafen hatte er noch einmal in dem Prévert-Band gelesen.

Nun saß er, von Gigi gefolgt, im Sattel seines Pferdes, noch wie berauscht vom scharfen Galopp über den Bergrücken und nur behindert von der selten getragenen Pistole, die jetzt rhythmisch gegen seine Hüfte schlug. Es schien fast, als hätte Hector die seltsame, geradezu magische Stimmung des Reiters, seine Zufriedenheit und Energie gespürt und sich zu eigen gemacht. Am Flussufer stieg Bruno ab, hob Gigi wieder in den Sattel und ließ dann Hector ungeführt durch die Furt staken, auf den CRS-Sergeanten zu, der auf der anderen Flussseite auf einer von Juliens Stuten saß, die Maschinenpistole im Anschlag.

»Mir ist soeben bestätigt worden, dass der Gipfel hier stattfindet«, sagte er, als Bruno seinen Hund wieder auf den

Boden setzte. »Es wird gerade ein Landeplatz für den Hubschrauber mit großem Ziel-H und Windsack angelegt. Das muss man sich mal vorstellen: Im Château wurde tatsächlich eine Bombe gefunden, versteckt hinter einer neu eingebauten Gipskartonplatte im Konferenzsaal. Ein primitives Ding, bestehend aus Dynamitstangen und einer Digitaluhr. Nur gut, dass wir vor den Terroristen an das Semtex rangekommen sind.«

Bruno war entsetzt und versuchte, sich an die für das Château getroffenen Sicherheitsvorkehrungen zu erinnern. Isabelle und Carlos trugen die Verantwortung, aber auch die berittenen Gendarmen aus Périgueux würden einiges zu erklären haben. Wahrscheinlich ließ der Brigadier gerade sämtliche Wände einreißen, um herauszufinden, welche Überraschungen sonst noch dahinter verborgen sein mochten. Nur er und Bruno hatten von der Verschiebung des Austragungsortes gewusst, ehe am gestrigen Abend mit dem Umzug begonnen worden war. Die Domaine müsste also sicher sein.

Bruno nickte dem Sergeanten zu und ritt mit Gigi im Schlepp zu den Gärten hinter dem Hotelkomplex. Gemäß Zeitplan trafen sich die beiden Minister gerade auf dem Flughafen von Bordeaux. Der Flug im Hubschrauber nach Saint-Denis dauerte ungefähr vierzig Minuten. Bruno schaute auf seine Uhr. In weniger als einer Stunde würden sie eintreffen. Er fragte sich, ob Isabelle im Château zurückbleiben musste, um für Schadensbegrenzung zu sorgen, oder ob der Brigadier sie hier in der Domaine einzusetzen gedachte. Sein Herz machte einen Sprung bei dem Gedanken, sie möglicherweise schon so bald wiederzusehen, und unwillkürlich ging ein Lächeln über sein Gesicht, als er auf den Stallhof zusteuerte. Der war leer bis auf zwei schwarzgekleidete und schwerbewaffnete Gendarmen der mobilen Einheiten. Als sie ihn zur Umkehr aufforderten, zeigte er auf die Anstecknadel am Revers, die der Brigadier ihm gegeben hatte. Daraufhin wurde er gebeten, abzusitzen und sich mit seinem Sicherheitspass auszuweisen. Hinter den Männern dampfte gleich neben der Stalltür ein großer Haufen Pferdemist, in dem eine Mistgabel steckte. Gigi lief darauf zu, untersuchte ihn und hob sein Bein. Der Haufen musste unbedingt weggeschafft werden, bevor die Hubschrauber landeten.

»Wer ist sonst noch hier?«, fragte Bruno, als die Gendarmen seinen Pass kontrolliert und mit einer kurzen Namensliste verglichen hatten. Salutierend reichte einer von ihnen ihm den Ausweis zurück.

»Der Brigadier, die Inspektorin und ein spanisches Vorauskommando«, bekam er zur Antwort. »Gleich kommen die Leute vom Catering, begleitet von bewaffneten Kollegen. Sie sind bereits durchsucht worden.«

Bruno brachte Hector und Gigi in den Stall und machte sich auf den Weg, um ein paar Worte mit dem Brigadier zu wechseln. Danach, so nahm er sich vor, würde er um das Anwesen herumreiten und die Wachposten kontrollieren. Auf solche Dienste verstand er sich besser als auf Fragen der inneren Sicherheit. Alle Patrouillen sollten ihn sehen und als Mitglied der Mannschaft erkennen, ehe die Hubschrauber landeten und sämtliche Sicherheitskräfte mit dem Finger am Abzug in äußerster Alarmbereitschaft waren.

Im großen Salon des Hotels herrschte offenbar Chaos. Der Brigadier telefonierte gerade, nickte ihm nur kurz zu und zischte wütend in den Hörer. Isabelle hatte ein Satellitentelefon am einen Ohr und hielt sich das andere mit der freien Hand zu. Von zwei grimmig dreinblickenden Adjutanten flankiert, brüllte Carlos in sein Handy. Alle trugen die gleiche emaillierte Anstecknadel, die der Brigadier verteilt hatte. Isabelles Augen leuchteten auf, als sie Bruno erblickte. Ihr Stock lehnte am Konferenztisch.

In der Tür, die nach hinten hinausging, standen zwei CRS-Männer. Kollegen von ihnen bewachten das Treppenhaus und die Tür, die in den großen Weinkeller führte. Zwei weitere Männer in Schwarz, mit Anstecknadel und Armbinden in den Farben der spanischen Fahne, trugen futuristisch anmutende Maschinenpistolen, wie sie Bruno noch nie gesehen hatte.

»Haben Sie von dieser unsäglichen Sicherheitspanne gehört?«, rief der Brigadier und klappte sein Handy zu. Bruno salutierte reflexhaft in dieser militarisierten Atmosphäre. »Ja, Monsieur.«

»Schon die Wachposten kontrolliert?«

»Nur die am Ufer, Monsieur. Bitte um Erlaubnis, die Kontrolle fortsetzen zu dürfen.«

Der Brigadier entließ Bruno mit einer Handbewegung; der ging mit einem letzten Blick auf Isabelle zurück zum Stall, wo er erneut seinen Pass zeigen musste. Der Misthaufen war immer noch nicht weggeschafft. Bruno stieg in den Sattel und verließ, von Gigi gefolgt, den Hof. Im leichten Trab ging es an der Hotelanlage entlang und weiter zu den Weingärten, an deren äußerstem Rand er einen berittenen

Posten ausmachte. Auf halber Strecke stand ein Jeep mit zwei Fallschirmjägern, die ihn auch erst durchließen, als er seinen Ausweis gezeigt hatte. Von oben kam ihm der Reiter entgegen.

»Es war ein Fehler, dass man bei uns die Pferde abgeschafft hat«, sagte Major Sauvagnac und schmunzelte mit Blick auf den Bassett, der mit fliegenden Ohren herbeigelaufen kam.

»Beschweren Sie sich jetzt besser nicht beim Brigadier«, entgegnete Bruno. »Der ist ziemlich geladen.«

»Verständlich nach dieser Pleite im Château. Das passiert hier hoffentlich nicht. Meine Leute wissen, was zu tun ist. Die *Mobiles* und die Jungs von den CRS haben Stellung bezogen, und zwar an den von Ihnen genannten Schlüsselstellen. Es waren allerdings ein paar Positionswechsel vorzunehmen, weil uns von den Kasernen in Limoges zwei gepanzerte Fahrzeuge geschickt worden sind. Eines steht in der Hauptzufahrt, das andere am Rand der Gärten mit Blick aufs Ufer. Wir stehen über Funk miteinander in Verbindung, und inzwischen sind alle informiert, dass der Reiter in Polizeiuniform zu uns gehört.«

Der Major bot Bruno an, ihn auf seinem Rundritt zu begleiten, und berichtete, dass seine Truppen schon am frühen Morgen aufmarschiert waren. Das Sicherheitsteam des Brigadiers sei schon zur Stelle gewesen, und in der Zwischenzeit habe niemand das Gelände betreten oder verlassen, abgesehen von der spanischen Mannschaft.

Sauvagnac hob sein Fernglas an die Augen, als ein großer Bus das Tor zur Domaine passierte. »Wer kommt da?«

»Wir erwarten die Leute vom Catering«, antwortete

Bruno. »Steht alles im Einsatzplan, zusammen mit den Daten und Fotos sämtlicher Bediensteten. Sie wurden samt und sonders unter die Lupe genommen, außerdem kenne ich die meisten persönlich.«

»Reiten wir zurück.« Der Major nutzte die Gelegenheit, um seine etwas träge Stute auf Trab zu bringen. Hector ließ sich nicht zweimal bitten und überholte das andere Pferd mit Leichtigkeit. Bruno hatte den Bus schon erreicht und war aus dem Sattel gestiegen, als der Major endlich aufschloss. Im Bus prüfte gerade ein Gendarm des mobilen Einsatzkommandos die Ausweise der Insassen. Bruno reichte Sauvagnac seine Zügel, stieg in den Bus und sah die vertrauten Gesichter von Juliens Restaurantpersonal und ein paar zusätzliche Kräfte aus dem Hotel Campagne, die er der Reihe nach mit einem Nicken grüßte. An Bord war kein einziger Fremder; selbst den Fahrer, dessen beide Söhne bei ihm Tennis trainierten, kannte Bruno seit Jahren. Bruno stieg wieder aus, worauf der Bus langsam über die von Bäumen gesäumte Zufahrt zur Domaine rollte.

Bruno und der Major folgten zu Pferde und hielten vor einer kleinen Gruppe von Fallschirmjägern an, um zu überprüfen, ob die Funkverbindung funktionierte und ihre Befehle gut verständlich ankamen. Die Männer standen stramm vor ihrem Offizier, und selbst die *Gendarmes Mobiles* und die Truppen der CRS schienen Sauvagnacs Autorität zu respektieren. Gigis Erscheinen löste wie immer allgemeine Heiterkeit aus. Die Männer gingen in die Knie, tätschelten ihn und streichelten seine langen Ohren.

»Ich schau mich jetzt noch einmal im Hotel um und komme nach draußen zurück, sobald die Delegationen aufkreuzen«, sagte Bruno und warf einen Blick auf seine Uhr. »Gemäß Zeitplan sind die Hubschrauber vor ungefähr zehn Minuten in Bordeaux losgeflogen.«

Im Salon war es wieder still geworden. Der Brigadier und Carlos hatten sich verzogen. Vor den Wänden standen riesige Vasen voller Blumen. Schreibblöcke und Stifte lagen auf dem langen Konferenztisch, und auch die Mineralwasserflaschen und Gläser standen schon bereit. Die schwarzgekleideten Sicherheitskräfte, Franzosen wie Spanier, hatten ihre Positionen bezogen. Isabelle stand im Durchgang zur Lobby und unterhielt sich mit Julien, der einen Cutaway trug, wie zu einer Hochzeit. Sie lächelte beim Anblick Gigis und winkte Bruno zu sich.

»Wir hatten zwar nicht viel Zeit, aber es ist jetzt alles vorbereitet«, sagte sie mit einem Blick, der sehr viel beredter war als ihr nüchterner Tonfall.

»Draußen sind alle Posten in Stellung gebracht«, erklärte er. »Davon habe ich mich soeben zusammen mit dem Kommandanten überzeugen können.«

Plötzlich fing Isabelles Funkgerät zu piepen an, doch es knisterte nur, als sie hören wollte, was es zu melden gab. »Verflixt, seit dem Umzug stimmt irgendwas nicht mit der Einstellung dieser Dinger. Gestern funktionierten sie noch einwandfrei. Ich muss mal kurz in die Funkzentrale.«

32

Bruno!«, gellte ein Schrei aus dem Hotel. Isabelles Stimme. Mit Gigi auf den Fersen rannte er zurück, die Eingangsstufen hinauf und in den Salon. Sie stand mit dem nutzlosen Funkgerät in der Hand am Tisch und zeigte auf einen der schwarzgekleideten Männer im Spalier vor den riesigen Vasen. Er trug eine spanische Armbinde. Carlos stand mit erstarrter Miene im Durchgang zum Foyer, neben ihm ein Wachposten in Schwarz, der eine Wollmaske über das Gesicht gezogen hatte. Ein dritter Mann stürmte durch die Tür zum Weinkeller.

Verblüfft blickte Bruno von einem Gesicht zum anderen.

»Ich wollte die Vasen inspizieren, doch er ließ mich nicht an sie heran. Schau ihn dir an!« Sie warf das Funkgerät von sich, frustriert über seine Langsamkeit, und zog ihre Pistole unter dem Jackett hervor. »Die Augenbrauen!«, brüllte sie und zielte mit der Waffe auf den spanischen Wachposten.

Und dann realisierte Bruno, dass er auf das Ebenbild von Fernando starrte, nur dass dieser die in der Mitte zusammengewachsenen Brauen wegrasiert hatte. Als Bruno nach seiner Waffe griff, sprang Carlos auf ihn zu, während der Mann aus dem Keller von hinten über Isabelle herfiel und ihr die Pistole entwand. Sie taumelte und drohte über ihren Stock zu stürzen.

Carlos hielt Brunos Waffe gepackt und hinderte ihn an einem gezielten Schuss. Bruno ließ sich auf die Knie fallen und schleuderte den Spanier über seine Schulter, worauf dieser krachend auf dem Boden landete und vor Schmerzen aufschrie. Gigi sprang auf ihn zu, winselte dann aber kläglich, als er noch in der Luft von Carlos zur Seite geschlagen wurde.

Bruno bückte sich gerade nach seiner Waffe, die auf den Boden gefallen war, als er ein schabendes Geräusch von Metall hörte. Isabelle hatte den Degen aus ihrem Stock gezogen und stieß ihn in den Unterleib des Mannes, der sie am Arm gepackt hielt. In der Drehung von ihm weg knickte sie auf ihrem schwachen Bein ein und ging zu Boden. Bruno rammte den Absatz seines Reitstiefels auf Carlos' Gesicht und richtete den Blick auf Fernando, als der dritte Mann in Schwarz, laut »Scheiße« schreiend, von hinten über den Spanier herfiel und ihm den Knauf seiner Pistole auf den Schädel hämmerte.

Fernando knickte in den Knien ein, doch seine schwarze Sturmhaube war Kevlar-gepanzert. Blitzschnell zog er ein langes Kampfmesser aus seinem Stiefel, wuchtete es dem Angreifer in den Bauch und zielte gleich darauf auf dessen Kopf, wobei die Wollmaske zerriss. Blut quoll aus dem Auge und rann über ein Gesicht, in dem Bruno den Hufschmied Jan wiedererkannte. Trotz seiner schweren Verletzung schlang er seine kräftigen Arme um Fernando, hielt ihn fest umklammert und stieß einen weiteren Schwall von Flüchen aus – auf Deutsch.

»Bruno!«, rief Isabelle. Er drehte sich um und sah, wie sie mit der Degenspitze auf Carlos zielte, der mit blutverschmiertem Gesicht am Boden lag und nach Brunos Waffe zu greifen versuchte, aber von Gigi, der sich in seinen Arm verbissen hatte, daran gehindert wurde.

Bruno stürzte sich auf ihn, rutschte aber in seinen Reitstiefeln auf dem gebohnerten Parkett aus und bekam nur eines von Carlos' Beinen unterhalb des Knies zu fassen. Er ließ es nicht mehr los, versuchte es vielmehr zu verdrehen, hatte aber letztlich nur noch den Schuh des Spaniers in der Hand. Blitzschnell war der wieder auf den Beinen, packte einen Stuhl bei der Lehne und schleuderte ihn Isabelle entgegen. Ohne auf Gigi zu achten, der ihm seine Zähne ins Fußgelenk geschlagen hatte, schnappte er sich einen zweiten Stuhl und schmetterte ihn auf Bruno, als der aufzustehen versuchte.

Bruno landete wieder auf dem Parkett und hatte plötzlich die ganze Szene im Salon wie ein Tableau vor Augen: Jan, der immer noch den sich aus Leibeskräften wehrenden Fernando umklammert hielt und ihn zu zerquetschen drohte; den Mann, der sich, von Isabelles Degenspitze im Unterleib getroffen, in seinem Blut wälzte und winselte; Isabelle selbst, die sich an der Tischkante mit Hilfe des Stocks hochzuhieven versuchte; Carlos mit blutüberströmtem Gesicht, und Gigi, der an seinem bestrumpften Fuß zerrte. Taumelnd und mit wirrem Blick schaute sich der Spanier um. Er ließ die Schultern hängen und schien einzusehen, dass er keine Chance mehr hatte, obwohl er Brunos Waffe in der Hand hielt.

Kurz entschlossen richtete er sie auf Gigi und drückte ab. Der Hund zuckte zusammen, hielt aber knurrend an seinem Fußgelenk fest, worauf Carlos ihm die Pistole zwischen die

Ohren setzte und ein zweites Mal feuerte. Der Kopf zerplatzte zu einer roten Wolke. Trotz der Schockstarre, in die er verfiel, spürte Bruno, wie ihm das Herz brach und eine unbändige rohe Wut in ihm aufstieg, die keine Grenzen kannte. Irgendwie gelang es ihm, sich aufzuraffen. Er wusste, er würde diesen Mann töten. Carlos trat den Hund beiseite und torkelte zur Tür, die in den Stallhof führte, wo er seinen Mietwagen geparkt hatte.

Bruno ahnte, dass ihn das Schreckensbild zeit seines Lebens begleiten würde, und doch warf er einen letzten verzweifelten Blick auf seinen toten Hund, ehe er an Isabelle vorbeieilte und vom Boden ihre Waffe aufhob, die sie hatte fallen lassen. Er entsicherte sie und schoss dreimal kurz hintereinander auf Carlos, als der die Stufen hinuntersprang. Die Waffe war ihm nicht vertraut, und Bruno wusste sofort, dass er sein Ziel verfehlt hatte.

Er rannte los, blieb vor der Treppe kurz stehen und feuerte. Im Hof standen die beiden *Mobiles* wie vom Donner gerührt. Sie hatten ihre Waffen noch um die Schultern geschlungen.

»Haltet ihn auf, er ist der Anführer der ETA-Zelle«, brüllte er und drückte wieder ab, doch der Abzug klemmte. Carlos saß schon hinterm Steuer und ließ den Motor aufheulen. Bruno warf die Pistole beiseite und rannte die Stufen hinunter, um einem der *Mobiles* die Waffe zu entreißen. Der Range Rover steuerte direkt auf ihn zu.

Weil er sich nicht anders zu helfen wusste, griff er nach der Mistgabel und schleuderte dem Fahrzeug eine Ladung Pferdedung entgegen. Kotverklebtes Stroh schlitterte über die Kühlerhaube, klatschte vor die Windschutzscheibe und nahm dem Fahrer die Sicht. Der große Wagen geriet ins Schleudern und raste auf die Stufen zum Hotel zu. Carlos streckte den Kopf zum Fenster hinaus, um etwas sehen zu können, und riss das Steuer im letzten Augenblick herum. Mit dem linken Vorderrad schon auf der ersten Stufe, schrammte der Kotflügel den steinernen Pinienzapfen am Rand des Treppengeländers, ehe der Wagen wieder in die Spur kam und mit Vollgas den Hof verließ.

»Geben Sie mir eine Waffe!«, brüllte Bruno den *Mobiles* zu; die glotzten ihn aber nur entgeistert an und griffen nach ihren Funkgeräten. Immer noch die Mistgabel in der Hand, eilte Bruno in den Stall, um sich auf Hector zu schwingen. In kaltblütiger Wut über den Verlust seines Hundes trieb er das erschrockene Pferd an, preschte in den Hof und stieß einen der *Mobiles* beiseite.

Während er in Windeseile dem Range Rover nachgaloppierte, führte sich Bruno einen Lageplan der Domaine und den Verlauf der Straße vor Augen, auf der Carlos zu fliehen versuchte. Sie führte am großen Weinberg vorbei und wurde auf halber Höhe vom Jeep der Armee versperrt. Carlos würde ausweichen müssen. Wenn er den Traktorpfad fände, der für die Weinernte genutzt wurde, würde er die Sperre umfahren und über den alten Fuhrweg auf die Landstraße gelangen können.

Der Range Rover hatte einen Vorsprung von fast zweihundert Metern, wurde aber langsamer und geriet mit dem Heck ins Schwimmen. Carlos hatte offenbar den Jeep gesehen. Er versuchte zu wenden, geriet in die Böschung und rammte einen der knorrigen Weinstöcke am Rand des Feldes, während Bruno den Abstand verringerte. Carlos warf den Rückwärtsgang ein und hielt mit dem schweren Allradfahrzeug genau auf Bruno zu, der durch die Heckscheibe den Kopf des Spaniers sehen konnte. Vorn gingen die Scheibenwischer hin und her, schafften es aber nicht, den Schmier von der Windschutzscheibe zu entfernen.

Die Bremslichter leuchteten auf. Carlos hatte die Ernteschneise entdeckt. Die Vorderräder drehten durch, als er blitzschnell in den ersten Gang wechselte und in die Schneise einbog. Bruno riss die Zügel herum und lenkte Hector durch ein Spalier aus Weinstöcken, das parallel zur Schneise verlief, und war nun gleich schnell wie der Range Rover, der in den tiefen Spurrinnen der Traktoren nur mit Mühe vorankam.

Carlos bremste ab, zielte mit der Pistole durch das Seitenfenster und drückte ab. Bruno duckte sich und zügelte sein Pferd, um aus der Schusslinie zu kommen. Auch Carlos bremste weiter ab und feuerte wieder, wobei er fast die Kontrolle über den Wagen verlor, der immer wieder aus den Spurrinnen sprang und die knorrigen Weinstöcke schrammte. Bruno war jetzt nur durch eine Reihe von ihm getrennt, und sein Pferd hielt tapfer mit dem Range Rover mit. Auf der anderen Seite des Feldes sah er, wie sich ein Jeep vor den Ausgang der Schneise stellte.

Das hatte wohl auch Carlos inzwischen bemerkt, denn er versuchte nun, die Spur zu verlassen und auszuweichen. Doch von den tiefen Spurrinnen ausgehebelt, drohte der Wagen umzukippen. Zwei Räder hingen in der Luft, und der Range Rover steckte fest. Bei dem Versuch, ihn wieder freizubekommen, würgte Carlos den Motor ab. Sofort startete er neu.

Bruno sah das blutverschmierte Gesicht des Spaniers im offenen Seitenfenster. Als der die Pistole hob, Brunos Waffe, auf die Verlass war, richtete sich Bruno in den Steigbügeln auf und schleuderte ihm mit voller Wucht und einem gurgelnden Schrei die Mistgabel entgegen.

Wie ein Speer flog sie durch das Seitenfenster, traf mit einem ihrer verschmutzten Zinken ins Lenkrad und durchbohrte mit dem anderen Carlos' Unterarm.

Bruno hörte ihn vor Schmerz und Wut aufheulen. Der hölzerne Schaft der Mistgabel schaute aus dem Fenster heraus.

Der Motor sprang wieder an und heulte auf. Mit Vollgas und im kleinsten Gang machte der Range Rover einen Satz nach vorn und mähte mehrere Weinstöcke nieder, die ihn zurück in die Spurrinne zwangen. Von der anderen Seite näherte sich der Armeejeep; das im Heck aufmontierte Maschinengewehr war auf Carlos gerichtet. Der riss wieder das Steuer herum und versuchte ein weiteres Mal, das Spalier der Weinstöcke zu durchbrechen, was ihm auch fast zu gelingen schien. Doch plötzlich bäumte sich der Wagen auf und kippte krachend auf die Seite. Durch das Getöse von splitterndem Glas und kreischendem Blech gellte ein Schrei, der aber sogleich verstummte.

Bruno sprang aus dem Sattel, noch ehe Hector stehen geblieben war, und eilte geduckt auf das Fahrzeug zu. Seine Erleichterung darüber, den Gegner gestellt zu haben, hielt sich in Grenzen, denn ihm war bewusst, dass er nun gänzlich ohne Waffe auskommen musste. Er erreichte das Wrack, bevor der Jeep zur Stelle war.

»Ich brauche eine Waffe«, brüllte Bruno. Die Soldaten

glotzten mit ausdrucksloser Miene. Er warf einen Blick zurück und sah, dass Hector den Kopf hob und die Ohren spitzte. Das Stampfen von Hufen war zu hören, und wenig später traf Major Sauvagnac auf seiner erschöpften Stute ein.

»Ich will eine Waffe, verdammt noch mal!«, rief Bruno, worauf ihm nun einer der Fallschirmspringer im Jeep ein Sturmgewehr vom Typ FAMAS reichte, eine Waffe, die er selbst im Schlaf in alle Einzelteile zerlegen und wieder zusammensetzen konnte. Er vergewisserte sich, dass das Magazin geladen war, nahm das Gewehr in den Anschlag und schlich auf den Range Rover zu, dessen Räder sich immer weiter in der Luft drehten. Die Windschutzscheibe war so verschmiert, dass sich dahinter nichts erkennen ließ. Das Heck steckte mit zersprungener Scheibe zwischen zwei Weinstöcken. Was ihn im Inneren erwartete, konnte Bruno nicht sehen.

»Corporal, Beeilung!«, brüllte Sauvagnac. »Stellen Sie den Karren auf die Räder!«

Auch Bruno und der Major packten mit an. Gemeinsam schaukelten sie den Wagen hin und her, bis er wieder aufs Fahrwerk kippte. Endlich war ein Blick in den Fahrraum möglich.

Vom gesplitterten Schaft der Mistgabel fixiert, saß Carlos mit schlaff herabhängendem Kopf auf dem Fahrersitz. Eine der Zinken steckte im Lenkrad, die andere in seinem Unterarm. Der zerbrochene Schaft hatte sich ihm durch die Brust gebohrt. Ein zerplatzter Airbag lag in blutverschmierten Fetzen auf seinem Schoß. Der Seiten-Airbag und derjenige auf der Beifahrerseite hielten ihn aufrecht. Er war entweder bewusstlos oder tot. Bruno drückte ihm die Mündung des Sturmgewehres in die Wange. Keine Reaktion. Der Gestank von Benzin breitete sich aus. Er wich zurück.

»Holen Sie ihn da raus, so schnell wie möglich«, sagte Bruno. »Bevor der Tank in die Luft fliegt.« Er war wie berauscht von seinem Triumph über den Spanier und zwang sich zur Besinnung.

Ein zweiter Jeep tauchte auf und brachte einen Sanitäter, erkennbar an seiner Rotkreuzarmbinde. Er beugte sich über Carlos, der inzwischen aus dem Wrack geborgen worden war und ausgestreckt am Boden lag. Bruno musste sich beherrschen. Am liebsten hätte er dem Mann, der seinen Hund getötet hatte, noch einmal den Stiefelabsatz ins Gesicht gerammt.

Der Sanitäter blickte auf und schüttelte den Kopf. »Nichts mehr zu machen«, sagte er mit Blick auf den Major. »Dieser Stock ist ihm durch die Rippen ins Herz gegangen.«

In der Ferne war nun das Knattern eines Hubschraubers zu hören. Bruno fing zu zittern an; der Schock zeigte endlich Wirkung. Er machte die Augen zu und atmete tief durch. Nie wieder würde er mit Gigi auf die Jagd gehen, nie mehr Trüffel mit ihm suchen können, nie mehr seine warme Zunge im Gesicht spüren, wenn er morgens von ihm aufgeweckt wurde. Plötzlich stupste ihn jemand von hinten an. Er drehte sich um und sah Hector, presste das Gesicht an seinen warmen Hals und bedauerte, vergessen zu haben, ein paar Äpfel einzustecken.

»Hier«, sagte Sauvagnac und reichte Bruno eine Möhre. Er musste schreien, um das Knattern der Rotoren zu übertönen. »Die hat Ihr Pferd verdient. Und Sie können jetzt abtreten. Es ist vorbei.«

»Nein«, erwiderte Bruno und stieg in den Sattel zurück, als zwei Hubschrauber über den Weinberg hinwegflogen. »Ich muss noch einen verschwundenen Professor finden. Er ist ein Freund von mir. Sie haben ihn verschleppt und seinen Bruder erpresst, damit er ihnen hilft.«

»Brauchen Sie Hilfe?«

»Vielleicht. Wenn ja, melde ich mich über Funk.«

»Wo ist Ihr Hund?«

»Das Schwein hat ihn erschossen«, antwortete Bruno und deutete mit einem Nicken auf das Wrack.

Er führte Hector auf die Straße zurück und gab ihm die Sporen. Die Hubschrauber setzten zur Landung an, als er sein Handy in der Tasche vibrieren spürte. Er antwortete und wollte sich das andere Ohr zuhalten, brauchte die Hand aber zum Zügeln.

»Bruno, bist du's?«, hörte er Pamela sagen.

»Ja«, antwortete er. »Aber ich kann dich kaum verstehen. Es landen gerade zwei Hubschrauber. Bleib dran. Der Krach ist gleich vorbei.«

»Wie geht es Hector?«, fragte sie, als die Rotorblätter austrudelten.

»Großartig. Ich sitze gerade im Sattel. Er ist ein Held.« Es war wieder still geworden. Die Fluggäste verließen die Hubschrauber und wurden von salutierenden Sicherheitskräften begrüßt. Fast hätte Bruno von Gigi berichtet, doch er schluckte herunter, was ihm auf der Zunge lag. Pamela hatte auch so genug Kummer. »Wie geht's deiner Mutter?«

»Unverändert schlecht. Sie liegt im Koma und hat Schäden am Gehirn davongetragen. Es besteht wenig Hoffnung darauf, dass sie sich noch einmal erholt.«

»Das tut mir leid«, sagte er. »Soll ich kommen?«

»Nein, kümmere dich lieber um die Pferde, und pass aufs Haus auf. Hast du viel zu tun?«

»Geht so«, antwortete er. »Alles im Griff. Du warst bestimmt die ganze Nacht auf den Beinen und wirst müde sein.«

»Nein, ich hab im Bett gelegen, konnte aber kaum schlafen. Du fehlst mir.« Sie stockte. »Du bist jetzt wahrscheinlich gefragt wegen dieser Hubschrauber, die gerade gekommen sind. Ich ruf später noch einmal an. Pass auf dich auf.«

Kaum hatte sie aufgelegt, klingelte sein Handy wieder, und er hörte die vertraute Stimme seines Freundes vom Militärarchiv, der ihm mitteilte, dass eine Kopie der vom Eurokorps erstellten Personalakte von Hauptmann Carlos Gambara per Fax unterwegs sei.

»Interessant, vor allem im Hinblick auf ihre Lücken«, fuhr er fort. »So fehlen zum Beispiel die Namen seiner Eltern, was selbst für ein Waisenkind ungewöhnlich ist. Aufgewachsen ist er angeblich in einem kirchlichen Waisenheim bei Tarragona. Dann wurde er schon mit fünfzehn Soldat, so wie du.«

»Danke«, sagte Bruno und erinnerte sich, dass auch Teddys Vater in einem Waisenhaus bei Tarragona aufgewachsen war. »Übrigens, Gambara kam soeben bei einem terroristischen Anschlag ums Leben. Ob du darüber etwas in der Zeitung liest oder nicht, liegt nicht in meiner Entscheidung. Hast du Kontakte zu spanischen Archiven?«

»Leider nein, aber zur NATO-Registratur. Mit der haben wir häufig zu tun.«

Bruno bat ihn um Informationen über diesen Kontakt, beendete das Gespräch und ritt zum Stall zurück. Der Sanitäter folgte mit Carlos' Leiche im Jeep. Die Türen zum Salon waren verschlossen. Isabelle hob gerade den Pinienzapfen auf, den Carlos umgefahren hatte. Bruno stieg vom Pferd und ging auf sie zu.

Sie wirkte müde und erschöpft. Zerzauste Haare fielen ihr ins erschreckend bleiche Gesicht. Bruno scheute den Blick durch die Tür in den Salon, wo Gigi gestorben war. Es wimmelte offenbar von Sicherheitskräften darin. Sanitäter beugten sich über Gestalten, die in Blutlachen am Boden lagen. Laute Stimmen waren zu hören, schnarrende Funkgeräte und Sirenen aus der Ferne. Bruno war darauf gefasst, seinen Hund zu sehen, doch er schien schon weggeschafft worden zu sein.

»Wenn Gigi nicht eingegriffen hätte, wären wir beide jetzt vielleicht tot«, sagte Isabelle.

Er sah Tränen in ihren Augen, nahm sie in den Arm und fing selbst unwillkürlich zu schluchzen an, so heftig, dass er fast daran erstickte. Aber es war auch befreiend und half ihm, den Verlust zu akzeptieren. Tränen strömten ihm über die Wangen, als er an Gigi dachte, der, selbst als er schon angeschossen war, sein Herrchen bis zuletzt verteidigt hatte. Bruno holte tief Luft und nahm Isabelles vertrauten Duft wahr.

»Alles in Ordnung mit dir?«, fragte er sie. »Hätte nicht gedacht, dass dein Degenstock wirklich zu was taugt.«

»Ich war selbst überrascht«, hauchte sie ihm in den

Nacken. »In einer der Vasen hat eine Bombe gesteckt.«
Und dann, nach einer kurzen Pause: »Ich habe Gigi weg-
bringen und in ein Tuch wickeln lassen. Du willst ihn bestimmt so nicht sehen.«

»Ich würde ihn gern auf meinem Grundstück begraben,
gleich hinterm Hühnergehege an seinem Weg in den Wald.
Ein schöner Platz«, sagte er. Seine Wut hatte sich gelegt
und einem Gefühl von Trauer und Verlorenheit Platz gemacht.

»Ich besorge dir einen neuen Hund«, versprach sie.

»Vielleicht aus dem nächsten Wurf von Gigis Mutter. Du
könntest ja mal den Bürgermeister fragen.« Er drückte Isabelle an sich und erinnerte sich daran, wie sich Gigi im Bett
immer zwischen sie zu drängen versucht hatte. »Wo ist Jan,
der Hufschmied?«

»Er liegt im Sterben, hat uns aber verraten, wo wir seinen
Bruder finden. Er hat auch gestanden, die Dynamitstangen
gestohlen und die Bombe in der Fabrik gelegt zu haben. Es
war offenbar Carlos' Idee. Er wollte uns auf eine falsche
Fährte lenken. Auch mit der Autobombe. Er hat sie selbst
angebracht und dann einen unserer Leute losgeschickt, um
den Wagen zu holen.«

Isabelle rückte von ihm ab und lehnte sich, auf ihren
Stock gestützt, ans Treppengeländer. Offenbar tat ihr das
Bein weh. Da, wo sie jetzt stand, hatte Carlos am Tag seiner
Ankunft von Brunos *foie gras* probiert. Bruno fragte, wo
Horst versteckt gehalten wurde.

»In einem leeren Gutshaus in Saint-Chamassy. Jan hat
dort vor Jahren einmal eine schmiedeeiserne Wendeltreppe
eingebaut. Er wusste, dass sich die Besitzer in Holland

aufhalten, und hat uns verraten, dass Horst von einem bewaffneten jungen Mann namens Galder bewacht wird. Wir haben bereits eine Spezialeinheit alarmiert.«

»Etwas will mir einfach nicht in den Kopf. Für wen hat Jan eigentlich gearbeitet?«, überlegte Bruno laut, wobei er Isabelle genau beobachtete. »Ich meine nicht nur diesmal, als ihn die ETA mit der Entführung seines Bruders unter Druck setzte. Ich frage mich vielmehr, für wen er das Gewehr, mit dem Teddys Vater erschossen wurde, all die Jahre aufbewahrt hat.«

Isabelle wich seinem Blick nicht aus, aber ging doch sichtlich auf Distanz, weil das Gespräch plötzlich nicht mehr rein privat war. Sie wartete darauf, dass Bruno mit seinen Überlegungen fortfuhr.

»Wenn Jan für die ETA gearbeitet hat, warum hatte er dann ein Gewehr, das angeblich von einem Killerkommando der spanischen Polizei benutzt worden war? Jan und die Spanier – das passt einfach nicht zusammen. Aber was, wenn Jan tatsächlich für die ETA arbeitete und Teddys Vater sterben musste, weil er als Maulwurf aufgeflogen war? Ich musste die ganze Zeit an eure riesige Geheimdatei über Todor denken, die ich nicht sehen durfte.«

»Genug spekuliert!«, sagte Isabelle und konnte sich ein Schmunzeln nicht verkneifen, während sie Bruno gespannt beobachtete.

»Versteh mich doch! Ich versuche doch nur herauszufinden, warum Gigi sterben musste. Die ganze Zeit habe ich die Puzzlesteine hin und her geschoben, habe mir Todor hier in Frankreich vorgestellt, seine prekäre Situation, mit einer schwangeren Freundin und allem, und wie er trotzdem relativ schnell eine Aufenthalts- und Arbeitserlaubnis bekommen hat. So wie ich den Brigadier und seinesgleichen und ihre ausgebufften Methoden kenne, würde es mich nicht wundern, wenn sie seine prekäre Situation ausgenutzt und ihn dazu gebracht haben, als französischer Maulwurf die ETA zu unterwandern.«

»Weiterhin alles reine Spekulation«, sagte Isabelle mit einem beunruhigten Blick zur Tür.

»Aber du musst zugeben, es passt alles zusammen. Wenn Todor unser Maulwurf in der ETA war, dann erklärt das auch, warum unsere Leute wussten, wo er verscharrt lag, und warum Jan das Gewehr hatte, mit dem er umgebracht worden war. Es erklärt ferner, warum die Spanier so wenig kooperativ waren – sie hatten nichts über Todor als angebliches Opfer ihres schmutzigen Krieges.«

»Du vergisst die Karte der Spanier, die du in Teddys Rucksack gefunden hast und die ihm Fernando gegeben hatte, damit er das Grab seines Vaters findet.«

»Aber du hast doch selbst gesagt, Isabelle, dass die Karte genauso gut von unseren eigenen Leuten stammen könnte. Ich bin jedenfalls überzeugt, dass Todor für uns gearbeitet hat und dass die ETA ihn durch Jan umbringen ließ, ihren Kumpel in der Baader-Meinhof-Gruppe. Warum durfte Jan hier so lange unbehelligt leben? Wusste wirklich keiner über seine Vergangenheit Bescheid? Willst du mir ernstlich weismachen, dass unsere Geheimdienstler solche Stümper sind?«

»Bitte, Bruno, provozier mich nicht!«, sagte Isabelle wieder schmunzelnd.

»Es ist nicht das erste Mal, dass ich mich wie eine kleine

Schachfigur auf dem komplizierten Schachbrett des Brigadiers fühle. Ich ahne, dies alles war letztlich eine einzige Scharade, um den Maulwurf im spanischen Geheimdienst – Carlos – ins Freie zu locken.«

Isabelle sah ihn streng an: »Wer ist da ausgebufft, du oder der Brigadier? Kein Wunder, dass du für uns arbeiten sollst.«

Bruno schüttelte den Kopf. »Ich bin nicht ausgebufft, dafür brauche ich viel zu lange, um mir die Dinge zusammenzureimen.«

»Du wirst nie Gewissheit haben, wie's wirklich war. Denn Jan wird die Wahrheit mit ins Grab nehmen.«

»Jan mag als ehemaliges Baader-Meinhof-Mitglied einiges auf dem Kerbholz haben, aber heute hat er uns das Leben gerettet«, sagte Bruno. »Und wenn wir Glück haben, hilft er uns auch, seinen Bruder zu retten.«

»Ich habe den Auftrag, dich hier festzuhalten, und wo Horst ist, hätte ich dir gar nicht sagen dürfen«, entgegnete sie. »Falls du versuchen solltest, auf eigene Faust loszuziehen, strecke ich dich mit meinem Degenstock nieder.«

»Ich gebe mich geschlagen.« Als Erstes würde er jetzt Hector abtrocknen müssen. Anschließend würde er ihm einen Eimer Hafer spendieren und dann nach Hause fahren, um Gigi zu beerdigen.

»Der Brigadier lässt danken. Ich glaube, er hat vor, dir einen Trommelrevolver und einen Stetson zu schenken.«

»Nicht auch einen Sheriffstern?« Ein Glas Wasser wäre ihm jetzt lieber gewesen.

»Darum kümmere ich mich«, sagte sie und blickte zu

Boden. »Sobald ich wieder in Paris bin, und das wird heute Abend sein.«

»Schon?«, fragte er gequält. Er hatte sich Hoffnung auf eine weitere Nacht mit ihr gemacht. »So bald?«

»Der Minister will, dass wir, der Brigadier und ich, im Hubschrauber mit ihm zurückfliegen. Ich muss gleich morgen nach Madrid zum Debriefing. Unsere spanischen Kollegen wollen herausfinden, wie Carlos so lange hat undercover bleiben können. Und dann geht's wieder ins Krankenhaus, in die plastische Chirurgie.«

»Du solltest dich richtig erholen und erst dann wieder deinen Dienst aufnehmen«, sagte er.

»Nach der Operation habe ich Urlaub. Ich möchte dabei sein, wenn du deinen neuen Hund bekommst.« Sie schaute ihn an, und ihre Augen leuchteten wieder. »Vielleicht hättest du dann auch ein paar Tage frei, Auszeit von Saint-Denis.«

Er lächelte und erinnerte sich, wie wenig sie vom Leben auf dem Lande wusste. Es war Frühling. Er musste seinen Garten bestellen, seine Enten und Hühner füttern und die Pferde versorgen. Und dann begann wieder die Touristensaison. Frühestens im Herbst würde er sich wieder freinehmen können. Er versuchte sich die Jagdsaison ohne Gigi vorzustellen.

»Wie wär's, wenn wir von hier verschwinden und gemeinsam zu Mittag essen?«

Sie schüttelte den Kopf. »Ich bin mit meinen spanischen Kollegen verabredet. Wir wollen an einer gemeinsamen Erklärung arbeiten, nach der Carlos Gambara in seinem mutigen, selbstlosen Einsatz, mit dem er einen terroristischen

Anschlag der ETA verhindern konnte, ums Leben gekommen ist. An irgendeiner Stelle werde ich auch Gigis Namen und Heldentat unterbringen, und wenn es das Letzte ist, was ich tue.«

Danksagung

Manchmal überkommt mich ein schlechtes Gewissen, wenn ich daran denke, dass ich meine Bruno-Geschichten mit ihren fiktiven Morden und schweren Straftaten in die friedlichen französischen Täler der Vézère und der Dordogne verlege, wo es sich doch so angenehm lebt und Verbrechen die absolute Ausnahme sind. Ich möchte betonen, dass wie alle Bruno-Romane auch der vorliegende frei erfunden ist. Das Städtchen Saint-Denis existiert in Wirklichkeit nicht. Auch wenn mich Freunde und Nachbarn im Périgord zu der einen oder anderen Figur inspiriert haben, sind doch das Personal und die Handlung meiner Bücher meiner Phantasie entsprungen.

Die archäologischen Details in *Delikatessen* sind so korrekt, wie ich sie wiederzugeben vermochte. Sie entsprechen unserem immer noch recht begrenzten Wissen vom Übergang des Neandertalers zum Cro-Magnon-Menschen vor rund 30 000 Jahren. Der genetische Beweis für eine Mischung beider Spezies scheint zwar erbracht, doch auch die Entdeckung einer solchen Mischfamilie ist so frei erfunden wie mein Archäologenteam. Tatsächlich stattgefunden hat hingegen der »schmutzige Krieg« zwischen Agenten des spanischen Staates und baskischen ETA-Terroristen.

Der vorliegende Roman wurde vor dem jüngsten

Waffenstillstandsangebot der ETA fertiggestellt, das eine friedliche Lösung des seit über vierzig Jahren währenden Konflikts endlich möglich macht. Hoffentlich wird die Waffenruhe lange andauern.

Wie immer bin ich den verschiedenen Teilen der französischen Polizei, den Bewohnern des Périgord sowie all den Tennis-, Rugby- und Jagdvereinen zu Dank verpflichtet, die so viel Vergnügen, Bonhomie und Gaumenfreuden in mein Leben gebracht haben. Der Familie Saint-Exupéry und den Mitarbeitern der großartigen Winzerei Château de Tiregand gilt mein besonderer Dank für die vorzüglichen Weine, mit denen sie mich und eine Gruppe internationaler Journalisten auf deren Entdeckungsreise durch das Land Brunos bewirtet haben. Wiederholt möchte ich auch Jane und Caroline Wood herzlich danken, die es womöglich schon nicht mehr hören können, wenn ich immer wieder darauf hinweise, dass sie meine Bücher auf Zack bringen, zumal sie sehr viel behutsamer zu Werke gehen und meine Texte zusammen mit meinem US-Lektor Jonathan Segal zu formen wissen. Viele Freunde, köstliche Speisen und Restaurants haben die Tafelrunden der Bruno-Bücher inspiriert, doch muss sich jedes Rezept der kritischen Begutachtung meiner Frau Julia Watson unterziehen lassen, deren hochinteressanter Blog www.eatwashington.com von ihrer kulinarischen Expertise zeugt. Ausgesprochen dankbar bin ich auch unserer Tochter Kate, die für girlracer.com über Motorsportereignisse berichtet. Sie hat nunmehr auch die Federführung für die Website www.brunochiefofpolice.com übernommen, die, durch sie belebt und transformiert, eine noch nützlichere Quelle für die Attraktionen, Spezialitäten, Weine und die Geschichte des Périgord sowie für das Leben und die Unternehmungen Brunos und seiner Freunde geworden ist. Allen Bruno-Fans sei diese Website nachdrücklich empfohlen.

Das Diogenes Hörbuch zum Buch

Martin Walker
Delikatessen
Der vierte Fall für Bruno,
Chef de police

Ungekürzt gelesen von JOHANNES STECK

8 CD, Spieldauer 582 Min.

Martin Walker
im Diogenes Verlag

Bruno
Chef de police
Roman. Aus dem Englischen
von Michael Windgassen

Bruno Courrèges – Polizist, Gourmet, Sporttrainer
und begehrtester Junggeselle von Saint-Denis – wird
an den Tatort eines Mordes gerufen. Ein algerischer
Einwanderer, dessen Kinder in der Ortschaft wohnen,
ist tot aufgefunden worden. Das Opfer ist ein Kriegs-
veteran, Träger des Croix de Guerre, und weil das Verbrechen offenbar rassistische Hintergründe hat, werden
auch nationale Polizeibehörden eingeschaltet, die Bruno
von den Ermittlungen ausschließen wollen. Doch der
nutzt seine Ortskenntnisse und Beziehungen, ermittelt
auf eigene Faust und deckt die weit in der Vergangenheit wurzelnden Ursachen des Verbrechens auf.

»Martin Walker hat mit Bruno einen großartigen Charakter geschaffen, den man beim Ermitteln genauso
gerne begleitet wie beim Schlemmen! Dieser Flic
macht Appetit auf mehr.« *Emotion, München*

Auch als Diogenes E-Hörbuch erschienen,
gelesen von Johannes Steck

Grand Cru
Der zweite Fall für Bruno,
Chef de police
Roman. Deutsch von Michael Windgassen

In vino veritas? Ja, aber manchmal ist die Wahrheit gut
versteckt.
Ein geheimes Paradies auf Erden, das ist das Périgord.
Oder vielmehr war, denn die Weinberge der Gegend
sollen von einem amerikanischen Weinunternehmer

aufgekauft werden. Es gärt im Tal, in den alten Freund-
und Seilschaften, und in einem Weinfass findet man
etwas völlig anderes als Wein – eine Leiche.

»Martin Walker hat schon viele Ideen für die nächsten
Folgen. Spannend, lehrreich genug sind die *Brunos* al-
lemal geschrieben. Und zumindest die beiden ersten
erinnern uns in leuchtenden Farben daran, dass Gott
in Frankreich wohnt. Wo sonst.«
Tilman Krause / Die Welt, Berlin

Auch als Diogenes Hörbuch erschienen,
gelesen von Johannes Steck

Schwarze Diamanten
Der dritte Fall für Bruno,
Chef de police
Roman. Deutsch von Michael Windgassen

Was haben Trüffeln mit Frankreichs Kolonialkrieg in
Vietnam und mit chinesischen Triaden zu tun? Die
Lösung von Bruno Courrèges' drittem Fall ist so tief
vergraben wie die legendären schwarzen Diamanten
unter den alten Eichen im Périgord – und genauso
schwer zu finden.

»Der Autor schafft das Kunststück, den Fall in ein hal-
bes Jahrhundert französischer Kulturgeschichte einzu-
betten und damit nicht nur spannend, sondern auch
lehrreich zu erzählen.«
Manfred Papst / NZZ am Sonntag, Zürich

»Martin Walker hat wieder ein ebenso packendes wie
lehrreiches Buch geschrieben. Dem Leser läuft das
Wasser im Munde zusammen, und er beginnt unwei-
gerlich von einer der schönsten Regionen Frankreichs
zu träumen.« *Ute Wolf / Nürnberger Zeitung*

Auch als Diogenes Hörbuch erschienen,
gelesen von Johannes Steck

Delikatessen
Der vierte Fall für Bruno,
Chef de police
Roman. Deutsch von Michael Windgassen

Für Brunos Geschmack ist im malerischen Saint-Denis im Périgord entschieden zu viel los: Ein spanisch-französisches Gipfeltreffen ruft die Separatistenbewegung ETA auf den Plan, eine Gänsefarm wird von Tierschutzaktivisten attackiert, und dann ist da auch noch die archäologische Ausgrabungsstätte, deren deutscher Forschungsleiter nach einem prähistorischen Menschen sucht. Das Skelett, das gefunden wird, ist allerdings längst nicht so alt wie erhofft, und Bruno muss Nerven beweisen, um all die Fäden zusammenzuführen.

»Martin Walker fängt die beschauliche Kulisse des Périgord mit liebevollem Blick ein.«
Ralf Kramp / Focus Online, München

Auch als Diogenes Hörbuch erschienen,
gelesen von Johannes Steck

Femme fatale
Der fünfte Fall für Bruno,
Chef de police
Roman. Deutsch von Michael Windgassen

Das Périgord ist ein Paradies für Schlemmer, Kanufahrer und Liebhaber des gemächlichen süßen Lebens. Doch im April, kurz vor Beginn der Touristensaison, stören ein höchst profitables Touristikprojekt, Satanisten und eine nackte Frauenleiche in einem Kahn die beschaulichen Ufer der Vézère. Und Bruno, den örtlichen Chef de police, stören zusätzlich höchst verwirrende Frühlingsgefühle.

»Martin Walker schafft es erneut, Gemütlichkeit und Spannung zu paaren.« *SonntagsZeitung, Zürich*

Auch als Diogenes Hörbuch erschienen,
gelesen von Johannes Steck

Reiner Wein
Der sechste Fall für Bruno,
Chef de police
Roman. Deutsch von Michael Windgassen

Es ist Sommer im Ferienparadies Périgord. Doch Bruno, Chef de police, muss eine Serie von Raubüberfällen aufklären. Deren Spuren führen zurück in den Sommer 1944, als Résistance-Kämpfer einen Geldtransport überfielen und mit Milliarden alter Francs das Weite suchten. Eine Beute, die in dunklen Kanälen versickerte …

»*Reiner Wein* ist – einmal mehr – nicht nur geschmeidig geschrieben, sondern auch wieder exzellent recherchiert.« *Axel Hill / Kölnische Rundschau*

Auch als Diogenes Hörbuch erschienen,
gelesen von Johannes Steck

Provokateure
Der siebte Fall für Bruno,
Chef de police
Roman. Deutsch von Michael Windgassen

Saint-Denis im Périgord ist ein Sehnsuchtsort für viele. Auch für einige, die hier aufgewachsen sind. Doch als ein autistischer Junge aus Saint-Denis auf einer französischen Armeebasis in Afghanistan auftaucht und nach Hause möchte, ist unklar, ob als Freund oder Feind. Dies herauszufinden ist die dringende Aufgabe für Bruno, *Chef de police*, ehe sich verschiedene Provokateure einmischen und alle in tödliche Gefahr bringen können.

»Martin Walker holt mit seinem Buch *Provokateure* zum siebten Schlag aus und ist dabei so aktuell und politisch wie noch nie.«
Frauke Kaberka / Focus Online, München

Auch als Diogenes Hörbuch erschienen,
gelesen von Johannes Steck

Eskapaden
Der achte Fall für Bruno,
Chef de police

Roman. Deutsch von Michael Windgassen

Das Périgord ist das gastronomische Herzland Frankreichs – neuerdings auch wegen seiner aus historischen Rebsorten gekelterten Weine. Doch die Cuvée Éléonore, mit der die weitverzweigte Familie des Kriegshelden Desaix an ihre ruhmreiche Vergangenheit anknüpfen will, ist für Bruno, *Chef de police*, eindeutig zu blutig im Abgang.

»Spannungsgeladen. Faszinierend. Ein Pageturner der Extraklasse.« *Ingrid Müller-Münch / WDR I, Köln*

Auch als Diogenes Hörbuch erschienen,
gelesen von Johannes Steck

Grand Prix
Der neunte Fall für Bruno,
Chef de police

Roman. Deutsch von Michael Windgassen

Es ist Hochsommer im Périgord und Hochsaison für ausgedehnte Gaumenfreuden und Fahrten mit offenem Verdeck durch malerische Landschaften. Eine Oldtimer-Rallye, von Bruno, *Chef de police*, organisiert, bringt auch zwei besessene junge Sammler nach Saint-Denis. Sie sind auf der Jagd nach dem begehrtesten und wertvollsten Auto aller Zeiten: dem letzten von nur vier je gebauten Bugattis Typ 57 SC Atlantic, dessen Spur sich in den Wirren des Zweiten Weltkriegs im Périgord verlor. Ein halsbrecherisches Wettrennen um den großen Preis beginnt …

»Martin Walker hat die definitive Erfolgsformel für den literarischen Krimi gefunden.«
Frank Dietschreit / Mannheimer Morgen

Auch als Diogenes Hörbuch erschienen,
gelesen von Johannes Steck

Revanche
Der zehnte Fall für Bruno,
Chef de police
Roman. Deutsch von Michael Windgassen

Martin Walkers Romane spielen im geschichtsträchtigen Périgord mit seinen herrlich trutzigen Burgen. Von einer davon, Commarque, brachen im Mittelalter die Tempelritter zu Kreuzzügen nach Jerusalem auf. Tausend Jahre später nimmt das einstige Morgenland eine späte Revanche in der Person einer jungen Archäologin, die bei den damaligen Eroberern einen sagenumwobenen geraubten Schatz sowie ein politisch höchst explosives altes Dokument zutage fördern will.

»*Revanche* ist hervorragende Unterhaltung.«
Martin Ellerich / Westfälische Nachrichten, Münster

Auch als Diogenes Hörbuch erschienen,
gelesen von Johannes Steck

Menu surprise
Der elfte Fall für Bruno,
Chef de police
Roman. Deutsch von Michael Windgassen

Bruno steht vor einer ungewohnten Herausforderung: Er soll in Pamelas Kochschule Feriengästen lokale Geheimrezepte beibringen. Die Messer sind gewetzt, die frischen Zitate bereit, doch die prominenteste Kursteilnehmerin fehlt: die junge Frau eines britischen Geheimdienstoffiziers, die sich im Périgord erholen wollte. Bruno spürt sie auf – in einem vermeintlichen Liebesnest, das jedoch bald zum Schauplatz eines Doppelmords wird.

»Lust auf Frankreich? Wenn ja, müssen Sie unbedingt *Bruno, Chef de police* kennenlernen.«
Brigitte Woman, Hamburg

Auch als Diogenes Hörbuch erschienen,
gelesen von Johannes Steck

Connaisseur
Der zwölfte Fall für Bruno,
Chef de police

Roman. Deutsch von Michael Windgassen

Bruno ist neu Mitglied einer Wein- und Trüffelgilde, eine große Ehre. Doch lange kann er die pâtés und Monbazillacs nicht verkosten, denn er wird an einen Unfallort gerufen. Auf dem Anwesen des ältesten Gildenmitglieds ist eine Studentin, die in dessen Gemäldesammlung recherchierte, nach einem nächtlichen Rendezvous zu Tode gestürzt. Oder war es in Wahrheit Mord? Eine Spur führt Bruno zum Schloss einer berühmten Tänzerin und Résistance-Heldin: Josephine Baker.

»Das Buch ist genau das Richtige für alle, die Frankreich lieben, seine Menschen, seine Lebensart und seine leiblichen Genüsse.« *Bernd Haasis / Stuttgarter Zeitung*

Auch als Diogenes Hörbuch erschienen,
gelesen von Johannes Steck

Französisches Roulette
Der dreizehnte Fall für Bruno,
Chef de police

Roman. Deutsch von Michael Windgassen

Im Périgord leben die Menschen lang und glücklich. Darauf spekuliert auch der Witwer Driant, als er seinen ganzen Besitz auf ein lebenslanges Wohnrecht in einer schicken Seniorenresidenz setzt. Er weiß nicht, dass das Roulette-Rad tausende Kilometer weit entfernt von einem russischen Oligarchen gedreht wird. Kurz darauf ist Driant tot – rien ne va plus. Nur Bruno ahnt das große Spiel dahinter. Seine erste Spur führt ins malerische Château einer Rocklegende.

»2.5 Millionen *Bruno*-Leser und -Leserinnen haben sich allein in Deutschland in dieses kleine Paradies im

Herzen Frankreichs verliebt.«
Jochanan Shelliem / NDR, Hamburg

»Ein Wohlfühlbuch.«
Johannes Kößler / ORF 2, Wien

Auch als Diogenes Hörbuch erschienen,
gelesen von Johannes Steck

Außerdem erschienen:
Schatten an der Wand
Roman. Deutsch von Michael Windgassen

Martin Walkers früher Roman über die Entstehung
einer prähistorischen Höhlenzeichnung, deren Ver-
wicklung in blutige Kriege und Intrigen zur Zeit der
Höhlenmaler von Lascaux und während des 2. Weltkriegs. Die Geschichte gipfelt in dem erbitterten
Kampf von fünf Menschen, sie heute zu besitzen.
Denn wer diese Zeichnung findet, erhält den Schlüssel
zur Aufklärung eines Verbrechens, das bis in die höchste
Politik reicht und von dem bis heute keiner wissen darf.«

»In *Schatten an der Wand* hat Walker die Geschichte
der Höhlenmaler mit der Geschichte der Résistance im
Zweiten Weltkrieg und einem aktuellen Kunstkrimi
verwoben.« *Martin Wein / taz. die tageszeitung, Berlin*

Germany 2064
Ein Zukunftsthriller
Deutsch von Michael Windgassen

Deutschland 2064: Das Land ist in zwei Welten geteilt.
High-Tech-Städte mit selbstlenkenden Fahrzeugen
und hochentwickelten Robotern unter staatlicher
Kontrolle stehen Freien Gebieten gegenüber, in denen
man mit der Natur, bewusst und in selbstverwalteten
Kommunen lebt. Als bei einem Konzert die Sängerin
Hati Boran entführt wird, muss Kommissar Bernd

Aguilar ermitteln. Sein engster Mitarbeiter und Vertrauter: ein Roboter. Doch ist dieser nach dem letzten Update noch uneingeschränkt vertrauenswürdig?

»Faszinierend und ein wenig unheimlich.«
Ariane Arndt-Jakobs / Trierischer Volksfreund

Brunos Kochbuch
Rezepte und Geschichten
aus dem Périgord

100 marktfrische Lieblingsrezepte des Krimihelden Bruno, Chef de police, mit vielen Bildern aus dem gastronomischen Herzen Frankreichs, dem Périgord.
Selbst innerhalb Frankreichs hat die Küche des Périgord einen besonderen Stand: Sie gilt als ursprünglich, köstlich und wird gern in möglichst großer Runde genossen.
Mit vielen Klassikern aus der Gegend wie *Tarte Tatin mit roten Zwiebeln, Kartoffeln à la sarladaise, Bœuf à la périgourdine* oder *Crème brûlée aux truffes*, mit Menüvorschlägen, auch vegetarischen, einem kleinen Weinführer, einer kurzen Produktkunde sowie Brunos hilfreichen Tipps.
Kochbuch und kulinarischer Reiseführer zugleich, garniert mit zwei delikaten Fällen für Bruno, *Chef de police.*

Martin Walker
und Julia Watson
Brunos Gartenkochbuch

Gartenfrisches gegrilltes Herbstgemüse mit Basilikum und Ziegenkäse, Mirabellen-Sorbet – besser lässt sich die Sehnsucht nach Frankreich nicht stillen.
Wenn Bruno, *Chef de police,* für seine Freunde kocht, dann bringt jeder etwas mit: etwas vom Markt, eine selbstgemachte Pâte, eine Flasche Bergerac-Wein. Und

dann geht Bruno in seinen Garten und zaubert einfache Köstlichkeiten aus Gemüse und Obst dazu. So leben auch Martin Walker und seine Frau Julia Watson, die nach Stationen als Zeitungskorrespondenten in London, Moskau und Washington im Périgord ihre zweite Heimat und einen Garten gefunden haben, den sie nun zusammen mit Familie, Freunden und Nachbarn bebauen und genießen.

Eine kulinarische Liebeserklärung mitten im gastronomischen Herzen Frankreichs.

»Mehr als nur ein Kochbuch: Landschaften, Schlemmereien und deren heimische Zutaten – für Genießer ebenso wie für alle Leser der Fälle von Bruno, *Chef de police*.« *Focus online, München*